Lauren Dane

Das Beste, was passieren kann

Roman

Aus dem Amerikanischen von
Barbara Alberter

MIRA® TASCHENBUCH
Band 25893
1. Auflage: Januar 2016

MIRA® TASCHENBÜCHER
erscheinen in der HarperCollins Germany GmbH,
Valentinskamp 24, 20354 Hamburg
Geschäftsführer: Thomas Beckmann

Deutsche Erstveröffentlichung

Titel der nordamerikanischen Originalausgabe:
The Best Kind Of Trouble

erschienen bei: HQN Books, Toronto

Published by arrangement with
Harlequin Enterprises II B.V./S.àr.l

Konzeption/Reihengestaltung: fredebold&partner GmbH, Köln
Umschlaggestaltung: pecher und soiron, Köln
Redaktion: Laura Oehlke
Titelabbildung: Harlequin Enterprises S.A., Schweiz;
Thinkstock / Piotr Krześlak
Autorenfoto: © Harlequin Enterprises S.A., Schweiz; David Hiller
Satz: GGP Media GmbH, Pößneck
Druck und Bindearbeiten: CPI books GmbH, Leck – Germany
Printed in Germany
Dieses Buch wurde auf FSC®-zertifiziertem Papier gedruckt.
ISBN 978-3-95649-260-0

www.mira-taschenbuch.de

Manchmal gibt es im Leben schwierige Phasen, Tiefpunkte und Momente, wo man nicht sicher ist, was oder wie man etwas machen soll. Hiermit möchte ich mich bei allen bedanken, die mich angespornt und unterstützt haben, mir wundervolle Möglichkeiten aufgezeigt und sich liebevoll um mich gekümmert haben. Die mich, wann immer es nötig war, aufgemuntert oder mir Gottvertrauen gegeben haben. Und ich danke euch dafür, dass ihr mir auf die eine oder andere Weise, im Großen wie im Kleinen, bewusst gemacht habt, wie gesegnet ich mit meinen Freunden und meiner Familie bin.

LISTE DER SONGTITEL

„I Wanna Be Yours“ – Arctic Monkeys
„Wait For Me“ – Kings of Leon
„On the Chin“ – Kings of Leon
„Lightness“ – Death Cab for Cutie
„Arizona“ – Kings of Leon
„Mouthwash“ – Kate Nash
„These Days“ – Foo Fighters
„Love Me Again“ – John Newman
„Supersoaker“ – Kings of Leon
„On Call“ – Kings of Leon
„This is the Last Time“ – The National
„I Want it All“ – Arctic Monkeys
„A Lack of Color“ – Death Cab for Cutie
„I'd Rather Go Blind“ – Trixie Whitley
„She's Thunderstorms“ – Arctic Monkeys
„Revelry“ – Kings of Leon
„Undress Your Name“ – Trixie Whitley
„Radioactive“ – Kings of Leon
„Transatlanticism“ – Death Cab for Cutie
„Titanium“ – David Guetta feat. Sia

1. KAPITEL

Der Tag war so heiß, dass vermutlich der Asphalt schmelzen würde, aber das spielte keine Rolle – Kaffee war ein Muss, wenn sie den ganzen Tag in der Bibliothek arbeiten sollte, ohne dass dabei jemand zu Schaden kam.

Die öffentliche Sicherheit war schließlich wichtig. Das und ihre schreckliche Sucht nach Dingen, die schlecht für sie waren, wie Koffein und zuckerhaltige Backwaren.

Auf dem Weg zur Arbeit machte sie täglich einen Abstecher ins Common Grounds, und auch sonst, wenn sie in der Stadt etwas zu erledigen hatte.

Hinter der Theke stand Bobbi, und als sie Natalie durch die Tür kommen sah, rief sie strahlend: „Guten Morgen!" *Aber so was von putzmunter!*

Mit putzmunter konnte Natalie gerade nicht dienen, deshalb probierte sie es mit freundlich, immerhin war Bobbi Natalies Dealer. „Morgen. Mach mir einfach einen echten Knaller."

Mit einem weiteren strahlenden Lächeln machte Natalies Lieblingsbarista sich an die Arbeit. „Ich habe etwas Neues, das du mal probieren solltest. Einverstanden?"

„Da meine Laster sich in Grenzen halten, kann ich die paar, die ich habe, wenigstens genießen." Natalie sah sich die Sachen in der Auslage an. Leider gab es keine Donuts, also würde sie sich mit einem Scone begnügen müssen. „Neben meinem neuen Etwas würde ich dann gern noch dieses Zimt-Scone dort näher kennenlernen."

„Du bist früh dran, oder? Ich dachte, die Bibliothek öffnet heute erst um zehn?"

„Stimmt, aber ich gebe vorher eine Märchenstunde für ein paar Kids im Vorschulalter."

„Das ist aber nett von dir!"

Natalie konnte es sich leisten, in ihrer Freizeit ehrenamtlich zu arbeiten, und hatte das große Bedürfnis, anderen etwas zurückzugeben. So gesehen, war es das reinste Vergnügen, den Kleinen ein- oder zweimal in der Woche etwas vorzulesen.

Bobbi reichte ihr die Tüte mit dem Scone und ihr Getränk. „Latte mit Orangenessenz und etwas gehobelter Schokolade. Sag mir, was du davon hältst."

„Klingt super." Und zum Thema nette Geste, das mit dem Vorlesen? „Es ist gut, wenn Kinder Bücher mögen. Außerdem sind sie mit ihren drei oder vier Jahren einfach bezaubernd. Sie plappern, ohne nachzudenken. Meistens irgendwelchen Mist über ihre Eltern. Letzte Woche, als ich gerade mit ‚Fancy Nancy' durch war, meldete sich ein Junge und verkündete lautstark: ‚Mein Dad hat am Wochenende nie Hosen an.' Es war zum Totlachen."

Bobbi lachte. „Mein Neffe ist genauso. Meine Schwester sagt, dass sie und ihr Mann jetzt aufpassen müssen, worüber sie sprechen, nachdem er in seiner Kindergartengruppe erzählt hat, wie er Mom und Dad beim ‚Nacktringen' überrascht hat."

Natalie musste schallend lachen. „Wenn es die Kinder anderer Leute sind, die ihre Eltern in die Pfanne hauen, ist es wirklich irre komisch."

„Ja. Unsere Zeit wird … Oh … ach du meine Güte." Bobbis Blick schien sich zu verschleiern, sie starrte mit offenem Mund Richtung Eingang, und im selben Moment hörte Natalie *seine* Stimme.

Nicht zum ersten Mal.

„Würden Sie einem Mann helfen, der dringend etwas Koffein braucht?"

Sie konnte nicht anders. Natalie drehte sich um und nahm das Prachtexemplar von Mann in Augenschein, das auf den Namen Paddy Hurley hörte. Selbst in Jeans und T-Shirt sah er noch aus wie ein Rockstar. Obwohl, sie hatte ihn schon nackt gesehen, und auch da hatte er ausgesehen wie ein Rockstar. Seine dunkelbraunen Haare waren heller geworden – wahrscheinlich verbrachte er viel Zeit in der Sonne. Die Sonnenbrille hatte er auf den Kopf geschoben, sodass man seine großen haselnussbraunen Augen erkennen konnte, die von sagenhaft dichten, rußdunklen Wimpern umrahmt wurden.

Augen, die Natalies Herz schneller schlagen ließen und ihr die Hitze in die Wangen trieben, als ihr ein paar der Sachen einfielen, die sie zusammen gemacht hatten. Die sie *miteinander* gemacht hatten. Unanständige, schmutzige, nackte Sachen. Allein bei dem Gedanken daran setzte ihre Libido sich auf und fing an zu hecheln.

Bobbi war völlig verzaubert. Vor lauter Bewunderung offensichtlich total entrückt, stand sie dort an der Theke und starrte ihn an. Er lächelte weiter, als wäre er an diese Art von Aufmerksamkeit gewöhnt. Was er natürlich auch war.

„Kann ich einen Eiskaffee zum hier Trinken haben, und dazu ein Stück von diesem Blaubeerkuchen?" Er sprach jetzt sachlicher, ohne den verführerischen Unterton, was die Barista aus ihrer Starre zu reißen schien.

Bobbi richtete sich ein wenig auf und räusperte sich. „Äh. Klar. Entschuldigung. Ja, natürlich."

„Danke." Paddy grinste, und Natalie saugte seinen Anblick in sich auf – das jungenhafte Lächeln, das strahlend weiße Zähne enthüllte, die braunen Augen, die immer zu flirten schienen, die gebräunte Haut über einem Körper, der ihr nur zu vertraut war. Lieber Gott, er war schön!

„Kommt sofort." Bobbi machte sich an die Arbeit, wackelte vorher aber noch mit den Augenbrauen in Natalies Richtung und formte lautlos mit den Lippen: *Heilige Scheiße, das ist Paddy Hurley.*

Natalie versuchte, sich schnell umzudrehen und abzuhauen, aber er war Bobbis Blick gefolgt, und sie sah das Erkennen in seinem Gesicht aufblitzen.

„Hey. *Wow!*" Er versuchte, sich an ihren Namen zu erinnern, was ihr Zeit gab, ihre imaginäre Maske aufzusetzen und so zu tun, als hätte sie keine Ahnung, wer er war.

„Hallo", erwiderte sie und wandte sich dann an Bobbi: „Bis morgen!" Natalie drückte einen Deckel auf ihren Kaffeebecher und wollte die Flucht ergreifen, aber Paddy kam auf sie zu.

„Natalie, richtig? Du hast in dieser Bar neben der Kegelbahn in der Nähe von Portland gearbeitet."

In einem früheren Leben.

Sie legte den Kopf zur Seite, als hätte sie keine Ahnung, dass er von den zwei Wochen redete, in denen sie miteinander gevögelt hatten, als könnte Sex jeden Augenblick verboten werden.

„Ich bin's, Paddy Hurley. Diesen Mund hätte ich überall wiedererkannt." Er sprach leise. Jedenfalls leise genug, um ihm für seine Diskretion dankbar zu sein.

Die frühere Natalie hatte in der Bar gearbeitet. Die Natalie, die sie jetzt war, hatte sich auf dem College aus der Asche erhoben, und blickte nur dann zurück, wenn es sich gar nicht vermeiden ließ. Paddy Hurley und die zwei Wochen, die sie zusammen verbracht hatten, waren eine tolle Erinnerung, vor allem der nackte Teil. Aber sie hatte zu viele Jahre und eine ganze Menge Anstrengungen investiert, um *mehr* zu sein, und sie hatte keine Lust, diese Zeit ihres Lebens wieder auszugraben.

„Schön, dich kennenzulernen, Paddy. Deine Musik gefällt mir. Ich muss los." Sie griff nach der Türklinke. Er schaute ihr forschend ins Gesicht und schüttelte den Kopf, als könnte er nicht fassen, was gerade geschah. Irgendwie war es charmant, und Natalie musste ihre Hormone ernsthaft ermahnen, sich zurückzuhalten und die Arbeit ihrem Gehirn zu überlassen.

Aber er fing sich wieder. „Ich weiß, dass du es bist. Bleib doch noch ein bisschen, damit wir uns unterhalten können."

„Ich muss zur Arbeit." Sie öffnete die Tür, wobei sie ihn sanft aus dem Weg schob, und die Hitze des Tages empfing sie. Sie trat hinaus, setzte ihre Sonnenbrille auf und marschierte los.

Die Vergangenheit war Geschichte. Sie hatte ein Leben in der Gegenwart, ein Leben, das sie sich mit viel Zeit und Energie aufgebaut hatte, und die Tür zu der Person, die sie früher einmal gewesen war, musste fest verschlossen bleiben.

Selbst dann, wenn dadurch ein Leckerbissen wie Paddy Hurley außen vor blieb.

Paddy sah ihr nach, während sie über den Bürgersteig davoneilte. Ihr Rocksaum schwang hin und her und entblößte die

Rückseite ihrer Oberschenkel. Oberschenkel, die nicht nur einmal seine Hüften umfangen hatten.

Sie hatte Tattoos, zwei identische, ganz oben auf diesen Oberschenkeln, direkt unter jeder Pobacke – hübsche rote Schleifen wie an einem Strumpfband. Bei dieser Erinnerung musste er lächeln.

„Sie heißt doch Natalie, oder?", erkundigte er sich bei der Barista, als sie ihm den Eiskaffee und sein Gebäck brachte.

„Ja. Kennst du sie?"

„Wohnt sie hier im Ort?" Er trank einen Schluck Kaffee. Er hatte früh am Morgen mit seinen Brüdern einen Ausritt gemacht, deshalb war ihm heiß, und er war ein wenig müde. Der eiskalte Kaffee half gegen beides.

„Klar. Sie arbeitet in der Bibliothek. Jeden Morgen vor der Arbeit kommt sie vorbei, um sich ihren Kaffee zu holen. Sie ist Single. Falls du mich nach ihr gefragt haben solltest, weil du sie hübsch findest."

Paddy lächelte die Barista an. Er fand tatsächlich, dass Natalie hübsch war. Sie trug ihre Haare jetzt kurz. Damals, vor Jahren, waren sie lang gewesen. Eigentlich stand er eher auf Frauen mit langen Haaren, aber sie konnte sich dieses Pixie-Dings leisten, denn sie hatte einen fantastischen Hals.

Alles an ihr war fantastisch. Sie hatte auf allen Ebenen mit ihm mithalten können – sie hatten wild gefeiert, wild gevögelt, wild gearbeitet. Damals hatte er mit seinen Brüdern die Band aufgebaut, und Sweet Hollow Ranch hatte im Großraum Portland und im Südwesten von Washington eine Reihe von Auftritten in Bars gehabt. Die Bezahlung hatte sogar öfter ein paar schäbige Motelzimmer beinhaltet.

Eins dieser Motels lag direkt hinter einer Kegelbahn, und das Dreckloch von Bar, wo er Natalie kennenlernte, war daran angebaut. Sie arbeitete dort als Kellnerin, servierte Drinks und wich übereifrigen Händen aus.

Es hatte nur Stunden gedauert, bis sie nach ihrer ersten Begegnung in ihr Einzimmerapartment und weiter in ihr Bett gestolpert waren, so unmittelbar und intensiv war die Chemie zwischen ihnen gewesen.

Sie war damals noch minderjährig gewesen, er ebenfalls. Aber das hatte sie nicht daran gehindert, die nächsten zwei Wochen miteinander zu verbringen, wann immer ihre Schichten und seine Auftritte es zuließen.

Dann war er auf Tour gegangen, und sie aufs College. Aber er hatte immer wieder an sie denken müssen. Einer seiner Songs – „Dive Bar“ – handelte von Natalie und diesen zwei Wochen.

Und jetzt stellte sich heraus, dass sie in derselben Stadt lebte wie er, was Paddy als Wink des Schicksals verstand. Er lächelte immer noch, nachdem er sich bei der Barista bedankt hatte.

Die Frage war nur, warum sie so getan hatte, als würde sie ihn nicht kennen. Sie musste ihre Gründe dafür haben, und er war wild entschlossen, diese Gründe herauszufinden. Die Barista hatte gesagt, dass Natalie Single war, also konnte ihr Verhalten nichts mit einem Freund zu tun haben.

Paddy war nicht so erfolgreich, weil er aufgab, wenn es schwierig wurde.

Er ließ einfach nicht locker, bis er erreichte, was er sich in den Kopf gesetzt hatte.

Während er seinen Kaffee trank, lehnte er sich auf seinem Stuhl zurück und blickte auf die Straße. Neue Herausforderungen machten ihm immer Spaß. Vor allem, wenn es dabei um eine hübsche Blondine ging, mit langen Beinen und einem Lächeln, das einen Mann zur Sünde ohne Reue einlud.

2. KAPITEL

„Weißt du noch, dieses Dreckloch von Bar kurz hinter Portland, wo wir uns mal rumgetrieben haben?" Paddy reichte seinem ältesten Bruder Ezra ein zusammengerolltes Seil.

„Alter, du musst dich schon etwas klarer ausdrücken. Es gibt Dutzende Drecklöcher von Bars, an die ich mich erinnern kann, und noch mehr, an die ich mich nicht erinnern kann." Ezra schnaubte verächtlich, während er das Seil an einen Haken hing, der innen an der Stalltür angebracht war.

Paddy lachte. Es war jetzt fünfzehn Jahre her, seit sie angefangen hatten, und dieses spezielle Dreckloch musste mindestens zwölf Jahre zurückliegen. „Ganz am Anfang. Kurz bevor wir nach L. A. sind und die erste Platte unter dem Label aufgenommen haben. Die Bar war neben einer Kegelbahn, und wir hatten zwei Zimmer in dieser Bruchbude von einem Motel, das dahinter lag."

„Ach! Jetzt weiß ich, was du meinst. Dort hat Damien von diesen Cowboys, die uns erst durch Zwischenrufe aus dem Konzept brachten und dann nach der Show auf ihn warteten, die Hucke vollgekriegt."

„Und wir sind ihm zu Hilfe geeilt und wurden verhaftet."

„War nicht das letzte Mal."

„Und jetzt hast du Schweine und Hunde und verprügelst nur noch deine Brüder."

„Ich bin zu alt, um außer euch noch jemanden zu schlagen. Außerdem sind mir meine Hände zu schade. Was soll plötzlich dieser Ausflug in die guten alten Zeiten?"

„Da gab es ein Mädchen."

Ezra lachte schallend. „Mann, auch da musst du schon etwas deutlicher werden. Von denen gab es sogar noch mehr als dreckige Kellerbars."

„Natalie. Lange blonde Haare. Große blaue Augen. Grübchen. Hinreißender Mund. Sie hat in dieser Bar gearbeitet. Wir hatten was laufen. Heiß, heftig, schnell. Zwei Wochen, bevor wir nach L. A. abgedampft sind."

„Hmm, kommt mir bekannt vor, aber Paddy, du hast nun mal eine Schwäche für Blondinen. Solche Geschichten hattest du von einer Küste zur anderen und über ganz Europa verteilt. Nach einer gewissen Zeit vermischt sich das alles."

„Ich habe echt ein verdammt geiles Leben."

Ezra verdrehte die Augen. „Hat diese Anekdote eine Pointe?"

„Sie ist hier. In der Stadt, meine ich. Nach unserem Ausritt heute Morgen bin ich runtergefahren, um einen Kaffee zu trinken. Da stand sie. An der Theke. Ihre Haare sind jetzt kurz, aber dadurch kommt ihr Hals besser zur Geltung."

Ezra brummte nur zustimmend, während er Sachen wegräumte.

„Sie ist Bibliothekarin."

Anerkennend zog Ezra die Augenbrauen hoch. *„Alle Achtung."*

„Kann man so sagen. Aber sie hat so getan, als würde sie sich nicht an mich erinnern."

Ezra prustete los, es schüttelte ihn so sehr, dass er die Hände auf die Knie stützen musste. „Mensch, ich wünschte, ich hätte dein Gesicht dabei sehen können", brachte er zwischen zwei Lachanfällen heraus. „Ich finde es super, wie dein Ego dir vorgaukelt, sie hätte nur vorgegeben, dich nicht zu kennen, statt einzuräumen, dass sie dich tatsächlich vergessen hat."

„Sehr lustig. Sie muss sich an mich erinnern. Das kann sie unmöglich vergessen haben. Es waren nicht nur ein oder zwei Nächte. Es waren zwei wirklich heftige Wochen. Außerdem, du Arsch, bin ich grundsätzlich unvergesslich. Wie auch immer, sie hat nicht abgestritten, dass sie mich kennt. Sie hat es bloß nicht zugegeben. Den Unterschied kenne ich."

Ezra richtete sich auf, wischte die Lachtränen aus seinen Augen und beruhigte sich etwas. „Vielen Dank. Du hast mir absolut den Tag gerettet."

„Ich bitte dich um Rat. Damien gibst du die ganze Zeit Ratschläge."

„Der ist ein Idiot. Er braucht das mehr als du." Damien war einer ihrer Brüder und Drummer der Sweet Hollow Ranch.

„Das stimmt natürlich."

„Okay, also schieß los. Was soll ich dir raten? Wie du mit diesem Schlag gegen dein Ego umgehen sollst? Einfach hinnehmen und dann vergessen. Was soll's? Es muss schließlich dutzendweise Frauen geben, die ganz ähnliche Gefühle für dich hegen, Paddy. Du hast sie verlassen, und sie hat keine liebevollen Erinnerungen an dich. Du kannst noch von Glück reden, dass sie dir nicht das Knie in die Eier gerammt hat."

„Ich habe sie nicht verlassen! Es war Herbst, sie wollte aufs College, und wir waren unterwegs. Es war alles in Ordnung. Keine Tränen. Kein Drama." Er fuhr sich mit der Hand durch die Haare. „Ich mochte sie. Ich habe sie damals gemocht und würde gern wissen, ob ich sie heute mögen würde."

Ezra musterte ihn prüfend, während sie aus dem Stall ins Freie traten. „Und dann? Willst du der feste Freund dieser Frau sein? Das hier ist deine Heimatstadt, Paddy. Du kannst hier keinen Mist bauen. Wenn du sie noch mal rumkriegst und flachlegst, und es läuft schief, was dann? Willst du wirklich eine wütende Exfreundin haben, die weiß, wo du wohnst?"

Paddy verzog das Gesicht. „Nein, das ist es nicht. Ich kann einfach nicht glauben, dass ich ihr nicht schon vorher begegnet bin. Schließlich ist Hood River keine hektische Metropole."

„Na ja, du warst nacheinander auf mehreren Tourneen, und zwischendurch bist du gereist."

„Ja, stimmt. Wie auch immer, ich will sie nicht einfach nur bumsen, obwohl sie umwerfend schön ist. Wie gesagt, ich will herausfinden, ob es zwischen uns noch immer funkt."

„Quatsch. Sie interessiert dich, weil sie eine Herausforderung ist."

Paddy atmete geräuschvoll ein. „Okay, kann sein. Aber das ist nicht alles."

„Ach was. Du hast nun mal dieses übersteigerte Selbstvertrauen, und jetzt fühlst du dich auf den Schlips getreten. Du siehst ganz gut aus, die Mädchen fahren auf dich ab, und du kannst es nicht ausstehen, zu verlieren. Also, dann tu halt, was du nicht lassen kannst, aber benimm dich nicht wie ein Arschloch."

Was bei Licht betrachtet ein ziemlich guter Rat war.

Voller Elan betrat Natalie das Common Grounds. Am Abend zuvor hatte sie mit ihrer Mitbewohnerin und besten Freundin fantastisch gegessen, anschließend einen Film angeschaut, und schließlich hatte sie ganze acht Stunden richtig gut geschlafen.

Die Sonne schien, vom Columbia wehte eine frische Brise herüber, es ging ihr gut, und sie war mehr als bereit, sich diesem außergewöhnlich schönen Freitag zu stellen.

Sie winkte Bobbi zur Begrüßung zu. „Guten Morgen! Ich glaube, heute nehme ich einen Americano mit viel Platz für Milch. Welche leckere Kalorienbombe kannst du mir denn dazu empfehlen?"

Bobbi schaute nach links. „Siehst du, pünktlich wie die Maurer."

Natalie folgte ihrem Blick und wäre vor Schreck fast zusammengezuckt, als sie Paddy Hurley an einem der Tische sitzen saß, mit einem breiten Grinsen im Gesicht. Das gedämpfte Licht, das durch das Fenster neben ihm fiel, tanzte über seine Haut. Himmel, er sah umwerfend aus! Die langen Beine hatte er vor sich ausgestreckt, und seine Jeans spannte sich an den Oberschenkeln und im Schritt.

Kein Wunder, er hatte schließlich ganz schön was unter seinem Reißverschluss unterzubringen. Bei dieser Erinnerung zogen sich ihre Bauchmuskeln und die Körperregionen weiter südlich begehrlich zusammen.

Sie riss den Blick von seinem Schritt los und versuchte, nicht rot zu werden.

„Setz dich doch." Mit einem gestiefelten Fuß schob er den Stuhl auf der anderen Seite des Tischs zurück. Es waren keine Cowboystiefel, sondern abgetragene Arbeitsstiefel, die vermutlich mehr gekostet hatten, als sie im Monat verdiente.

Natalie wollte rübergehen und sich setzen. Sie wollte flirten und plaudern und ihn dann auf direktem Weg in ihre Wohnung abschleppen. Dieser Mann hatte etwas an sich, das ihr von Anfang an unter die Haut gegangen war. Er war gefährlich, und für sie war es gefährlich, sich zu viel zu wünschen.

„Ich muss zur Arbeit." Mit äußerster Willenskraft richtete Natalie ihre Aufmerksamkeit wieder auf die Theke mit dem Gebäck.

Bobbi zog nur fragend eine Braue hoch, machte sich dann aber an den Americano. Das Zischen und der Duft des Kaffeedampfs beruhigten Natalie ein wenig. „Oh, ich will eins von diesen Muffin-Dingern mit Bananen- und Schokoladenstückchen."

„Da gibt es folgendes Problem, Natalie." Plötzlich stand Paddy sehr nahe bei ihr. Wie hatte er das angestellt? „Genau *dieser* Muffin ist reserviert. Aber ich bin ein netter Kerl, deshalb überlasse ich ihn dir gerne, wenn du dich zu mir setzt und deinen Kaffee mit mir trinkst, während wir uns unterhalten."

Im Kopf war ihr Seufzer ausschließlich sehnsüchtig, aber nach außen hin mischte sie ihm etwas Verärgerung bei, um Paddy auf Abstand zu halten. Natalie hatte eine Schwäche für charmante Typen, und Mannomann!, Charme hatte Paddy in rauen Mengen.

Sie drehte sich nicht zu ihm um. Er stand so dicht hinter ihr, dass ihr bisschen Entschlossenheit verpufft wäre und sie ihre Paddy-freie Diät nie und nimmer hätte durchhalten können. „Dann nehme ich eben den mit Blaubeeren."

Deutlich verwirrt von der ganzen Situation, zuckte Bobbi mit den Schultern und reichte ihr den Americano und den Muffin. Natalie dankte ihr, zahlte und wandte sich zum Gehen.

Sie kam nur ein paar Schritte weit, dann hatte Paddy sie wieder eingeholt. „Natalie? Ich hatte eigentlich den Eindruck, dass zwischen uns alles okay war, als wir uns damals voneinander verabschiedet hatten. Aber da lag ich wohl falsch. Was immer ich getan haben mag, es tut mir leid."

Natalie blieb stehen. Obwohl sie wusste, dass es das Beste war, ihn auf Distanz zu halten, wollte sie nicht, dass er sich schuldig fühlte und auch selbst nicht als miesepetrig rüberkommen.

„Das war schon in Ordnung. Nichts, wofür du dich entschuldigen müsstest."

Für einen Moment erlaubte er sich eine selbstgefällige Miene, dann riss er sich am Riemen und lächelte sie erfreut an. „Also erinnerst du dich *doch* an mich."

Sie hätte sich um keinen Preis der Welt davon abhalten können, sein Lächeln zu erwidern. „Ja. Du bist ziemlich unvergesslich."

„Was soll das Ganze dann?" Er kam näher. „Magst du es, wenn man dir nachjagt?"

Natalie zischte verärgert und trat von ihm weg. *„Nein.* Ich habe kein Interesse an diesem … was auch immer. Ich will keine Spielchen, und ich ziere mich auch nicht. Ich habe ein schönes, *ruhiges* Leben, und das gefällt mir."

„Es gibt kein *was auch immer*. Noch nicht. So was hatten wir bereits. Ich finde einfach, wir könnten uns neu kennenlernen. Und ich verspreche dir, dass ich dein Wohnzimmer nicht demolieren und auch keine Gitarre in deinen Fernseher schmettern werde oder sonst etwas."

Er verströmte tonnenweise Charisma. Das war nichts, was er sich zulegen oder vortäuschen konnte. Es war schlichtweg unmöglich, *nicht* von ihm angezogen zu sein. Damals, vor all diesen Jahren, hatte es von der ersten Sekunde an zwischen ihnen gefunkt, und offenbar hatte sich nichts an diesem knisternden Magnetismus geändert, der sie leicht ins Schwitzen brachte und schwindelig machte.

Sie richtete sich etwas gerader auf. „Ich muss arbeiten. Es freut mich, dass mit dir und deiner Karriere alles gut läuft. Ein schönes Leben noch, Paddy."

Er griff nach ihrer Hand und verschränkte seine Finger mit ihren. Die Berührung wirkte auf sie wie ein prickelnder elektrischer Schock. Oh nein, dies hier *durfte* sie nicht wollen.

Seine Hitze liebkoste ihre Haut geradezu, und obwohl draußen ungefähr tausend Grad herrschten, fühlte es sich kein bisschen klebrig oder eklig an. War er eine Art Zauberer oder was?

Sein Blick wanderte von ihren ineinander verschlungenen Händen zu Natalies Gesicht. „Warte. Lass mich mitkommen. Du musst zur Bibliothek, nicht wahr?"

Unter Einsatz ihrer gesamten Willenskraft entzog sie ihm langsam ihre Hand, wobei ihre Finger noch bis zum letzten Moment verbunden blieben.

„Nein. Wirklich. Ich kann nicht. In meinem Leben gibt es keinen Platz für dich und alles, was mit dir zusammenhängt."

Das ließ ihn zwar leicht zusammenzucken, aber sie musste ihm zugestehen, dass er beharrlich war. „Du hast doch gar keine Ahnung, wie ich jetzt bin. Woher willst du denn wissen, was alles mit mir zusammenhängt?"

„Ich freue mich wirklich, dass du so viel Erfolg hast. Du hast hart dafür gearbeitet. Aber komm schon, ich bin nicht blöd. Ich weiß genau, was für einen Lifestyle so eine Karriere wie deine mit sich bringt." Sie trat einen Schritt von ihm weg, und dann noch einen, bis der Abstand groß genug war, um Luft atmen zu können, die nicht von ihm durchdrungen war. „Schönen Freitag noch."

Sie ließ ihn auf dem Bürgersteig stehen, aber erst als sie um eine Ecke gebogen war, ließ der Druck in ihrem Bauch langsam nach. Endlich konnte sie wieder frei durchatmen.

Es war die richtige Entscheidung.

Sie mochte ihn. Das konnte sie nicht leugnen. Aber sie hatte jahrelang darum gekämpft, sich ein Leben aufzubauen, wie sie es sich wünschte. Zu viele Jahre, um jetzt ihren Hormonen das Ruder zu überlassen. Stattdessen hörte sie auf ihre Angst. Und diese Angst – vor diesem ganzen Chaos und Wahnsinn und davor, dass sein wildes Leben von einem oberpeinlichen Erlebnis zum nächsten führen könnte – ließ sie standhaft bleiben.

Wie ein Zeichen lag die Bibliothek vor ihr, und sie ging weiter darauf zu. Sie hatte eine Richtung, und die ging nach vorne, nicht zurück. Das hieß nicht, dass kein Raum für Spaß blieb; den Sex hatte sie nun wahrlich nicht hinter sich gelassen. Aber eine flüchtige Affäre war nichts, was sie stabil oder stark machte. Und da er ihr genau das anbot, musste sie unbedingt darauf verzichten.

Aber als sie das nächste Mal ins Café kam, war er wieder da. Natalie ignorierte ihn, aber als sie endlich wieder draußen war – Mann, was für ein Glück, dass sie an diesem Tag den Wagen genommen hatte, so konnte sie wenigstens eine verschlossene Tür und jede Menge Stahl zwischen sie bringen –, sah sie, dass er einfach auf der anderen Seite ihres Wagens auf sie wartete.

„*Was?* Mein Gott, ich habe dir doch gesagt, dass ich nicht interessiert bin."

Sein Lächeln war unverkrampft, träge und unglaublich sexy. „Du bist nicht an Paddy, dem Rockstar interessiert."

Natalie schaute ihn böse an. „Ist das so schwer zu glauben? Weißt du, nicht jeder will sich an dich und deinen Ruhm hängen. Ich freue mich für dich und deine Brüder. Eure Musik gefällt mir. Aber solche Partys sind nicht mehr mein Ding." Verflucht, ein solches *Leben* war nicht mehr ihr Ding. „Ich bin nicht mehr das Mädchen von damals."

Geschmeidig wie ein Kater lehnte er an ihrem Wagen. „Schätzchen, keiner von uns ist mehr so drauf wie damals. Würde ich heute noch derart viel trinken, wäre für mich der nächste Tag ernsthaft gelaufen. Wenn ich nicht auf Tour bin, dann bin ich hier in Hood River. Nicht unbedingt der Ort, um sich vom Arsch einer Nutte einen reinzuziehen, oder?"

Sie stöhnte. „Keine Ahnung. Kann schon sein, kann aber auch sein, dass hier mächtig was mit Nutten und Kokain läuft, ohne dass ich was davon mitkriege. Und genau darum geht's mir. Warum bist du überhaupt so hartnäckig hinter mir her?"

„Du bist so misstrauisch. Das ist irgendwie sexy. Ich bin hinter dir her, weil ich dich mag. Ich möchte dich zum Essen einladen. Irgendwo, ohne Aufsehen zu erregen. Zum Teufel, ich koche für dich bei mir zu Hause. Keine Fotografen. Keine Trinkspiele. Nur Paddy und Natalie."

„Patrick, vergiss es einfach. Es gibt eine Million Frauen, die liebend gern mit dir essen gehen würden. Ich bin eine Bibliothekarin in einer Kleinstadt. Ich gehe nicht mit Rockstars aus."

„Das wird kein Rockstar-Dinner sein. Da bin ich einfach Paddy. Außerdem bin ich ganz wild auf Bücher. Nun komm schon. Gib mir eine Chance. Es schmeichelt mir zwar, dass du glaubst, eine Million Frauen wären an mir interessiert, aber für *mich* gibt es nur eine Frau, die mich interessiert. Du."

Sie stieg ein und machte die Tür zu. Nachdem sie den Motor angelassen hatte, ließ sie das Fenster auf der Beifahrerseite ein Stück runter. „Hör zu, ich fühle mich geehrt, wirklich. Aber ich bin nicht die Richtige für dich."

Sie fuhr los, und er winkte ihr unverschämt fröhlich hinterher.

Rückblickend musste sie einräumen, dass ihr in genau diesem Moment klar wurde, wie klaftertief sie in Sachen Patrick Hurley bereits in Schwierigkeiten steckte.

3. KAPITEL

„Also echt, er ist einfach ... Es ist so, als würde ich mir andauernd sagen, dass ich vor meinem Klassentreffen dringend zehn Pfund abnehmen muss, und dann kommt er wie ein Dutzend Donuts daher. *Ooooh, Natalie, du weißt doch, wie köstlich ich bin. Nur einmal abbeißen. Ich schmecke so gut zum Kaffee.*"

Tuesday, Natalies Mitbewohnerin und beste Freundin, platzte fast vor Lachen. „Aber du bist doch ganz verrückt auf Donuts. Warum solltest du also nicht mal einen essen? Oder sechs? Ich meine, wen interessiert denn, ob du Paddy Hurley einmal vernaschst? Wir sind doch hier nicht bei ‚Unsere kleine Farm'. Du wirst schon nicht von den Stadtvätern gefeuert werden, weil du vorehelichen Sex hast."

„Das ist es ja gar nicht." Natalie machte keinen Hehl daraus, dass sie Sex mochte. Für sie war guter Sex im Leben ebenso wichtig wie Donuts und Kaffee. Mit Paddy kamen einfach zu viele Komplikationen und zu viel Lärm auf sie zu. Verdammt, ihm stand praktisch das Wort *kompliziert* auf der Stirn geschrieben.

„Was ist es dann?"

Aber eigentlich war es das auch nicht.

„Es ist nur ..." Natalie leckte sich die Lippen. „Er ist chaotisch und kompliziert. Es würde so viel Zeit kosten, mit ihm klarzukommen, und ich will mir meine Zeit nicht mehr damit um die Ohren schlagen, andere Erwachsene zu betütern. Ich will weder Krankenschwester sein noch Psychologin und habe ganz bestimmt nicht das geringste Bedürfnis, die Mami für ihn zu spielen, wenn ich mit ihm ficke. Würg! Jahrelang musste ich über Leute steigen, die in meinem Haus aus den Latschen gekippt waren. Mehr als einmal musste ich den Rettungsdienst rufen, weil irgendein Fremder, wahlweise auch mein Vater, sich eine Überdosis verpasst hatte. Ich habe genug Kotze aufgewischt oder so getan, als würde ich um neun Uhr morgens die Alkoholfahne nicht riechen."

Sie hatte ein total chaotisches Leben geführt, bis sie mit siebzehn schließlich von zu Hause ausgezogen war. Und selbst dann hatte es noch bis zum College gedauert, bis sie ihren Mist endlich geregelt bekam. *Kontrolle bedeutete alles.* Es bedeutete, ein Leben zu führen, das man sich ausgesucht hatte und in dem man niemandem ausgeliefert war, und es bedeutete, dass man nicht verantwortlich war, wenn erwachsene Idioten sich mit dem Wagen von einer Klippe stürzten.

Das Entscheidende war gewesen, dass sie gegangen war. Sie hatte den Absprung geschafft, das war ihre ultimative Leistung, der Schlüssel zu einem kontrollierten Leben. Es war ihr gelungen, dieses Haus zu verlassen. Dieses hübsche, massive, vornehme Gehäuse, das von innen verrottete. Genau so, wie es mit ihrer Kindheit geschehen war.

„Er hat zu viel mit all der Scheiße zu tun, die mich wieder draufbringen könnte. Da kann er im Bett noch so eine Kanone sein, das Risiko ist mir zu groß." Paddy war wie eine Reklame für Zügellosigkeit auf zwei Beinen.

Tuesday achtete darauf, kein Mitleid zu zeigen, aber sie seufzte schwer. „Ich sage ja nur, dass das ganze Leben aus Risiken besteht. Woher willst du wissen, dass er es nicht wert ist?"

Tuesday hatte leicht reden. Andererseits hatte ihre beste Freundin aber auch ihre eigenen verzwickten Gründe, lieber im Haus zu hocken und sensationellen Schmuck zu entwerfen oder mit Natalie wandern zu gehen, anstatt sich mit Männern zu treffen. Aber als Freundin musste man wissen, wann man jemanden mit seinem Mist konfrontierte und wann man die Sache besser ruhen ließ. Und Tuesday war definitiv noch nicht bereit, sich mit diesen Dämonen auseinanderzusetzen.

„Ich wusste ja sogar, dass er hier wohnt. Ungefähr sechs Monate, nachdem ich das Haus hier gekauft hatte, habe ich es herausgefunden." Hood River war stolz darauf, dass die Jungs von Sweet Hollow Ranch die Stadt weiterhin als ihre Heimat betrachteten. Es war Ehrensache für die Leute, die gesamte Familie Hurley zu schützen. Niemand rief die Paparazzi an, wenn einer von ihnen in ein Restaurant kam oder in den örtlichen Läden einkaufte. Man fotografierte sie nicht heimlich, wenn sie ihren alltäglichen Geschäften nachgingen, und es wurden keine Bilder von ihnen an die Boulevardpresse verkauft.

Als Natalie davon erfuhr, war sie zwar ein bisschen beunruhigt gewesen, aber zu diesem Zeitpunkt hatte sie bereits angefangen, Wurzeln zu schlagen, und sah absolut nicht ein, warum sie weglaufen sollte, nur weil ein früherer Lover in derselben Gegend wohnte.

Und dann hatte Tuesday zufällig eine Ladenfront an der Oakstreet entdeckt und beschlossen, dort einen Laden zu eröffnen und die Hälfte von Natalies Haus zu übernehmen. Für beide Frauen war Hood River ein Neuanfang gewesen.

„Jetzt lebe ich schon so lange hier und bin ihm nie begegnet oder habe ihn auch nur gesehen. Ich glaube, ich hatte einfach gehofft, dass sich unsere Wege nie kreuzen."

Tuesday gab einen abschätzigen Ton von sich. „Nun haben sie sich eben gekreuzt, und offensichtlich ist er ja an einem Nachschlag interessiert. Wenn du ihn weiter ignorierst, gibt er wahrscheinlich irgendwann von selbst auf. Ich meine, warum siehst du dir nicht einfach mal an, was er zu bieten hat?"

Natalie war nicht bereit, zuzugeben, dass sie vielleicht doch neugierig war.

„Gib mir mal das Kartoffelpü und lass uns bitte das Thema wechseln."

Tuesday verdrehte die Augen, reichte ihr jedoch die Schüssel. „Das ist dir übrigens ziemlich gut gelungen."

Natalies Kochkünste waren eine einzige Katastrophe, aber während der Collegejahre, in denen sie mit Tuesday ein Zimmer geteilt hatte, war es der Freundin gelungen, ihr beizubringen, ein paar nicht ganz so schreckliche Gerichte zuzubereiten. In erster Linie waren das einfache Sachen wie Sandwiches und Suppe. Aber seit ungefähr einem Jahr arbeitete sie nun an Kartoffelbrei, und inzwischen schaffte sie es, dass nichts mehr anbrannte und das Zeug tatsächlich schmeckte.

„Jetzt kann ich immerhin schon Dosensuppe, Schinkensandwiches und Kartoffelbrei. Vielleicht ist es das, worauf Paddy so scharf ist. Er hat auf eine Frau gewartet, die ihm sein Leben lang Kartoffelbrei machen wird."

Sie lachten sich schlapp.

„Wenigstens habt ihr beide zusammen genug Geld, um euch jeden Abend was bringen lassen zu können. Oder vielleicht kann er ja kochen. Das wäre dann noch eine Sonderzulage neben dem guten Aussehen und dem Ruhm."

„Wahrscheinlich ist er verwöhnt. Er wohnt da oben bei seiner Familie auf der Ranch. Vielleicht kocht seine Mutter für ihn."

„Vielleicht. Aber irgendwie bezweifele ich das. Allerdings wirst du es nie herausfinden, wenn du ihn nicht ranlässt."

„Wozu brauche ich Gewissheit, wenn ich mich über ihn lustig machen will? Nun lass mir doch den Spaß, mir auszumalen, wie er zu Tode gegarte Fertiggerichte aus der Mikrowelle isst oder am Schürzenband seiner Mutter hängt."

„Ich muss schon sagen", verkündete Paddy, als er sich am nächsten Morgen im Café neben Natalie stellte, „ich finde es echt gut, dass du nicht vor neun zur Arbeit musst."

„Wieso?" Sie reichte Bobbi, die mit offensichtlichem Vergnügen die tägliche Paddy-Show verfolgte, etwas Kleingeld. „Damit du nicht so früh aufstehen musst, um in die Stadt zu kommen und mich zu belästigen?"

Er lachte. „Ich möchte dich davon in Kenntnis setzen, dass ich seit halb sieben auf den Beinen bin, um meinem ältesten Bruder bei einem Problem mit dem Zaun zu helfen. Hast du schon mal ein Loch für einen Zaunpfosten gegraben? Das geht total an die Substanz. Ezra ist schon irgendwie verrückt, denn diese Sachen scheinen ihm richtig Spaß zu machen."

Natalie ließ ihn stehen, um sich Honig für ihren Milchkaffee zu holen, aber er ließ sich in seinem Redefluss nicht stören. „Nein, ich finde es gut, weil ich dann erst meine eigene Arbeit erledigen und trotzdem rechtzeitig hier unten sein kann, um tatsächlich irgendwann einmal mit dir zu frühstücken."

„Bis morgen, Bobbi." Natalie winkte ihr zu und ging zur Tür, die Paddy ihr prompt aufhielt.

„Ich stehe nicht gern früh auf. Und ich frühstücke auch nicht sehr oft."

Er setzte das Gespräch fort, während er neben ihr herging, und sie ließ ihn gewähren. „Aber du hast doch einen Muffin in dieser Tüte."

„Das ist kein Frühstück. Eier und Schinken und vielleicht ein paar Kartoffelpuffer, das ist Frühstück."

„Ich sehe schon, du nimmst das Frühstück sehr ernst."

„Nicht wirklich. Aber wenn ich eine ernsthafte Frühstückerin wäre, dann würde ich so was essen. Meist esse ich morgens Donuts, Muffins oder so eins von diesen Gebäckdingern aus dem Toaster."

Er rümpfte die Nase. „Wirklich? Die schmecken doch wie Pappe. Und du siehst auch nicht so aus, als würdest du ständig Donuts essen."

„Donuts nehme ich tatsächlich sehr ernst. Aber für meine Lieblingssorte muss ich nach Portland fahren. Deshalb esse ich sie auch nicht dauernd. Und meine Mitbewohnerin ist sportlich. Sie schleppt mich immer zum Wandern, Radfahren und Windsurfen mit. Das ist zwar jedes Mal ein ziemlicher Akt, aber dafür kann ich eben auch ungestraft meiner Sucht nach Donuts frönen."

„Du hast dir die Haare schneiden lassen. Früher waren sie lang."

„Du bist gut im Themenwechsel."

Er schnaubte belustigt. „Ich weiß ja nie, wann du mir wieder wegläufst, also versuche ich, bis dahin so viel Small Talk wie möglich unterzubringen."

Sie blieb stehen und wandte sich ihm zu. „Wieso bist du so hartnäckig? Ich bin ja nicht mal besonders nett zu dir!" Was ihr übrigens verdammt schwerfiel. Verflixt noch mal, sie mochte ihn!

„Du verachtest meinen Status."

Sie schüttelte ratlos den Kopf. „Status?"

„Dieses Promi-Ding."

Sie verdrehte die Augen. „Als ich dich kennengelernt habe, hattest du keinen Status."

Er grinste. „Nee. Nur einen klapprigen Transporter und ein paar Instrumente, auf denen meine Brüder und ich gespielt haben."

Eine ganze Weile sagte sie nichts, dann setzte sie sich wieder in Bewegung. „Die Haare habe ich mir schon vor Jahren abschneiden lassen. Tuesday – das ist meine Mitbewohnerin – hatte mal eine Phase, in der sie Friseuse werden wollte. Das hat zwar nur ein halbes Semester gedauert, aber sie hat mir damals die Haare geschnitten, und es gefiel mir so kurz. Außerdem stehen mir Hüte gut, und die kann man mit kurzen Haaren besser tragen."

„Und? Hat das nun wehgetan? Ich meine, dass du mir dieses kleine Detail aus deinem Leben mitgeteilt hast?" Er zwinkerte ihr zu, und es war süß. Gnadenlos versuchte sie, sich nicht anmerken zu lassen, wie amüsiert sie war, aber wahrscheinlich gelang es ihr nicht.

„Dann seid ihr beide also seit dem College schon Zimmergenossinnen?"

„Nein. Am College haben wir uns ein Apartment geteilt, aber dann hat sie geheiratet, und ich habe meinen Master gemacht. Vor drei Jahren hat sie mich dann besucht und dann beschlossen, hier ein Geschäft zu eröffnen. Für den Übergang habe ich ihr angeboten, bei mir zu wohnen, und sie ist nicht wieder ausgezogen. Was gut ist, denn ich kann nicht kochen, und sie kann es nicht nur, es macht ihr sogar Spaß."

„Wie Wandern?"

Natalie verzog den Mund. „Ja. Würg."

„Nicht verheiratet?"

„Patrick Hurley, ich würde dir nicht erlauben, mich auf dem Weg zur Arbeit zu begleiten, wenn ich verheiratet wäre."

Paddys Lachen machte sie etwas kribbelig. Es war ein verruchtes Lachen. „Das klang ebenso streng, als hättest du vor, mich zu versohlen oder mir mit dem Lineal auf die Finger zu hauen. Du solltest wissen, dass mich so was nur anfeuern würde."

Sie presste die Lippen zusammen, aber schließlich gab sie auf und lachte.

Er ging neben ihr, dennoch konnte sie aus dem Augenwinkel sein Lächeln sehen. „Ich meinte deine Freundin."

Ach was? Natürlich meinte er sie, wen sonst? „Sie ist Witwe."

„Oh, verdammt. Das ist scheiße. Tut mir leid."

„Ja." Sie näherten sich der Bibliothek, und sie reichte ihm ihren Kaffee. „Halt bitte mal kurz." Sie wühlte in ihrer Tasche herum, bis sie die Schlüssel gefunden hatte. „Danke." Sie nahm den Kaffee wieder an sich und stopfte die Tüte mit dem Gebäck in ihre Handtasche.

Es passte Paddy überhaupt nicht, dass dieser kurze Augenblick zwischen ihnen ein Ende nahm. Aber immerhin konnte er sich über einen Sieg freuen, also würde er diesen kleinen Fortschritt hinnehmen und beim nächsten Mal mehr bekommen. „Wow, ich habe das Gefühl, dass wir eine Hürde genommen haben, Natalie." Er verbeugte sich. „Vielen Dank, dass du mir erlaubt hast, dich zur Arbeit zu begleiten."

Natalie schien zu überlegen, was sie sagen sollte, und er wollte verhindern, dass sie ihm erklärte, so was würde nie wieder vorkommen.

„Darf ich dich zum Essen einladen?"

Sie seufzte, aber es war ein sehnsüchtiges Seufzen, also legte er nach.

„Ich meine, ich hatte zwar ein Frühstück im Sinn, weil es die Mahlzeit ist, die am wenigsten an ein Date erinnert. Es sei denn natürlich, du würdest bei mir übernachten. Und wenn das passiert, werde ich dir Schinken, Eier, Kartoffelpuffer und Toast machen. Vielleicht sogar Plätzchen. Aber da wir noch nicht so weit sind und du sonst nicht frühstückst, wäre ein Abendessen doch eine gute Alternative."

„Nicht zum Lunch?"

Zog sie ihn auf? Das war ein gutes Zeichen. „Ich nehme, was ich kriegen kann. Aber wenn ich hier in Hood River bin, arbeite ich tagsüber normalerweise. Entweder an der Musik oder auf der Ranch. Der Sommer ist eine wahnsinnig geschäftige Zeit, und mein Bruder macht so viel, wenn wir anderen auf Tournee sind, deshalb helfe ich ihm gerne."

Natalie schüttelte seufzend den Kopf und sah ihn eindringlich an. „Warum musst du bloß so menschlich sein, Patrick Hurley?"

„Ist das gut oder schlecht? Bei dir weiß man nie."

Sie zuckte mit den Schultern. „Da bin ich mir selbst auch nicht so sicher. Du kannst mich morgen Abend hier abholen. Um sechs mache ich Schluss."

Damit schloss sie die Tür auf und ging hinein. „Schönen Tag noch, Paddy." Sie winkte ein letztes Mal, schloss hinter sich wieder ab und verschwand im Gebäude. Ihn ließ sie dort stehen, mit einem dämlichen Lächeln im Gesicht.

4. KAPITEL

„Keine Ahnung, warum ich zugesagt habe. Ich sollte ihn anrufen und absagen.“ Noch immer erst halb angezogen, lief Natalie vor ihrem Schrank auf und ab.

Tuesday verdrehte die Augen. „Du hast nicht einmal seine Nummer.“

„Ich habe die von seiner Mutter. Sie hat einen Bibliotheksausweis, und ich habe sie in unserem System aufgerufen. Ich kann sie anrufen, sie wird die Nachricht bestimmt weiterleiten.“

„Klar, und das wäre auch kein bisschen fies von dir.“

„Oh Mann!“

Tuesday schnaubte. „Halt den Mund! Zieh das blaue Kleid mit den weißen Biesen am Ausschnitt an. Das kannst du den ganzen Tag bei der Arbeit tragen, und abends sieht es immer noch top aus. Und es vermittelt folgende Botschaft: *Diese Einladung ist mir wichtig genug, um nicht den Eindruck erwecken zu wollen, ich hätte in einem Müllcontainer übernachtet, aber das Ganze ist immer noch lässig genug, um dich sitzen zu lassen, falls du mir zu nahe trittst und dabei auch noch superheiß aussiehst.*“

Natalie zögerte kurz, dann lachte sie. „Du solltest diese Red-Carpet-Shows im Fernsehen moderieren. Das gefällt mir viel besser als *Ich trage Blabla aus der und der Frühlingskollektion, weil kirschrot gerade die In-Farbe ist* oder so.“

„Deshalb werden wir uns auch dann noch, wenn du längst Patrick Hurley geheiratet hast und seinen Nachwuchs ausbrütest, zusammen diese Preisverleihungen mit den roten Teppichen anschauen.“

„*Heirat?* Nein danke. Ich bin ja noch nicht mal überzeugt davon, dass es eine gute Idee ist, mit ihm essen zu gehen. Wie auch immer, er ist gewiss nicht auf Heirat aus. Er will nur mit mir vögeln.“

„Nun sieh dich doch mal an!“ Tuesday deutete mit der Hand auf Natalie. „Du bist total blond und hinreißend, und du hast fantastische Titten. So was gefällt den Jungs. Natürlich will er dich vögeln. Abgesehen davon, dass er es bereits *getan* hat.“

Manchmal hatte Natalie noch Schwierigkeiten mit dem richtigen Gleichgewicht zwischen ihren Wünschen und den dazugehörigen Schuldgefühlen. Wie auch immer, Brüste hatten Macht, und ihre waren tatsächlich hübsch. Paddy schienen sie jedenfalls zu beeindrucken. Dieses Wissen erfüllte sie mit einer eigenartigen Tabu-Befriedigung. Sie war nicht sicher, was das zu bedeuten hatte, außer dass es ihr gefiel, dass sie ihm gefielen.

Sie zog das Kleid aus dem Schrank und begutachtete es kritisch.

„Siehst du, was ich meine?“ Tuesday deutete mit dem Kinn auf den blauen Stoff. „Du solltest einfach immer auf mich hören. Ich kenne mich aus. Jetzt muss ich mich aber fertig machen, um den Laden zu öffnen. Zieh diese flachen Schuhe an, aber steck dir irgendwelche High Heels in die Tasche. Darüber will ich nicht diskutieren. Hohe Absätze passen perfekt zu diesem Kleid, und so wie auf Titten steht auch jeder auf ein paar scharfe Absätze.“

Tuesday küsste sie auf die Wange und ging aus dem Zimmer.

Natürlich zog sie das blaue Kleid an. Mit flachen Schuhen. Die blauen Sandalen mit den hohen Absätzen steckte sie in die Tasche, um abends zu wechseln. Auf dem Weg zur Tür warf Tuesday ihr einen kleinen Kordelzugbeutel zu. „Die habe ich vor ein paar Tagen gemacht. Sie werden super zu deinem Outfit passen.“

Ihre Mitbewohnerin betrieb nicht nur ein Geschäft für individuelle Einrahmungen, sie fertigte auch Schmuck, den sie in ihrem Laden verkaufte. Die Ohrringe, die Natalie in ihre Handfläche schüttelte, bestanden aus kleinen blauen Steinen, die zu einer Libelle zusammengefügt waren, eins von Tuesdays Lieblingsmotiven.

Sie nahm die Ohrringe, die sie trug, ab und legte die Libellen an. „Danke.“

„Schick mir eine Nachricht, wenn ich dich retten soll. Ansonsten kannst du mir morgen alles erzählen. Aber gib auch Bescheid, wenn du bei ihm übernachtest, damit ich mir keine Sorgen mache.“

„Ich werde nicht bei ihm übernachten." Egal, wie sexy er war, und obwohl sie nur allzu gut wusste, wie gut er im Bett war. Trotz ihrer gemeinsamen Geschichte gleich beim ersten Date wieder mit Paddy in die Kiste zu springen, wäre einfach nur blöd von ihr.

„Das ist das Traurigste, was ich heute zu hören gekriegt habe, Nat."

„Was hast du heute Abend vor?"

Paddy warf den Ball ein letztes Mal, und Ezras dummer, aber total süßer Hund jagte ihm hinterher, ließ sich dann aber von einem Schmetterling ablenken.

Er schaute zu seiner Mutter hoch, die mit Damiens Frau Mary auf Ezras Veranda stand, und versuchte, seine Stimme zu senken, um nicht gehört zu werden. „Ich habe ein Date."

„Ist das ein Euphemismus?", fragte seine Mutter laut. So viel dazu, das Ganze unter dem Radar zu lassen.

Mary lachte, und Paddy schüttelte den Kopf. „Du bist zynisch, Mom."

„Ich habe euch vier aufgezogen! Das macht mich zur unverwüstlichen Optimistin. Aber du hast keine Dates, du rennst los, hast deine kleinen Affären und kommst nach ungefähr einer Woche wieder nach Hause."

„Nun, dann möchte ich dich davon in Kenntnis setzen, dass ich eine Bibliothekarin zum Essen ausführe."

„Ist *das* jetzt ein Euphemismus?", erkundigte Mary sich feixend.

„Zufällig arbeitet sie hier im Ort. Ich werde auf dem Boot ein Essen für sie zubereiten."

„Brauchst du Hilfe?"

Einer der Vorzüge, Mary als Schwägerin zu haben, war, dass sie eine großartige Köchin war. Sie hatte bereits drei Kochbücher veröffentlicht und war auch die ganz persönliche Chefköchin der Band, wenn sie auf Tour waren.

„Ich wollte den Lachs grillen, den ich vor ein paar Wochen auf diesem Angeltrip mit Vaughan gefangen habe. Und dazu Maiskolben."

Mary legte den Kopf schräg. „Du willst deinem Date tatsächlich Maiskolben vorsetzen? Ist das ein erstes Date?“

Paddy entnahm der entrüsteten Miene seiner Schwägerin, dass das wahrscheinlich keine so gute Idee war.

„Ja und nein. Ich kenne sie von früher. Aber das ist Jahre her. Bevor wir so viel Erfolg hatten.“

Seine Mutter verschränkte die Arme vor der Brust. „Ach, und plötzlich will sie mit dir ausgehen?“ Wenn es darum ging, dass jemand ihre Söhne ausnutzen könnte, verstand Sharon Hurley keinen Spaß.

Paddy lachte. „Oh nein, ganz im Gegenteil. Ezra hat sich gar nicht mehr eingekriegt, als ich ihm davon erzählte. Letzten Monat ist sie mir in der Stadt über den Weg gelaufen, und am Anfang hat sie so getan, als würde sie mich nicht kennen. Seitdem hab ihr an drei oder vier Tagen in der Woche regelrecht aufgelauert, um sie dazu zu überreden, mit mir auszugehen. Sie interessiert sich absolut nicht für meinen Promi-Status, ich glaube sogar, er verschreckt sie. Deshalb koche ich auch lieber auf dem Boot, anstatt sie in ein Restaurant auszuführen.“

Marys Stimmung besserte sich schlagartig. „Oh, na dann! Warte mal. Ist es Natalie? Eine supersüße kleine Blondine? So eine, die gern Röhrenhosen mit flachen Schuhen trägt und dabei aussieht, als ob sie Werbung für einen Vintage-Modekatalog macht?“

Verwirrt von Marys Frage, sah Paddy zwischen seiner Mutter und seiner Schwägerin hin und her, in der Hoffnung, aus dem Kontext schlau zu werden.

Seine Mutter zog die Augenbrauen hoch, nickte dann und tätschelte Marys Arm.

Dieser bedeutungsschwangere Blickwechsel verhieß nichts Gutes, deshalb wollte Paddy das Unheil, das er witterte, lieber gleich im Keim ersticken. „Heh, was geht da zwischen euch ab? Ihr seht aus, als ob ihr was im Schilde führt. *Bitte, keine Streiche.* Lieber Himmel! Ich bin dieser Frau einen Monat lang wie ein verirrtes Hündchen hinterhergetrottet, bis sie mir erlaubt hat, sie zur Arbeit zu begleiten. Wenn ihr beiden jetzt dazwischenfunkt, macht ihr all meine Fortschritte zunichte. Und was meinst du mit Vintage-Reklame?“

Mary machte eine wegwerfende Handbewegung. „Vergiss es. Sie muss es sein. Sie ist die einzige Blondine, die in der Bibliothek arbeitet. Setz ihr keine Maiskolben vor. Nicht beim ersten Date. Auch dann nicht, wenn du sie von früher kennst.“ Sie kam die Treppe herunter. „Los, wir gehen schnell zu mir. Ich bin sicher, dass ich ein paar bessere Beilagen für dich habe.“ Sie hakte sich bei ihm ein.

„Hast du etwa Mitleid mit mir?“ Paddy zog seine Schwägerin gerne auf. Mary kam aus einer ähnlich verrückten Familie und passte einfach prima in seine. Sie war wie eine Schwester für ihn. Sie hielt seinen Bruder Damien in der Spur und verhinderte, dass er Sachen abfackelte. Obendrein war sie eine echt gute Köchin und bei all dem auch noch ein erfreulicher Anblick.

„Wozu hat man schließlich eine Familie?“ Sie zwinkerte ihm zu.

„Lass uns rüberfahren. Ich will zum Boot und alles vorbereiten. Um sechs hole ich Natalie dann ab.“

Er hielt ihr die Tür seines Wagens auf, und sie stieg ein.

Paddy warf normalerweise nicht mit Geld um sich, aber er liebte Autos und hatte neben seinem Haus eine spezielle Garage für seine Sammlung bauen lassen. Heute war seine Wahl auf den Mustang Shelby Fastback gefallen. Er hatte ihn vor einem Jahr in Seattle restaurieren lassen. Jetzt war er froh, dass endlich Sommer war und er ihn oft fahren konnte.

Es war ein geiler Wagen. Und ja, er gab damit an. Ein bisschen.

Vom Hauptgebäude der Ranch, in dem seine Eltern wohnten, war es nicht weit zu Damiens Haus. Sein Bruder war gerade draußen, als Paddy und Marie vorfuhren. Als er seine Frau sah, hellte sich Damiens Miene auf. „Hey, da bist du ja, Löckchen. Hast du aufgepasst, dass Paddy sich nicht in Schwierigkeiten bringt?“ Damien küsste sie ziemlich ausgiebig.

„Es ist unmöglich, auf die Hurley-Brüder aufzupassen“, erklärte Mary, als er sich von ihr löste. „Nur eure Mutter hat die innere Kraft dazu. Aber er hat ein Date, und ich habe ein paar Sachen für ihn."

Damien legte einen Arm um ihre Schultern und schaute Paddy prüfend an. „Aber nicht diese köstlichen Kartoffeln! Wobei, das hat sich eigentlich schon erledigt, denn die habe ich mir vor ungefähr zehn Minuten selbst zu Gemüte geführt."

„Damien! Die waren für heute Abend."

Er lachte, und Paddy verdrehte die Augen. Sein Bruder war echt ein Gierschlund.

„Ich hatte Hunger. Wie hätte ich da widerstehen können? Und an der Schüssel klebte nicht mal ein Zettel wie an all den anderen Sachen, die ich nicht aufessen soll."

„Diese Zettel ignorierst du doch auch. Ich dachte, wenn ich die Kartoffeln hinter die Rote Bete schiebe, findest du sie nicht." Sie warf Paddy einen Blick über die Schulter zu. „Komm rein. Wir gucken mal, was noch übrig ist, nachdem Hurrikan Damien wie eine Heuschreckenplage durch meinen Kühlschrank getobt ist." Mary stupste ihren Mann in die Seite. „Wo steckst du das eigentlich alles hin? Das ist so was von unfair. Eigentlich müsstest du längst einen Wanst haben."

Paddy folgte ihr in die Küche und setzte sich an den Tresen, während sie ihm eine Tragetasche mit Leckereien zusammenstellte. Marys bunte Baumwollbeutel waren in der Familie berühmt. Sie hatte eine ganze Reihe davon, mit aufgenähten Streifen in unterschiedlichen Farben; eine für jeden Empfänger ihrer milden Gaben. Paddys Streifenfarbe war blau, und sie überreichte ihm gleich drei Taschen, eine davon eine Kühltasche.

„Das sind Balsamico-Erdbeeren. Ein toller Nachtisch! Es sind sogar wilde Erdbeeren. Da ist auch noch eine Packung Vanilleeis, falls sie das möchte, passt super dazu."

Zunächst war Paddy bei ihren seltsamen Kombinationen misstrauisch gewesen. Aber nachdem er ihre Kochkünste nun seit drei Jahren genoss, wusste er, dass alles, was sie ihm gab, gut schmecken würde.

Sie rasselte noch ein paar Anweisungen herunter, wie er mit

diesem oder jenem umzugehen hatte; er nickte nur, und als sie fertig war, küsste er sie auf die Wange. „Danke schön."

Damien, der seiner Frau mit halb geschlossenen Augen träge zugesehen hatte, schien endlich aufzuwachen. Paddy versuchte, nicht daran zu denken, welche Gemeinheiten seinem Bruder gerade durch den Kopf gehen mochten. „Warte mal, ein Date? Oh! Ist das etwa diese Bibliothekarin?"

„Du hast davon gewusst und mir nichts erzählt?" Mary sah ihren Mann an.

„Glaub mir, bei den meisten Dingen, die ich dir nicht erzähle, würdest du eh nur ausrasten."

Sie verdrehte die Augen. „Komm morgen zum Frühstück und erzähle uns, wie es gelaufen ist. Ich müsste eigentlich mal wieder ein paar Bücher ausleihen. Ich war schon länger nicht mehr in der Stadtbücherei."

„Misch dich nicht ein, Löckchen." Damien zupfte an einer ihrer langen dunklen Locken, die für ihren Spitznamen verantwortlich waren.

„Pff. Wenn es in der Familie bleibt, ist es doch kein Einmischen."

Paddy griff nach den Taschen. „Und ob es das ist! Sie ist scheu. Wenn du auf den Busch klopfen willst, mach's bitte diskret. Ich mag diese Frau."

Mary blickte lächelnd zu ihm hoch und klopfte ihm auf den Arm. „Das schaff ich schon. Geh jetzt. Amüsiere dich gut und benutze ein Kondom!"

Paddy merkte, wie er rot wurde, und fühlte sich erst besser, als er Damien lauthals lachen hörte.

Natalie begutachtete sich ein letztes Mal im Spiegel der Mitarbeitertoilette. Die Ohrringe entlockten ihr ein Lächeln. Es war, als wäre ein kleiner Teil von Tuesday bei ihr, wenn sie zu diesem Date ging.

Ein Date. Mit Paddy Hurley. Sie war ja so blöd.

Aber hier stand sie nun mal, frischte ihren Lippenstift auf und kämmte sich die Haare mit den Fingern. „Ich muss jetzt los", erklärte sie ihrem Spiegelbild. Noch ein Abschiedswinken für die Kolleginnen, dann stand sie draußen auf dem Bürgersteig.

Sie hörte einen Motor grollen und wusste, dass er es war, bevor der dunkelgrüne Oldtimer überhaupt in ihr Blickfeld kam.

Paddy hielt an, aber als sie Anstalten machte, die Beifahrertür zu öffnen, schüttelte er so heftig den Kopf, dass sie unwillkürlich zwei Schritte zurücktrat, während er ausstieg.

„Warte!" Er kam um den Wagen herum.

„Ist die Tür kaputt?"

Paddy schnaubte belustigt. „Nein. Aber meine Manieren sind ebenfalls intakt. Das Wichtigste zuerst." Er musterte sie eingehend, und sie war froh, dass sie die hohen Schuhe trug. „Du siehst hübsch aus. Ich würde gern mehr sagen, weiß aber nicht, ob ich das sollte."

„Also jetzt hast du mich echt nervös gemacht."

Er küsste sie. Nichts wirklich Ungehöriges, nur ein kleines Küsschen mitten auf den Mund. Aber ihre verräterischen Lippen kribbelten, und dann hatte sie auch noch seinen Duft in der Nase. Er hatte Eau de Cologne aufgelegt, was ihr merkwürdig vorkam, aber es roch gut. Sexy und maskulin, ohne aufdringlich zu sein.

Damals, vor all diesen Jahren, hatte er noch keinen Bart gehabt. Das leichte Kratzen gefiel ihr.

Paddy öffnete die Tür und bedeutete ihr einzusteigen. Es gelang ihr, in den Sitz zu sinken, ohne ihre Unterhose zu zeigen oder allzu trampelig zu wirken.

Ein oder zwei Sekunden später saß er neben ihr, ließ den Motor an und lenkte den Wagen auf die Straße.

„Du hast tolle Beine und süße Zehen."

Er sagte das, während seine Aufmerksamkeit dem Verkehr galt, daher bekam er nicht mit, dass sie rot wurde.

„Ähm. Danke." Meine Güte, hatte er vielleicht einen Fußfetisch oder etwas ähnlich Schräges? Sie versuchte sich zu erinnern, und plötzlich war ihr glühend heiß und sie geriet ins

Schwitzen. Okay, *das* war unklug, denn Paddy war wirklich superklasse, was Sex anging. Aber damals schien er nicht übermäßig an ihren Füßen interessiert gewesen zu sein.

„Wohin fahren wir?"

„Auf mein Boot. Ich dachte, wir könnten draußen auf dem Deck essen. Es ist ein so schöner Abend, und es ist jetzt so lange hell. Ich schippere uns aus dem Hafen heraus, ich kenne da ein hübsches kleines Plätzchen ganz in der Nähe. Total einsam. Wir können uns den Sonnenuntergang ansehen, und ich werde dich ganz für mich haben. Keine Angst, nicht wie in *Es reibt sich die Haut mit der Lotion ein, sonst kriegt es wieder eins mit dem Schlauch verpasst.*"

Natalie prustete vor Lachen. „Kommst du mir da etwa mit einem Zitat aus *Das Schweigen der Lämmer*? Der Spruch eines Serienkillers soll mich beruhigen?"

Er fluchte leise, und sie tätschelte ihm besänftigend den Arm. „Ich weiß, das war ein Witz. Wirklich. Ich mache mir eher Gedanken, dass du ein Fußfetischist sein könntest, nicht ein Serienkiller."

„Ein Fußfetischist?"

„Deine Bemerkung über meine Zehen? Also ich meine, wenn es jemanden anmacht, nur zu. Aber ich kann nicht mal eine Pediküre ertragen, weil es mich verrückt macht, wenn jemand meine Füße berührt."

„Notiz an mich selbst: Versuche nie, Natalie die Fußnägel zu lackieren." Er schaute sie an und grinste. „Wir sind beide viel nervöser als nötig."

„Ja. Wahrscheinlich."

„Mir gefallen hübsche Zehen, sie sehen in offenen High Heels einfach toll aus. Ich will sie aber nicht ablecken oder sonst etwas. Deine wären das zwar vermutlich sogar wert, aber ich habe meine niederen Instinkte ganz gut im Griff."

Paddy parkte am Jachthafen, der weniger als fünf Autominuten von der Bibliothek entfernt lag, und führte sie zu einem ziemlich beeindruckenden Boot.

„Was ist das denn? Eine Fünfzehn-Meter-Jacht? Sehr nett."

„Ach was? Da hab ich mir ja offenbar eine Kennerin angelacht. Ich fahre gern mit meinen Brüdern oder unseren Freunden zum Fischen raus. Wenn wir im Sommer hier sind und nicht auf Tour, können wir vom Wasser aus die Feuerwerke sehen und an Bord essen. Eine echt lohnende Investition. Du hast doch kein Problem mit Booten? Wirst nicht seekrank oder so?"

„Ich bin gerne auf dem Wasser. Meine Großeltern hatten ein Boot, und als Kind bin ich öfter mit ihnen rausgefahren. Sie haben am Lake Washington gewohnt."

„Oh, in Seattle?"

„Nein, Medina." Ihre Großeltern hatten in einer Villa gewohnt, auf einem tipptopp gepflegten Hanggrundstück, das zum See hin abfiel, und dort lag ihre Jacht vor Anker. Zu schade, dass die beiden der Villa und dem Boot und ihrem ganzen anderen Luxuskram mehr Aufmerksamkeit gewidmet hatten als der bedenklichen Entwicklung ihres verwöhnten Sohns.

Paddy hielt sie am Arm fest, als sie an Bord ging.

„Oooh, nobel, nobel. Wie hat es ein reiches Mädchen aus Medina denn nach Portland in diese abgewrackte Bar verschlagen?"

„Sie waren die mit dem Reichtum." Damit war das Thema für sie erledigt, denn sie wollte nicht weiter darauf eingehen. Zwar war Natalie ebenfalls vermögend, aber Medina, das waren ihre Großeltern und deren Lebensstil. Wenn sie zu lange darüber nachdachte, kämen wieder diese Schuldgefühle hoch und die Wut und all das andere Zeug, das zwar eigentlich nichts mit ihr zu tun hatte, dem sie sich aber trotzdem nicht entziehen konnte.

Er akzeptierte, dass sie dem Thema auswich. „Dann komm mit. Ich bereite alles vor. Setz du dich einfach da oben hin. Wenn wir aus der Marina raus sind, mache ich eine Flasche Champagner auf."

Natalie schaute ihm zu. Die Sonne stand direkt hinter ihm, es sah fast aus wie ein Heiligenschein, als wäre er ein verdammter Engel oder so was. Er steuerte das Boot mit sicherer Hand aus dem Hafen, und die Sonnenbrille, die er aufgesetzt hatte, ließ ihn noch attraktiver wirken.

Bis sie die Bucht erreichten, in der sie ankern wollten, hatte Natalie sich wieder gefangen und die ganze Geschichte mit ihrer Familie weit von sich geschoben.

Paddy reichte ihr ein Glas. „Worauf sollen wir anstoßen? Auf Neuanfänge? Alte Zeiten?"

„Auf das Dinner."

Grinsend stieß er mit ihr an. „Das ist schon mal ein guter Anfang. Komm mit und setz dich zu mir, während ich mich ums Essen kümmere."

Nach einem ziemlich wackligen Abstieg bückte sie sich und streifte ihre Sandalen ab. Ja, sie waren süß und sexy, aber es war leichter, barfuß auf einem Boot herumzulaufen als in High Heels. „Ich hoffe, du hast nichts dagegen", sagte sie, als sie seinen Blick bemerkte.

„Absolut nicht. Die Schuhe sind zwar rattenscharf, das muss ich schon sagen. Aber mir gefällt noch viel besser, wenn du es dir auf meinem Boot bequem machst. Hoffentlich bläst dir der Wind den Rock so hoch, dass ich sehe, ob du noch immer diese Schleifen hinten an den Oberschenkeln hast."

Wenn ihre Erinnerung sie nicht trog, hatte er ziemlich oft an diesen Tattoos geleckt. Und wie sollte ihre Erinnerung sie trügen? Als ob man vergessen könnte, wenn ein Mann wie Paddy Hurley einem erst über die alleroberste Stelle der Oberschenkel leckt und dann kräftig in beide Pobacken beißt? Sie musste unwillkürlich zittern und war stolz darauf, dass ihre Stimme nicht verriet, wie sehr er ihr den Atem verschlagen hatte. „Das müssten aber schon kräftigere Windstöße sein. Das Kleid ist lang genug, um der aktuellen Brise standzuhalten."

Er schaute sie über die Schulter hinweg an. „Dann sind die hellroten Schleifen also noch dort?"

„Ich habe gehört, dass es ziemlich wehtun soll, ein Tattoo zu entfernen."

„Das wäre auch eine Schande. Vielleicht kriege ich sie ja später noch zu sehen. Oder du ziehst dir beim nächsten Date einen kürzeren Rock an."

„Mach dir nicht zu viele Hoffnungen. Bei der Arbeit muss

ich mich die ganze Zeit bücken oder hinknien, und die Eltern in Hood River halten nicht allzu viel von Bibliothekarinnen, die ihre Höschen in der Bücherei blitzen lassen."

Er stöhnte. „Du bist grausam, Natalie."

Wieder musste sie lachten. Sie hatte nicht erwartet, dass sie sich so entspannt mit ihm fühlen würde. Ihr war klar, dass sie mit dem Feuer spielte, aber sie konnte nicht anders. Es machte einfach Spaß, mit ihm zu flirten. Und … es fiel ihr leicht, weil die Bälle ganz unangestrengt zwischen ihnen hin- und herflogen.

Noch immer lächelnd schüttelte er den Kopf. „Bin gleich zurück. Ich muss nur rasch etwas in den Ofen und die Mikrowelle schieben." Er flitzte runter in die Kombüse, und sie schaute zufrieden aufs Wasser. Sie war seit Jahren nicht mehr auf einem Boot gewesen. Das letzte Mal war, als Tuesday Erics Asche verstreut hatte.

Ein paar Minuten später tauchte Paddy wieder auf. „Soll ich dir noch mal nachgießen? Ich habe auch Saft und Mineralwasser, falls du das vorziehst."

Sie mochte Champagner, daher genoss sie ihn bei den seltenen Gelegenheiten, bei denen sie überhaupt Alkohol trank. Andererseits sollte sie sich wohl vorsehen, denn Paddy hatte auf sie dieselbe Wirkung wie drei Gläser Schampus auf nüchternen Magen.

„Ich trinke dann noch etwas zum Essen."

Er stellte ein Tablett auf den niedrigen Tisch vor ihr ab. „Ein paar Snacks. Eigentlich wollte ich ja die Lorbeeren dafür einheimsen, denn du wirst total begeistert sein und würdest mich dafür, dass ich so was hinkriege, fantastisch finden. Und das ist schließlich mein Ziel. Aber es wäre nicht nett von mir, und irgendwann könntest du ohnehin herausfinden, dass meine Schwägerin Mary eine sensationelle Köchin ist und uns regelmäßig mit Essen versorgt. Sie hat diese ganzen kleinen Schweinereien hier gezaubert und mir mitgegeben. Ich selbst hätte da eher an Käse und Cracker gedacht. Diese da, die aussehen wie kleine Säckchen, schmecken mir besonders gut. Sie sind mit Käse, Spinat und noch anderem Zeug gefüllt." Er zeigte darauf.

Natalie steckte sich eins der Filoteig-Bündel in den Mund. „Hmm. Oh ja, die sind wirklich gut." Sie aß noch zwei davon und machte sich dann daran, die anderen Sachen zu probieren. Mit Blauschimmelkäse gefüllte Datteln, gewürzte Nüsse, in Prosciutto gewickelte Zuckermelonen.

Paddy schnappte sich ein paar Appetithäppchen und wandte sich dann dem Grill zu. Natalie machte es sich auf der ziemlich komfortablen Couch bequem und schaute ihm beim Arbeiten zu. Er hantierte ganz gelassen mit diversen Utensilien und fühlte sich deutlich wohl in seiner Haut.

„Es müsste in etwa fünf Minuten fertig sein. Man darf den Fisch nicht zu lange auf dem Feuer lassen."

„Soll ich dir helfen? Nicht beim Kochen, denn ich würde wahrscheinlich irgendwas anzünden. Aber ich kann Teller auf den Tisch stellen und solche Sachen."

„Nix da. Der Tisch ist schon gedeckt. Wenn du willst, kannst du den Pilaw aus der Mikrowelle holen. Da sind noch Sachen in der Kühlbox, aber die bringe ich gleich zusammen mit dem Lachs."

Sie konnte nur vermuten, wo die Kombüse lag, fand sie aber ohne Mühe, holte den Reis und brachte ihn zum Tisch auf dem Hauptdeck.

5. KAPITEL

Paddy trug ein großes Tablett mit Lachs und den anderen Sachen aus der Kombüse, blieb jedoch kurz stehen, als er sah, wie der Wind mit dem Saum ihres Kleides und den Haaren in ihrem Nacken spielte. Er fragte sich, ob sie wohl inzwischen noch mehr Tattoos hatte.

Er würde schrecklich gern selbst nachsehen, morgen früh, wenn die Sonne aufging und Natalie in seinem Bett aufwachte.

„Ich hoffe, du hast Hunger."

Sie drehte sich zu ihm um, und ihr Anblick traf ihn wie ein Schlag in den Magen. Das erwartungsvolle Lächeln, ihre ungezwungene Miene. Sie war so verdammt schön. In diesem Augenblick war sie ganz offen, und er sehnte sich nach ihr, so heftig, dass es ihn selbst erschreckte. Sie hatte etwas unwiderstehlich Verführerisches an sich. Nicht, wenn sie sich verschloss, das war Mist, und er konnte es nicht ausstehen. Natalie war … so elegant. Sie war auch stark, klar, aber sie bewegte sich mit einer geschmeidigen Anmut.

Auf nackten Füßen schlenderte sie zum Tisch. Und nein, er war kein Fußfetischist, aber verdammt, sie hatte sexy Füße, und auch sonst gefiel ihm alles an ihr. Sie war heute so lässig, ein bisschen windzerzaust, was ihn furchtbar ablenkte. Denn er malte sich ständig aus, wie sie unter diesem Kleid aussah. Sicher, er war schon mit ihr zusammen gewesen, aber das war jetzt mehr als zwölf Jahre her.

„Und ob. Zu Mittag hatte ich nur ein Burrito aus der Mikrowelle."

Er verdrängte energisch die Frage, welche Farbe wohl ihr Slip haben mochte, und zog einen Stuhl für sie vom Tisch zurück. Sie setzte sich. „Ich hoffe, das hier ist besser."

Lachend trank sie einen Schluck Champagner. „Schon die Appetithäppchen waren besser als das."

„Musik. Wir brauchen Musik." Er stand auf.

„Ich fange schon einmal an. Einer muss sich ja fürs Team opfern."

Lachend holte er die Fernbedienung für sein Dock und schaltete es ein, während er zu ihr zurückkam.

„Wow, du schaltest also gleich von null auf John Legend?"

„Ich nehme jede Hilfe an, die ich kriegen kann." Er tat erst ihr, dann sich etwas von dem Tomatensalat auf.

Natalie hatte so eine Art, im Gespräch plötzlich innezuhalten, das war ihm aufgefallen. Manchmal überlegte sie sich ihre Antworten sehr genau. Was wiederum zur Folge hatte, dass er mehr wissen wollte.

Schließlich leerte sie ihr Champagnerglas und sah ihm direkt in die Augen. „Gott steh mir bei, Patrick Hurley, aber du hast keinerlei Hilfe nötig."

Oh ja, das fühlte sich gut an. „Im Ernst?"

Sie seufzte. „Ja."

„Ist das ein gutes Seufzen? Oder ein schlechtes?"

Sie kaute auf ihrer Unterlippe. „Ich weiß es nicht."

Dann schüttelte sie den Kopf und spießte ein Stück Lachs mit der Gabel auf. „Ach, alles Lüge. Es ist ein gutes Seufzen. Und auch der Lachs ist fantastisch."

Er warf sich noch kurz grinsend in die Brust, dann ließ er Natalie vom Haken und wechselte das Thema. „Also, warum isst du überhaupt Mikrowellen-Burritos? In der Nähe der Bücherei gibt's doch ein paar nette kleine Cafés, in denen man richtig gut essen kann."

„Manchmal komme ich mittags einfach nicht weg, und dann brauche ich irgendein Schnellgericht. Ich gehe aber auch raus zum Essen. Sehr oft. Das ist besser als ein tiefgefrorenes Diätgericht, das nach Tränen und Einsamkeit schmeckt. Ich verabscheue dieses Zeug. Trotzdem ist meine Kühltruhe voll davon."

Paddy rümpfte die Nase und unterzog ihre Kurven einer begehrlichen Musterung. „Wozu um alles in der Welt brauchst du Diätgerichte?"

„Ich liebe Donuts und hasse Sport."

„Sex ist ein toller Sport. Ich sag's nur."

„Hmm. Ich bin mir nicht sicher, ob Anspielungen auf andere

erotische Abenteuer das richtige Verkaufsargument sind, um eine Frau ins Bett zu locken."

Er wand sich ein bisschen, total peinlich berührt, aber dann sah er das Zwinkern in ihren Augen. „Oh mein Gott, du nimmst mich auf den Arm."

Sie zuckte mit den Schultern. „Es gibt Leute, die finden mich witzig. Obwohl ich mein Brot damit verdiene, andere ständig zur Ruhe zu ermahnen."

Er lachte leise und brach dann ab, weil er sie sich in einem engen Rock mit einer weißen Hemdbluse vorstellte, total streng, vielleicht noch mit einem Lineal in der Hand und ein paar wirklich hohen schwarzen Pumps und Strümpfen, die hinten eine Naht hatten.

Strümpfe, die bis zu den beiden roten Schleifen reichten.

Er räusperte sich, trank den Rest von seinem Champagner aus und schenkte ihnen beiden noch einmal nach.

„Warum ausgerechnet Bibliothekarin?"

„In meinem dritten Jahr am College war ich auf einer dieser Jobmessen. Ich bin die Gänge rauf und runter gegangen, habe Broschüren eingesammelt, mir Notizen gemacht und pflichtbewusst Fragen gestellt. Und zum Schluss bin ich bei den MLIS-Leuten gelandet – da geht es um den Masterabschluss für Bibliotheks- und Informationswissenschaften. Eine Dreiviertelstunde war ich bei ihnen. Ich mochte sie. Mir gefiel, was sie machten. Eigentlich hatte ich ja erwogen, Lehrerin zu werden, aber einer von den Typen, die ich an dem Tag traf, empfahl mir, mich für das Graduiertenprogramm der MLIS zu bewerben."

Während sie erzählte, aßen sie weiter.

„Er war so hilfsbereit, freundlich und offen. Ich habe mich dann wirklich beworben und wurde auch angenommen." Sie schwieg einen Moment. „Natürlich hatte sich, als ich kurz vor meinem Examen stand, die Wirtschaftslage geändert", fuhr sie dann fort. „Bei den ganzen Kürzungen für Bibliotheken war die Zukunft auf einmal ziemlich unsicher. Ich hatte während des Studiums stundenweise in einer Bibliothek in der Nähe des Campus gejobbt und wusste daher, wie knapp das Geld war. Ich dachte damals daran, woanders zu arbeiten als in einer öffentlichen Bibliothek. Es gibt andere Betätigungsfelder für Bibliothekare. Anwaltskanzleien zum Beispiel. Colleges, Universitäten, so etwas. Aber … öffentliche Büchereien sind wichtig. Und alles andere wäre nur ein Kompromiss für mich gewesen. Dann wurde die Stelle hier in der Stadt frei, ein Freund hat mir davon erzählt, und der Rest ist fast schon Geschichte."

„Woanders hättest du wahrscheinlich sehr viel besser verdient."

Das neckische Glitzern in ihren Augen erlosch, und als sie weitersprach, war sie ganz ernst. „Frei zugängliche Bibliotheken sind unverzichtbar, Paddy. Sie sind mehr als Orte, wo man sich Bücher ausleihen kann. Für sehr viele Kinder sind sie ein Hafen. Das darf man nicht unterschätzen. Bibliotheken können eine Zuflucht, ein Heim für Menschen sein, die bei sich zu Hause nicht sicher sind. Das ist unbezahlbar. Es gibt Kinder, die keine Erwachsenen in ihrem Leben haben, die sich auch nur einen Deut um sie scheren. Aber die Kinderbuch-Bibliothekarin hält vielleicht ein Buch für sie zurück, von dem sie glaubt, dass es ihnen gefallen könnte. Plötzlich erfahren diese Kinder Zuwendung, und das ändert alles. Ich verdiene genug, um meine Rechnungen zu bezahlen, und glücklicherweise habe ich auch noch anderes Geld, Familienvermögen. Die Möglichkeit zu haben, Teil eines sicheren Orts für andere zu sein, bedeutet mir alles."

In diesem Augenblick verliebte Paddy sich ein bisschen in Natalie Clayton mit ihrem leidenschaftlichen Engagement für Kinder und Bibliotheken.

„Sieh da, wenn man nur ein bisschen an der Oberfläche kratzt, findet man eine grimmige Verteidigerin der Kindheit. Das finde ich toll."

Sie zuckte mit den Schultern.

„Familienvermögen?"

Natalie wandte kurz den Blick ab, nickte aber dann. „Ja. Ich hatte überlegt, darauf zu verzichten, aber letztlich finde ich es gut, dass ich es benutzen kann, um anderen Leuten zu helfen."

„Was hält denn deine Familie davon?"

„Lass uns mal eine Weile von dir reden. Warum bist du hier in Hood River geblieben, anstatt nach L. A., Seattle oder New York zu ziehen?“

„Das sind alles Top-Städte. Ich habe sogar eine Wohnung in Manhattan und auch ein Apartment in Santa Barbara, wo ich immer dann hinfahre, wenn ich das Meer brauche. Aber meine Familie ist hier. Wir haben genug Land, sodass ich meine Ruhe haben kann, wenn mir danach ist. Trotzdem leben meine Brüder und meine Eltern so nah, dass ich binnen Minuten bei ihnen vor der Tür stehen kann. Wenn ich hier bin, fasse ich mit an. In einer alten umgebauten Scheune haben wir ein Studio eingerichtet, und dort produzieren wir unsere ganzen Sachen. Hier weiß ich, wo alles ist. Und in der Stadt belästigt uns wirklich niemand. Ich schätze, letztendlich ist das mein Zuhause. Jeder sollte ein Zuhause haben.“

Sie lächelte ihn an, und das machte ihn glücklich.

„Mir gefällt Hood River sehr. Am schönsten ist es im Herbst, wenn das Laub in allen möglichen Farben leuchtet. Einfach traumhaft.“

„Ich dachte, du wärst in Medina aufgewachsen?“

„Nein. Meine Großeltern haben dort gelebt. Tatsächlich bin ich in Los Angeles aufgewachsen. Ich habe sie ein paarmal im Jahr besucht, aber ich komme aus einer Welt, in der die Blätter sich nie verfärben.“

„Wo in L. A.?“

„Whittier. Ein Vorort, östlich von Downtown. Du hast eine Schwägerin erwähnt? Wann hat dein Bruder geheiratet?“

Ihre Familie war offensichtlich ein heikles Thema.

„Lass mal sehen, hm, vor ungefähr einem Jahr. Ja, das kommt hin, demnächst haben sie Hochzeitstag. Hast du Geschwister?“

„Ich bin in dem Glauben aufgewachsen, ein Einzelkind zu sein. Aber vor ein paar Jahren hat meine Großmutter nach fünf Gläsern Wein durchblicken lassen, dass meine zweite Cousine in Wirklichkeit meine Schwester ist.“

„Wow, das klingt ja wie aus einer dieser Mittags-Talkshows. Wie hat sie es aufgenommen? Hatte sie es gewusst?“

„Sie weiß es bis heute nicht, und es ist auch besser, wenn sie es nie erfährt. Es ist ja nicht so, als ob ihr eine großartige elterliche Zuwendung entgangen wäre."

„Du willst es ihr nicht sagen? Keine Beziehung mit ihr haben?" Paddy konnte sich nicht vorstellen, dass jemand seinen Bruder oder seine Schwester links liegen ließ. Er und seine Brüdern stritten sich zwar wie verrückt, trotzdem war es für ihn undenkbar, sie nicht in seinem Leben zu haben.

Einen kurzen Atemzug lang huschte ein Schatten der Trauer über Natalies Gesicht. „Sie ist in einem relativ normalen Haushalt mit beiden Eltern aufgewachsen. Heute ist sie verheiratet und hat selbst drei Kinder. Zusammen mit ihrem Mann betreibt sie ein Schreibwarengeschäft in einem kleinen Ort in Nevada. Sie hat ein gutes Leben. Und da soll ich sagen, dass ihre Mutter eine Affäre hatte und alles, was sie bisher geglaubt hat, eine Lüge ist? Welches Recht habe ich denn, das zu tun?"

Er lehnte sich zurück. So gesehen hatte sie recht. Vermutlich würde es ihr eine Last von den Schultern nehmen, dieses Wissen zu teilen, aber sie tat es nicht, um ihre Schwester zu schützen.

„Es tut mir leid. Dann hattest du also keine so tolle Kindheit?"

Schulterzucken. „Jetzt habe ich ein gutes Leben. Das ist es, was zählt. Und jetzt zu dir: Findest du es nicht ein bisschen unheimlich, ein Rockstar zu sein?"

„Doch. Manchmal ist es sogar total unheimlich." Es war ein verzwicktes Unterfangen, mit dieser Frau ein Gespräch zu führen. Sie gab zwar ein paar persönliche Dinge preis, aber um manche Themen redete sie herum oder vermied sie ganz.

Er wollte sie kennenlernen. Ihre Verletzungen und wunden Punkte genauso wie die Dinge, die sie zum Lächeln brachten.

„Wann zum Beispiel?"

„Nun ja, im Grunde bin ich einfach Paddy. Der war ich schließlich mein Leben lang. Und dann gehe ich in Manhattan über die Straße, und plötzlich schnappt jemand nach Luft und ruft meinen Namen, und es ist irgendwie … es hat einfach eine ganz bestimmte Tonlage, als Paddy Hurley von der Sweet

Hollow Ranch erkannt zu werden. Und ja, natürlich ist es auch großartig. Ich meine, ich freue mich, dass die Leute unsere Musik mögen und ich mein Geld mit dem verdienen kann, was mir Spaß macht. Es macht Spaß, in der Welt herumzureisen. Aber es ist schon sehr seltsam, wenn Leute anfangen zu zittern und zu heulen, nur weil sie gerade gesehen haben, wie ich mir einen Kaffee hole."

„Irgendwo ist das ja auch eine verdammt große Verantwortung."

Sie hatte kapiert, was er meinte. Angespornt von ihrem Verständnis, erwärmte er sich für das Thema. „Ja. Das stimmt. Normalerweise bin ich morgens, bevor ich meinen ersten Kaffee hatte, total unerträglich. Meinen Brüdern kann ich dann einfach sagen, sie sollen sich verpissen, aber diesem aufgeregten Teenie? Manchmal muss ich mich irre zusammenreißen, um die Leute auch dann nicht anzufahren, wenn ich gerade irren Hunger habe oder stocksauer bin."

„Es muss anstrengend sein, die ganze Zeit den überlebensgroßen Star zu spielen."

„Das ist ein weiterer Grund, weshalb ich hier lebe und nicht in L. A. oder Manhattan. Anonymität wird definitiv *nicht* überbewertet. Hier kann ich in einer schäbigen Jeans einkaufen gehen, ohne dass ich zehn Minuten später online zu sehen bin. Hier bin ich beschützt. Wenn ich in der größeren Welt draußen bin, ist das anders. Leute, die du nicht mal kennst, denken sich einfach irgendeinen Mist über dich aus. Das hasse ich. Vor zwei Jahren, als wir auf einer Tournee waren, hatte ich eine Lebensmittelvergiftung. Hast du das schon mal gehabt? Es gibt nichts Schlimmeres. Ich dachte, ich müsste sterben. Wie auch immer, sie mussten mich in die Notaufnahme bringen, weil es so schlimm war, und natürlich stand dann überall, dass ich eine Überdosis hatte. Meine Mom ist ausgerastet." Abrupt brach er ab, und über den Tisch hinweg berührte sie seine Hand.

„Ich weiß. Das mit Ezra, meine ich. Es war doch damals praktisch unmöglich, die ganze Berichterstattung darüber nicht mitzubekommen."

Paddy schluckte. Er war vorsichtig damit, etwas von Ezra zu erzählen. Der, nachdem er seine Drogenabhängigkeit besiegt hatte, so stark gewesen war, sich aus der Öffentlichkeit zurückzuziehen.

„Deine Mom hätte beinahe einen Sohn verloren, ich kann mir nur zu gut vorstellen, wie verstörend es für sie gewesen sein muss, das über einen ihrer anderen Söhne zu lesen. Ihr alle führt tatsächlich ein ziemlich extremes Leben da draußen auf der Straße."

„Dann hast du uns also gegoogelt?" Er wusste nicht recht, ob es ihm peinlich war, er sich geschmeichelt fühlen sollte oder was sonst.

Sie schnaubte belustigt. „Also bitte. Ich lebe schließlich in dieser Welt. In der es Fernsehen und anderen Medien gibt. Ihr seid supersüße Brüder, die zusammen eine Rockband haben. Natürlich gehört es zum Allgemeinwissen, dass ihr einen draufmacht und wüst feiert, wenn ihr unterwegs seid. Dafür muss man kein Sherlock Holmes sein."

„Oh. Ja. Wahrscheinlich. Es ist aber weniger wüst, als sie es darstellen." Meistens. Vor allem, seit Mary dabei war. Sie fuhr mit, wenn sie auf Tour waren, und duldete in ihrer Gegenwart keinerlei Bullshit.

„Aber um auf deine Frage zurückzukommen, ja, es ist schon unheimlich. Aber in Restaurants bekomme ich die besten Tische. Ich fliege erster Klasse. Um Geld muss ich mir keine Sorgen machen, denn ich habe genug, und ich habe einen sehr guten Finanzberater, der es für mich verwaltet und in meine Zukunft investiert. Ich habe ein paar großartige Menschen kennengelernt und erstaunliche Dinge gesehen. Ich mache das, wovon ich immer geträumt habe, und wir haben das Glück, damit auch noch erfolgreich zu sein."

Sie hatten ihr Dinner und das Dessert beendet.

„Na, wie habe ich das gemacht?"

Sie schaute über die Schulter zurück, denn sie war aufgestanden, um aufs Wasser zu schauen.

„Das Essen war fantastisch."

„Und das Date im Allgemeinen?"

„Da gibt es nicht viel zu meckern. Umwerfender Mann. Tolles Boot. Eine wundervolle Kulisse. Perfektes Wetter."

Paddy nahm ihre Hand und führte Natalie nach hinten zum Heck. „Umwerfend, echt?" Er drehte sie zu sich um, sodass sie die Reling im Rücken hatte.

„Willst du etwa so tun, als wüsstest du nicht, wie hübsch du bist?"

„Nein, nein." Sie brachte ihn immer wieder zum Lachen. „Trotzdem, es ist nett, das von einer schönen Frau zu hören, von der ich wirklich hoffe, dass ich sie heute Abend ein- oder zweimal küssen darf."

„Mein Urteilsvermögen lässt wirklich zu wünschen übrig." Aber Natalie hatte nicht vor, sich dagegen zu wehren.

„Im Ernst jetzt? Das klingt wie ein Sieg für mich."

Lachend legte sie ihm eine Hand an die Brust. „Du bist schlecht für mich."

„Ich verspreche, dass du von mir keine Karies bekommst und ich dir auch keinen Diabetes anhänge. Damit bin ich schon mal viel besser für dich als Donuts."

Natalie ließ ihre Hand zu seinem Hals gleiten und umfasste sanft seinen Nacken. Er zog sie an sich und schlang einen Arm um ihre Taille.

Dann senkte er den Kopf, und sie stellte sich auf die Zehenspitzen, um ihm für den Kuss auf halbem Weg entgegenzukommen.

Ha, *Kuss* war ein so schwaches Wort für das, was da abging.

Sie vergrub die Finger in seinen Haaren, um ihn festzuhalten. Wenn sie schon eine wirklich schlechte Entscheidung traf, dann wollte sie wenigstens keine halben Sachen machen.

Außerdem wusste sie ja, wie gut er küsste.

Paddy strich mit der Zungenspitze über ihre Unterlippe und biss dann hinein, fest genug, um sie nach Luft schnappen zu lassen. Er nutzte den Moment, um mit der Zunge in ihren Mund vorzustoßen, was ihre Knie prompt zu Gelee werden ließ.

Das hieß aber nicht, dass sie ihn alle Arbeit tun lassen wollte. Sie stöhnte wohlig auf und begann, an seiner Zunge zu saugen. Er wölbte sich ihr entgegen und drückte sie noch fester an sich. Sie verlor sich in ihm, genoss ihn mit allen Sinnen, seine Hände auf ihrem Körper, sein Geschmack, der ihr ganzes Sein erfüllte, bis sie nichts mehr denken, nichts mehr fühlen konnte als seinen Mund auf ihrem.

Es gab nur sie beide hier draußen. Die Sterne über ihnen, das Geräusch des Wassers, die sanfte Brise, Paddy und Natalie, und es war perfekt. Und gegen Perfektion soll man nicht ankämpfen.

Der Kuss ging über in den nächsten und den nächsten, bis sich alles in ihrem Kopf drehte. Sie klammerte sich an ihn, gab sich hin, genoss jede Sekunde dieses wundervollen Moments, bis er sich schließlich von ihr löste, sie aber weiter in den Armen hielt.

„Ich muss schon sagen. Das war verdammt großartig."

Sie lachte, während sie gleichzeitig versuchte, wieder zu Atem zu kommen.

„Hast du Lust zu schwimmen?"

„Ich habe keinen Badeanzug dabei." Und mit absoluter Sicherheit würde sie kein ausrangiertes Teil von irgendeinem anderen Mädel anziehen, das er hier rausgebracht hatte.

„Hier ist niemand. Du brauchst keinen Badeanzug."

Seine Stimme, die erotische Freuden verhieß, umfing sie wie eine aufreizende Liebkosung.

„Es war wirklich ein heißer Tag. Ich habe weiche Handtücher hier, und es gibt eine Dusche, falls du dir das Flusswasser abspülen willst."

Er zog sein Hemd aus und sah sie herausfordernd an.

„Nun mach schon. Lebe mal ein bisschen gefährlich."

Er öffnete den Reißverschluss seiner Jeans und schob sie nach unten. Dass er keine Unterwäsche trug, war keine Überraschung. Ebenso wenig wie die Tatsache, dass er offenkundig *wirklich* ganz scharf darauf war, mit ihr schwimmen zu gehen.

Er folgte ihrem Blick zu seinem Schwanz und schaute sie dann grinsend an. „Tja, nun. Du bist halt ziemlich unwiderstehlich. Aber ich verspreche dir, es ist nur eine Einladung zum Schwimmen. Natürlich würde ich auch gern mit dir vögeln. Aber wir werden es in deinem Tempo angehen."

Er hob das Polster von einer der Liegen. Im Hohlraum darunter lag ein Stapel ordentlich gefalteter Handtücher. Paddy nahm zwei davon heraus. „Also, was ist jetzt?"

Sie sollte Nein sagen. Und darauf hinweisen, dass sie morgen arbeiten und daher jetzt wirklich nach Hause müsste.

Stattdessen sagte sie: „Du zuerst."

Grinsend sprang er vom Heck ins Wasser. „Ich werde dir sogar den Rücken zuwenden, bis du drin bist."

Natalie knöpfte ihr Kleid auf, schlüpfte heraus, BH und Slip folgten. Sie faltete alles zusammen, legte die Sachen außer Platschweite und sprang mit Anlauf in den Fluss.

6. KAPITEL

„Dann ist es also gut gelaufen, was?“ Tuesday blieb stehen, um sich ein Paar perlenbestickte Slipper genauer anzusehen. Sie waren zu einem Kunsthandwerksmarkt nach Portland gefahren, hatten unterwegs Kaffee getrunken und mit dem Radio mitgesungen.

„Es war … Ja, es war gut. Er hat für mich gekocht und mich ein bisschen umgarnt.“

Seit dem Date waren schon ein paar Tage vergangen, aber Tuesday und sie hatten sich zwischen der Arbeit und anderen Verpflichtungen kaum gesehen, sodass es das erste Mal war, dass sie über alles reden konnten.

Tuesday stellte die Slipper wieder hin, und sie gingen weiter. Diesmal war es Natalie, die stehen blieb, um eine gerahmte handgefärbte Fotografie zu begutachten. „Wow, die ist fantastisch.“ Sie drehte sich zu Tuesday um. „Die würde perfekt in den vorderen Flur passen, findest du nicht?“

Tuesday nickte. Natalie kaufte das Bild und schob es vorsichtig in den Hackenporsche, den sie immer zu Messen, Gemüsemärkten und Tauschbörsen mitnahmen.

„Hast du mit ihm geschlafen?“

Natalie schnaubte amüsiert. „Du bist echt unglaublich subtil.“

„Du mich auch. Hast du nun?“

Natalie schüttelte den Kopf. „Nee. Wir haben uns zwar ausgezogen, aber nur, um schwimmen zu gehen. Und es war dunkel, trotzdem habe ich etwas … okay, eine Menge … gesehen, als er sich einfach auszog und ins Wasser gesprungen ist.“ Unwillkürlich musste sie lächeln, und weil es Tuesday war, legte Natalie noch ein paar Details nach. „Alles ist noch genau so, wie ich es damals zurückgelassen habe. Wir haben uns viel geküsst. Er hat ganz schön gefummelt. Aber als wir rauskamen, habe ich mich wieder angezogen, und er sich auch. Und dann hat er mich nach Hause gefahren.“

„Bäh. Wie lahm! Du sagst doch, sein Schwanz wäre noch immer nett und stabil, also was war los?“

Natalie lachte. „Stabil?“

„Wie der Arbeitsbrummi auf einer Farm, denk ich mal.“

Natalie bekam einen solchen Lachanfall, dass sie anhalten mussten, damit sie wieder zu Atem kam. „Du bist so verdorben und verrückt, Tuesday. Gott sei Dank, dass es dich gibt. Wir haben es nicht gemacht, weil ich nicht bereit dazu war.“

„*Echt?* Du hast doch schon mal mit ihm gevögelt. Warum denn jetzt nicht? Schließlich bist du keine Jungfrau mehr.“

„Du solltest dich vielleicht selbst mal wieder flachlegen lassen, wenn du dich schon so für mein Liebesleben interessierst. Meine Güte!“

„Meine Sachen sind besser“, sagte Tuesday halblaut, als sie den Schmuckstand, vor dem sie stehen geblieben waren, hinter sich ließen.

„Logo.“ Dieser spezielle Kunsthandwerksmarkt hatte eine Warteliste, und Tuesday hatte sich eingetragen. Hoffentlich würde sie hier bald mal einen eigenen Stand bekommen.

Tuesday wedelte mit der Hand. „Hallo, du magst Sex. Er ist eine echte Sahneschnitte. Wieso bist du *nicht bereit*?“

„Ich brauche noch ein bisschen Zeit, und die hat er mir gelassen. Das sagt doch eine Menge. Wir haben uns unterhalten. Miteinander geflirtet. Wir haben uns geküsst. Alles ist gut. Manchmal ist es besser, die Sache etwas langsamer anzugehen. Wenn er nur darauf aus war, mit mir zu vögeln, wird er sich nicht wieder blicken lassen.“ Im Grunde waren sie sich da ganz ähnlich: So, wie er sich sorgte, dass die Leute sich nur für Promi-Status interessieren könnten, musste sie eben sichergehen, dass er mehr von ihr wollte als Sex.

„Aha. Verstehe. Das ist vermutlich nur fair. Wenn er deinen Test also besteht und dich anruft, um dich noch einmal einzuladen, wirst du gehen?“

Natalie konnte sich nicht erlauben, sich selbst zu belügen, und Tuesday würde es ohnehin merken und sie zur Rede stellen. Also entschied sie sich für die unverblümte Wahrheit. „Ja, auf jeden Fall. Ich mag ihn. Er hat Humor und Talent. Außerdem kann er kochen.“

„Das ist immer ein Plus."

„Aber er ist neugierig. Am Ende habe ich ihm mehr erzählt, als ich wollte. Damals hatten wir nur eine Menge Sex und haben getrunken. Dieses Reden ist neu."

Sie mussten beide lachen.

„Dann bist du also … Es ist dir ernst mit ihm. Echt?"

„Ja. Vielleicht. Keine Ahnung. Bislang ist es nur ein einziges Date. Aber ich musste es bei ihm genauso angehen wie sonst auch. Schließlich wäre ich mit irgendeinem anderen Typ auch nicht gleich bei der ersten Verabredung in die Kiste gesprungen. Und dann gibt es da noch diese anderen Probleme mit ihm, die mich zögern lassen. Er ist immer noch …" Natalie fuchtelte wild mit den Händen herum. „Ein Tornado? Ein Sturm? Er ist chaotisch, und er bringt eine Menge mit sich, was ich nicht will oder brauche."

„Ob du es brauchst oder nicht, ist ein völlig anderes Thema, Nats. Wie auch immer, er hat dich schließlich nicht gefragt, ob du ihn heiraten oder mit auf Tournee gehen willst. Im Augenblick ist er Paddy, der Farmer, und du bist die Bibliothekarin. Wenn ich es mir recht überlege, klingt das für mich nach einem echt heißen Buch, das ich unbedingt lesen würde. Also leb mal ein bisschen. So ernst ist das Ganze nun auch wieder nicht."

Natalie atmete geräuschvoll aus. Sie wollte ihn, jedenfalls für eine kurze Zeit, deshalb war es eigentlich in ihrem Interesse, wenn sie sich von Tuesday dazu überreden ließ.

Tuesday hakte sich bei Natalie unter. „Wir haben genug Geld ausgegeben, und jetzt habe ich Hunger. Ich brauche einen Berg Pfannkuchen und dazu ein paar Produkte vom Schwein."

„Ja, bitte. Lass uns das hier ins Auto bringen, und dann auf zum Brunch."

Paddy war früh aufgestanden, denn er brauchte dringend körperliche Betätigung, um seine brennende Lust abzukühlen. Nicht einmal Masturbieren unter der Dusche hatte geholfen, also war er seit Sonnenaufgang mit Ezra in den Obstgärten.

Die Arbeit im Freien und die frische Morgenluft, die sich binnen Stunden aufheizen würde, hatten dafür gesorgt, dass ein deutlich entspannterer Paddy zusammen mit Ezra die Eingangstreppe zum Haus ihrer Eltern hinaufstieg, um dort zu frühstücken.

Er hörte Mädchenstimmen, und er musste breit lächeln, als ihm wieder einfiel, dass seine Nichten in dieser Woche bei Vaughan waren.

Kensey und Maddie halfen ihrer Großmutter dabei, Pfannkuchenteig in die Pfanne zu gießen. Sie hoben die Köpfe und schrien begeistert auf, als sie ihre beiden Onkel hereinkommen sahen.

„So würde ich gern immer begrüßt werden, wenn ich einen Raum betrete." Paddy kniete sich hin und breitete die Arme aus, um sich von den Mädchen küssen und umarmen zu lassen. „Ihr beide werdet viel zu groß. Ihr müsst sofort damit aufhören."

Vaughan lächelte seine Töchter an. „Sie sind schon in der zweiten und dritten Klasse."

Es war ein etwas bittersüßes Lächeln, denn die beiden lebten nicht bei ihrem Dad. Ihre Mutter hatte das Hauptsorgerecht, und sie wohnte ganz in der Nähe, in Gresham. Aber Paddy musste zu ihrer Ehre einräumen, dass sie mehr als eine Gelegenheit gehabt hätte, die Gegend zu verlassen, um eine Ausbildung zu machen oder weil ihr ein Job angeboten wurde, und sie hatte alles abgelehnt, damit die Mädchen ihren Vater regelmäßig sehen konnten.

Sie hatten zu früh geheiratet und sich zu schnell wieder scheiden lassen. Vaughan und Kellys Ehe war ihrem Lebensstil, ihrer Jugend und ihrer Unerfahrenheit in Beziehungsdingen zum Opfer gefallen.

Paddy schaute zu seinem Bruder. Vaughan hatte Kelly nie wirklich losgelassen. Das schränkte zwar sein Liebesleben nicht sonderlich ein; es hatte immer reichlich Frauen für ihn gegeben. Aber keine von ihnen hatte ihn länger interessiert als vielleicht ein oder zwei Wochen, und er ging nur selten aus.

Kelly und Vaughan waren aus demselben Grund zusammengekommen, der sie auch getrennt hatte: Zwischen ihnen herrschte eine geradezu explosive Chemie. Aber mit dreiundzwanzig beziehungsweise fünfundzwanzig hatte keiner von ihnen gewusst, wie sie damit umgehen sollten, und so war ihnen ihre Beziehung um die Ohren geflogen.

Paddy trat zur Seite, und die Mädchen liefen zu Ezra und bombardierten ihn mit Fragen über die ganzen Tiere, die er hielt. „Na klar, wir reiten nach dem Frühstück. Ihr könnt auch rüberkommen und euch die Ziegen ansehen. Violet passt auf sie auf."

Das fanden die beiden umwerfend komisch. Ein Schwein, das auf die Ziegen aufpasste? Aber Ezras verrücktes, herrisches Schwein hielt sich nun mal für einen Hund.

„Der Kaffee ist gerade fertig geworden." Seine Mutter wies mit dem Pfannenheber auf die Kaffeemaschine. „Mary und Damien kommen auch noch zu uns rauf, deshalb müsst ihr Jungs mal die Zusatzplatte in den Tisch legen."

Gehorsam setzten sich alle in Bewegung, und zehn Minuten später war das Esszimmer erfüllt von dem fröhlichen Lärm einer Familie, die sich auf ein gewaltiges Frühstück stürzte.

„Wie war dein Date?" Ihre Mutter vergaß nie etwas, was einerseits großartig war, andererseits ziemlich furchterregend.

„Gut. Marys Essen ist super angekommen und hat meinen Lachs nur noch besser aussehen lassen. Wir haben Champagner getrunken und sind schwimmen gegangen." Er versuchte es mit einem, wie er hoffte, lässigen Schulterzucken. Es *war* ja tatsächlich ein netter Abend gewesen. So was hatte er nur noch selten. Einfach ganz normale Kennenlern-Dates, die Spaß machten.

„Wirst du sie noch einmal einladen?", fragte Ezra und legte einen Pfannkuchen auf Kenseys Teller.

„Ja." Darüber hatte Paddy nicht einmal nachdenken müssen. Am nächsten Tag hatte er ihr Wildblumen geschickt. Natalie hatte ihn angerufen, um sich zu bedanken, aber nur seinen Anrufbeantworter erwischt. Als er sie zurückrief, landete er auf ihrer Mailbox.

Auf jeden Fall wollte er sie wieder einladen, und dann würde das Date hoffentlich erst am nächsten Morgen enden. Ihre Küsse hatten eindeutig nach Leidenschaft geschmeckt. Noch immer funkte es gewaltig zwischen ihnen. Aber sie hatten sich beide verändert.

Ganz besonders Natalie. Das unbekümmerte Mädchen, mit dem er damals zwei heiße Wochen lang rumgemacht hatte, sprach nie über persönliche Dinge, und er musste zugeben, dass er sie auch nie danach gefragt hatte. Sie hatte schon viel geredet, aber nur selten über Privates.

„Ihr solltet mal hören, wie sie über ihre Arbeit spricht. Mit so viel Gefühl. Das ist mehr für sie als ein Job, der dafür sorgt, dass sie ihre Rechnungen bezahlen kann. Es ist ihre Berufung. Ich war wirklich beeindruckt."

„Ist das deine Freundin, Onkel Paddy?", fragte Maddie.

„Schön wär's. Sie ist Bibliothekarin hier in der Stadt."

Kensey riss die Augen auf. „Echt? Können wir dann da hingehen und uns Bücher von ihr ausleihen? Ich finde die Bibiothek toll."

„Bibliothek, Schätzchen." Vaughan gab ihr einen Kuss auf den Kopf. „Und klar, ich glaube, Bücher ausleihen ist eine tolle Idee."

Seine Mutter startete einen weiteren Versuch, an Informationen zu gelangen. „Also was hat sie denn von ihrer Arbeit erzählt?"

„Für sie ist die Bibliothek wie ein Hafen, und sie möchte dazu beitragen, dass es ein sicherer Ort für Kinder und andere in der Gemeinde ist. Sie sagt, die Bibliothek ist mehr als nur ein Buchverleih."

Seine Mutter lächelte, und Paddy wusste, dass das Ärger bedeutete.

„Das gefällt mir. Das Mädchen hat ein gutes Herz. Du hast sie also gekannt, als ihr beide noch jung und dumm wart, und jetzt seid ihr erwachsen geworden."

„Ja." Nur gut, dass die Kinder da waren, das würde seine Mutter davon abhalten, über geschützten Sex zu sprechen und andere peinliche bis oberpeinliche Themen anzuschneiden. Das hieß allerdings nicht, dass sie ihn deswegen nicht später noch zur Brust nehmen könnte.

„Ist sie hübsch?" Maddie stibitzte ein Stückchen Schinken vom Teller ihres Vaters, und er tat so, als wäre er empört.

„Sehr hübsch."

„Sie mag also Bücher und ist hübsch. Ist sie auch klug?"

Er nickte. „Sie hat einen Master. Weißt du, was das ist?"

Maddie schüttelte den Kopf.

„Du gehst zur Grundschule und dann auf die Highschool. Das hat sie auch gemacht. Danach ist sie dann aufs College gegangen. Das dauert vier Jahre. Und hinterher ist sie noch ein paar Jahre länger zur Schule gegangen, um einen besonderen Abschluss als Bibliothekarin zu bekommen."

„Das ist aber eine Menge Schule! Klug und hübsch. Meine Mom sagt immer, hübsch geht vorbei, aber klug dauert ewig."

„Das sagt sie immer, wenn Maddie keine Lust hat, ihre Hausaufgaben zu machen", fügte Kensey hinzu.

„Nun, da hat deine Mom recht." Vaughan lachte und zwinkerte Paddy zu.

Als Natalie am Montagmorgen ins Common Grounds kam, saß Paddy an seinem üblichen Tisch.

„Da bist du ja. Guten Morgen, Natalie. Ich war so frei und habe schon für dich bestellt." Er wies auf einen sehr großen Kaffeebecher und zwei Gewürz-Donuts.

„Du bist der Teufel."

Er lachte. „Warum das denn?"

Sie setzte sich und bewunderte erst das hübsche Muster, das Bobbi auf ihren Cappuccino-Schaum gezaubert hatte, dann die männliche Schönheit seines Gesichts. „Donuts? Zwei auf einmal?"

„Es ist Montag. Wenn dir ein extra Donut dabei hilft, den Wochenanfang unbeschadet zu überstehen und nicht gewalttätig zu werden, dann solltest du unbedingt alle beide aufessen."

Bei seinen mutmaßlich zwei oder drei Prozent Körperfett

hatte er natürlich gut reden, was sie aber nicht davon abhielt, ihren ersten Donut in gefühlt drei Bissen zu verschlingen. Aber vielleicht waren es ja doch vier.

Hoffentlich.

Er grinste bloß.

„Was ist?"

„Ich sehe dich einfach gern an. Hattest du ein schönes Wochenende?"

„Ich war mit Tuesday auf einem Kunsthandwerksmarkt und habe ein paar Sachen für mein Haus gekauft. Ich habe zu viel gegessen. Wir haben irgendwelches Zeugs in den Vorgarten gepflanzt, und gestern hat sie mich überredet, mit ihr wandern zu gehen. Ich freue mich schon auf den Winter, dann muss ich wenigstens ein paar Monate lang nicht auf Berge steigen."

„Ach, nun komm schon. Du würdest es nicht machen, wenn du es wirklich nicht wolltest."

Fast hätte sie sich an dem zweiten Donut verschluckt. „Ich sag's dir nur ungern, aber ich mache das wirklich nur, weil meine beste Freundin so drauf steht. Ich fahre nicht so besonders auf schweißtreibende Aktivitäten ab." Sie trank einen Schluck von ihrem Cappuccino. „Nun ja, abgesehen von ein paar Ausnahmen. Es gibt schon auch Schweiß, für den sich die Strapaze lohnt."

Er beugte sich zu ihr. „Bitte sag mir, dass du von Sex sprichst."

Sie setzte eine betont ernste Miene auf. „Nein, ich spreche vom Blätterharken. Natürlich meine ich Sex."

Theatralisch wischte er sich über die Stirn. „Ich wechsele lieber das Thema, sonst bin ich stundenlang zu nichts zu gebrauchen. Bobbi sagt, du trinkst nichts mit Eis. Jetzt im September mag das ja angehen, aber wie hältst du es im Hochsommer?"

„Bist du ein Café-Spion, Paddy?" Sie hob eine Braue.

„Wenn ich das bin, kann ich dich dann gefangen nehmen und unter Einsatz aller Mittel dafür sorgen, dass du kooperierst?"

Die hitzige, schmutzige Doppeldeutigkeit seiner Wort ließ sie innerlich erschaudern. „Vielleicht." Sie behielten sich gegenseitig im Auge, während Natalie an ihrem Kaffee nippte.

„Tuesday meint, meine Abneigung gegen Eiskaffee beweist nur, dass ich verkorkst und tragisch versponnen bin. Ich esse allerdings Kaffee-Eis, also bin ich dann auch wieder nicht *so* tragisch. Aber ich schlürfe gern das ganze Jahr über heißen Kaffee. Was das angeht, bin ich Traditionalistin."

„Weißt du, dass du ein Grübchen hast?" Er streckte den Arm aus und strich mit der Fingerspitze über die Stelle rechts neben ihrem Mund. Natürlich hörte sie sofort auf zu lächeln; wahrscheinlich sah sie aus wie das sprichwörtliche Reh im Scheinwerferlicht. Seine Berührung entflammte sofort ihre Lust.

Sie senkte den Kopf. „Und du? Hattest du auch ein schönes Wochenende?"

„Meine Nichten waren zu Besuch, wir sind geritten und haben Picknicks gemacht, und ich habe drei DVDs mit Zeichentrickfilmen über mich ergehen lassen. Im Großen und Ganzen hatte ich also ein schönes Wochenende. Du solltest noch mal mit mir ausgehen."

Der schnelle Themenwechsel machte sie schwindlig. „Sollte ich?"

„Unbedingt. Gehst du gern ins Kino?"

„Ja, klar. Wie gesagt, *so* tragisch bin ich gar nicht."

„Unser Manager datet eine Produzentin, deshalb haben wir jetzt einen Haufen Filme bekommen, die gerade erst raus sind. Ich habe eine ziemlich ausgefuchste Heimkinoanlage. Warum kommst du nicht einfach zu mir? Wir essen was und gucken dann Filme."

„Heute Abend kann ich nicht. Montags habe ich abends immer meinen Buchclub."

„Buchclub? Was lest ihr denn?"

„Wir haben Themen. In diesem Monat sind es Comics, wir ackern uns gerade durch sämtliche Hefte von *The Walking Dead*."

„Wirklich? Klingt ja toll. Seid ihr offen für neue Teilnehmer?"

Sie lachte und hätte sich fast an ihrem Kaffee verschluckt. „Wir würden nichts mehr schaffen, wenn du in meinen Buchclub kämst."

„Was? Wieso sagst du das? Ich lese gerne!"

Natalie tat seinen Einwand mit einer Handbewegung ab. „Du bist viel zu charmant, ständig zum Flirten aufgelegt und sexy. Ich bin das standhafteste Mitglied der Gruppe, und *ich* kann mich schon nicht konzentrieren, wenn du in meiner Nähe bist. Alle anderen würden sofort dahinschmelzen. Für dich gibt es keinen Buchclub, Paddy."

Er lachte. „Ich würde ja sagen, du bist gemein, aber immerhin hast du mir ein Kompliment gemacht und zugegeben, dass ich deine Konzentration störe, deshalb will ich es mal durchgehen lassen. Wie wär's am Mittwoch?"

„Okay." Sie warf einen Blick auf ihre Uhr. „Ich muss los."

Er stand mit ihr auf. „Ich bringe dich hin."

Sie hätte ablehnen können, aber das wollte sie gar nicht.

„In Ordnung."

Paddy ging am Rand des Bürgersteigs, ihr Schutzschild vor der Straße. Manchmal verblüffte er sie mit seinen Gentleman-Manieren.

„Ich muss schon sagen, dass es jetzt viel netter mit dir ist, wo du mich nicht mehr ständig zurückweist. Würde ich mein Glück überstrapazieren, wenn ich jetzt versuchte, deine Hand zu halten?"

„Ja. Ich bin auf dem Weg zur Arbeit, und ich halte mein Arbeits- und Privatleben gern auseinander."

„Hmm. Darüber müssen wir noch mal reden."

„Hmm", äffte sie ihn nach. „Das wird noch bis Mittwoch warten müssen."

„Na gut." Er redete weiter dummes Zeug, bis sie die Bibliothek erreicht hatten.

„Wenn ich dich recht verstehe, wäre nach deinen Regeln ein Kuss nicht okay?"

„Du hast es erfasst. Oh, für Mittwochabend brauche ich eine Wegbeschreibung zu deinem Haus."

Er nahm ihr Handy und gab die Informationen ein. „Dann sehen wir uns am Mittwoch. Morgen früh kann ich nicht ins Café kommen. Wir haben ein Interview, und das wird eine Weile dauern."

Natalie wollte nicht enttäuscht sein, war es aber trotzdem. Es war so leichtsinnig, sich zu ihm hingezogen zu fühlen, aber ihr Hirn schien das nicht weiter zu scheren. Andere Körperteile hatten den Kampf bereits vor Wochen aufgegeben. „Okay. Dann bis Mittwoch. Ich wünsche dir ein gutes Interview."

Sie hob winkend die Hand, drehte sich um und ging zur Arbeit.

7. KAPITEL

Am Mittwoch war Paddy den größten Teil des Tages damit beschäftigt, sein Date vorzubereiten. Er fuhr in die Stadt, um sich die Haare schneiden und sich rasieren zu lassen. Er kaufte ein paar Snacks und Zutaten für das Essen. Und er besorgte neue Kondome. Die waren wie ein Talisman für ihn, der ihm Glück bringen sollte.

Dass sie miteinander im Bett landen würden war klar, und er hoffte, dass es an diesem Abend so weit war. Aber selbst wenn es noch einen Monat dauern sollte, irgendwann musste es passieren. Die sexuelle Spannung zwischen ihnen war so stark, dass es schon zischte.

Er machte gründlich sauber, wechselte Laken und Bettwäsche. Lüftete alles aus und verrückte dreimal die Möbel.

Es war total lächerlich, keine Frage, aber er hörte nicht auf, selbst nachdem er das erkannt hatte.

Drei Filme hatte er im Programm. Horror, Thriller und einen Comedy-Streifen um zwei Brüder. Sie sollte wählen.

Unter der Dusche erwog er, sich einen runterzuholen. Vielleicht könnte ihn das etwas entspannen. Die Gedanken an sie machten ihn nervös und aufgeregt, aber irgendwie fuhr er darauf ab. Mannomann, so sehr hatte er sich noch nie für eine Frau anstrengen müssen! Hinzu kam, dass er sie schon früher gehabt hatte, was der Sache eine zusätzliche Würze verlieh. Er wusste, wie es war, in ihr zu sein. Wusste, wie sich ihre Lippen um seinen Schwanz herum anfühlten. Wusste, wie sie schmeckte.

Er hatte gedacht, dass er sich an ihren Körper erinnern konnte. Immerhin hatte er ihn oft genug nackt gesehen. Aber die kurzen Blicke, die er am Fluss auf sie erhaschen konnte, hatten ihm Kurven gezeigt, die damals noch nicht da waren. Im Allgemeinen tendierte er zu hochgewachsenen, schlanken Frauen mit großen Titten. Aber Natalie war üppig. Er hatte gar nicht gewusst, dass er eine Schwäche für dieses ganze Auf und Ab hatte, aber jetzt war er vollkommen bekehrt. Immerhin nett, dass die großen Brüste auch noch dabei waren. Er war so auf diese Kurven fixiert gewesen, dass er die fraglichen Tattoos kaum wahrgenommen hatte. Aber vielleicht konnte er die ja bald genauer unter die Lupe nehmen.

Also gut. Er seifte sich eine Hand ein und schloss sie um seine Erektion, während er sich Natalie nackt vorstellte. Feucht, aber nicht vom Schwimmen. Erhitzt von einem Orgasmus. Auf dem Rücken in seinem Bett. Ihre Lippen geschwollen von seinen Küssen und von seinem Schwanz. Ihre Augen halb geschlossen und verträumt.

„Spreiz deine Schenkel."

Lächelnd folgte sie seinem Wunsch. Ohne sich für das zu schämen, was sie wollte und was er mit ihr tat. Sie war glitschig, dunkel vor Verlangen, und als er seinen Schwanz langsam und gleichmäßig in sie hineindrückte, stöhnte sie seinen Namen.

Sie schlang die Beine um seine Taille, packte mit beiden Händen seinen Hintern und zog ihn näher, drängte ihn weiterzumachen. Sie liebte Sex genauso sehr wie er. Daran dürfte sich nichts geändert haben. Ihre inneren Muskeln würden ihn eng und heiß umflattern, während sie auf ihren Höhepunkt zusteuerte. Und er auf seinen. Ihre Nägel gruben sich in seine Haut; sie wölbte sich ihm entgegen und warf den Kopf zurück. Er leckte und knabberte an ihrem Hals.

Sein Orgasmus riss ihn aus dieser Fantasie, seine Traum-Natalie löste sich in Luft auf und ließ ihn allein und noch immer halb steif zurück, während ihm das Wasser über die Haut strömte.

An diesem Abend war sie leger gekleidet. Ihr liebstes, superweiches T-Shirt mit dem V-Ausschnitt und eine Jeans. Diesmal keine Absätze. Paddy wohnte auf einer Farm. Wenn er also mit ihr spazieren gehen oder sonst etwas im Freien machen wollte, war sie mit den Sneakern besser bedient, für die sie sich anstelle von Sandalen entschieden hatte.

Während sie der Straße durch das Tor folgte, zu dem er ihr den Code gegeben hatte, und dann weiterfuhr, ging ihr auf, dass *Farm* wahrscheinlich keine ganz treffende Bezeichnung für das

Land, die Obstgärten und Felder war, die sich vor ihr und nach allen Seiten erstreckten. In mehreren Wohngebäuden brannte Licht. Sie fuhr an zweien vorbei, bis sie die Abbiegung zu Paddys Haus sah.

Sie parkte in seiner Einfahrt. Von hier aus konnte sie in einiger Entfernung den Fluss sehen. Das Gebäude bestand aus Glas und herrlichem warmen Holz und war im modernen Stil des Nordwestens gebaut. Es war das komplette Gegenteil von ihrem eigenen viktorianischen Haus, aber es passte zu ihm.

Sie hatte keine Chance zu klopfen; er stand bereits lächelnd in der offenen Tür, bevor sie auch nur dazu kam, die Hand zu heben.

„Hey, du hast mich gefunden."

„Ja, deine Wegbeschreibung war perfekt. Danke."

Er zog die Tür weiter auf und bedeutete ihr einzutreten.

„Muss man in deinem Haus die Schuhe ausziehen?"

Er grinste. „Nein. Wenn du willst, zieh sie aus. Ich trage keine Schuhe, weil ich das drinnen nicht mag. Aber es ist deine Entscheidung." Er hielt inne und gab ihr einen kleinen Kuss. „Tut mir leid, dass ich deinen Fußfetischverdacht so gar nicht bestätigen kann."

Sie lachte und stellte ihre Tasche im Eingangsbereich ab.

Paddy nahm ihre Hand. „Soll ich dich mal herumführen?"

„Ja, bitte."

Es war ein tolles Haus. Gepflegt, sehr modern und zugleich warm, mit einem weitläufigen Wohnbereich, der mit großen Sofas und Sesseln ausgestattet war.

„Hängen hier bei dir immer alle rum?"

„Das teilen wir ziemlich gleichmäßig auf. Mein Haus befindet sich zwischen Ezras, das dem großen Haus meiner Eltern am nächsten liegt, und Damiens, das am weitesten davon entfernt ist. Derzeit verbringen wir allerdings mehr Zeit bei Damien, weil Mary so eine großartige Köchin ist. Willst du dir auch anschauen, wie es oben aussieht."

Natalie nickte, und er führte sie über die Treppe, die vor einer Glaswand nach oben führte. „Was für ein Wahnsinnsausblick!"

„Wir haben alle mit derselben Architektin gearbeitet, und die hat bei ihren Entwürfen die Landschaft und die Aussicht berücksichtigt. Jedes der Häuser ist einzigartig und entspricht unserem individuellen Geschmack, aber sie bilden doch auch eine Art Ensemble, daher kann man den roten Faden erkennen. Sie hat viel mit Licht gearbeitet. Jeder Raum hat etwas, das ich liebe. Mein Arbeitsbereich bekommt ausgezeichnetes Nachmittagslicht. Mein Schlafzimmer den Sonnenaufgang. Die Küche das Morgenlicht. Und so weiter."

Er öffnete die Tür zu einem riesigen Raum, in dem mehrere Gitarren standen, ein großer Schreibtisch mit zwei Monitoren, große Sessel sowie eine bargroße Spüle mit Kühlschrank. „Hier arbeite ich."

Sie war ziemlich geplättet. „Wow!"

Verlegen strich er mit den Fingerspitzen über den Hals einer Gitarre. „Hier verbringe ich mehr Zeit als an irgendeinem anderen Ort, außer in meinem Schlafzimmer. Hier kann ich die Tracks einspielen, denn wir sind alle in einem Netzwerk mit dem Board in der Scheune verbunden, die unser Studio ist. Hier schreibe ich, und Ezra schläft oft auf dieser großen Couch da." Er lachte kurz auf.

„Ihr beide schreibt die Songs, du und er?"

„Ungefähr achtzig Prozent sind von mir und Ezra. Ezra übernimmt den größten Teil der Produktion, und auf jedem Album stammen ein oder zwei Songs von Damien und Vaughan."

„Dann steht Ezra dir also am nächsten?"

Er lachte wieder. „Ezra und ich arbeiten wirklich gut zusammen. Aber in vielen Dingen sind wir uns zu ähnlich, deshalb gibt es oft Zoff. Früher waren das echte Kämpfe, bei denen schon mal eine Nase zu Schaden kam, aber jetzt ist es eher ein wütendes Gezanke. Hin und wieder geht es allerdings schon auch mal körperlich zur Sache. Er weiß, wie er mich zur Weißglut treiben kann. Er und Damien stehen sich näher, und ich habe mehr mit Vaughan zu tun, aber der war im letzten Monat oft nicht da. Gerade hat die Schule für seine Mädchen wieder angefangen, deshalb wollte er vorher möglichst viel Zeit mit ihnen verbringen. Aber Ezra ist derjenige, bei dem ich Rat suche, wenn ich mal eine ehrliche Meinung hören will. Sag ihm das bloß nicht! Für einen beschissenen Mistkerl ist er ziemlich weise."

Sie schüttelte den Kopf und stellte sich vor, wie es für eine Mutter sein musste, vier unglaublich gut aussehende Söhne zu haben, die ständig in Schwierigkeiten gerieten.

Paddy öffnete eine weitere Tür.

„Mein Schlafzimmer."

Sie ging hinein, drehte sich langsam um die eigene Achse, völlig überwältigt.

„Was ist? Warum machst du so ein Gesicht?"

„Das hätte ich niemals erwartet." Während das übrige Haus modern, wenn auch komfortabel war, wirkte das Schlafzimmer ausgesprochen gemütlich. Paddys riesiges Bett nahm den größten Teil einer Wand ein und war mit fluffigem Bettzeug bestückt. Schwere Vorhänge waren zurückgezogen und gaben den Blick frei auf hauchdünne Stores und Fenster, die auf die Felder hinausblickten und, wenn sie sich nicht irrte, an klaren Tagen auf den Mt. Hood.

Zwei Wände waren von Bücherregalen verdeckt, die vom Boden bis zur Decke reichten. Natalie strich mit den Fingerspitzen über die Buchrücken. Es war das Schlafzimmer eines Hedonisten, eines Menschen, der gern den ganzen Tag lesend im Bett verbrachte und sich Filme anschaute.

Und vögelte.

„Was hast du nicht erwartet?"

Sie drehte sich zu ihm um. „Diesen warmen, einladenden, kuscheligen Raum. Ich will jetzt sofort ein Nickerchen in deinem Bett machen."

Seine besorgte Miene wich einem erfreuten Grinsen. „Also von mir aus gerne. Aber nur, wenn ich auch ein Nickerchen machen kann. Es geht nichts über ein gutes Nickerchen."

„Da bin ich ganz bei dir." Nickerchen gehörten zu ihren größten Lastern.

Neben dem Kamin stand ein großer Sessel mit Fußschemel und einer Decke über der Rückenlehne. Sie zeigte darauf. „Wo hast du diesen Sessel gefunden? Ich will auch so einen in meinem Schlafzimmer, damit ich an Regentagen dort lesen und dösen kann."

„Wenn ich dir das verrate, würde ich dich nur davon abhalten, an Regentagen hierherzukommen, um zu lesen und zu dösen. Das wäre doch kontraproduktiv, Nat."

„Du bist viel unterwegs. Soll ich da meine Nickerchen-Bedürfnisse dem Zufall überlassen? Es ist ziemlich herzlos von dir, das von mir zu verlangen, Patrick."

„Dein Humor törnt mich an." Er trat auf sie zu. „Du bist jetzt seit ungefähr zwanzig Minuten in meinem Haus, und ich habe noch keinen richtig guten Kuss bekommen. Sei gnädig!"

„Du bist doch derjenige, der mir nicht einmal sagen will, wo ich diesen Sessel kaufen kann. Was total gemein ist."

„Du bist ja ganz außer Atem." Paddy legte eine Hand an ihren Nacken und zog sie langsam an seine Brust. Natalie ließ es geschehen.

„Ich habe Asthma, und du lässt mich Treppen steigen."

Er lachte. „Vor ein paar Tagen bin ich mit dir geschwommen. Du bist in Topform. Aber verdammt, ich liebe deinen Körper."

Sie schluckte. „Oh."

„Du musst still sein, damit ich dich küssen kann."

Sie nickte.

Er begann an ihrem Mundwinkel. Nur eine leichte Berührung mit den Lippen. Als sie lächelte, leckte er über die zuckende Stelle, und sie schnappte nach Luft. Er machte sich diese Ablenkung zunutze, um seine höchst talentierte Zunge in ihren Mund gleiten zu lassen.

Nur eine ganz schnelle Berührung, und schon war er wieder draußen. Er biss ihr leicht in die Unterlippe und zog mit den Zähnen daran, bis sie leise stöhnte und ihre Fingernägel in seinen Bizeps grub. Sie musste sich irgendwo festhalten, denn ihre Knie waren butterweich geworden.

„Du schmeckst nach Zimt."

Paddy löste sich von ihr, was ihr eigentlich nur recht sein sollte, aber sie genoss es einfach zu sehr, seinen Mund auf ihrem zu spüren.

„Kaugummi. Das Zimtige meine ich. Und ungefähr zwei Schachteln scharfe Tamales.“ Es könnten auch drei gewesen sein, sie verlor da immer leicht den Überblick.

Er grinste. „Komm mit nach unten. Ezra ist in die Stadt gefahren und bringt uns was vom Thailänder mit. Er müsste bald hier sein.“

Sie folgte ihm aus dem Zimmer und die Treppe hinunter. Paddy hatte einen klasse Rücken. Und auch einen klasse Hintern.

„Ich hätte dich natürlich erst fragen sollen, ob du Thai-Essen magst. Wenn nicht, kann ich uns etwas anderes machen. Ich hatte eingekauft, aber dann wurde mir klar, dass ich lieber etwas bestelle und mehr Zeit für dich habe.“

„Thai ist gut. Ich bestelle es sonst dauernd, aber jetzt seit Wochen nicht mehr. Tuesday hat sich nämlich einen Schongarer zugelegt und macht alle möglichen leckeren Sachen darin. Nur gut, dass eine von uns kochen kann.“

„Warum kannst du das eigentlich nicht?“

Gerade wollte sie antworten, als es an der Tür klopfte.

„Vergiss nicht, was du sagen wolltest. Das ist Ezra.“

Paddy brüllte ein *Komm rein*, während er zur Haustür lief. Als Ezra um die Ecke bog und den Raum betrat, erkannte Natalie ihn sofort wieder. Während Paddy traumhaft schön war, wirkte Ezra auf robuste Weise attraktiv. Groß und muskulös – jeder Zoll der stolze Farmer, der er ja inzwischen auch war. Sie hätte wetten können, dass er richtig scharf aussah, wenn er schweißtreibende Dinge tat wie Heustapeln oder Reiten.

Er lächelte ihr zu. „Hey! Ich erinnere mich an dich.“

Spontan erwiderte sie sein Lächeln. Er drückte Paddy die Tüten in die Hand, kam auf Natalie zu und nahm ihre Hände. „Es ist schön, dich nach so vielen Jahren wiederzusehen.“

„Ich freue mich auch. Paddy hat mir erzählt, was du hier auf der Ranch alles machst, und auch davon, wie ihr alle hier zusammenarbeitet, um eure Songs zu schreiben. Ich bin total beeindruckt.“

Paddy gab ein klägliches Fiepen von sich und zog so die Aufmerksamkeit der anderen beiden auf sich. Er schaute Natalie mit treuherzigem Dackelblick an und sah richtig süß dabei aus.

„Total verzogen, der Kleine", bemerkte Ezra. „Er kann einfach nicht ertragen, wenn nicht alle ständig um ihn herumschwänzeln."

„Halt die Klappe, Dumpfbacke."

„Siehst du, er streitet es nicht mal ab."

„Sie ist mein Date. Verzieh dich."

„Danke, dass du uns was zu essen geholt hast, Ezra." Natalie tätschelte seinen Arm.

Er schnitt Paddy eine Grimasse, und sie musste schallend lachen.

„Oh ja, ich esse gern mit; danke für die Einladung." Ezra kam auf sie zu und führte sie in die Küche. „So habe ich mal Gelegenheit, mich mit Natalie auf Stand zu bringen. Diesen Mustang fährst du wohl nicht mehr?"

„Meine Güte, an den erinnerst du dich noch? Den habe ich noch jahrelang behalten und wollte ihn immer mal restaurieren lassen, aber dann hatte ich nie die Zeit oder Lust dazu, und am Ende habe ich ihn verkauft."

Paddy drehte sich zu ihr um und umarmte sie. „Diese geile Fließheck-Karre, stimmt ja, die hatte ich völlig vergessen."

„Ich sehe schon, ihr habt beide eine Schwäche für Autos", stellte Natalie fest. „Hätte ich mir denken können, nachdem du neulich mit diesem Wagen ankamst."

„Paddy ist längst jenseits von Schwäche und auf dem besten Weg zur Obsession. Aber wenn man schon von was besessen ist, dann sind Oldtimer nicht die schlechteste Wahl." Ezra zog einen Stuhl vom Tisch weg. „Nimm Platz."

Sie setzte sich und hätte fast schon wieder losgelacht, als sie den finsteren Blick sah, den Paddy seinem großen Bruder zuwarf.

„Hey, wir können total gut verstehen, dass du jetzt unbedingt *nach Hause* musst. Und danke noch mal, dass du so sensibel darauf reagierst, dass ich gerade ein Date habe."

„Ich bin damit immerhin Mom zuvorgekommen, deshalb glaube ich, dass du eben eher sagen wolltest: *Danke noch mal, Ezra, dass du mir einen Abend mit Babyfotos und Geschichten darüber erspart hast, wie ich mal den Weihnachtsmann im ‚Bon Marche' angekotzt habe.*"

„Ich weiß nicht, was schlimmer ist", murmelte Paddy.

„Ich bitte dich! Sharon Hurleys Neugier auf das Date ihres Babys ist mit Abstand schwerer zu ertragen als die Tatsache, dass ich dir deine Krabbenrangun wegfuttere und mich dann friedlich wieder trolle, in dem freudigen Bewusstsein, dir zwei Stunden nervöses Augenzucken verursacht zu haben."

Paddy drückte seinem Bruder die Teller in die Arme. „Dann deck wenigstens den Tisch." Dann wandte er sich Natalie zu, mit sehr viel freundlicherer Miene. „Was möchtest du trinken? Ich habe Wasser, Säfte, Orangenlimo, Bier und Wein. Ich kann dir auch was mixen. Champagner ist auch da, aber der ist für später, wenn Ezra endlich wieder weg ist."

„Ich hätte gern eine Limo." Die beiden Männer hantierten in der Küche – und umeinander herum –, und die ungezwungene Art, in der sie das machten, sagte viel mehr über die Verbindung zwischen ihnen aus als ihr Gekabbel. Es war klar, dass die beiden oft auf diese Weise Zeit miteinander verbrachten und einfach nur abhingen.

„Also ..." Ezra lächelte ihr kurz zu und aß dann weiter. „... du bist Bibliothekarin geworden. Warum ausgerechnet in Hood River?"

„Na ja, es gab ein paar freie Stellen in mehreren Bundesstaaten. Ich habe die betreffenden Orte dann nacheinander abgeklappert, und als ich hierherkam, war gerade Mai, und alles so hübsch und warm, und die Leute waren so freundlich. Die Bibliothek gefiel mir, und auch die Programmangebote, die sie hatten. Aber ehrlich gesagt, lag es vor allem an dem großen blauen viktorianischen Haus, an dem ich während einer meiner Erkundungstouren zufällig vorbeikam."

Sie war langsamer gefahren, hatte zu der malerischen Fassade aufgeschaut und dieses Haus unbedingt haben wollen, mit einer

Gier, die sie sich nur selten zugestand. Die Bögen der vielen Erkerfenster, das Gitterwerk … das ganze märchenhafte Gebäude war wie ein Kindheitstraum, der in Erfüllung ging.

„Es war dieses Haus, das mich letztlich für Hood River gewonnen hat. Aber sagt das bloß nicht meinem Boss."

Ezra lachte, aber es war Paddy, der sie zum Weiterreden aufforderte: „Und? Was war dann mit dem Haus?"

„Ich bin in mein Hotel gefahren und habe den Makler angerufen. Am nächsten Tag, nachdem ich es mir von innen angeschaut hatte, habe ich ein Angebot gemacht. Sechs Tage später bin ich eingezogen. Aber es ist ein wirklich großes Gebäude, deshalb habe ich mich in der einen Hälfte eingerichtet und im anderen Teil eine Menge restaurieren lassen. Und dann hat mich meine beste Freundin besucht und sich ebenfalls in das Haus verliebt, und jetzt wohnt sie in der anderen Hälfte."

Sie hätte Ezra gern gefragt, warum er sich dafür entschieden hatte, die Ranch zu betreiben, aber sie kannte ihn nicht gut genug und wollte an nichts rühren, das mit seiner früheren Sucht zu tun hatte. Suchtgespräche machten sie ohnehin immer nervös.

„Ich glaube, ich kenne das Haus, von dem du sprichst. Aber jetzt ist es nicht mehr blau, sondern grün und weiß. Das muss es sein. Mit Blick auf den Fluss, nicht wahr?"

Sie nickte. „Ja. So sah es ursprünglich mal aus. Und als ich mir die Farbmuster angeschaut habe, wusste ich, dass ich es wieder so haben wollte."

Ezra blieb ziemlich lange. Offenbar wollte er sie abchecken und sich vergewissern, dass sie in Ordnung war. Das sprach Bände über den engen Zusammenhalt in dieser Familie. Aber sie war doch froh, als er sich endlich erhob, Paddy angrinste und sich auf den Bauch klopfte.

„War schön mit euch, Kinder. Ich geh jetzt nach Hause."

Natalie stand ebenfalls auf, und er gab ihr einen Kuss auf die Wange. Dann brachten Paddy und sie ihn zur Tür.

„Mach alles richtig." Ezra zwinkerte ihm zu, und Paddy verdrehte die Augen und hielt ihm die Tür auf.

„Ja, ja. Danke für die Essenslieferung. Wir sehen uns später."

8. KAPITEL

„Ich dachte schon, er würde nie gehen." Paddy lehnte sich an die Tür und schloss ab. „Tut mir leid."

„Das war absolut in Ordnung. Ich mag Ezra, und du magst ihn auch. Er hat mich unter die Lupe genommen, um sicherzustellen, dass ich dich oder deine Familie nicht irgendwie verletzen könnte."

Paddy zögerte, bevor er nach ihrer Hand griff und sie über den Flur zog. Trotz ihrer ruhigen, total beherrschten Art konnte sie manchmal völlig unverblümt sein. Das hielt ihn mental auf Trab. „Ach was, er weiß doch, dass du in Ordnung bist."

„Ich bin irgendein Mädchen, das du vor Jahren mal gevögelt hast und das jetzt plötzlich wieder in deinem Leben auftaucht. Da konnte ich genauso gut eine Stalkerin sein, die drauf aus ist, dich zu übertölpeln."

Sie war ganz schön scharfsichtig. Ihm selbst war diese Möglichkeit gar nicht in den Sinn gekommen. Natürlich würde Ezra als der Älteste, und ja, auch als derjenige, der selbst reichlich Drama und Leid in die Familie gebracht hatte, sich verpflichtet fühlen, sie alle zu schützen.

„Bist du deswegen beleidigt oder fühlst du dich dadurch belästigt?"

Natalie ließ sich auf die große Couch fallen, die mitten im Medienzimmer stand. „Was? Weil dein großer Bruder getan hat, was große Brüder nun mal tun müssen? Ich muss die Prüfung wohl bestanden haben, sonst wäre er noch hier."

„Keine Ahnung, ob ich so locker damit umgehen könnte, wenn deine Familie das mit mir machen würde."

„Also, das kannst du getrost vergessen, das steht auf keinen Fall zu befürchten. Aber blicken wir doch mal den Tatsachen ins Auge: Ihr habt eine Menge zu verlieren. Jedenfalls deutlich mehr als die meisten Frauen, die mit euch in Berührung kommen. Vermutlich können nicht alle von denen dicke, fette Bankkonten und Treuhandfonds ihr Eigen nennen."

„Wirst du mir irgendwann erzählen, was es mit dieser Geschichte auf sich hat?" Er ging zum Projektor.

„Vielleicht. Vielleicht auch nicht. Aber jetzt bin ich hier wegen der Filme und dem Popcorn."

„Steht auch Knutschen auf dem Programm?"

„Wenn du nett zu mir bist und dein kulinarisches Angebot noch um ein paar Erdnuss-M&Ms erweiterst, lass ich dich eventuell ein bisschen fummeln."

Paddy war heilfroh, dass er vorhin beim Einkaufen alles Mögliche an Knabberzeug eingepackt hatte.

„Kein Problem. Lehn dich einfach zurück und lass mich alles vorbereiten."

Sie hob skeptisch eine Augenbraue, zuckte dann aber mit den Schultern und machte es sich gemütlich.

Sie entschieden sich für den Thriller. Dann machte er etwas Popcorn und warf ihr eine Tüte M&Ms zu, bevor er sich endlich zu ihr auf die Couch setzte.

Während der Film lief, legte sie den Kopf an seine Schulter, und nachdem sie das Popcorn aufgegessen hatten, zog er sie an sich, und sie passte perfekt an seine Seite.

Endlich begann der Nachspann abzurollen, und sie kniete sich auf die Sitzfläche und krabbelte dann rittlings auf seinen Schoß.

„Na, was geht denn jetzt ab?"

Sie schob die Hände in seine Haare, zog seinen Kopf zu sich heran und legte ihre Lippen auf seine. Paddy stöhnte leise in ihren Mund und ließ seine Hände an ihren Schenkeln entlang bis zu ihren Hüften gleiten. Sie küsste ihn wie verrückt.

Die Haut unter ihrem T-Shirt war warm und weich, und er musste einfach ihren Rücken streicheln. Offenbar machte er alles richtig, denn sie bog sich ihm lustvoll entgegen.

Immer höher wanderten seine Hände; Paddy öffnete den Verschluss ihres BHs und wartete dann kurz ab, um sich zu vergewissern, dass sie einverstanden war.

Sie löste sich von ihm, lehnte den Oberkörper zurück, riss sich das T-Shirt über den Kopf und schleuderte ihren BH beiseite. Oh ja, offenbar war sie *sehr* einverstanden. Ihm stockte vor Erregung fast der Atem.

„Verdammt."

Er umfasste ihren Rücken und zog sie wieder an sich. Ihre Brüste pressten sich an ihn, und er schnappte keuchend nach Luft, während seine Hände gar nicht genug von ihrer nackten Haut kriegen konnten.

Wie eine Katze wölbte sie den Rücken und schmiegte sich noch fester an ihn. „Weg mit deinem T-Shirt", murmelte sie und biss ihn ins Ohrläppchen.

„Ich möchte mich erst noch ein bisschen mit dir beschäftigen."

Sie stieß einen undefinierbaren Laut aus, packte den Saum seines Shirts, schob es hoch und über seinen Kopf.

„Mannomann!" Sie schnippte mit dem Daumennagel an den kleinen Silberstift in seiner rechten Brustwarze.

Jetzt war er derjenige, der sich ihr begierig entgegenbog. „Wie kam das denn jetzt?" Er stöhnte, als sie eine Spur kleiner, aufregender Küsse von seiner Wange bis zum Ohr legte.

„Ich wollte dich, und du warst da."

„Na, das kannst du echt laut sagen."

„Ich mag Sex. Und ich weiß ja längst, dass ich Sex mit *dir* besonders mag. Solange alles schön unter der Decke bleibt, bin ich absolut dafür, die Sache zwischen uns laufen zu lassen, wohin und wie lange auch immer."

Er stutzte, auch wenn ihre Worte ihm im Moment durchaus in den Kram passten. Aber letztlich sah er echt nicht ein, warum da nicht mehr sein sollte, als einfach zur zu vögeln. Was ihn betraf, sprach jedenfalls nicht das Geringste dagegen. Er öffnete bereits den Mund, um etwas Entsprechendes zu sagen, aber sie presste sich auffordernd an ihn, und sein Protest war schlagartig vergessen.

Stöhnend strich er mit beiden Händen über ihren Bauch, dann zu ihren Brüsten. Er umfasste sie und ließ seine Daumen über ihre Nippel gleiten, wieder und wieder.

„Ja", hauchte sie ihm ins Ohr, leckte an der äußeren Muschel und ließ dann ihre Zähne über diese ziemlich erogene Stelle gleiten.

Sie sah so geil aus, wie sie auf seinem Schoß saß. Ihr Gewicht fühlte sich an seinem Schwanz perfekt an, und die Hitze zwischen ihren Schenkeln erregte ihn noch mehr.

„Du hast neue Tattoos."

„Du hast Nippel-Ringe und auch ein paar Tätowierungen mehr."

„Ich will dich sehen."

„Das musst du dir erst verdienen."

Sie lächelte herausfordernd und bog sich weit genug zurück, um ihm ins Gesicht schauen zu können. Er fing sie wieder ein und eroberte ihren Mund erneut mit einem Kuss. Herausforderung angenommen. Mit Vergnügen.

Er rutschte bis zum Rand der Couch, stand auf und stellte Natalie ebenfalls auf die Füße. „So, jetzt bleibst du da einfach mal stehen, während ich dich eine Weile anschaue. Ich bin so hungrig nach dir, aber reize meinen Appetit nur weiter, damit ich dich verschlingen kann."

„Hmm, der ist gut."

In diesem Moment war da plötzlich wieder etwas von der Frau, mit der er früher zusammen gewesen war. Es gefiel ihm. Ihre Tattoos waren perfekt platziert, so, dass niemand sie sehen konnte, wenn Natalie angezogen war.

Rosa Kletterrosen rankten sich von ihrer Hüfte aus nach oben und breiteten sich erblühend über ihre Seite und ihren Rücken aus. Paddy ging einmal um Natalie herum, um das Kunstwerk auf sich wirken zu lassen. „Das ist sagenhaft."

„Danke. Einmal im Jahr lasse ich mir ein paar mehr davon machen."

„Keiner würde so etwas unter deiner Kleidung vermuten." Er drückte einen Kuss auf die höchsten Blüten mitten auf ihrem Rücken.

„Genau das ist der springende Punkt."

Er küsste sich über ihre Schulter weiter, bis er wieder vor ihr stand. „Ach was?"

„Die Tattoos sind für mich. Niemand muss davon wissen, es sei denn, ich will es so. Ich brauche keine bewundernden Blicke, ich kann mich ganz allein darüber freuen."

Paddy öffnete den Knopf ihrer Jeans und zog den Reißverschluss auf. Das Höschen hatte denselben Rosaton wie die Rosen auf ihrem Körper.

„Ich hätte dich schon gern neulich Abend auf meinem Boot angeschaut, als wir nackt gebadet haben, aber ich wollte dich nicht vergraulen."

Er schob ihre Jeans nach unten, und sie trat heraus. Dann drehte sie sich langsam um und streckte ihm ihren Po entgegen. Sie strich mit den Fingerspitzen leicht über die roten Schleifen ganz oben an ihren Schenkeln. „Ich glaube, du hattest mich danach gefragt." Aber erst, als sie ihn über die Schulter ansah, entglitt ihm die Kontrolle. Er sank auf die Knie, um sie besser anschauen zu können.

Zärtlich streichelte er ihre Beine bis zu dem Punkt, wo die beiden Schleifen wohnten. Er blies über ihre nackte Haut, auf der sich prompt eine Gänsehaut bildete, und als er die beiden Schleifen ableckte, stieß Natalie einen äußerst befriedigenden Laut aus.

„Du schmeckst gut."

Sie stöhnte und ballte ihre Hände zu Fäusten.

Er hakte die Finger seitwärts in ihren Slip und zog ihn nach unten. Sie schüttelte den zarten Stofffetzen mit den Füßen ab, und er drehte sie zu sich um. Nun stand sie herrlich nackt vor ihm.

„Ich bin nackt, und du hast noch immer deine Hose an." Sie sprach wieder so, als fiele es ihr schwer, Luft zu holen, und er musste lächeln.

„Ich weiß. Was habe ich doch für ein Glück!" Er schmiegte sein Gesicht an ihre Hüfte und leckte über die Rosen. Sie legte ihre Hände an seinen Hinterkopf und drückte ihn noch fester an sich. Hitze schoss durch seinen Körper.

„Ohne Hose könntest du sogar noch mehr Glück haben."

„Dazu kommen wir noch früh genug." Er leckte über ihren Bauch und umkreiste ihren Nabel mit der Zunge. „Erst musst du kommen, dann werden wir Schritt zwei in Angriff nehmen." Er stand auf, führte sie zur Couch und gab ihr einen kleinen Stoß, damit sie sich wieder setzte. Dann legte er ein Kissen auf den Boden und kniete sich darauf. „Keine Angst, wir lassen das Kissen liegen, wenn du mit dem Knien an der Reihe bist.“

Lieber Gott, er würde sie total zum Schmelzen bringen. Knochen, Muskeln und Haut würden sich einfach in eine sprachlose, angetörnte Pfütze zu seinen Füßen verwandeln.

Er küsste sich von den Innenseiten ihrer Knie nach oben, wobei er ihre Schenkel mit beiden Händen spreizte. Er war so schnell, dass ihr keine Zeit blieb, sich Sorgen zu machen, in Verlegenheit zu geraten oder zu zaudern, bevor er sich mit der Zunge ihren intimsten Stellen widmete, bis sie nur noch stoßweise atmete.

„Magst du das?“, murmelte er, so nah, dass sie seine Worte und sein Lächeln *spürte*. Ein Zittern durchlief ihren Körper.

„Was sollte ich daran nicht mögen?“, stieß sie hervor, wobei sie das Gefühl hatte, dass ihre Zunge dreimal zu groß für ihren Mund war.

Vielleicht war er unter anderem ja deswegen der Leadsänger, weil er so fantastisch mit seinem Mund war. Unfassbar fantastisch. Früher war er schon gut gewesen, aber in der Zwischenzeit hatte er offensichtlich mit ein paar Frauen geübt.

Er neckte und folterte sie, bis die Muskeln an ihren Schenkeln bebten. Es brachte sie völlig um den Verstand, zu spüren, wie er ihre gespreizten Schenkel mit der Kraft seiner Arme offen und gleichzeitig unten hielt, wie seine etwas rauen Finger sich in ihre Haut drückten, es war … verboten und dunkel und oh, so gut.

Mehrmals wechselte er das Tempo. Langsam und zärtlich, wenn er sie mit der flachen Zunge leckte, schnell und hart, wenn er die Zungenspitze gegen ihre Klitoris schnellen ließ. Er trieb sie bis an den Rand des Wahnsinns und zog sich dann zurück, wieder und wieder, bis sie nur noch ein zitterndes, bebendes Chaos war.

„Wenn du mich nicht kommen lässt, kümmere ich mich selbst drum!“

Paddy setzte sich zurück und biss leicht in die Innenseite ihres Schenkels. „Das würde ich zwar liebend gern sehen. Aber im Augenblick liegt dein Orgasmus in meinen Händen, und du kriegst ihn dann, wenn ich es will."

Ein paarmal setzte sie zu einer entrüsteten Entgegnung an, aber es gelang ihr nicht, ausreichend Empörung zusammenzukratzen.

Er wartete, mit hochgezogenen Brauen. „Keine Einwände? Gut."

Er beugte sich vor und machte sich wieder an die Arbeit. Aber diesmal reizte er sie nicht nur, sondern blieb bei einem einzigen, gnadenlosen Rhythmus, der sie in einen Höhepunkt wirbelte, bei dem sie Sterne sah.

Als es ihr gelang, die Augen zu öffnen, sah sie, dass er das Kinn auf ihren Schenkel gelegt hatte und sie anlächelte.

„Oh, wow, da hat aber jemand unterwegs mehr als nur ein paar neue Akkorde gelernt."

Paddy lachte schallend.

„Und das, wo ich gerade dachte, ich hätte dich durchschaut", fügte sie hinzu.

Er kniete sich wieder hin und legte die Hände an den Knopf seiner Jeans. Natalie seufzte glücklich. „Na endlich."

„Ah, ich wittere ein Thema: Du bist ungeduldig, wenn du etwas vor Augen hast, was du haben willst."

„Hast du mal in den Spiegel geguckt?"

Er stand auf und öffnete den Reißverschluss, so langsam, dass jedes Klicken der kleinen Zähne in ihren Ohren fast wie ein Trommelschlag klang.

„Du hast es gerade nötig, wie du dich da auf meiner Couch lümmelst wie das köstlichste Sahnetörtchen, das je ein Mann zu Gesicht bekommen hat."

Er war ein skrupelloser Schmeichler.

„Donut wäre passender."

Er lachte wieder und schob die Jeans zusammen mit seiner Boxershorts nach unten.

„Wie ich sehe, trägst du heute eine Unterhose."

„Von Zeit zu Zeit kommt das schon mal vor. Woher weißt du, dass ich meist keine trage?"

Sein Schwanz war so hart, dass die Spitze seinen Bauch berührte. Und auch der Bauch war hart. Der Anblick entlockte ihr einen seligen Seufzer. „Wir haben erst vor ein paar Tagen nackt gebadet. So etwas fällt einem Mädel doch auf."

Er war groß und offenbar kerngesund. Sie legte den Kopf zur Seite und ließ seinen Anblick auf sich wirken. Ebenmäßige, harte Muskeln am ganzen Körper. Sie nahm an, dass es mit seinem Leben auf einer Ranch zu tun hatte. Aber, verdammt, er sah so gut aus. Beide Brustwarzen waren gepierct; in jeder steckten kleine Silberstifte. Und er hatte eine ganze Reihe Tattoos, weit mehr als früher.

„Warte." Wie er sie ansah, das war der Wahnsinn. Geschmeichelt von seinem Blick stand sie auf.

„Ich würde dich aber lieber sofort bespringen." Er beugte sich vor, atmete an ihrem Hals tief ein und küsste sie dort.

„Du hast dir meine Tattoos angeschaut, jetzt will ich deine sehen. Dann kannst du mich bespringen. Obwohl ich wirklich gern erst mal den hier ...", sie griff nach seinem Schwanz und drückte ihn, „... in den Mund nehmen würde."

Er stöhnte. „Dann mach schnell."

Sie musterte die Eule, die auf seinem Rücken und den Schultermuskeln die Flügel ausbreitete. Ihre Federn waren hier und da dezent rot und grün schattiert. Ein maskulines Tattoo, das gleichzeitig die poetische Schönheit des Motivs betonte. „Eine fantastische Arbeit."

„Danke. Es ist relativ neu. Ein Freund meiner Schwägerin hat einen Tattoo-Laden in Seattle. Er ist ein echtes Genie."

Auf jedem Bizeps war ein Flügel eintätowiert. „Was sind das für Vögel?"

„Wanderfalken."

„Du kennst dich aus mit Vögeln, was?"

Auf seinen Hüften prangten Musiknoten. „Die erste Goldene Schallplatte *Try me*. Links dann die erste Doppel-Platin-Platte *Ride*."

„Die finde ich super."
„Du hörst unsere Musik?"
„Das lässt sich kaum vermeiden. Ihr seid sozusagen eine große Nummer. Und ihr seid gut."
Auf seinem rechten Schenkel entdeckte sie ein Labyrinth.
„Als ich mal eine richtig schwere Zeit in meinem Leben hatte, bin ich darin herumgelaufen. Wenn es jetzt kompliziert wird oder mir alles über den Kopf wächst, schaue ich einfach auf mein Bein."
Er ging ihr unter die Haut, aber sie hatte es aufgegeben, deswegen auszuflippen. Kein Zweifel, sein Charisma jagte ihr Angst ein. Aber sie war bezaubert und wollte mehr.
Sie küsste seine Schulter; er legte einen Arm um ihre Taille und zog sie näher.
„In dem kleinen Tisch da drüben sind Kondome. Ich denke, du solltest eins holen und mich dann reiten. Hier und jetzt."
Sie zog eine Braue hoch und schaute zu dem Tisch, den er ihr gezeigt hatte.
„Ich habe sie erst heute dort hineingelegt, weil die Hoffnung ja bekanntlich zuletzt stirbt. Das ist nicht mein ‚Fick-die-Besucherinnen-Tisch' oder so etwas."
Damit hatte er genau das Richtige gesagt. Sie schubste ihn auf die Couch zurück, dann holte sie ein Kondom. Aber sie benutzte es nicht sofort.
„Eins nach dem anderen." Sie legte das Kissen zwischen seine Füße und grinste.
„Oh, das. Nun, gegen eine richtig gute Idee werde ich mich natürlich nicht wehren."

Natalie kniete sich hin, und Paddy musste bis fünfzig zählen, um nicht allein von dem Anblick gleich zu kommen. Sie leckte an seinem Schenkel nach oben und sah ihm dabei unverwandt in die Augen. Er musste schlucken, weil so viel Sinnlichkeit in ihrem Blick lag. Sie wusste genau, was sie tat, und das machte alles nur noch heißer.
Sie war eine Frau, die zeigte, was sie wollte.
Sie war die Frau, mit der er vor Jahren zusammen war.

Sie ließ ihre Zunge an seinem Schaft hinaufgleiten. Er schnappte nach Luft und gab seinem Verlangen nach, die Hände in ihre Haare zu schieben. Sie fühlten sich so wunderbar kühl und weich an, und dass ihr Mund sich gerade um seinen Schwanz schloss, machte das Ganze gewiss nicht schlechter.

Sie ließ sich Zeit, reizte und folterte ihn. Er hatte es kaum erwarten können, in sie einzudringen, war in blinder Eile gewesen, doch das hier … das erlaubte ihm, in sinnlichen Wonnen zu schwelgen, sozusagen das erotische Gesamtpaket zu genießen. Sie machte mit ihm, was er gerade mit ihr gemacht hatte.

Sie hatte so wahnsinnig gut geschmeckt; die Laute, die sie ausgestoßen hatte, waren so scharf gewesen, dass er am liebsten gar nicht mehr aufgehört hätte. Aber am meisten hatte ihn angemacht, wie die Pupillen die Farbe ihrer Iris geschluckt hatten, als er ihr sagte, dass er für ihren Orgasmus zuständig war. Sie war immer so kontrolliert, so beherrscht, dass er nicht sicher gewesen war, wie sie auf diese Ansage reagieren würde.

Ihr Mund fühlte sich so heiß und feucht an, als sie die Zunge um seine Eichel kreisen ließ. Bevor sie ihn so tief aufnahm, dass er vor Erregung die Finger in ihre Haare krallte.

Sie stöhnte um seinen Schwanz herum, und es vibrierte bis in seinen Kopf hinein.

Er war hin und her gerissen. Das hier war gut. Also, richtig, richtig gut. Sie war wie eine Göttin. Er hatte ihre herrlichen Kurven vor Augen, diese hübschen blonden Locken, über seinem Schoß ausgebreitet, dieser Mund … Und doch: Seit er vor über einem Monat das erste Mal mit ihr in diesem Café zusammengetroffen war, hatte er davon geträumt, in ihr zu sein.

Als sie mit den Fingernägeln über seine Hoden kratzte, entschied er sich für einen Strategiewechsel. Er schob ihre Schultern zurück. „Warte. Stopp. Ich will in dir sein."

Mit einem leisen Plopp löste sie sich von ihm und leckte über ihre Lippen. „Du warst doch in mir."

Schwer schluckend nahm er das Kondom, riss mit den Zähnen die Verpackung ab und rollte es sich schnell über. „Aber jetzt kann ich in deiner Pussy sein. Komm, setz dich auf mich."

Sie krabbelte auf seinen Schoß und schob sich rittlings über ihn. Mit einer Hand griff sie hinter sich, um ihn dorthin zu dirigieren, wo sie ihn haben wollte. Und dann wäre er fast ohnmächtig geworden, als sie sich langsam auf ihn sinken ließ.

„Himmel." Ein Orgasmus krallte sich an seinem Bauch fest, und er drängte ihn mühsam zurück, denn auf keinen Fall würde er eine halbe Minute, nachdem er es endlich geschafft hatte, in dieser Frau zu sein, abspritzen wie ein Sechzehnjähriger.

Sie wiegte sich vor und zurück, und er grub die Fingerspitzen in ihre Hüften. Während sie sich bewegte, hielt sie ihre Unterlippe zwischen den Zähnen fest.

„Mmm, ja. Mehr!"

Das war eine Forderung.

Er begann, langsam und gleichmäßig in ihren Körper hochzustoßen, hielt sie an den Hüften fest, damit er tief in ihr bleiben konnte.

Im Flur hinter ihr brannte Licht, das ihren Körper umstrahlte, während sie sich bewegte. Diese Frau war so schön.

Er löste eine Hand von ihrer Hüfte und umschloss damit eine ihrer Brüste, fühlte ihr Gewicht in seiner Handfläche. Dann nahm er ihren Nippel zwischen Zeigefinger und Daumen und drückte und rieb ihn und zog daran, bis sie den Kopf zurückwarf und ihre Lippen, die von seinen Küssen und seinem Schwanz noch geschwollen waren, sich zu einem lustvollen Seufzen öffneten.

Ihre inneren Muskeln packten ihn und pulsierten um ihn herum, was Paddy schier zum Wahnsinn trieb. Aber er hielt durch, denn er wollte nicht, dass dieser Augenblick jemals endete. Der Duft ihrer Haut, ihrer Erregung… sein Verlangen steigerte sich und packte ihn beinahe so fest, wie ihr Körper es tat.

Er schob eine Hand zwischen sie beide. Ihre Klit war geschwollen und bereit. „Ich kann nicht", zischte sie.

„Doch, du kannst. Komm schon, lass mich dafür sorgen, dass du noch einmal kommst."

„Bin ich doch gerade erst." Aber sowie er begonnen hatte, mit der Fingerkuppe sanft über ihre Klit zu streicheln, vor und zurück, hatte ihre Stimme einen tieferen Ton angenommen.

„Ich muss wirklich ganz, ganz dringend kommen, Nat. Aber das mache ich nicht, wenn du nicht auch kommst. Tu's also für mich." Er grinste, und sie stöhnte. Dann beugte sie sich vor, um den Kopf an seine Schulter zu legen.

Er spürte, wie ihr ganzer Körper sich anspannte. Als sie kam, biss sie fest in seinen Oberarm. Er stöhnte keuchend auf, drückte sie nach unten und hielt sie fest, während er sich tief, so fest und tief, wie er nur konnte, in sie hineinpresste und ihr zum Gipfel folgte.

Er hielt sie weiter in den Armen, bis er aufstehen musste. Vorsichtig legte er sie auf die Couch zurück. „Bin sofort wieder da."

Sie zog ein Plaid über sich und kuschelte sich in die Kissen.

Im Badezimmer nebenan stand Paddy vor dem Spiegel und starrte sich an, während er die Hände wusch. Seine Haut war gerötet. Nicht das erste Mal. Nicht einmal das erste Mal mit ihr.

Aber irgendwie war es diesmal anders, denn er dachte nicht darüber nach, wie er sie möglichst schnell zur Tür hinausmanövrieren konnte. Das Bild, wie sie auf seiner Couch nackt zusammengekuschelt lag, ging ihm nicht aus dem Kopf.

Er wollte mehr davon. Mehr von dieser schläfrigen, entspannten Natalie Clayton in seinem Haus und in seinem Leben.

Und er hatte absolut keine Lust, sich Wasser ins Gesicht zu spritzen, um sich aus dieser kleinen Fantasie zu reißen. Er wollte sie nicht von seiner Haut waschen.

Er musste sich regelrecht dazu zwingen. Paddy hatte absolut keine Ahnung, warum er sich gerade aufführte wie eine sextrunkene Dumpfbacke, aber es war höchste Zeit, sich zusammenzureißen.

„Hey." Lächelnd sah sie zu ihm hoch, als er wieder ins Zimmer kam.

„Hey. Du solltest hier übernachten." Er hätte sich treten können, weil er so unvermittelt damit herausgeplatzt war.

„Geht nicht. Ich muss morgen arbeiten."

Oh. Nun ja. Er sollte froh sein. Frauen zogen einem die Bettdecke weg, und wenn man sie übernachten ließ, bildeten sie sich weiß Gott was ein. Sie tat ihm also praktisch einen Gefallen.

Aber er ertappte sich dabei, wie er sagte: „Ich habe einen Wecker. Glaube mir, auf einer Ranch beginnt der Tag früh. Du kriegst sogar Frühstück."

Als sie aufstand, fiel die Decke auf den Boden, und er musste einfach näher treten, um diese ganze nackte Haut zu berühren. Einen Augenblick lang überließ sie sich seinen Händen, dann stellte sie sich auf die Zehenspitzen, um ihm einen Kuss zu geben.

„Frühstücksangebote weiß ich immer zu schätzen. Aber ich muss wirklich nach Hause."

„Gut, gut. Dann bist du halt schuld daran, dass ich keine verschlafene, warme Frau für den Morgensex habe."

Lachend löste sie sich von ihm und zog sich an.

„Du fährst jetzt nach Hause?"

„Na ja, ich habe schließlich bekommen, was ich wollte. Ich fahre also nach Hause, um eine Kerbe in meinen Bettpfosten zu ritzen. Das mache ich immer so nach wildem Sex mit Promis. Bis bald."

Er zog einen Schmollmund. „Vergiss nicht, zwei Kerben einzuritzen."

Sie grinste. „Wird gemacht. Soll ich dir beim nächsten Mal einen goldenen Stern mitbringen?"

Noch einmal umarmte er sie. Weil er es konnte, und weil er sie wiedersehen würde. Und weil sie ihn so oft zum Lachen brachte.

„Solange es kein essbarer ist."

Lachend gab sie ihm einen Klaps auf den Hintern.

Nachdem sie weg war, ging er ins Bett, um vor dem Schlafen noch etwas zu lesen. Ihr Duft stieg ihm von seiner Haut in die Nase, und als er am nächsten Tag aufwachte, war noch immer ein leichter Hauch ihrer Gegenwart zu spüren.

9. KAPITEL

Als Natalie nach der Arbeit die Bibliothek verließ, wartete Paddy an seinen Wagen gelehnt auf sie, die Beine vor sich ausgestreckt. Seit dem Essen in seinem Haus war jetzt eine Woche vergangen, und sein Anblick – die langen Beine in Jeans gehüllt – war genau das, was ihrem Tag bislang gefehlt hatte.

„Hallo, du. Ich dachte, wir könnten vielleicht etwas essen gehen. Was meinst du?"

„Ich muss Wäsche waschen."

Offensichtlich verwirrt von ihrer Ablehnung, schreckte er auf.

„Hast du gerade ein Date abgelehnt, weil du Wäsche waschen willst?"

Sie tätschelte seinen Arm. „Nein. Du bist unangemeldet hier aufgetaucht und hast mich gefragt, ob wir essen gehen. Ich hatte aber vor, meine Wäsche zu waschen."

Paddy runzelte die Stirn. „Was hältst du denn davon, wenn wir bei dir zu Hause etwas essen, damit du deine Wäsche waschen kannst? Dann kannst du arbeiten, und ich schaue zu. Ich habe Donuts dabei."

Wenn er so weitermachte, würde sie noch zehn Pfund zulegen. Aber hallo – Donuts!

„Fahr hinter mir her zu meinem Haus. Unsere Einfahrt ist etwas seltsam, also park hinter meinem Wagen, damit Tuesday Platz hat, wenn sie nach Hause kommt."

Sie wich seinem Kuss aus, winkte ihm zu und ging zu ihrem Auto. Erst als sie losgefahren war, erlaubte sie sich zu lächeln, weil er so gut aussah, und weil sie sich so geschmeichelt fühlte.

Seinetwegen hatte sie wieder ein Flattern im Bauch, und Flattern im Bauch wurde allgemein weit unterschätzt.

Tuesday hatte Natalie einen Zettel an den Kühlschrank geklebt, auf dem stand, dass sie nach Olympia gefahren war, um ihre Familie zu besuchen, und erst Sonntag zurückkäme.

Natalie hängte ihre Sachen auf. „Tuesday ist gar nicht da. Sie hat mir eine Nachricht hinterlassen, dass sie übers Wochenende weg ist. Es wird ihr leidtun, dich nicht kennengelernt zu haben."

Obwohl er Tuesday, von der Natalie so viel erzählte, auch gern kennengelernt hätte, würde Paddy sich gewiss nicht darüber beklagen, dass er Natalie ganz für sich hatte.

„Schade. Na ja, vielleicht beim nächsten Mal."

„Komm mit durch."

Paddy folgte ihr in die Küche, und die Dielenbretter knarrten auf eine Weise, die er immer als einladend empfunden hatte. „Wow. Wie schön!"

Sie lächelte ihn an, und sofort war er froh, dass er das gesagt hatte. Sicher, die Küche hätte sich kaum stärker von seiner eigenen unterscheiden können. Sie war altmodisch und nobel, während sie sich bewusst für modern und schlicht entschieden hatte.

Aber offensichtlich hatte jemand viel Zeit geopfert, um diese Küche in all ihrer viktorianischen Pracht wiederherzustellen, und gleichzeitig wirkte sie komfortabel und gemütlich.

„Von außen sieht das Haus aus wie eine Sahnetorte, aber hier drin ist es zwangloser und wirkt mehr bewohnt." Die Küchenfenster ließen viel Licht herein und gaben den Blick frei auf einen Hinterhof mit einem hübschen Garten und einer Sitzecke.

„Danke."

Er trat auf sie zu und legte die Arme um sie. Sie schmiegte sich an ihn. Als er ihr einen Kuss auf den Kopf geben wollte, hob sie ihm ihr Gesicht entgegen, sodass er ihren Mund erreichen konnte.

Eine Woche war es jetzt her, dass er sie zuletzt gesehen hatte. Es war … seltsam; er musste sich eingestehen, dass sie sich in ihrem Leben wohlzufühlen schien und auch mit seinem zeitweiligen Platz darin gut zurechtkam.

Er küsste sie lange und langsam und genoss ihren Geschmack. „Führst du mich einmal herum?"

„Sicher. Aber ein Heimkino habe ich nicht. Wir haben nur zwei Fernseher, einen in meinem und einen in Tuesdays Zimmer."

„Versuchst du etwa, mich in dein Schlafzimmer zu locken?"

Sie lachte. „Ich muss waschen. Das war nicht gelogen. Aber wir haben Zeit, wenn ich die erste Waschmaschinenladung angestellt habe."

Er riss sie in eine weitere Umarmung. „Du weißt, dass du mehr Klamotten haben oder öfter mal waschen könntest. Bist du etwa jemand, der so etwas gern auf die lange Bank schiebt?" Der Natalie von früher hätte er ohne Weiteres zugetraut, dass sie bis zum letzten Moment wartete, bevor sie die Waschmaschine anstellte. Aber diese hier? Eher weniger.

„Ich habe morgen Nachmittag eine Präsentation, von der ich erst heute erfahren habe. Dafür muss ich ein paar Sachen waschen. Ich habe noch saubere Klamotten, aber das ist wichtig, deshalb muss ich professionell aussehen, und ich besitze für solche Gelegenheiten genau ein professionelles Outfit."

„Okay, dann lass uns sehen, dass das in die Maschine kommt. Ich wollte dich bei Nora zum Dinner einladen. Was hältst du davon, wenn ich dort anrufe und etwas zum Mitnehmen bestelle. Das hole ich dann ab und bringe vielleicht auch noch eine Flasche Wein mit?"

„In Ordnung."

Er folgte ihr durchs Haus und eine Flügeltreppe hinauf. „Das ist meine Seite im Obergeschoss. Tuesday hat die andere, und ihre Treppe führt wieder zur Küche, aber wir haben auch einen Flur, der beide Seiten verbindet, und dann gibt es auch noch ein kleines Leseloft.

An den Wänden im Treppenaufgang hingen überall Fotografien. Er zeigte auf eine. „Ist das Tuesday?"

Natalie lächelte. „Ja." Sie machte eine Pause. „Das sind wir beide vor ein paar Jahren. Als ich ans College kam, war sie die Erste, die ich kennenlernte. Ich meine, außer den Angestellten. Ich ging in mein Zimmer im Studentenwohnheim, und sie war schon da. Eine Stunde später wusste ich, dass sie in meinem Leben immer eine wichtige Rolle spielen würde. Es ist schon witzig, wie so was funktioniert."

Aber er verstand es.

„Das ist unsere Gruppe." Sie wies auf eine Reihe von Fotos.

„Delia, Zoe, Eric, Rosie, Jenny, Tuesday und ich. Wir sind die 1022, weil das unsere Zimmernummer war. Wir hatten so eine Art Fünfzimmersuite. Ein großer Raum, den wir uns geteilt haben, und mehrere Schlafzimmer. Eric war Ehrenmitglied, weil er nebenan wohnte. Tuesday und er haben ein Jahr nach ihrem Abschluss geheiratet."

„Ist er derjenige, der gestorben ist?"

„Ja. Er war total sportlich, genau wie Tuesday. Sie haben alle möglichen verrückten Sachen gemacht, wie jedes Jahr eine Fahrradtour von Seattle nach Portland oder Touren mit Kanus und Kajaks. Es fing damit an, als er sehr oft müde war. Aber er war ein viel beschäftigter Mann, deshalb haben sie es eine Zeit lang auf seinen Job geschoben. Und dann bekam er blaue Flecke, die nicht mehr verschwunden sind."

Natalie schluckte schwer; ihre Stimme verriet ihre Emotionen. Paddy strich mit den Fingerkuppen über ihren Rücken, denn er wollte, dass sie sich wieder besser fühlte.

„Typisch Mann. Er wollte nicht zum Arzt gehen, aber am Ende ging es ihm richtig schlecht, also ist er hin, nachdem Tuesday ihm gnadenlos damit in den Ohren gelegen hatte. Eine Woche später haben sie erfahren, dass er Krebs hatte. Drei Monate später ist er gestorben. Er war ein toller Mann. Tuesday und er waren genau richtig füreinander. Verstehst du, was ich meine? Wie auch immer, das ist jetzt vier Jahre her."

„Es tut mir leid. Ich kann mir nicht mal vorstellen, wie schrecklich das gewesen sein muss."

„Es war grauenhaft. Aber jetzt gehen wir alle jedes Mal zum Arzt, wenn wir mal länger krank sind, als normal zu sein scheint." Sie ging weiter, und er folgte ihr.

„Die anderen aus eurer Gruppe, die 1022 meine ich, leben sie alle hier in der Nähe?"

„Delia macht Dokumentarfilme. Sie lebt in Portland. Zoe und Jenny sind in Seattle. Zoe ist Biologin. Sie ist völlig verrückt nach Walen. Vor allem nach Schwertwalen. Jenny ist Lehrerin, dritte Klasse. Rosie wohnt in Brooklyn. Sie ist Location-Scout für Werbefilme und Werbefotos."

„Wow, ihr habt alle so spannende Berufe."

„Wir waren an einem geisteswissenschaftlichen College ohne Nummernbenotung mitten im Wald – das hat zu unseren abgedrehten Interessen gepasst." Sie schob eine Doppeltür auf, die in ein ziemlich großes Schlafzimmer führte, dem ein Wohnzimmer angeschlossen war. „Das ist mein Bereich."

Paddy war nicht weiter überrascht, dass hier alles ordentlich und gepflegt war. Nur das Bett fiel ein wenig aus dem Rahmen.

„Ich hatte dich eigentlich ja für ein Mädchen gehalten, das sein Bett macht."

„Wozu? Ich lege mich ja doch nur wieder rein." Sie verschwand in einem kleinen begehbaren Kleiderschrank und kam mit einem Bündel Klamotten wieder zurück.

„Darf ich einen Blick in diesen Schrank werfen?

Misstrauisch sah sie ihn an. „Warum?"

„Ich will nur sehen, ob mein Verdacht sich bestätigt."

„Ich werfe mal eben die Sachen in die Maschine. Nur zu." Sie nickte zum Schrank hin und ging.

Paddy steckte den Kopf durch die Tür und lächelte. Alles gnadenlos geordnet, so, wie er es sich gedacht hatte. Die Schuhe übersichtlich angeordnet in Kartons, die Kleidung nach Art und Farbe sortiert aufgehängt.

„Oha, da steht aber jemand auf sexy Unterwäsche." Den Regenbogen seidiger Höschen rührte er nicht an; das wäre irgendwie schmuddelig. Stattdessen würde er ihr wohl vorschlagen müssen, sie ihr mit den Zähnen vom Körper zu ziehen.

„Na, klaust du mir meine Schuhe oder meine Socken, wie es sich für einen Fußfetischisten gehört?" Sie schaute ihm über die Schulter, und er zuckte zusammen. „Wow, so erschrickt nur jemand, der ein schlechtes Gewissen hat. Muss ich Angst haben? Ich besitze Pfefferspray."

Er lachte prustend und wies auf die Schubladen, die in die Wände des kleinen Kabinetts eingelassen waren. „Ich bin viel mehr an deiner Höschen-Kollektion interessiert."

„Lippenstift, ein netter BH, etwas hübsche Unterwäsche, das sind kleine Dinge, die einem einen miesen Tag absolut versüßen können." Sie zuckte mit den Schultern. „Die Waschmaschine läuft jetzt. Wir können hierbleiben, anstatt essen zu gehen. Wir könnten auch einfach Pizza bestellen. Es gibt eine Suppe, die ich ganz gut hinbekomme. Und Sachen für Sandwiches. Ich würde ja sagen, wir halten uns an Junkfood, aber abgesehen von den Donuts wirst du hier nichts dergleichen finden, denn Tuesday schwört auf Äpfel und dergleichen. Aber in meiner Kommode habe ich einen Vorrat scharfer Tamales gebunkert."

„In meiner Vorratskammer gibt es jede Menge Junkfood. Und ich verfüge sogar über eine Waschmaschine mit Trockner. Ich will's nur gesagt haben."

„Jetzt sind meine Sachen schon in der Maschine. Außerdem werfe ich mich jetzt in Yogahose und T-Shirt."

Er warf sich auf ihr Bett, nachdem er sich mit den Zehen die Schuhe abgestreift hatte. Der Duft ihrer Haut haftete an der Bettwäsche, und er tat sich keinen Zwang an, sondern vergrub sein Gesicht in ihrem Kissen und atmete tief ein.

„Das werde ich mal besser überwachen. Wenn du zu Hause bleibst, brauchst du keinen BH. Schließlich bin ich ja kein richtiger Besuch."

„Wie aufmerksam von dir!" Damit öffnete sie ihren Rock, ließ ihn über ihre Hüften nach unten gleiten und stieg heraus. Dann faltete sie ihn über dem Arm.

Sein Mund fühlte sich plötzlich ganz trocken an. „Sind das … trägst du … Strümpfe?"

Grinsend schaute sie erst an sich hinunter und dann wieder zu ihm. „Ich glaube schon. Ja. Kann ich dir ein Geheimnis anvertrauen, Patrick?"

Er schluckte schwer und nickte. Sie legte den Rock auf einen Stuhl und zog sich die Bluse aus, womit sie nun nichts mehr trug als einen hübschen BH, eine kaum vorhandene Unterhose und Strümpfe.

Sie stieg in ihr Bett und krabbelte auf Händen und Füßen zu ihm. Dann setzte sie sich rittlings auf seinen Schoß; er beugte sich vor und vergrub sein Gesicht zwischen ihren Brüsten, bis alles perfekt war.

„Erzähl mir dein Geheimnis, Natalie."

„Ich trage gern Strümpfe. Ich mag es, wenn der Wind unter meinen Rock bläst und ich den Unterschied spüren kann, wo meine Beine bedeckt sind und wo nicht. Es ist wie ein unanständiges Geheimnis direkt unter dem Stoff."

„Herrgott!"

Ihr rechter Mundwinkel hob sich leicht, und er leckte über das Grübchen. „Du bist so unanständig. Was man auf den ersten Blick nie ahnen würde. Aber lieber Himmel, du machst mich höllisch hart."

Sie griff nach hinten, öffnete ihren BH und streifte ihn ab. „Von einem Geheimnis braucht sonst auch niemand etwas zu erfahren, Paddy. Das ist genau der Punkt. Unanständig kann ich hier mit dir sein. So wie jetzt. Aber auf der Arbeit muss niemand wissen, dass ich feucht für dich bin. Im Lebensmittelgeschäft muss niemand wissen, dass ich meinen Duschkopf nicht nur deshalb ausgesucht habe, weil er mir den *Rücken* so schön massiert."

Gut möglich, dass er wimmerte, während er sich vorstellte, wie sie unter der Dusche stand, einen Fuß auf dem Rand des Beckens, und den Duschkopf zwischen ihre Beine richtete, aber durch das dröhnende Rauschen in seinem Kopf konnte er kaum etwas hören.

„Was ich hier bin …", sie nahm seine Hände und legte sie auf ihre Brüste, „… ist nur für dich und mich bestimmt. Sonst geht es niemanden etwas an."

Er leckte erst über eine Brustwarze, dann über die andere. „Ich lebe mein Leben zwar gern mit hundert Stundenkilometern; ich liebe diese wilde Freiheit. Aber ich könnte mich auch an deine Perspektive gewöhnen."

Sie zögerte und kämpfte offensichtlich mit ihren nächsten Worten. Er hob den Arm und strich mit dem Daumen über das Grübchen an ihrem Kinn. „Du weißt, dass du mir alles sagen kannst."

„Eigentlich weiß ich das nicht, aber das ist nicht das Problem."

„Was meinst du damit, du weißt es nicht? Du weißt nicht, ob du mir vertrauen kannst?“ Er rang mit sich, denn einerseits fühlte er sich ein bisschen verletzt, weil sie so empfand, andererseits freute er sich, dass sie ihm ihre Gefühle überhaupt mitteilte. „Ich muss mir meinen Weg hier erfühlen und weiß nicht besonders gut, wie das geht. Vor allem deshalb, weil ich es noch nie gemacht habe.“

„Was hast du noch nie gemacht?“ Sie ließ die Hüften kreisen und rieb ihre heiße Mitte an seinem Schwanz. „Das hier? Oh doch, das hast du schon öfter gemacht. Ich war sogar ein paarmal dabei.“

„Hör auf damit. Ich kann kaum denken, wenn du das machst. Ich meine eine Beziehung. Die hatte ich noch nie. Ich habe ständig Verabredungen und tollen Sex, und dann bin ich wieder weg. Das hier ist etwas anderes.“

Sie zog eine Augenbraue hoch, und er strich sie mit den Fingerspitzen glatt.

„*Beziehung* scheint mir doch etwas zu weit vorgegriffen zu sein.“

Er schnaubte entrüstet. „Seit Juli bin ich hinter dir her. Jetzt ist es Mitte September. Ich bin mit keiner anderen Frau ausgegangen und habe nicht einmal daran gedacht. Du bist diejenige, an die ich denke. Die ganze Zeit. Ich will ja nicht sagen, dass wir verlobt sind oder so, aber es ist eine Beziehung, Natalie.“ Er küsste sie, weil sie so appetitlich aussah, und weil er das jetzt, nachdem er sich erklärt hatte, unbedingt brauchte. Seine Sorge legte sich etwas, als sie seinen Kuss erwiderte und ihm mit den Fingern durch die Haare fuhr.

Spielerisch biss er ihr in die Unterlippe. „Du kannst mir glauben, dass ich aufrichtig bin. Wie sollen wir es denn schaffen, wenn wir nicht über die Dinge reden?“ Er klang so emotional erwachsen; am liebsten hätte er seine Mom angerufen, um ihr davon zu erzählen. Hmm, vielleicht wäre es klüger, nicht an seine Mutter zu denken, wenn er mit Natalie zusammen war.

„Ein Teil von mir mag es, dass du so wild bist, denn das gehört zu dir. Aber ich habe … Ich habe einfach kein so gutes Gefühl, was diese Art von Leben angeht. Gegen wild habe ich nichts, aber es sollte einfach privat bleiben."

Das alles flüsterte sie ihm ins Ohr, und er berührte zärtlich ihr Kinn, damit sie ihn anschaute. „Danke, dass du das gesagt hast. Was ist mit dir passiert? Irgendetwas am College? Seinerzeit schienst du fast so wild zu sein wie ich."

Natalie seufzte. „Könnte man so sagen, aber es war eher so, dass ich am College meinen Mist geklärt habe. Keine Optionen oder Alternativen zu haben, bedeutet einen Mangel an Kontrolle. Und ich fühle mich nun mal hilflos, wenn ich nicht alles unter Kontrolle habe. Dadurch wird man verletzbar."

„Du hast dich also an einen Ort begeben, wo du dir selbst Zügel anlegen und deine eigenen Entscheidungen treffen konntest."

„Findest du nicht, dass das im Moment ein eher seltsames Gespräch ist?"

„Wir haben ja bereits festgestellt, dass du seltsam und tragisch verkorkst bist, Nats. Sprich weiter. Also. Kontrolle?"

„Ich war lange Zeit für andere verantwortlich. Das ging los, als ich noch sehr jung war, und dauerte an, bis ich mit siebzehn schließlich die Flucht ergriffen habe. Das war ein Schritt, ja, ein großer Schritt auf dem Weg, endlich die Kontrolle über mein Leben und meine Zukunft zu gewinnen. Und später habe ich dann auch herausgefunden, dass es ungemein hilft, sich selbst feste Grenzen zu setzen. Mein Privatleben gehört mir. Ich will es so. Und so brauche ich es."

„Okay. Also, erzähle mir von deiner Kindheit."

Sie packte sein Shirt und zog es ihm aus. „Ich würde lieber vögeln."

„Komm schon, rede mit mir!"

„Im Augenblick will ich nicht mehr reden. Ich bin so gut wie nackt. Wir sind in meinem Bett. Allein in meinem Haus. Zeig mir, wie wild du bist, Paddy."

Er wollte mehr von ihr, aber er konnte sehen, dass sie sich bereits jenseits ihrer Komfortzone befanden. Außerdem trieb die Lust ihn mächtig an, sogar beängstigend mächtig. So mächtig, dass er sie das Thema wechseln ließ.

Also drehte er sich so weit um, dass sie auf dem Rücken landete, und richtete sich über ihr auf, um sich eilig aus Jeans und Boxershorts zu schälen. Er küsste erst ihren Bauch, dann ihren Brustkorb, arbeitete sich dann bis in das Tal zwischen ihren Brüsten vor, wo er innehielt, um die herrlichen Kurven zu lecken. Anschließend fuhr er mit der Zunge an ihrem Hals nach oben und schloss die Augen, als sie mit einem lustvollen Summen darauf antwortete.

Er küsste sie, und sie schlang die Schenkel um seine Taille. Ihre Nippel streiften seine Brust, ihre Fingernägel gruben sich in seinen Rücken.

Er stöhnte keuchend; sie bäumte sich unter ihm auf, und die warme Seide ihres Höschens streifte seinen nackten Schwanz, der prompt noch härter wurde. Er nahm ihre Unterlippe zwischen die Zähne und zog daran. „Da mag es wohl jemand ein bisschen grob", murmelte er.

Seine Lippen fanden die Stelle, wo ihr Puls sich gerade überschlug, diese süße Stelle, direkt unter ihrem Ohr. Dort ließ er seine Zunge kreisen und ließ sie seine Zähne spüren, bevor er sich ihren Brustspitzen widmete.

Er schob beide Brüste zusammen, sodass er sich leicht zwischen beiden Nippeln hin- und herbewegen konnte. Die Laute, die sie ausstieß, zerrten an ihm, zerrten an seiner Beherrschung.

„Bitte fick mich!"

„Ich wollte dich erst einmal kommen lassen."

Er zupfte mit den Zähnen an ihrem rechten Nippel.

„Ja", flüsterte sie und hielt seinen Kopf fest. „Kommen muss sein. Aber dafür kannst du doch sorgen, wenn du in mir bist."

„Du bist ganz schön herrisch."

Sie wand sich, schob eine Hand zwischen sie beide, umfasste seinen Schwanz und verstärkte ihren Griff ein paarmal. Vernunft und Geduld zerstoben wie ein Vogelschwarm.

Die andere Hand streckte sie aus und durchwühlte eine Schublade in ihrem Nachttisch. Schließlich hielt sie jubelnd ein Folienpäckchen hoch. „Gewonnen!"

Lachend nahm er es ihr ab und stülpte sich das Kondom schnell über. Er machte sich gar nicht mehr die Mühe, ihr Höschen auszuziehen, schob es stattdessen einfach zur Seite und drang mit einem Stoß in sie ein.

Sie schnappte nach Luft, denn es verschlug ihr fast den Atem, wie gut es sich anfühlte. Dieser dunkle Nervenkitzel, so hart rangenommen zu werden. Oh ja, er war rau. Nicht, um ihr wehzutun, sondern so, als könnte er sich nicht bremsen, weil er sie so sehr begehrte.

Das war wild. Und sie war eine erwachsene Frau, die wusste, was ihr gefiel. Mit ihm war das so leicht. Wenn sie in einer Beziehung war, hatte sie praktisch immer Lust, und in dieser Hinsicht passte Paddy super zu ihr. Wenn sie beide so drauf waren, verband sie eine sündhaft heiße Chemie. Und sie fühlte sich unglaublich lebendig dabei.

Er stützte sein Gewicht mit den Armen ab und legte seine Stirn an ihre. So verharrte er eine ganze Weile. Er schaute direkt in sie hinein. Sie wollte die Augen davor schließen, aber es war zu real. In diesem Moment fühlte sie sich so innig mit ihm verbunden, dass es eine Lüge gewesen wäre, wegzuschauen.

„Du hast gesagt, dass du dich selbst drum kümmern würdest. Ich meine das letzte Mal, als wir zusammen waren. Mach's jetzt."

Vielleicht hätte sie erröten sollen, aber die Hitze, die in ihr aufstieg, hatte nichts mit Verlegenheit zu tun. Und alles mit Lust.

Er erhob sich auf die Knie und legte ihre Waden um seinen Hintern. Noch immer war sein Schwanz tief in ihr. Sie war völlig geöffnet für ihn, und wie er so über ihr aufragte, sah er aus wie ein tätowierter, gepiercter Sexgott. Sie hatte wirklich gerade superheißen Sex mit einem Rockstar, und es war all das, wovon andere nur träumen konnten.

Ihm fiel eine Haarsträhne in die Stirn, und sein glühender Blick schien ihre Haut zu verbrennen. Er beugte sich vor, nahm einen ihrer Nippel zwischen zwei Finger und drehte und zupfte daran. Sie ließ eine Hand über ihren Bauch nach unten gleiten, unter den Stoff ihres Slips. Sie keuchte leise, als sie ihre Klit berührte.

„Mein Gott, ich habe noch nie etwas Schärferes gesehen als das hier. Wie deine Hand sich bewegt, wenn du dich selbst anfasst. Deine Haut ist gerötet. Deine Brustwarzen sind hart und dunkel. Und dein Körper hält meinen Schwanz so fest, dass ich schon Sterne sehe."

Normalerweise war sie für Verbalerotik nicht so zu haben. Tatsächlich schreckte sie oft davor zurück. Vielleicht lag es daran, dass es nie echt klang; jedenfalls redeten die Männer, mit denen sie zusammen gewesen war, wie in einem schlechten Porno, wenn sie es versuchten.

Aber warum auch immer, Paddys Worte rissen etwas in ihr auf und jagten erregende Empfindungen durch ihren Körper, obwohl sie sich noch kaum berührt hatte. Sie stieß irgendetwas Sinnloses aus, und er schrie leise auf und bewegte sich in ihr mit harten, scharfen Stößen. Sein Blick ging zwischen ihrer Hand, die sich weiter in ihrem Höschen betätigte, und ihren Brüsten, die bei jedem Stoß fröhlich mithüpften, hin und her.

Alles schien sich auszudehnen, der Höhepunkt selbst und auch dieser Moment zwischen ihnen, in dem sie sich vor diesem Mann geöffnet hatte und er sich vor ihr, denn er erlaubte ihr, in ihn hineinzublicken. Was immer es sein mochte, so etwas hatte sie noch nie erlebt, und sie fühlte sich ... bloß und nackt. Im besten Sinne des Wortes.

Stöhnend schob er sich so tief in sie hinein, dass die Muskeln an ihren Oberschenkeln ein wenig brannten, weil er sie mit seinem Körper so weit spreizte. Als er kam, stöhnte er ihren Namen, es klang fast wie ein Knurren. Es gefiel ihr. Es tat ihr gut, zu wissen, dass sie in ihm dasselbe primitive Verlangen weckte wie er in ihr.

Er löste sich von ihr, nahm ihre Hand, die Hand, mit der sie sich selbst berührt hatte, und leckte ihre Finger. Fasziniert sah sie ihm dabei zu, und ihre Haut erhitzte sich aufs Neue. Mit einem verruchten Grinsen küsste er ihre Fingerspitzen.

„Bin sofort wieder da."

10. KAPITEL

Was hast du heute vor?"

„Guten Morgen, Paddy", murmelte sie und schob sich die Haare aus dem Gesicht.

Er küsste sie. „Ich meine, ich weiß zwar, dass du deine Präsentation hast, aber wie sieht es danach aus?"

Stöhnend legte sie sich einen Arm über die Augen. „Bist du morgens immer so munter? Wenn ja, werden wir uns vielleicht trennen müssen."

„Warum sollte ich nicht froh und munter sein? Ich liege hier in deinem Bett. Du bist warm, du riechst gut, und die Aussichten auf Morgensex sind gut."

„Dafür bist du mir ein Frühstück schuldig." In ihren Mundwinkeln deutete sich ein Lächeln an.

„Da trifft es sich gut, dass ich kochen kann."

„Das ist eine wunderbare Ergänzung zu deinem beeindruckenden Gemächt und der Fähigkeit, meine Knie damit in Gelee zu verwandeln."

Lachend kuschelte er sich enger an sie. „Also? Heute Nachmittag?

„Warum?"

„Ich habe vergessen, dir zu sagen, dass Mary uns zum Essen eingeladen hat. Alle meine Brüder werden da sein. Vielleicht schauen auch meine Eltern vorbei, aber sie waren die ganze Woche unterwegs."

„Das hast du vergessen? Wirklich?"

„Als ich in dieses Zimmer gekommen bin, hast du dich ausgezogen. Danach habe ich alles vergessen."

Sie nahm ihren Arm weg und schaute ihn schweigend an. Sie wussten beide, dass er es nicht vergessen hatte.

„Mary ist wirklich eine richtig gute Köchin. Ungelogen, ihr Essen wird dein Leben verändern. Und ich würde mich freuen, wenn sie dich kennenlernen."

Sie verdrehte die Augen, hörte jedoch nicht auf zu lächeln. „Also gut. Ich werde heute Abend raufkommen. Sag mir nur, wann."

Er machte Frühstück für sie beide, und nach einer stürmischen Runde Morgensex scheuchte sie ihn hinaus, um sich auf ihre Präsentation vorzubereiten.

An der Tür blieb er stehen. „Bleib heute Nacht bei mir. Morgen hast du frei. Wir können ausschlafen und hinterher irgendwas Nettes machen. Mit dem Boot rausfahren oder reiten gehen. Was auch immer. Bald wird auf der Ranch viel zu tun sein. Es ist bald Pfirsichernte, deshalb möchte ich bis dahin so viel Zeit wie möglich mit dir verbringen. Lass mich bitte egoistisch sein."

„Dann musst du mir wieder ein Frühstück machen."

Lachend zog er sie noch einmal in seine Arme und küsste sie ausgiebig. „Liebend gerne mache ich dir ein Frühstück. Und auch ein Mittagessen. Was hältst du davon?"

„Okay. Nun mach, dass du wegkommst. Ich muss mir diesen ganzen Powerpoint-Mist noch einmal anschauen. Wir sehen uns heute Abend."

Erst als er wieder vor seinem Wagen stand, sah er die Donuts auf dem Vordersitz liegen. Er würde sie ihr später geben. Nach dem Essen. Wenn er ihr hinterher den Zimtzucker von den Lippen lecken konnte.

Das war dumm von ihr gewesen.

Natalie begutachtete sich im Spiegel, zum wiederholten Male. „Ich weiß nicht. Vielleicht sollte ich einfach anrufen und sagen, dass ich mich nicht wohlfühle", sagte sie zu Tuesday am Telefon.

„Wirklich, Natalie? Im Ernst? Du bist eine ausgewachsene Eselin. Wie kommt es, dass dieser Mann dich dazu bringt, dich zu verhalten, als wärst du in der zehnten Klasse? Hat er etwa etwas Gemeines zu dir gesagt, um dich zu ärgern?"

„Was? Nein! Mein Gott. Er ist kein Arschloch. Tatsächlich ist er ein netter Kerl. Es ist nur ... ein Dinner mit seiner Familie? Sind wir überhaupt schon so weit?"

„Okay, nachdem wir jetzt festgestellt haben, dass der Rockstar ein netter Kerl ist und auch nicht gemein zu dir war, können wir uns also dem nächsten Problem zuwenden. Ich sollte dir diese Therapie echt in Rechnung stellen."

„Vergiss es, Eastwood."

„Ha! Das hättest du wohl gern. Wie auch immer, ganz offensichtlich seid ihr so weit, denn sonst wäre es ja nicht dazu gekommen. Schließlich ist es nicht so, als hättest du ihn gerade erst getroffen. Du kennst ihn von früher, und in den letzten Monaten seid ihr ständig umeinander herumgetanzt. Du magst ihn, und zwar nicht nur, weil du so gern Nacktsport mit ihm machst und sonst ein schlechtes Gewissen hättest. Ihr beide seid gerade dabei, euch näher kennenzulernen, und Leute, die sich näher kennenlernen, lernen nun auch mal die Familie und die Freunde des anderen kennen. Vögelt nur nicht auf unserem Küchentisch, denn an dem esse ich."

„Wie bitte? Okay. Klar." Natalie verdrehte die Augen. „Ich muss los. In fünfzehn Minuten sollte ich dort sein. Danke für die aufmunternden Worte, Coach."

„Wir sehen uns morgen Abend. Viel Spaß, mach alles richtig."

„Ich hab dich lieb."

Tuesday lachte. „Ja, ich dich auch. Gönn dir heute Abend etwas Spaß, sonst werde ich ganz doll böse auf dich."

„Ist ja gut."

Natalie legte auf und musterte noch ein letztes Mal ihr Spiegelbild. Sie hatte sich für ein Outfit entschieden, das haarscharf auf der Linie zwischen leger und elegant lag. Weiße Hose und rote Bluse. Dazu trug sie eine Halskette, die Tuesday für sie gemacht hatte. Die Haare hatte sie mit etwas Gel in leichten Wellen aus dem Gesicht gestrichen.

Seufzend machte sie sich daran, Lippenstift aufzulegen. Sie hoffte nur, dass sie den richtigen Ton getroffen hatte. Sie hätte fragen sollen. Sie sah zum Telefon. Vielleicht sollte sie anrufen.

Nein.

Wenn es irgendein anderer Mann wäre, würde sie ihrem eigenen Stilgefühl vertrauen und dazu stehen, wie sie aussah, und genau das würde sie jetzt auch tun, verdammt.

Sie nahm ihre Handtasche, die Blumen, die sie auf dem Weg nach Hause gekauft hatte, und ging zur Tür. Sie würde dieser Situation wie eine Erwachsene begegnen.

Sie hatte kaum an seine Tür geklopft, als er ihr auch schon lächelnd öffnete. „Nat, du siehst heute Abend wirklich verdammt hübsch aus." Um ihren Lippenstift nicht zu verschmieren, gab er ihr einen Kuss auf die Wange. „Und du riechst auch so gut."

Er trug zwar Jeans, aber ein Hemd mit Knöpfen. Also keineswegs übermäßig elegant. Die Ärmel hatte er aufgekrempelt, und es waren wirklich sehenswerte Unterarme.

„Kann ich deine Tasche aus dem Auto holen? Wenn du einverstanden bist, gehen wir zu Fuß. Es ist ein schöner Abend, und so können wir etwas trinken, ohne uns wegen der Rückfahrt Gedanken machen zu müssen."

„Ich kann das Fahren übernehmen, wenn du dir deswegen Sorgen machst. Ich trinke nicht viel. Hin und wieder mal ein Glas Champagner, weil es das Beste überhaupt ist, aber ich habe nicht vor, heute Abend etwas zu trinken."

Paddy schaute sie prüfend an, sagte jedoch im Moment nichts mehr dazu.

„Meine Tasche liegt im Kofferraum, und ich habe Blumen für Mary dabei."

Sie ließ den Kofferraumdeckel aufspringen. Er lächelte ihr zu. „Es ist wirklich ein schöner Abend, deshalb bin ich dafür, dass wir auf jeden Fall laufen. Bleib du hier, und ich hole deine Sachen." Er lief zu ihrem Wagen, holte Tasche und Blumen und kam wieder zurück. „Das hier bringe ich schnell rauf in mein Zimmer." Er hob die Tasche an und reichte ihr den Strauß. „Der ist sehr schön. Wird ihr gefallen."

Natalie wartete in der geöffneten Haustür auf ihn.

„Ist es okay für dich, wenn ich trinke?", fragte er. „Ich meine … warst du krank oder so? Ezra wird da sein, und er trinkt nichts. Ihm macht es nichts aus, wenn andere es tun, aber wenn es dir etwas ausmacht, wäre das okay für mich."

„Mache ich dich nervös?"

Er gab ihr einen Kuss auf die Nasenspitze. Paddy gab sich ein bisschen albern, aber einen kurzen Augenblick sah sie die Verletzlichkeit in seinen Augen, und sie rief sich in Erinnerung, dass sie vorsichtig mit ihm umgehen musste.

„Ich will nur, dass du dich wohlfühlst. Ich will dich glücklich machen."

Sie zuckte mit den Schultern. „Keine Ahnung, was ich dazu sagen soll. Das ist sehr nett von dir, aber das ist eine furchtbar schwere Aufgabe, die nur ich erledigen kann. Danke. Es ist alles in Ordnung mit mir. Ich passe bloß auf, dass ich nicht an den ‚Oh nein, ich kann nicht mehr fahren'-Punkt komme. Das mag ich nicht. Du kannst trinken. Andere Leute können trinken. Ich trinke manchmal. Ich bin nicht total abstinent, und jetzt würde ich gern zum Abendessen gehen."

Er legte einen Arm um ihre Schultern und zog die Tür hinter sich zu. „Dann lass uns gehen, meine Schöne."

Wie sich herausstellte, wohnte Damien nur drei Minuten zu Fuß von Paddy entfernt. Sein Haus war traditioneller und strahlte nicht ganz die moderne Eleganz von Paddys Bleibe aus. Aus dem Inneren drangen Licht und Musik. Natalie hörte Lachen, als Paddy die Tür aufmachte und rief, dass sie da waren.

Eine schöne Frau mit hübschen dunklen Locken kam um die Ecke. Sie trug eine Schüssel, die sie dem heißen Typ in die Hand drückte, der offensichtlich ihr Mann war. Natalie erinnerte sich an Damien. Ein solches Gesicht hätte sie unmöglich vergessen können.

Lächelnd kam die Frau auf sie zu, und Natalie hätte schwören können, dass sie sie von irgendwoher kannte. „Willkommen. Ich bin Mary, Paddys Schwägerin. Ich habe dich schon einmal in der Bibliothek gesehen, aber wir sind uns noch nicht vorgestellt worden."

Natalie reichte ihr die Blumen. „Deshalb kamst du mir so bekannt vor! Vielen herzlichen Dank für die Einladung. Ich freue mich, dich kennenzulernen."

„Oh, die sind aber schön! Ich danke dir." Mary hakte sich bei Natalie unter und zog sie durchs Haus.

„Als ich mit der Arbeit fertig war, wurde der Bauernmarkt gerade abgebaut. Die habe ich auf dem Heimweg mitgenommen, und dazu noch etwas Lemon Curd."

„Ich war heute früh auch dort! Ich brauchte Apfelsaft und Honigwaben.“ Sie traten in einen großen offenen Koch-Wohn-Bereich, und alle Anwesenden drehten die Köpfe, um zu sehen, wer hereingekommen war.

„Also Leute, das ist Natalie, obwohl ich annehme, dass ihr euch alle vielleicht noch von früher an sie erinnert.“ Mary sah Natalie an. „Paddy hat uns erzählt, dass ihr beiden euch noch aus der Zeit kennt, bevor sie nach Los Angeles gefahren sind, um das erste Album unter dem Label aufzunehmen. Waren sie damals total hinreißend?“

„Gott, ja, total hinreißend, auf ihre spezielle Art. Sie hatten ständig Streit. Untereinander und mit den Besitzern der Bar. Aber die Mädchen waren verrückt nach ihnen.“

Einer der Männer lachte; Natalie war nicht ganz sicher, aber sie glaubte, dass es Vaughan war, der Jüngste. „Du hast dir die Haare schneiden lassen. Gefällt mir. Ich bin Vaughan, der attraktivste und talentierteste der Brüder. Schön, dich wiederzusehen.“ Er winkte ihr von seinem Platz am Tisch aus zu. „Kann ich dir etwas zu trinken holen?“

„Sicher, was habt ihr denn da?“

Paddy atmete leichter, als sie sich einfach unter die Leute mischte. Vaughan flirtete mit ihr, was sie schlagfertig konterte. Paddy gab Mary, die gerade die Blumen in einer Vase anordnete, einen Kuss auf die Wange und ging zu den beiden. Vaughan schenkte gerade eine Limonade für Natalie ein.

„Halt dich zurück. Sie ist vergeben.“

„Falls du deine Meinung ändern solltest, ich bin jünger, sehe besser aus und bin talentierter.“ Vaughan zwinkerte Natalie zu.

Sie nippte an ihrem Drink. Ezra sagte Hallo, und Damien stellte sich noch einmal vor. Seine Brüder spielten die Deppen, damit sie sich wohlfühlte, was sie sofort durchschaute. Paddy war sehr froh, dass sie es verstand.

Beim Dinner an Damien und Marys riesigem Esszimmertisch wurde eine Menge Essen aufgefahren, und es wurde viel herumgealbert.

„Als ich damals hier eingezogen bin, hatte er diesen winzig kleinen Tisch. Stell dir eine Familie dieser Größe vor, und er hatte so ein Essnischenset, an dem vielleicht vier Leute Platz finden", erzählte Mary.

„Ich hatte nur auf dich gewartet, Löckchen." Damien zwinkerte seiner Frau zu.

„Und du bist also Bibliothekarin. Ich war erst letzte Woche in der Bücherei, aber du warst nicht da. Und ja, ich gebe zu, dass mein Hintergedanke war, dich zu sehen und irgendeinen Weg zu finden, dich anzusprechen."

Paddy stöhnte, aber Natalie drückte seine Hand.

„Wann genau war das denn?"

„Mittwochnachmittag. Sie haben mir gesagt, du wärst in der Grundschule und würdest dort irgendwas machen."

„Ich gehe dorthin, um über Kinderliteratur zu sprechen. Über Bücher, die wir vor Kurzem neu reinbekommen haben und die ihnen gefallen könnten. So komme ich mal raus, und die Kids in der dritten Klasse sind wunderbar. Sie können sich für alles Mögliche begeistern. Auch die Erstklässler sind super, sie verbreiten ständig die Geheimnisse ihrer Eltern. Mom trinkt Bier, und sie und Daddy schließen die Tür ab, wenn sie ein Nickerchen machen. Solche Sachen."

„Ich habe eins in der zweiten und eins in der dritten Klasse. Das kann ich nur bestätigen." Vaughan grinste.

Natalie lockte Vaughan aus der Reserve, indem sie mit ihm über seine Mädchen plauderte, und sie hätte nichts Besseres tun können, um seine Sympathie zu gewinnen. Er zeigte ihr Fotos, und sie stellte genau die richtigen Fragen.

Als Natalie und Mary in der Küche verschwanden, warf Ezra Paddy einen anerkennenden Blick zu.

„Respekt. Ich habe zwar keine Ahnung, wie du eine Frau wie sie an Land ziehen konntest, hast du aber gut gemacht, und jetzt vermassle es nicht."

„Ähm. Danke, Arschloch." Paddy boxte Ezra in den Arm, so wie sie es täglich miteinander machten. Sie kommunizierten nun mal auf diese Hart-aber-herzlich-Tour. Aber in einem

Winkel seines Herzens war Paddy vielleicht doch ein bisschen verletzt, dass alle so erstaunt darüber zu sein schienen, dass er in der Lage war, mit einer Frau wie Natalie zusammen zu sein. „Es gibt Leute, die mich für einen guten Fang halten."

„Ha! Jawohl, aber vor denen läufst du in der Regel davon. Also sei uns nicht böse. Sie ist ruhiger geworden. Ich meine, im Vergleich zu früher", bemerkte Damien.

„Damals war sie neunzehn. Ich hoffe, dass ich selbst seitdem auch etwas ruhiger geworden bin. Wie auch immer, ich dachte, du würdest dich nicht mehr an sie erinnern."

„Mann, jetzt erinnern wir uns *alle* wieder an sie. Das waren zwei Wochen, in denen sie täglich ziemlich viel Zeit mit dir verbracht hat. Sie hatte Mitleid mit uns und hat uns immer freie Drinks besorgt. Sie war so wild wie wir alle. Hinzu kommt, dass man ein so schönes Gesicht nicht so schnell vergisst."

„Wie wir alle es *waren*."

Damien hob abwehrend die Hände. „Das sollte kein Angriff sein. Ich habe null Doppelmoral, wenn es um eine wilde Jugend geht. Aber es gefällt mir, dass du ihretwegen so in die Defensive gehst." Ezra zog eine Braue hoch.

„Ich will nur ..." Paddy senkte die Stimme. „Sie ist sehr empfindlich, was ihr Privatleben angeht. Heute ist sie nicht mehr dieses Mädchen von damals. Ich will nicht, dass sie sich aufregt."

„Alles klar." Damien nickte. „Ich wette zehn Bucks, dass Mom und Dad innerhalb der nächsten fünf Minuten hier auftauchen."

Hastig wurden die Wetten gesetzt. Paddy schaute in Richtung Küche.

„Ihr habt wirklich ein traumhaft schönes Heim hier. Ich kann nicht einmal kochen, aber diese Küche finde ich trotzdem umwerfend." Natalie war regelrecht begeistert von den warmen Fliesen, den Töpfen, die von der Decke herunterhingen, den ganzen Geräten und dem Zubehör. Die Küche wirkte bewohnt, sah gut aus und war offensichtlich so was wie das Herzstück des Hauses.

„Für die Grundausstattung kann ich mir das Verdienst allerdings nicht anrechnen. Damien hatte das Haus schon gebaut, als wir uns kennenlernten. Unter uns? Die Küche war ein gewichtiger Grund, Ja zu sagen, als er mich fragte, ob ich ihn heiraten will.“ Mary zwinkerte ihr zu, und Natalie entspannte sich. „Hier verbringe ich wahrscheinlich mehr Zeit als in irgendeinem anderen Raum, außer in unserem Schlafzimmer. Du hältst dich übrigens gut. Als ich damals alle seine Brüder kennenlernte, war ich von Freunden umringt. Das hat es leichter gemacht. Ich meine, du kennst sie zwar vermutlich alle von früher, aber das ist doch etwas anderes.“

Natalie lachte. Es *war* etwas anderes. „Sie sind alle nett, und offensichtlich verstehen sie sich gut. Ich schätze, ich war etwas besorgt, sie könnten erwarten, dass ich immer noch dieselbe bin wie damals. Aber sie haben sich in der Zwischenzeit auch verändert. Ich habe mich also ganz umsonst aufgeregt, und meine Freundin Tuesday wird mir einen Rippenstoß verpassen und triumphierend *Ich hab's dir doch gesagt* rufen.“

„Dafür sind beste Freundinnen nun mal da. Wie waren sie denn damals so?“

„Wie Dalmatiner-Welpen. Groß und schlaksig, und ständig steckten sie in Schwierigkeiten. Sie betraten einen Raum nicht einfach, sondern ergossen sich praktisch da rein, ein Bündel von Beinen, Haaren und Ellbogen. Auch damals hatten sie schon das, was man braucht, um ein Star zu werden. Charisma.“

Mary nickte grinsend. „Sie haben alle diese intensive persönliche Anziehungskraft, die einen für sie einnimmt. Okay, sag mir einfach, wenn ich zu neugierig bin, aber du hast ja eben selbst gesagt, dass du nicht kochen kannst.“

„Darin bin ich ganz furchtbar. Nicht, dass ich es nicht wollte. Und mit Sicherheit liegt es nicht daran, dass ich nicht gerne esse.“ Sie deutete mit der Hand auf ihren Körper. Aber sie hatte nie eine Mutter in ihrer Nähe gehabt oder auch nur einen Vater, der länger in der Küche blieb, als es brauchte, um noch mehr Bier zu holen. Als Heranwachsende hatte sie sich irgendwie behelfen müssen, vielleicht war ihr das manchmal zu viel geworden, sodass sie sich nicht mehr damit befassen mochte, als sie älter war. Vielleicht. Oder es war das, was ihre Therapeutin gesagt hatte, und womit sie wahrscheinlich recht hatte.

Sie holte tief Luft, um sich mental zu wappnen. Mary versuchte nur, nett zu sein. Und normal.

„Es ist, als wäre es eine kosmische Bestimmung, dass ich es nicht kann. Alle Witze darüber, dass jemand Wasser anbrennen lässt? Das bin ich. Zum Glück kann Tuesday kochen, deshalb putze ich mehr, um es wieder auszugleichen."

„So was ist unvorstellbar für mich. Am liebsten würde ich dir ein paar Unterrichtsstunden anbieten, aber das kommt mir irgendwie unhöflich vor. Ist es unhöflich? Denn ich koche unheimlich gern und komme mir gerade vor wie eine aufdringliche Missionarin. Hinzu kommt, dass ich dich mag. Ich kenne nicht viele Leute in Hood River, obwohl ich jetzt schon ungefähr eineinhalb Jahre hier lebe. Ich neige dazu, alles um mich herum zu vergessen, wenn ich etwas tue, und verlasse die Ranch nur ganz selten. Und wenn, dann ist da immer diese große Leuchtschrift über meinem Kopf, die sagt: *Damien Hurleys Frau.* Und daran bin ich nicht gewöhnt. Ich würde gern einmal ausgehen. Ist das seltsam?"

Definitiv seltsam wäre es gewesen, wenn Natalie jetzt mit einem *Gott sei Dank, du bist auch seltsam!* herausgeplatzt wäre. Also wedelte sie nur beschwichtigend mit der Hand. „Das ist absolut nicht seltsam. Tuesday hat über die Jahre versucht, mir beizubringen, wie man kocht. Inzwischen bin ich in der Lage, Kartoffelbrei zu machen, aber sie hat sich ein Jahr in Geduld üben müssen, um mich so weit zu bringen. Darf ich ehrlich sein? Es stresst mich total. Ich bin dabei so ungeschickt und vermassle es wieder und wieder, und wenn ich trotzdem versuche, etwas zu lernen, dann graut mir davor und ich kriege ein schlechtes Gewissen." Und das sichere Gefühl, nicht mal dieses eine simple Gericht hinzukriegen. „Ich glaube, ich bin vielleicht einfach verflucht. Oder verdammt. Oder etwas ähnlich Schlimmes."

Mary nickte zögernd. „Verstehe. Aber du solltest dich nicht schlecht fühlen, wenn mal was schiefgeht, das ist nicht in Ordnung. Kochen sollte Spaß machen. Ich will dich nicht länger damit quälen, aber falls du deine Meinung jemals änderst, sag mir Bescheid."

„Danke. Aber was das Ausgehen betrifft, ein klares Ja. Ich habe hier im Ort einen Buchclub. Wir sind ungefähr acht Mitglieder und lesen uns durch viele Genres und Themen. Wir treffen uns reihum zu Hause und jeder bringt was zu essen mit. Ich natürlich immer nur Nachos und Dips, so einer ist ja immer dabei, und in dem Fall bin ich es eben. Aber es ist eine Gruppe lustiger, kluger Frauen. Ich denke, dass du gut hineinpassen würdest."

„Oh, das würde mir gefallen. Danke."

Sie half beim Aufräumen, während Mary die Desserts zusammenstellte.

„Tatsächlich kann ich gut Kaffee machen. Soll ich?" Natalie wies auf die Kaffeemaschine.

„Gute Idee. In dem orangefarbenen Behälter ist der koffeinfreie."

Natalie setzte den Kaffee auf und ging wieder ins Esszimmer zurück. Im Türrahmen blieb sie stehen und beobachtete die anderen. Paddy und Vaughan saßen nebeneinander und heckten irgendetwas Ungutes aus; so viel war klar.

„Meine Schwiegereltern werden sicher jeden Augenblick eintreffen", sagte Mary, als sie aus der Küche kam. „Michael dürfte Sharon jetzt lange genug zurückgehalten haben, um uns Gelegenheit zu geben, miteinander warm zu werden."

„Sie wird neugierig sein, aber das darfst du nicht persönlich nehmen." Damien grinste seine Frau an.

„Sharon hat mich in den ersten zehn Minuten, nachdem ich sie kennengelernt hatte, gefragt, was ich davon hielte, einen Ehevertrag zu unterschreiben."

Paddy stand auf, kam zu Natalie und legte einen Arm um ihre Taille. „Das hat sie nur gemacht, um zu sehen, wie Mary reagieren würde. Hört auf, Natalie Angst einzujagen." Er drehte sich wieder zu seinen Brüdern um.

Natalie versuchte, nicht in Panik zu geraten. Schließlich hatte sie gewusst, dass sie möglicherweise Paddys Eltern kennenlernen würde. Sie hatte einfach nur sehr wenig Erfahrung mit Müttern. Zwar hatte Tuesdays Familie sie seit Jahren unter ihre Fittiche genommen, aber als sie aufwuchs, hatte es keine Mutter in ihrem Leben gegeben, und ihre Großmutter war ganz bestimmt kein gutes Beispiel mütterlicher Zuwendung gewesen. Daher waren die meisten Mütter ein Rätsel für sie.

In diesem Augenblick ging die Haustür auf, und eine dröhnende Stimme kündigte die Neuankömmlinge an.

„Kopf hoch! Ich verspreche dir, sie sind nett." Paddy gab ihr einen Kuss auf die Stirn, und sie brachte ein Lächeln zustande.

Natalie erkannte Paddys Mom sofort, und ihre Nervosität ließ etwas nach.

„Sharon, ich hatte ja keine Ahnung, dass du Paddys Mutter bist!" Sie ging auf Sharon Hurley zu und ließ sich von ihr umarmen. „Deine Mom ist in einer der Grundschulen, die ich regelmäßig besuche, eine der ehrenamtlichen Gemeindemitarbeiterinnen", erklärte sie Paddy über ihre Schulter hinweg.

Grinsend schüttelte Sharon den Kopf, ein Grinsen, das dem ihres Sohnes erschreckend ähnelte. „Natalie. Ich kann nicht fassen, dass ich nicht zwei und zwei zusammengezählt habe. Das ist mein Mann Michael. Michael, das ist Natalie, aber ich kenne deinen Familiennamen nicht."

„Clayton. Natalie Clayton. Freut mich, Sie kennenzulernen." Sie reichte Michael Hurley die Hand. Sein Haar war bestimmt mal so dunkel wie das seiner Söhne gewesen, inzwischen aber reichlich mit Grau durchsetzt. Er war ein großer Mann, mindestens einen Meter fünfundneunzig, mit breiten Schultern und so kerngesund, wie Landwirte, die viel im Freien arbeiteten, es oftmals waren. Er nahm ihre Hand und umschloss sie mit beiden Händen.

„Es freut mich, dich kennenzulernen, meine Liebe."

„Es gibt Kuchen." Mary küsste ihre Schwiegermutter auf die Wange und ließ sich von ihrem Schwiegervater umarmen.

„Siehst du? Ich habe dir doch gesagt, wenn wir ein bisschen warten, kommen wir gerade richtig zum Nachtisch." Michael zog für seine Frau einen Stuhl hervor und wartete ab, bis Natalie Platz genommen hatte, bevor er sich gleichfalls setzte. Damien stand auf, um Mary in der Küche zu helfen.

Paddy legte den Arm auf die Rückenlehne ihres Stuhls, und Natalie war dankbar für die moralische Unterstützung.

Vaughan lachte in sich hinein. „Ich hatte mich schon so darauf gefreut, zu sehen, wie Mom Natalie nervös macht." Er sah zu Natalie hinüber, die überlegte, ob sie beleidigt sein sollte oder nicht. „Das ist nicht böse gemeint." Sein Grinsen war praktisch eine Kopie des Lächelns seiner Brüder. „Sie ist einfach so verschlagen, dass es Spaß macht, sie in Aktion zu sehen."

„Du darfst ihn nicht ernst nehmen. Als Baby ist er oft auf den Kopf gefallen." Paddy gab Vaughan einen Klaps. „Du kennst also meine Mom?"

Sharon beantwortete die Frage für Natalie. „Ich bin so eine Art Beraterin für Kinder in der vierten und fünften Klasse. Hin und wieder begegnen wir uns in der Schule." Dann lächelte sie Natalie an. „Ich dachte immer, du wärst auch eine ehrenamtliche Mitarbeiterin, und kann gar nicht fassen, dass ich nicht von selbst draufgekommen bin, wer du bist." Sie hob den Kopf, als Damien auf einem Tablett Kaffee hereintrug, der bereits in Becher gefüllt war. „Sieh mal an, was für gute Manieren du hast. Gut gemacht, Mary."

Damien verdrehte die Augen.

„Ich mache im Grunde dasselbe, für mehrere Schulen", nahm Natalie den Faden auf. „Manchmal für die Bibliothek, manchmal auf eigene Faust. Ich kenne die anderen fast immer nur beim Vornamen. Aber egal, um auf deine Frage zurückzukommen: Ja, ich kenne deine Mom."

„Dann hat sie also quasi die Vorprüfung schon bestanden?", frotzelte Vaughan.

„Vaughan, benimm dich, Junge. Dein Bruder wird dir eins auf die Nase geben." Michael spießte ein Stück Kuchen mit der Gabel auf und ließ einen entspannten Blick über seine Familie schweifen.

„Es wäre nicht das erste Mal", fügte Paddy vergnügt hinzu.

„Was, du willst sie nicht einmal fragen, ob sie einen Ehevertrag unterschreiben würde?“, fragte Mary und unterdrückte ein Lächeln.

„Sie ist reicher als ich.“ Paddy hob abwehrend die Hand. „Wahrscheinlich bin ich derjenige, der einen unterschreiben sollte.“

In Natalie kämpften Verärgerung und Sorge. Paddy hätte es ihr überlassen müssen, das zu erzählen oder auch nicht. Geld veranlasste die Menschen, einen mit anderen Augen anzusehen. Sie wollte, dass sie sie erst kennenlernten, bevor sie von dem Fonds erfuhren. Es war schwierig, vorgefasste Meinungen zu bekämpfen, und machte es nur noch schwerer, eine Beziehung zu anderen Menschen aufzubauen.

Paddy spürte, wie sich ihre Rückenmuskeln anspannten, und sie rutschte ein wenig von ihm weg. Mist. Er hatte etwas falsch gemacht. War es die Neckerei? Vielleicht hätte er Vaughan auf den Fuß treten sollen. Sein Bruder machte nur Spaß, aber er wollte nicht, dass Natalie darunter litt.

Oder war es das Gerede von dem Ehevertrag?

Sie verhielt sich nun etwas förmlicher, und seine Mutter warf ihm einen scharfen Blick zu.

Ezra begann, von seinen Ziegen zu erzählen, und Natalie entspannte sich etwas, lehnte sich aber nicht wieder ganz an ihn, wie sie es vorher getan hatte.

Sie blieben noch eine Stunde. Als seine Eltern aufstanden, um zu gehen, begleiteten er und Natalie sie hinaus. Seinen Eltern gegenüber war sie herzlich, aber nachdem die beiden um die Ecke gebogen waren, hielt er Natalie zurück, bevor sie ins Haus zurückkehren konnte.

„Was ist los? Du ärgerst dich doch über irgendetwas. Liegt es an der Frotzelei? Vaughan hat sich nichts dabei gedacht. Er ist ein Unruhestifter, aber er hätte dich nicht gefoppt, wenn er dich nicht leiden könnte.“

„Es ist mir absolut nicht recht, dass du das von meinem Vermögen herausposaunt hast. Deine Brüder kennen mich kaum und deine Eltern überhaupt nicht. Du hast ihnen einfach etwas erzählt, das höchst persönlich ist, und es könnte die Art, wie sie mich sehen, beeinflussen."

Oh. Nun, damit hatte er überhaupt nicht gerechnet.

„Ich wollte sie nur wissen lassen, dass du absolut kein finanzielles Interesse an mir hast. Meine Mutter ist uns gegenüber sehr fürsorglich und macht sich ständig Sorgen, dass jemand versuchen könnte, uns auszunutzen. Ich dachte, wenn sie erst einmal weiß, dass du selbst Geld hast, würde sich dieses Problem erledigen."

„Das hätte sie selbst herausfinden können. Immerhin weiß sie, dass ich ehrenamtlich arbeite und hier in der Stadt einen Job habe. Sie versteht sich auch mit Mary, die offensichtlich kein Vermögen besitzt."

„Warum schämst du dich deswegen? Wen interessiert so was denn? Sie nicht, und mich auch nicht."

Sie schlug sich an die Brust. „Mich interessiert es! Das ist meine Sache, Patrick. Ich möchte entscheiden, ob und wann diese Information rausgeht. Geld ist eine verzwickte Sache. Wenn die Leute hören, dass du ein Vermögen besitzt, gehen sie unwillkürlich davon aus, dass du faul bist. Ich will, dass sie mich so kennenlernen, wie ich bin. Sobald sie deinen Nettowert kennen, wird die Sache kompliziert. Dagegen muss ich angehen."

Überrascht von ihrer Heftigkeit, atmete er tief durch. „Aber bei uns hier kümmert es keinen. Siehst du das nicht?"

„Du bist derjenige, der nichts sieht. Ich muss meine Entscheidungen selbst treffen. Das hatte ich dir doch bereits gesagt. Ob und wann ich mit jemandem über Geld rede, entscheide einzig und allein ich. Hier geht es nicht darum, wie du dich fühlst, Paddy. Es geht darum, wie ich mich fühle. Es ist eine vertrauliche Angelegenheit, und es ist *meine* vertrauliche Angelegenheit."

Er kaute auf seiner Unterlippe und dachte kurz nach. Er wusste nicht recht, wie er das hier wieder in Ordnung bringen konnte, aber er hatte gerade etwas Wichtiges verstanden. „Okay. Es tut mir leid."

Natalie verschränkte die Arme vor der Brust. „Ist das eine echte Entschuldigung, oder sagst du nur, dass es dir leidtut, weil du diese Auseinandersetzung beenden willst?“

„Was wäre der Unterschied? Du bist unglücklich. Und ich bin daran schuld, ob ich es nun wollte oder nicht. Es tut mir leid, dass du unglücklich bist.“

Sie hob verärgert die Augenbrauen. „*Es tut mir leid, wie du dich fühlst* ist aber keine echte Entschuldigung. Du bist schließlich nicht im Besitz meiner Gefühle. Wenn dir etwas leidtut, dann bitte das, was du getan hast, und nicht das, was ich dabei fühle.“

„Du bist unmöglich.“

Seufzend schüttelte sie den Kopf. „Vielleicht bin ich das.“ Zögernd fuhr sie sich mit der Zunge über die Lippen, bevor sie wieder etwas sagte. „Ich gebe zu, dass du da einen wunden Punkt bei mir erwischt hast. Ich kann mit Scheinentschuldigungen nicht umgehen. Und *Es tut mir leid, dass du dich so fühlst* ist nun mal nicht dasselbe ist wie *Das, was ich getan habe, tut mir leid*. Es ist einfach … Ich schätze, es gibt da so einige heikle Punkte bei mir.“

Eine Weile schwieg sie, dann atmete sie tief und langsam aus. „Ich glaube, ich werde jetzt nach Hause fahren. Ich will mich nur noch rasch verabschieden. Wie ich zu meinem Wagen komme, weiß ich.“

Er hielt sie am Arm fest. „Wir sind gerade ein bisschen vorangekommen, und da willst du gehen? Läufst du bei Streitereien immer davon?“

Ungläubig blinzelte sie ihn an. „Findest du etwa, dass Streit normal ist?“

Sie etwa nicht? „Ja, allerdings! Es ist normal und gesund, sich zu streiten. Meine Güte!“ Er ließ sie los und fuhr sich mit beiden Händen durch die Haare. „Ich bin in einem Haus aufgewachsen, in dem meine Eltern sich gestritten haben. Nicht jeden Tag. Aber sie sind beide starke Persönlichkeiten, und sie leben miteinander, deshalb sind sie manchmal mit den Köpfen aneinandergeraten und haben es ausgefochten. Und das ist ihnen gelungen. Das ist normal und gesund. Sollen wir einfach alles schlucken, was wir empfinden? Oder glaubst du etwa, dass Menschen in Beziehungen niemals über irgendetwas streiten?“

Das Problem war, dass Natalie nicht wusste, was normal war. Plötzlich fühlte sie sich unbehaglich. Irgendwie neben der Spur. Es war etwas, das sich ihrer Kontrolle entzog. Sie hasste es. Aber er hatte eine berechtigte Frage gestellt, und sie schuldete ihm eine Antwort.

„Soll ich ganz ehrlich mit dir sein? Ich habe keine Ahnung. Ich kann dir nicht sagen, was normal ist. Ich weiß nicht, was ich tue. Du hast mich wütend gemacht, Paddy.“

„Okay, verstehe. Wir werden uns manchmal streiten, Nat. Ich bin eine Nervensäge. Und ja, ich habe dich also wütend gemacht. Jeder hat seine wunden Punkte. Deine kann ich nicht kennen, solange du es mir nicht sagst, oder bis wir irgendwie aneinandergeraten, wie jetzt, und ich es auf diese Weise erfahre. Ich beurteile dich nicht nach deinem Vermögen. Ich weiß, dass du hart arbeitest, und ich weiß, dass du in deiner Gemeinde ehrenamtliche Arbeit leistest, so wie meine Mutter. In meiner Welt ist es das, worauf es ankommt. Es tut mir leid, dass mein Verhalten dazu geführt hat, dass du dich schlecht fühlst. Das war absolut nicht meine Absicht. Ich wollte meinen Eltern lediglich mitteilen, dass sie keinerlei Grund zur Sorge haben. Aber es ist deine persönliche Angelegenheit, und ich habe es ausposaunt, ohne dich zu fragen, und das tut mir leid.“

Sie seufzte und kaute auf der Unterlippe. Das war wirklich eine gute Entschuldigung, und es war ihm ernst. „Ich weiß nicht, wie das geht. Ich weiß nicht, wie ich mit jemandem zusammen sein soll.“

Er lachte, trat einen Schritt auf sie zu und zögerte, bevor er die Distanz ganz überbrückte und sie umarmte. „Ich auch nicht. Also Augen zu und durch, oder? Sagt man das nicht so? Wir werden halt aus unseren täglichen Erfahrungen lernen müssen. Da führt kein Weg dran vorbei, denn was Beziehungen angeht, sind wir beide totale Anfänger.“

„Du bist so vernünftig und lässt alles so einfach aussehen. Aber es ist nicht einfach, wirklich nicht."

„Ich tue nur so. Ich mag dich, und glaube, dass du die Mühe wert bist. Und dasselbe gilt hoffentlich auch für mich." Er grinste sie kurz an. „Willst du mir von diesem Vermögen erzählen? Warum macht es dir so zu schaffen? Stammt es aus einer furchtbaren Quelle? Blutdiamanten, Apartheid oder so etwas?"

„Das Geld ist nicht furchtbarer als das meiste andere alte Geld. Mein Urgroßvater und sein Bruder haben als junge Männer mehrere medizinische und wissenschaftliche Geräte erfunden und haben sehr viel Geld verdient."

Er legte einen Arm um ihre Schultern. „Dann ist es doch okay. Du bleibst doch hier über Nacht, oder?"

Sie hatte die Wahl. Sie konnte einen Schritt weitergehen und sich auf diese Beziehung einlassen. Aber das ging nur, wenn sie auch wirklich vorhatte, es so gut wie möglich zu machen, selbst wenn es nur eine lockere Beziehung war. Oder sie konnte gehen und sich sagen, dass es den ganzen Ärger nicht wert war. Und es würde Ärger geben. Paddy Hurley stand Ärger praktisch auf der Stirn geschrieben. Und seiner lauten, neugierigen Familie ebenso.

Er gab ihr einen Kuss auf den Kopf. „Wir müssen beide viel lernen. Nur gut, dass Sex dabei hilft."

11. KAPITEL

„Also, wann wird Hottie McRockstar auftauchen, um dich mit Aufmerksamkeiten zu überschütten?“ Tuesday holte einen Anorak aus dem Kleiderschrank und warf Natalie ihren zu. Es war zwar ein warmer Tag, aber im Schatten konnte es schon recht kühl werden.

Schon monatelang hatten sie keine Wanderung mehr gemacht, weil sie beide so viel zu tun hatten. Aber Tuesday hatte ihre erstaunliche Gabe, Schuldgefühle zu wecken, zum Einsatz gebracht und Natalie beim Frühstück mit der Aussicht auf Mädelszeit und der Schönheit des Herbstes in der Columbia River Gorge überrumpelt.

Offen gestanden hätte Natalie diesen schönen Herbst genau so gern vom Wagen aus oder auf Bildern bewundert. Aber so etwas hätte Sporty Spice niemals zugelassen.

„Es würde ihm gefallen, dass du ihn so nennst.“ Natalie schnürte ihre Schuhe. „Aber sag so etwas bloß nicht, wenn er dabei ist. Er ist auch so schon schlimm genug. An Selbstwertgefühl mangelt es dem Mann gewiss nicht.“ Während der letzten Monate hatte er ihr … den Hof gemacht, nahm sie mal an. Seit diesem Dinner auf dem Boot hatte er sich in ihr Leben eingefügt.

Was auch der Grund war, weshalb Tuesday und sie nicht mehr so viel Zeit miteinander verbringen konnten. Paddy wusste, wann sie freihatte, und tauchte oft einfach auf, um sie irgendwohin zu entführen.

„Ich glaube, er ist unterwegs, um irgendwas zu erledigen, was mit der Band zu tun hat. Im Augenblick schreiben sie an ihren neuen Stücken, deshalb sind er und Ezra viel zusammen, wobei sie zwischen den Songtexten wahrscheinlich miteinander boxen.“

„Diesen Bruder muss ich wirklich mal kennenlernen.“ Tuesday schnaubte belustigt.

„Er sieht super aus wie sie alle. Oh mein Gott. Groß und kräftig. Tierlieb ist er auch. Aber er hat etwas Düsteres an sich. Wie auch immer, es tut mir leid, dass ich mich so total von Paddy in Beschlag nehmen lasse."

Sie gingen zum Auto und fuhren Richtung Osten, zu einem der von Tuesday bevorzugten Wanderwege.

„Das tust du nicht wirklich, weißt du."

„Was meinst du?"

„Du lässt dich nicht total von ihm in Beschlag nehmen. Er will mehr, und du tust so, als würdest du es nicht bemerken."

„Das stimmt so nicht! Ja. Vielleicht. Keine Ahnung. Er ist ... kompliziert. Klar, er ist ein Mann, aber er ist auch Künstler, und manchmal ist er erfrischend aufrichtig und geradeheraus, an anderen Tagen grüblerisch und ein bisschen wehleidig, und dann gerate ich leicht in Panik."

„Panik, weil du Angst hast, er könnte sich in eine Art Bob verwandeln und dich dazu bringen, seinen Mist hinter ihm aufzuräumen?"

„Ich habe nie behauptet, ausgeglichen zu sein."

„Wer, zum Teufel, ist schon ausgeglichen, Natalie? Meine Güte, sei doch hin und wieder mal etwas nachsichtiger mit dir. *Jeder* ist davon geprägt, wie er aufgewachsen ist und wer ihn in diesen Jahren geprägt hat. Womit du damals fertigwerden musstest, hat dich zu dem gemacht, was du heute bist. Es hat deine Trigger und wunden Punkte geschaffen und dafür gesorgt, dass bestimmte Sachen dich aufregen und du zögerst, dich anderen zu stellen. Und es hat dich stark gemacht. Du bist eine leidenschaftliche Frau. Ich glaube ohnehin, dass es in jeder Beziehung um zwei Menschen geht, die beide einen Haufen Mist mit sich herumtragen, von dem sie nicht wissen, wie sie angemessen damit umgehen sollen. Aber ihre gegenseitige Toleranz hilft ihnen, die Dinge auf der Reihe zu halten."

Manchmal war es schwierig, wenn jemand einen so gut kannte.

„Bist du ehrlich zu ihm?"

Sie ließen die Stadt hinter sich. „Ich arbeite dran. Ich meine, ja, ich bin ehrlich, aber es braucht Zeit, bis ich mich so weit okay fühle, dass ich ihm irgendwelche Sachen preisgeben kann. Wir lernen es gerade beide, glaube ich. Meistens ist er bei so etwas besser als ich, obwohl er es auch schon ein paarmal vermasselt hat."

„Du denkst an die Sache mit deinem Vermögen?"

„Nein, nicht wirklich. An dem Punkt waren wir vor drei Wochen, und das haben wir überstanden. Wir haben zumindest ein bisschen darüber geredet, warum ich diejenige sein muss, die entscheidet, ob ich so etwas preisgeben will. Er gibt sich Mühe. Genau wie ich. Es ist nur so, dass er sich sozusagen ins Leben hineinschmeißt."

„Und das macht dich nervös."

„Ja. Es macht mich nervös, dass er einfach drauflosprescht, und seit wir zusammen sind, bin ich bei dieser Fahrt manchmal dabei. Ich mag seine Brüder. Sie sind alle witzig und entgegenkommend und so weiter. Aber wenn sie zusammen sind, ist es irgendwie überwältigend. Es wird laut und gerät ein bisschen außer Kontrolle, und dann kommen alle meine Ängste wieder hoch."

„Dann sag es ihm."

„Auf keinen Fall. Sie machen doch nichts falsch, Tuesday. Das sind *meine* Ängste, und die sind da, weil *ich* verkorkst bin. Dafür kann ich ihn nicht verantwortlich machen. Ich muss einfach einen Weg finden, mich daran zu gewöhnen."

„Ich glaube, du kannst es ihm sagen, ohne ihn damit für deine Probleme verantwortlich zu machen", schlug Tuesday, wie immer vernünftig, vor. „Eric und ich hatten auch unsere Probleme, mit denen wir fertigwerden mussten. Da war dieser rassistische Scheiß, den sein Bruder von sich gab, wenn er nicht in der Nähe war. Du warst diejenige, die mich damals dazu gedrängt hat, es ihm zu erzählen."

„Na ja, du hattest Angst, er würde dir nicht glauben! Eric hat dich wie verrückt geliebt. Er wusste, dass du so etwas nicht einfach so von seiner Familie behaupten würdest. Und er hat dir geglaubt und dich unterstützt."

Tuesday nickte entschieden. „Ja. Genau darauf will ich ja hinaus. Du könntest ihm einfach sagen: *Hey, du weißt, dass meine*

Kindheit ziemlich verrückt war, und wenn du dich mit deinen Brüdern so verhältst, erinnert es mich manchmal daran. Natürlich sagst du ihm nicht, dass er im Umgang mit seiner Familie nicht so sein soll, du lässt ihn einfach wissen, warum du auf eine bestimmte Weise darauf reagieren könntest. Er mag dich und will das Richtige tun."

„Ich kann ihn für meinen Mist nicht verantwortlich machen, und ich *werde* ihn nicht dafür verantwortlich machen. Das sind meine Probleme, nicht seine. Verstehst du, vielleicht werde ich ja normaler, wenn ich einfach dabei bin und mich daran gewöhne."

Tuesday seufzte entnervt. „Okay, und an diesem Punkt des Programms möchte ich wie immer betonen, dass es nicht dein Fehler ist, dass du so eine Kindheit hattest. Die Erwachsenen in deinem Leben haben dich verarscht. Es sind auch nicht deine Probleme. Es sind ihre. Paddy könnte dir dabei helfen."

„Würg! Können wir bitte von etwas anderem reden?"

„Nein. Komm schon, Natalie. Dein Leben war chaotisch, aber du hast es überstanden und etwas Besseres aus dir gemacht. Warum solltest du dich deshalb schämen?"

„Ich schäme mich nicht. Ich bin stolz auf das, was ich aus meinem Leben gemacht habe. Aber ich will nicht, dass er ein schlechtes Gewissen hat, weil er ist, wie er ist. Es ist normal, sich mit seinen Brüdern auf dem Boden zu wälzen, miteinander zu boxen und alles. Wenn ich es ihm sage, wird er damit aufhören wollen, damit es mir besser geht. Das wäre ihm gegenüber nicht fair. Irgendwann würde er mich dafür hassen. Und seine Familie genauso. Ich will seine offensichtlich gesunde und enge Beziehung zu seiner Familie nicht stören, nur weil meine Beziehung zu meiner ungesund war. Wieso reitest du eigentlich so darauf herum?"

Wieder einmal seufzte Tuesday. „Bob hat heute Morgen angerufen, als du unter der Dusche warst."

„Er hat was?" Natalie drehte sich der Magen um. „Warum hast du mir nichts davon gesagt?"

„Ich sage es dir jetzt."

Bob war Robert Clayton der Dritte. Ihr Vater.

„Was wollte er? Oder brauche ich gar nicht danach zu fragen?"

Tuesday zuckte mit den Schultern. „Das Übliche. Er schwört, dass er jetzt seit neunzig Tagen clean ist. Er will mit dir reden."

Natalie hatte diese Wiedergutmachungsphase jetzt schon mehrfach mit ihm durchgemacht. Manchmal war er aufrichtig. Er hatte die *Absicht*, clean zu bleiben. Manchmal meinte er es ehrlich, wenn er sagte, es täte ihm leid. Aber irgendwann war er dann doch wieder eine einzige Katastrophe, und sie wurde in sein Leben hineingezogen und durfte hinter ihm aufräumen.

Die letzten beiden Male hatte sie sich geweigert, ihn anzuhören. Es war reine Selbstverteidigung, wenn sie diese Mauern um sich herum baute, um ihren Vater auszusperren. Und sie fühlte sich nicht einmal mehr schuldig deswegen.

„Verdammt, meine Großmutter muss ihm die Nummer gegeben haben." Natalie hatte sie gewechselt, denn sie wollte nicht, dass er sie anrief. Und ihrer Großmutter hatte sie gesagt, dass er sie nicht bekommen sollte.

„Du weißt doch, wie sie ist."

„Ja, und deshalb ist er auch so, wie er ist."

„Du lässt sie Montag wieder ändern. Ich habe ihm gesagt, er soll nicht noch einmal anrufen."

„Du solltest dich deswegen nicht jedes Jahr mit einer neuen Telefonnummer herumschlagen müssen."

„Egal. Du bist nicht er. Gott sei Dank. Wenn du willst, ändern wir die Nummer noch mal, dann kannst du entscheiden, ob du sie deiner Großmutter geben willst oder nicht. Sie wird sie ihm rücksichtslos weiterreichen, denn sie kann nicht Nein sagen. Wenn du sie ihr also wieder gibst, wird Bob wieder anrufen. Du weißt, wie das läuft. Mir macht es nichts aus. Ich will nur, dass du weiterhin wachsam bleibst."

Verdammt.

Als sie von ihrer Wanderung zurückkamen, wartete Paddy vor der Tür.

„Ich habe Fran's Chocolates dabei." Er reichte Natalie die Packung, und sie bedankte sich mit einem kleinen Kuss.

In der Öffentlichkeit war sie nicht immer besonders herzlich, aber wenn, freute er sich umso mehr.

Er winkte Tuesday zu. „Wie war die Wanderung?"

„Schön. Die Blätter fangen an, sich zu verfärben."

Gemeinsam gingen sie ins Haus, Natalie hob den Deckel von der Schachtel, und sie schlugen sich den Bauch mit Schokolade voll.

Paddy lehnte sich im Stuhl zurück und sah zu, wie Nat und Tuesday sein Geschenk genossen. Er mochte Tuesday sehr gern. Sie verteidigte Natalie vehement, aber sie schien sie auch anzuschieben, wenn es nötig war.

„Wollt ihr nicht beide zu mir raufkommen und ein paar Filme ansehen? Wir haben gerade einen Haufen neue DVDs bekommen. Da ist auch dieser Sci-Fi-Streifen dabei, von dem wir letzte Woche gesprochen haben." Dafür hatte er ein paar Gefallen einfordern müssen, aber als er sah, wie ihre Augen aufleuchteten, freute er sich, dass er es getan hatte.

„Wirklich? Wahnsinn! Aber Tuesday und ich wollten was zusammen machen. Wir haben kaum noch Mädelszeit. Morgen vielleicht?"

Tuesday schluckte. „Wir können Mädelszeit haben, wenn wir uns in dem riesigen piekfeinen Vorführraum deines Freundes Filme angucken. Er hat so ein Film-Popcorn-Popper-Ding. Das ist viel besser als Popcorn aus der Mikrowelle."

Natalie grinste spöttisch in Tuesdays Richtung, gab dann aber nach. „Na gut. Aber ich brauche eine Dusche, ich bin total verschwitzt und verschmiert. Wir kommen etwas später rauf. Sollen wir etwas mitbringen?" Sie stellte sich auf die Zehenspitzen, um ihn noch einmal zu küssen.

„Bringt eine Übernachtungstasche mit. Du auch, Tuesday. Das Gästezimmer steht dir zur Verfügung. Sonst braucht ihr nichts mitzubringen. Mary macht irgendein Menü. Sie arbeitet an ihrem neuen Kochbuch, und das gehört dazu. Über die Einzelheiten bin ich nicht informiert, aber ganz gleich, was es sein wird, ich weiß, dass ich das Resultat mit Freuden essen werde."

„Oh, das ist gut, dann könnt ihr euch endlich einmal kennenlernen", sagte Natalie zu Tuesday. „Du wirst sie mögen."

„Cool." Tuesday schnappte sich noch ein Stück Schokolade und ging raus. „Wir treffen uns in ein paar Minuten wieder hier."

„Du könntest auch bei mir duschen." Als Tuesday weg war, schnupperte Paddy an Natalies Hals.

„Da würde ich nur noch schmutziger." Sie trat einen Schritt zurück. „Fahr jetzt lieber. Wir sehen uns in ungefähr einer halben Stunde."

Er küsste sie noch einmal, einfach so, und ging zur Tür.

Als sie und Tuesday eine Stunde später eintrafen, öffnete Vaughan die Tür und begrüßte Natalie mit einer Umarmung. „Hey. Paddy ist gleich wieder da. Er musste nur kurz zum Haus unserer Eltern rauflaufen, um ihnen etwas zu bringen. Ezra ist heute nicht dabei. Er ist für ein paar Tage nach Portland gefahren. Zum Glück, denn er nimmt immer den großen Sessel im Vorführraum in Beschlag."

Sie stellte Tuesday erst Vaughan vor, und dann Damien, der in der Küche war.

„Wir sind sofort wieder zurück."

Natalie nahm Tuesday mit nach oben und schob die Tür zum Gästezimmer auf, wo Paddy freundlicherweise daran gedacht hatte, einen Korb mit Obst und Cracker auf die Anrichte und eine hübsche Wasserkaraffe auf den Nachttisch zu stellen.

„Er hat gute Manieren." Tuesday stellte ihre Tasche ab. „Bist du sicher, dass es für dich okay ist, wenn ich über Nacht bleibe? Ich kann auch nach Hause fahren, wenn wir genug Filme gesehen haben."

„Absolut sicher. Ich will Zeit mit dir verbringen, und ich will auch, dass du seine Familie kennenlernst. Und du hast doch seine Küche gesehen, nicht wahr? Er macht das beste Frühstück."

Als Natalie ihre Sachen in Paddys Zimmer brachte, pfiff Tuesday durch die Zähne. „Wow. Na das ist mal ein Zimmer. Ein Wunder, dass er überhaupt irgendwann aus dem Haus geht. Ich wäre dazu nicht in der Lage, wenn ich so ein Schlafzimmer hätte."

„Damit ziehe ich ihn die ganze Zeit auf. Das Beste ist sein Bett. Und an gutem Bettzeug spart er auch nicht."

Sie gingen wieder nach unten, wo Mary in Paddys Küche Rootbeer Floats zubereitete. Natalie stellte ihr Tuesday vor, und zur Begrüßung hielt Mary ihren Eisportionierer hoch. „Ich probiere das mal mit diesem hausgemachten Rootbeer aus, das Damien und Ezra von ihrer Angeltour aus Alaska mitgebracht haben. Und dann brauche ich auch noch eure Meinung zu diesen Tacos."

„Ich wusste doch, dass es eine gute Idee war, Paddys Einladung anzunehmen und heute Abend mitzukommen", sagte Tuesday, nahm sich eins der Tacos und biss hinein. „Heiliger Bimbam! Was ist das?"

Mary strahlte. „Ein neues Rezept. Carnitas."

„Ich bin dafür. Natalie sagt, du schreibst Kochbücher?"

„Stimmt. Die Sachen hier sind für ein neues, an dem ich gerade arbeite – Party-Food."

„Erzähl ihnen von deiner Webshow." Paddy kam herein. „Entschuldigt bitte, ich musste meinen Eltern Post bringen, die versehentlich in meinem Briefkasten gelandet war."

„Wir hatten Tacos zur Gesellschaft. Und Rootbeer Floats. Da kannst du nicht mithalten, Paddy." Vaughan zuckte mit den Schultern.

„Also erzähl schon. Webshow?", hakte Natalie bei Mary nach.

„Im Augenblick ist es nur so eine Idee, aber mein Agent und ich reden schon lange davon, im Web eine Serie zu machen. Ein Beitrag könnte auf der Straße gefilmt werden, das wäre dann Kochen für viele Leute oder Kochen unterwegs. Nächstes Wochenende bin ich verabredet, um ein paar Weingüter zu besuchen. Ich will sehen, ob ein oder zwei davon gute Locations sind, um eine Weingut-Episode auszurichten. Ich weiß nicht, ob es überhaupt machbar ist, aber es wäre etwas Neues, und ich bin schon ganz aufgeregt."

„Das klingt fantastisch. Ich bin total begeistert. Du bist so fotogen, und du kannst gut mit Leuten umgehen. Ich wette, du bist auch vor der Kamera ein Naturtalent."

Sie alle langten bei den Tacos und Rootbeer Floats kräftig zu, bevor sie in den Vorführraum gingen, wo sie sich dann auf das spezielle Popcorn stürzten, das Mary kreiert hatte, und das schmeckte wie karamellisierter Apfel.

Später, als alle weg waren und auch Tuesday zu Bett gegangen war, stand Natalie auf der Terrasse vor Paddys Schlafzimmer. Er stand hinter ihr, den Arm um ihre Taille geschlungen und das Kinn auf ihre Schulter gelegt.

„Das war ein schöner Tag. Danke, dass du uns zu dir eingeladen hast. Deine Familie ist sehr sympathisch."

„Sie mögen dich auch. Und Tuesday. Ich wollte es nicht vor allen sagen, aber ich weiß, dass Mary es toll fände, wenn du nächstes Wochenende diese Weinguttour mit uns zusammen machen würdest. Als moralische Unterstützung. Natürlich hat sie uns, aber es würde ihr viel bedeuten, wenn sie eine Freundin dabeihätte."

Natalie war zutiefst gerührt. Zum einen, weil er sie fragte, und zum anderen, weil Mary etwas daran lag. Aber am meisten bedeutete ihr, dass sie allmählich ihren Platz bei ihnen fand.

„Ich komme mit."

12. KAPITEL

Am nächsten Wochenende beeilte Natalie sich, um rechtzeitig fertig zu werden, aber dann musste sie erkennen, dass es einfach nicht funktionieren würde. Sie rief Paddy auf seinem Handy an.

„Hey, tut mir leid, aber ich habe gerade einen Anruf bekommen. Es geht um eine Subvention, die wir versuchen an Land zu ziehen. Ich muss noch ein paar Unterlagen zusammenstellen, und das dauert noch ein oder zwei Stunden. Fahrt mal ohne mich."

Es war die Weinguttour. Natalie wollte Mary unterstützen und dabei sein, aber die Finanzierung der Bibliothek beruhte weitgehend auf Subventionen, und diesmal hatten sie eine wirklich gute Chance.

Natürlich hatte Paddy Verständnis. „Also ich weiß ja, wie wichtig diese Subvention ist. Ich schicke die anderen voraus. Komm einfach zu mir, wenn du fertig bist."

„Nein, nein. Du fährst mit. Sei einfach da, um Mary anzuspornen. Weißt du, was, ich komme raus, wenn ich so weit bin. Okay? Ich komme so schnell wie möglich. Kurz vorher schicke ich dir eine Nachricht, dann kannst du mir sagen, auf welchem Weingut ihr gerade seid."

„Ja, das wäre cool. Und es wird auch Mary ein besseres Gefühl geben. Danke, meine Schöne."

„Mmm-hmm. Dann fahrt jetzt. Wir sehen uns, sobald ich kann."

Seit drei Monaten waren sie jetzt zusammen. Sie traf ihn mehrmals in der Woche, schlief bei ihm oder er bei ihr. Manchmal wurde es etwas holprig, wenn beide mal wieder mit ihrem internen Mist klarkommen mussten. Manchmal gerieten sie dabei aus dem Gleichgewicht und mussten dann behutsam ihren Weg zurück in die Spur finden. Aber es lief überraschend gut. Weil beide Arbeit in die Beziehung investierten. So wie Paddy hatte das noch nie jemand für sie getan.

Sie stellte ihre Unterlagen zusammen, erledigte den ganzen zusätzlichen Papierkram zusammen mit einer anderen Bibliothekarin, und sie wurden rechtzeitig mit allem fertig, sodass es an die Leute geschickt werden konnte, die die Fördergelder zu vergeben hatten. Gut eine Stunde später war sie auf dem Weg nach draußen und freute sich auf den Rest des Tages mit Paddy.

Nur um zu erleben, wie beim Anblick ihres Vaters, der am Eingang der Bibliothek auf sie wartete, alles zusammenbrach.

Sie *hasste* es, dass er noch immer die Macht hatte, solche Gefühle in ihr auszulösen. Hasste es, dass er jedes Mal, wenn er auftauchte, nur Chaos verbreitete und das Leben, das sie sich sorgsam aufgebaut hatte, ruinierte.

Wer mit ihm zusammen war, musste sich darauf einlassen, Spiele zu spielen. Und so tun, als gäbe es nicht, was wirklich und wahrhaftig war. Das hatte sie begriffen, als sie älter wurde, und diese Erkenntnis hatte sie damals fast zerstört. Und jetzt war sie zu müde, um noch mal so zu tun als ob.

Lange, lange Zeit hatte sie gehofft, es würde gut gehen. Bei jedem Versuch. Und jeder Rückfall hatte sie mehr gekostet als der vorherige, und jetzt wollte sie diese Rechnung nicht mehr bezahlen.

„Was machst du hier?" Sie ging weiter zu ihrem Wagen, und Gott sei Dank folgte er ihr. Das hier war ihr Arbeitsplatz. Wenn jemand herauskam, würde er den stolzen Daddy spielen, der so glücklich war, ihre Kolleginnen kennenzulernen.

Niemand konnte Normalsein besser vortäuschen als ein Junkie.

„Ich habe versucht, dich anzurufen, aber du hast meine Anrufe nicht angenommen. Ich habe dir auch E-Mails geschickt."

„Meine E-Mail-Adresse auf der Arbeit ist nicht zum persönlichen Gebrauch bestimmt. Ich hatte Großmutter gesagt, sie soll dich darauf hinweisen." Nicht, dass es einen Unterschied gemacht hätte. Wenn er etwas wollte, spielten die Bedürfnisse anderer Leute kaum eine Rolle.

„Ich versuche, alles wiedergutzumachen." Er stellte sich vor ihre Wagentür.

Sie verschloss ihr Herz und sorgte dafür, dass die Wand zwischen ihnen so dick wie möglich blieb. „Zu spät. Ich muss weg.

Ich werde erwartet." Wenigstens hatte sie sehr genau darauf geachtet, ihrer Großmutter gegenüber nichts von Paddy oder ihrem Liebesleben zu erwähnen.

„Mein Betreuer sagt, dass ich für deinen Hass gegen mich nicht verantwortlich gemacht werden kann. Ich habe alles so gut gemacht, wie ich konnte, Natty. Meine Sucht ist schuld an allem. Das habe ich akzeptiert, und du musst das auch."

Sie schluckte den Köder nicht. Die Oh-du-hasst-mich-Karte spielte er jedes Mal aus. Es hatte ihr nie etwas gebracht, darauf zu reagieren. Es war eine Sackgasse. „Nenn mich nicht so. Ich will, dass du aus meinem Leben verschwindest. Warum sagst du das nicht deinem Betreuer? Ich bin für dich oder deine Genesung nicht verantwortlich. Ich wünsche dir alles Gute. Das tue ich wirklich. Aber du musst meine Grenzen respektieren." Sie griff um ihn herum und zog die Tür auf, wobei sie ihn beiseiteschob.

„Es ist nicht fair, an deinem Groll gegen mich festzuhalten. Ich versuche, alles richtig zu machen."

Sie schloss die Tür und verriegelte sie. Dann ließ sie das Fenster einen Spalt weit nach unten, weit genug, damit er sie hören konnte. „Ich halte an keinem Groll gegen dich fest. Ich beschütze mich nur. Halt dich bitte von meinem Haus und meinem Arbeitsplatz fern. Lass es nicht so weit kommen, dass ich mir ein amtliches Kontaktverbot besorge. Ich hoffe, du kannst clean bleiben. Wirklich. Aber ich will keine Wiedergutmachung von dir. Ich will dich überhaupt nicht. Bitte respektiere das."

Eine ganze Weile zitterten ihr die Hände, aber als sie am Straßenrand hielt, um Paddy die verabredete SMS zu schicken, hatte sie sich etwas gefangen.

Drei Jahre lang hatte sie ihren Vater nicht mehr gesehen. Öfter, als sie zählen konnte, hatte er seine Wiedergutmachung bei ihr abgeleistet, und es war verdammt lange her, seit sie seinen Entschuldigungen das letzte Mal geglaubt hatte. Zum Teufel, es war verdammt lange her, dass er überhaupt ernsthaft versucht hatte, etwas wiedergutzumachen. Meistens war es immer nur dieselbe Leier.

Bob Clayton war so erzogen worden, dass er grundsätzlich glaubte, es wäre nicht sein Fehler, ganz gleich was er anstellte. Als Erwachsener hätte er darüber hinwegkommen können, aber das hatte er nicht geschafft. Wenn es also darum ging, etwas wiedergutzumachen, bekam jeder diese Scheinentschuldigung, dieses *Es tut mir leid, dass du dich so fühlst* oder das *Es tut mir leid, dass meine Abhängigkeit dir das Leben so schwer gemacht hat.* Aus diesem Grund verabscheute Natalie solche falschen Entschuldigungen auch so sehr.

Und das war nur einer von vielen wunden Punkten, die das Leben mit ihrem Vater bei ihr hinterlassen hatte.

Irgendwann hatte es ihr gereicht. Davor hatte sie sich noch in dem Glauben gewiegt, dass sie beide, wenn er erst einmal einen Entzug gemacht hätte, in einer einigermaßen normalen Beziehung weitermachen könnten. Aber dieser Punkt war seit vielen Jahren überschritten. Er war nicht in der Lage, die Veränderung herbeizuführen, die sie brauchte, und sie hielt sich folgerichtig von ihm fern, um sich und ihr Leben zu schützen.

Und wenn jemand glaubte, das sei herzlos von ihr, konnte er gern für sie in die Bresche springen und Mitleid mit ihm haben, weil seine Tochter so gemein war. Jedenfalls konnte sie sich nur so davor schützen, ein weiteres Mal von ihm enttäuscht zu werden.

Paddy antwortete auf ihre Nachricht und teilte ihr mit, wo sie waren, und ein kurzer Blick auf ihr Navi sagte ihr, dass sie nur zwei Meilen davon entfernt war. Lächelnd machte sie sich auf den Weg.

Es war kühler geworden, aber es war ein klarer, sonniger Tag, also schlug sie den Kragen hoch, setzte sich einen Hut auf und ging zum Hauptgebäude. Es würde ihr guttun, mit Paddy und seinen Brüdern zusammen zu sein. Mit etwas Fröhlichkeit würde sie diese Melancholie wegspülen können.

„Blondie!“

Sie drehte ich sich in die Richtung, aus der der Ruf gekommen war. Vaughan trat, übers ganze Gesicht strahlend, aus einem Nebenraum.

Paddy folgte ihm. „Hey, da bist du ja.“

Als sie sah, wie er stolperte und fast die Balance verlor, drehte sich ihr der Magen um. Er hielt sich an seinem Bruder fest, und sie lachten beide.

Wie angewurzelt blieb sie stehen.

Paddy kam auf sie zu und redete viel zu laut. Eindeutig betrunken. Fürchterlich betrunken.

„Du bist gekommen.“

Und sie wünschte, sie hätte es nicht getan. Die ganze Machtlosigkeit, mit der sie beim Wiedererscheinen ihres Vaters zu kämpfen hatte, brach über sie herein. Es spielte keine Rolle, dass Paddy nicht Bob war. Es machte sie genauso nervös, brachte sie aus dem Konzept, vermittelte ihr das Gefühl, dem Chaos hilflos ausgeliefert zu sein.

Es war nicht normal, das wusste sie. Und ein Teil von ihr begriff es sogar, auch wenn es den Rest von ihr nicht interessierte. Also versuchte sie, sich zu beherrschen.

„Ja.“ Sie musste die Panik in den Griff kriegen und darüber hinwegkommen. Genau das, was sie Tuesday neulich bei ihrer Wanderung gesagt hatte, sie musste einfach über ihren eigenen Mist hinwegkommen.

Er grinste, und fast war sie schon bezaubert, so süß sah er aus. „Möchtest du ein Glas Wein? Sie sind gerade zu den roten übergegangen. Leider muss ich dir sagen, dass Vaughan und ich in deiner Abwesenheit deinen Anteil mitgetrunken haben.“

„Das sehe ich. Wo ist Mary?“ Natalie wusste, dass sie sich verschloss, aber es war die einzige Möglichkeit, die sie kannte, um das durchzustehen.

Er nahm ihren Arm, kam näher, und der Gestank von Alkohol stieg ihr so stark in die Nase, dass sie sich abwandte. Bittere Galle schoss ihr in den Mund, und sie würgte. Ihre Kontrolle zerfaserte, und sie versuchte sich loszureißen. Aber er richtete sich auf.

„Nat? Was ist los?“ Jetzt war er ihr ganz nah und hielt sie fest.

Plötzlich war es, als wäre sie nicht mehr in ihrem Körper, als würde sie sich selbst auf einem Bildschirm zusehen. Ganz offensichtlich war sie nicht in der Verfassung, sich unter Menschen zu begeben, und sie musste gehen.

„Lass mich los!"

Sie versuchte, ihren Arm zu befreien. Nachdem sie einmal beschlossen hatte, nach Hause zu fahren, baute sich in ihrem Bauch der zwingende Drang auf, es *jetzt sofort* zu tun.

„Was ist denn hier los?" Damien kam herbeigeschlendert und sah zwischen ihnen hin und her. Auch er hatte etwas getrunken, aber nicht annähernd so viel wie Paddy und Vaughan.

„Paddy soll mich sofort loslassen", stieß sie zwischen zusammengebissenen Zähnen hervor.

Damiens Haltung veränderte sich, als er die Panik in Natalies Stimme bemerkte.

Er legte einen Arm um Paddy. „Junge, du zerknitterst ihre Sachen. Lass sie los."

Paddy tat es, und ihr Herzschlag beruhigte sich ein wenig.

Aber dann legte er ihr einen Arm um die Schultern und zog sie an sich.

Das war's. Das war nun offiziell der Tropfen, der das Fass zum Überlaufen brachte. Sie duckte sich, entzog sich ihm und wandte sich an Damien. „Bitte sag Mary, dass ich hier war, um sie zu unterstützen. Aber ich muss weg."

Wieder griff Paddy nach ihr und hielt sie nun am Handgelenk fest. „Hey, warte. Was ist? Alles in Ordnung mit dir?" Er wurde etwas nüchterner, als er erkannte, dass es ein echtes Problem gab.

Natalie wusste, dass sie unvernünftig war, aber sie war in Panik, und die Worte sprudelten einfach aus ihrem Mund. „Es ist vorbei. Ruf mich nicht an oder komm zu meinem Haus." Sie war ganz einfach nicht bereit oder in der Lage oder was auch immer, um mit jemandem wie ihm zusammen zu sein. Vielleicht war sie auch nicht bereit, mit überhaupt irgendjemandem zusammen zu sein.

Sie versuchte, sich zu befreien, aber er hielt sie fest. Nicht um ihr wehzutun oder sie zu nötigen; das war ihr irgendwo hinter ihrer Panik klar. Er war verwirrt und versuchte, sie zu verstehen.

Aber das konnte er nicht, weil er betrunken und nicht ganz bei sich war, und das wiederum war ihr nur allzu vertraut.

So vertraut, dass sich ein Schweißfilm auf ihrer Haut gebildet hatte und ihr Kopf schmerzte.

„Lass mich los." Sie gab sich alle Mühe, leise und ruhig zu sprechen.

„Paddy, lass sie los. Geh wieder rein. Ich bringe Natalie zu ihrem Wagen." Damien stellte sich zwischen sie, aber Paddy war … nun ja, eben Paddy.

„Warum willst du fahren? Willst du mit mir Schluss machen? Was habe ich denn getan?"

Mary kam heraus und eilte auf sie zu.

Sie standen haarscharf davor, eine richtige Szene zu veranstalten, und das war mehr, als Natalie ertragen konnte.

„Bitte, lass mich gehen, bevor hier noch einer ausrastet." Sie machte auf dem Absatz kehrt und hastete zur Tür hinaus, während Paddy ihr hinterherbrüllte.

Am Wagen holte Mary sie ein.

„Natalie! Was ist passiert?"

„Ich kann das nicht. Nicht so. Damit will ich nichts zu tun haben. Ich wünsche dir nur das Beste, und ich hoffe, dass wir auch weiterhin Freundinnen sein können, aber das kann ich nicht. Ich kann einfach nicht."

„Was kannst du nicht? Was ist passiert?" Mary wollte Natalie zurückhalten, musste aber bemerkt haben, dass deren Körpersprache sie geradezu anschrie, es nicht zu tun, also ließ sie die Hände fallen. „Du machst mir Angst."

Paddy kam aus dem Haus und rief ihren Namen. Sie setze sich in ihren Wagen. „Ich muss hier weg."

Sie fuhr los und hielt nicht mehr an, bis sie zu Hause war.

„Was, zum Teufel, ist mit dir los?", wollte Tuesday wissen, als sie eine Stunde später in Natalies Schlafzimmer platzte. „Paddy hat ungefähr vierzehnmal angerufen. Und das sind die Nachrichten, die an der Tür klebten." Sie warf sie aufs Bett. „Muss ich dir helfen, jemanden umzubringen und die Leiche zu verbergen?"

Seufzend setzte Natalie sich auf und dankte Gott für diese Freundin.

Sie erzählte Tuesday alles, und am Schluss nahm Tuesday sie fest in die Arme.

„Wow."

„Ja. Du hattest mir geraten, es ihm zu sagen, und ich war der Meinung, ich müsste stattdessen erst darüber hinwegkommen."

„Ich hab dich so lieb, dass ich dir nicht einmal vorhalten werde, dass ich es dir ja gesagt habe. Aber nachdem das jetzt passiert ist, was nun?"

„Ich habe Schluss gemacht. Ich kann nicht mit ihm zusammen sein, Tuesday. Ich kann nicht. So wie ich mich heute gefühlt habe, ist es mir seit Jahren nicht mehr ergangen. Seit Jahren. Wie verrückt habe ich daran gearbeitet, meinen Mist auf die Reihe zu bekommen, damit ich nie wieder so leben müsste, und dann holt mich alles an einem Nachmittag wieder ein."

Tuesday nickte. „Aber er hat nur diesen einen Fehler gemacht. Er wusste nichts davon. Ich meine, von Bob. Und um wirklich fair zu sein, es war Bob, der das bei dir ausgelöst hat, nicht Paddy. Ich finde einfach, dass du dumm bist und Angst hast."

„Aber so was kann ich nicht ertragen. Er stolpert und ist blau, und ich muss an die vielen Male denken, die ich einen torkelnden Bob oder einen seiner *Gäste* irgendwohin geführt habe. Es ist einfach … Ich will nicht mehr so leben, dass ich mir Sorgen machen muss, ich will nicht, dass es noch einmal so weit kommt. Und das wird es. Junge, sein Leben ist voll von so etwas. Und falls das alles bedeutet, dass ich kaputt und im Arsch bin, dann ist es halt so. Ich habe Angst, Tuesday."

Ihre Freundin atmete hörbar aus. „Verstehe. So weit verstehe ich dich ja. Aber … und du wusstest, das würde so kommen … du bist in ihn verliebt. Du magst seine Familie, und es geht dir gut, wenn du mit ihm zusammen bist. Sag ihm, dass du Angst hast. Hilf ihm, das zu verstehen. Lass nicht zu, dass Bob dein Glück zerstört. Nicht so."

Natalie zupfte an ihrer Unterlippe, während sie ins Grübeln kam.

„Damit will ich nur sagen, dass das, was du mit ihm hast, gut ist. Es ist schwierig, und hier und da trägst du auch mal eine Beule davon, aber ihr habt beide keine Erfahrung darin, mit jemand anderem zusammen zu sein. Ihr werdet daran arbeiten müssen, aber das Beste ist die Anstrengung immer wert."

Konnte sie daran arbeiten? „Ich muss darüber nachdenken."

„Morgen hast du frei. Pack eine Tasche und lass uns nach Portland fahren. Wir werden irgendwo schick etwas essen gehen. Mal sehen, ob Delia mitkommen kann. Vielleicht gehen wir in eine Ausstellung. Du kannst es dir gut gehen lassen, während du nachdenkst, und dich am Montag mit ihm auseinandersetzen."

13. KAPITEL

Nach zwei Tagen und mehreren Dutzend Anrufen wusste Paddy immer noch nicht, was zum Teufel auf dem Weingut zwischen ihm und Natalie vorgefallen war.

Er war früh mit seinem Vater losgefahren, um irgendein neues Gerät zu besichtigen, und hinterher waren sie zu einem frühen Lunch in einem Imbiss gelandet.

„Also, willst du darüber reden?"

Paddy hätte wissen müssen, dass die Nachricht von der Trennung mittlerweile zu seinen Eltern durchgedrungen sein musste.

„Alles war in Ordnung. Ein paar Stunden vorher habe ich mit ihr gesprochen. Sie musste länger arbeiten, weil es irgendwas mit einer Subvention zu regeln gab. Ich wollte es abblasen und sie bei mir zu Hause treffen, aber sie meinte, ich sollte fahren, und sie würde dort hinkommen, wenn sie fertig war. Sie war nicht wütend bei dem Anruf."

Er nippte an seinem Eistee und zwinkerte der Kellnerin zu, die wie verrückt mit ihm flirtete.

„Hast du so was gemacht, als sie dabei war?" Sein Dad wies auf die Kellnerin, die sich mit schwingenden Hüften entfernte.

„Ich habe ihr doch nur zugezwinkert. Und nein, ich bin nicht ungezogen. Wenn sie dabei ist, nehme ich andere Frauen nicht einmal wahr. Wie auch immer, in dem Moment waren überhaupt keine anderen Frauen in der Nähe."

„Damien sagt, dass du und Vaughan sturzbetrunken wart."

„Es war eine Weinguttour. Wir hatten bereits zwei andere Weingüter hinter uns. Ich habe nicht auf sie draufgekotzt oder so etwas." Und Damien war ein Blödmann, so herumzutratschen.

„Aber ihr wart betrunken."

„Ja. Ich bin nicht gefahren! Mary ist gefahren, und sie hat keinen Schluck getrunken. Ich hatte vor, mit Nat zurückzufahren, denn sie hätte nicht viel getrunken, wenn überhaupt."

„Weißt du, weshalb?"

„Ich habe sie einmal gefragt, warum sie kaum trinkt, ob sie sich von einer Krankheit erholt oder so. Sie sagte Nein. Sie ist …“ *Sie hat ein Ding mit Kontrolle.* Sie hatte es ihm gesagt, und er hatte es gehört, aber bis zu diesem Moment war ihm nie wirklich bewusst geworden, dass bei ihr sämtliche Alarmglocken losgehen mussten, wenn er sich in ihrer Gegenwart in diesem Zustand befand. Dabei hatte sie ihm doch gesagt, dass sie diese Ängste hatte.

Die Frage war, konnte er damit umgehen? Wollte er darauf drängen, alles wieder geradezubiegen, oder es einfach vergessen und froh sein, einigermaßen heil aus der Geschichte rauszukommen, bevor es richtig übel würde?

„Ist dir gerade ein Licht aufgegangen?“

Paddy stöhnte. „Hast du das etwa schon gewusst?“

„Nein, nein. Weißt du, ich bin auch nur ein einfacher männlicher Sterblicher. Und deine Mutter kann hin und wieder ebenfalls so richtig eingeschnappt sein, ohne dass ich weiß, was ich angestellt habe. Meistens muss ich dann nur eine Weile darüber nachdenken, und etwas später komme ich darauf. Manchmal liegt es aber auch daran, dass sie rumspinnt und sich einfach ohne ersichtlichen Grund über irgendetwas aufregt, aber wenn du ihr das weitererzählst, werde ich leugnen, es je gesagt zu haben. Tatsache ist, Frauen sind komplizierte Wesen. Aber wenn du dir wirklich Mühe gibst, kannst du sie verstehen. Meistens. Und wenn nicht, helfen normalerweise Geschenke und sich ihrer Gnade anheimzugeben.“

„Sie hätte mir zumindest sagen können, was los ist.“

Sein Vater dankte der Kellnerin, als sie ihre Burger brachte, bevor er das Gespräch fortsetze.

„Du kannst natürlich deshalb schmollen, wenn du glaubst, dass es hilft. Oder du kannst einen anderen Weg ausprobieren und damit beginnen, dass du sagst: *Es tut mir leid, dass ich neulich die Kontrolle verloren habe. Können wir bitte darüber reden?*“

„Wie war es mit dir und Mom? Am Anfang, meine ich.“ In groben Zügen kannte er die Geschichte seiner Eltern, die beide aus Kleinstädten in Tennessee stammten und sechs Monate, nachdem sie sich kennengelernt hatten, heirateten. Schließlich waren sie mit zwei Kindern und einem Truck, der mit ihrem gesamten Hab und Gut beladen war, Richtung Westen nach Hood River gezogen.

„Ich liebe die Frauen. Und bevor ich eurer Mom begegnet bin, habe ich viele von ihnen geliebt." Michael grinste. „Ich war *nicht* daran interessiert, mich zu binden. Sicher, viele Frauen haben es versucht. Ich glaube, ich war eine Art Projekt. Aber ich wollte frei sein. Mein wildes Leben, die Arbeit auf dem Land, die Möglichkeit, wann ich will mit wem auch immer ins Bett gehen … es hat mir gefallen, und ich hatte nicht vor, das zu ändern. Eines Tages war ich in der Stadt in einem Schallplattenladen. Damals, als es so etwas noch gab." Er schnaubte abfällig. „Und da kam sie herein. Sie lachte mit jemandem. Es war deine Tante Cathy. Wie auch immer, sie war einfach wunderschön. Ich habe mich an sie herangemacht und mich vorgestellt, denn ich wollte etwas von ihr, und es hatte mich schlimm erwischt. Sie hat abgelehnt, als ich sie einlud. Damals war ich vierundzwanzig, und mich hatte noch nie jemand zurückgewiesen. Noch nie."

Während die Welt draußen an ihnen vorbeizog, aßen sie weiter. „Natürlich wollte ich sie danach nur umso mehr. Die Stadt war nicht mein Heimatort, aber auch nicht weit davon entfernt und klein genug. Ich kannte mehrere Leute dort, sodass es nicht lange dauerte, bis ich herausgefunden hatte, wer sie war, und dass sie im J.C. Penney arbeitete. Also bin ich so lange immer wieder dort aufgetaucht, bis sie mir erlaubt hat, sie zum Lunch einzuladen. Ich sag's dir, als ich sie einmal in der Gasse hinter dem J.C. Penney geküsst hatte … nicht sehr romantisch, ich weiß. Schon auf den ersten Blick hatte ich gewusst, dass sie anders war, aber beim ersten Kuss, da war mir einfach klar, dass sie für mich bestimmt war. Fünf Monate später haben wir geheiratet."

„Ihr habt immer gesagt, dass ihr sechs Monate nach eurer ersten Begegnung geheiratet habt. Dann hast du also einen Monat gebraucht, um sie zu küssen?"

„Ja. Aber unter uns, als wir geheiratet haben, war sie bereits schwanger mit Ezra." Michael lachte. „Wir wussten es nicht und haben es erst ein paar Wochen später herausgefunden. Aber nach diesem ersten Kuss hätte ich sie eine Woche später geheiratet, wenn sie es erlaubt hätte. Ich hatte nie mit ihr gerechnet, aber als ich sie fand, wusste ich sofort, dass sie es ist. Deinem Bruder ist es mit Mary genauso ergangen. Die Männer der Familie Hurley wissen, was sie wollen, und nur selten schaffen sie es nicht, das auch zu bekommen. Paddy, wenn es dir nicht gelingt, Natalie für dich zu gewinnen, dann könnte es wohl daran liegen, dass du dich nicht genug ins Zeug gelegt hast. Gib nicht auf, wenn du sie haben willst."

Also fand Paddy sich am nächsten Tag gegen Feierabend vor der Bibliothek wieder, wo er mit zwei Dutzend Rosen in allen Farben und einer Tüte Essen auf sie wartete.

In seiner Tasche summte das Telefon. Er zog es heraus und warf einen Blick auf den Bildschirm. *Natalie.*

Er meldete sich. „Hey."

„Also, ich habe nachgedacht."

„Ich auch. Dieser Vorfall auf dem Weingut tut mir leid. Wirst du mit mir reden?"

„Ich rufe dich doch an, oder? Und zwar weil ich herausfinden wollte, ob du auch bereit bist, mit mir zu reden."

Sie kam aus dem Gebäude, und da wusste er, dass er das Richtige getan hatte, denn es machte ihn so verdammt glücklich, sie zu sehen, dass es nicht einmal lustig war.

Natalie ging die Treppe hinunter und war schon auf halbem Weg bei ihm, bevor sie ihn dort stehen sah und innehielt.

Sie steckte ihr Handy in die Tasche.

Er spähte an den Rosen vorbei. „Ich habe dir doch gesagt, dass wir dieselbe Idee hatten. Ich habe Milchshakes dabei und was vom Thailänder. Dann wollte ich es auch mit Voodoo versuchen, daher habe ich im Auto noch Donuts."

„Wie ich sehe, meinst du es ernst. Fahr hinter mir her zu mir nach Hause. Dann können wir essen und reden."

Er reichte ihr die Blumen und ging dann zu seinem Wagen zurück.

Als sie hereinkamen, schaute Tuesday von ihrem Platz am Küchentisch auf und hob überrascht die Brauen. „Das wurde aber auch Zeit. Ich gehe mal ins Kino. Wir sehen uns später."

Sie gab Natalie einen Kuss auf die Wange, schnappte sich Mantel und Handtasche und ging zur Haustür.

„Warte! Du musst doch nicht gehen. Wir können raufgehen und reden."

Tuesday verdrehte die Augen. „Kein Wort mehr! Bis später."

Natalie sah Tuesday nach und drehte sich seufzend um. „Ich stelle eben rasch die Blumen ins Wasser." Sie hing ihren Mantel in den Wandschrank, stellte ihre Tasche neben die Bank an der Gartentür und nahm den Strauß. Paddy folgte ihr.

„Ich hole schon mal die Teller."

Mehrere Minuten bewegten sie sich umeinander herum, wobei sie das Thema sozusagen auf Zehenspitzen umgingen.

„Du hast nun mal dieses Ding mit Kontrolle. Ich meine, du hattest mir zwar davon erzählt, aber ich habe nicht richtig hingehört oder verstanden, was das mit dem Weingut zu tun hat. Aber jetzt sehe ich es."

Sie zuckte zusammen und wurde sehr still. Er wartete, denn er konnte zwar den größten Teil Arbeit übernehmen, aber sie musste ihm schon etwas entgegenkommen.

„Und du hast mich gesehen, als ich mich nicht ganz im Griff hatte, und das hat deine Ängste ausgelöst."

„Ja." Sie stieß scharf die Luft aus. „Hör zu, es tut mir leid, dass ich, ohne etwas zu erklären, einfach abgehauen bin."

„Wirst du es mir jetzt sagen? Ich weiß, dass ich dich durch mein Verhalten aufgebracht habe, aber wir kommen nicht weiter, wenn du es mir nicht erklärst."

Sie schluckte schwer und holte tief Luft. „Ich bin in einem Haus aufgewachsen, in dem die ganze Zeit Chaos geherrscht hat. Mein Dad war, ist ... wer weiß ... Während meiner gesamten Kindheit war er süchtig. Lange Jahre war es Alkohol, dann war es Kokain, und schließlich hat er sich das Zeug gespritzt. Er stand auf Speedballs. Mein Zuhause war kein sicherer Ort. In meinem Zuhause gab es keine Erwachsenen, die ein gutes Beispiel gewesen wären. Mein Dad war ständig vollgepumpt. Regelmäßig wurden uns die Möbel gestohlen. Um meine Sachen in Sicherheit zu bringen, hatte ich ein Vorhängeschloss an meiner Tür, und diese Tür wurde mehr als einmal eingetreten. Wir haben in einem schönen Haus in einer netten Nachbarschaft gewohnt. Also, das wenigstens hatte ich, und es ist mehr, als viele andere Menschen haben. Das sehe ich ein.

Jedenfalls habe ich genug Leute gesehen, die mit der Nadel im Arm völlig weggetreten waren, genug Fälle von Überdosierung und so viele unbekannte Arschlöcher, die in mein Wohnzimmer gekotzt haben, dass es für mehrere Leben reicht. Wenn ich so etwas sehe, überfällt mich die Vergangenheit, und ich versinke darin. Wenn jemand die Kontrolle verliert, bedeutet es, dass er sich nicht um sich selbst kümmert. Es bedeutet, dass jemand anders hinter ihm sauber machen muss. Nicht nur Flaschen, Nadeln und Kotze wegräumt, sondern auch dafür sorgt, dass die Rechnungen bezahlt werden und die Schule bei der Stange gehalten wird, damit Kinderschutzdienste keinen Verdacht schöpfen. Ich habe … es einfach satt, mich um andere Leute zu kümmern. Ich will nicht zurückblicken, Paddy. Dein Auftritt hat bei mir einiges ausgelöst, was an dem Tag schon durch andere Dinge angestoßen worden war.“ Sie legte die Gabel aus der Hand.

Paddy sagte nichts, während er versuchte, diese Informationen zu verarbeiten. Einerseits kämpfte er mit der Wut, weil sie als Kind ein solches Leben führen musste, andererseits ließ sich nicht leugnen, dass ihm warm ums Herz wurde, weil sie sich so weit öffnete und ihm einen Teil ihrer Vergangenheit anvertraute. Und dann machte es ihn wahnsinnig, dass er den nächsten Schritt in den Sand setzen könnte, und vielleicht war ein Teil von ihm auch verletzt, weil sie sich nicht einfach schon früher an ihn gewandt hatte.

„Ich bin alles andere als perfekt.“ Sie sah ihm in die Augen. „Hier drinnen weiß ich …“, sie legte die Hand an ihr Herz, „… dass das, was du auf dem Weingut gemacht hast, nicht mal im selben Universum stattgefunden hat wie dem, in dem ich aufgewachsen bin. Aber das hier …“, sie strich sich über den Bauch, „… lässt mich immer wieder stolpern. Als ich dich so gesehen habe, war plötzlich alles wieder da. Diese Machtlosigkeit. Du hast es nicht absichtlich gemacht, und das weiß ich. Aber ich weiß nicht, ob das nicht noch einmal vorkommen wird, und dein Leben … nun ja, dein Leben ist wild.“

Er nahm ihre Hand, verschränkte seine Finger mit ihren, und die Verbindung zwischen ihnen rastete einfach wieder ein. Er wusste, dass sie es auch gespürt hatte, denn ihre Augen weiteten sich leicht.

„Entschuldige. Ich war sinnlos betrunken und habe nicht auf alle Alarmzeichen reagiert, was sonst nicht passiert wäre. Damien sagt, du warst völlig außer dir, und ich habe das zwar gesehen, aber immer nur alles noch schlimmer gemacht.“ Er leckte sich über die Lippen. „Hör zu, ich habe einen Bruder, bei dem ich zusehen musste, wie er in die schlimmste Abhängigkeit geriet. Ich habe mit angesehen, wie er sich in einen völlig anderen Menschen verwandelt hat, in jemanden, den ich hasste. Aber bis zu diesem Punkt hatte ich ihn mein ganzes Leben lang. Ich wusste, das war nicht er. Und dann hat er sich zusammengerissen und einen Entzug gemacht, und er war wieder mehr wie der Ezra, den ich kannte. Aber durch das, was er getan hat, hat er sich trotzdem für immer verändert. Und wir alle auch. Wenn du willst, werde ich von jetzt an in deiner Gegenwart einfach nichts mehr trinken.“

„Darum geht es nicht. Ich trinke selbst hin und wieder ein Glas Wein. Du weißt, dass ich Champagner mag, und ich habe nichts dagegen, wenn Leute trinken. Überhaupt nicht. Es ist nur … Ich gehe hoch und empfinde plötzlich diese ganze Hilflosigkeit, wenn ich Leute sehe, die schlampig und unkontrolliert sind. Ich glaube, mir war gar nicht bewusst, wie schlimm es war, bis ich dich so gesehen habe. Ich kann auch nicht immer vorhersagen, was mich so umhaut. Das finde ich selbst erst nach und nach heraus, und es ist nicht fair, von dir zu erwarten, dass du versuchst, damit klarzukommen.“

Er schnaubte. „Ich werde dich schon wissen lassen, wenn ich dich als Belastung empfinde. Du hast ein Recht auf deine Gefühle. Vielleicht sollte ich noch hinzufügen, auf deine absolut nachvollziehbaren Gefühle, was das angeht.

Ich will, dass es funktioniert mit uns, und ich glaube nicht, dass du mir die Tür aufgemacht hättest, wenn du es nicht auch wolltest. Was ich sagen will, warum versuchen wir's nicht? Ich mag dich. Du magst mich. Wir sind erwachsen, und wenigstens einer von uns hat ein gewisses Maß an emotionaler Reife."

Natalie verdrehte die Augen, und Paddy fühlte sich gleich viel besser.

„Ich habe dich gemeint, falls ich mich nicht klar genug ausgedrückt habe. Ich glaube, du solltest uns eine Chance geben."

Sie drückte seine Hand. „Es tut mir leid."

„Was tut dir leid?"

„Meine Reaktion. Ich weiß, dass du mich nicht ärgern wolltest. Und es tut mir leid, dass ich nicht dafür garantieren kann, dass mich irgendetwas Unvorhersehbares nicht wieder zum Ausflippen bringt."

Zärtlichkeit vertrieb seine Heiterkeit. Er hasste es, dass sie diese ganze Last zu tragen hatte, und hasste es noch mehr, dass sie sich das auch noch selbst vorzuwerfen schien. „Meine Schöne, ich war ein Blödmann. Ein betrunkener Blödmann, und obendrein habe ich dich auch noch grob angefasst. Es gibt nichts, wofür du dich entschuldigen müsstest. Aber ich bin dir dankbar für deine Erklärung, denn ich werde besser mit all dem umgehen können, wenn ich mehr von dir weiß."

„Du wolltest mich nicht verletzen oder zwingen. Das war mir auf einer Ebene meines Bewusstseins schon klar. Aber ich weiß einfach nicht, Paddy. Ich weiß nicht, ob ich das kann und keine Fehler machen werde."

„Da sind wir schon zwei. Tatsächlich bin ich mir sogar sicher, dass ich Fehler machen werde. Ich habe keine Ahnung, was dieser Beziehungs-Gig mit sich bringt." Er hatte sehr daran arbeiten müssen, diese Ahnungslosigkeit zu akzeptieren. Aber Paddy wusste wirklich nicht, wie er außerhalb seiner Familie jemand anderen an die erste Stelle setzen sollte. „Ich taste mich da durch. Und ich will, dass du mir vertraust. Selbst wenn ich auch nicht perfekt bin."

„Unter einer Bedingung."

„Die wäre?"

„Ich brauche diese Frühlingsrolle."

Lachend reichte er sie ihr und leerte dann die ganze Tüte auf ihrem Teller aus. „Hier, du kannst sie alle haben."

Natalie hatte gar nicht gemerkt, wie sehr sie ihn vermisst hatte, bis sie aus der Bibliothek gekommen war und ihn dort stehen sah. Ein Telefonat hätte bedeutet, dass sie etwas auf Distanz von ihm geblieben wäre. Aber Paddy Hurley in Fleisch und Blut? Dieses Lächeln?

Als sie die Küche aufräumten, war sie froh, so froh, dass sie ihn mit nach Hause genommen hatte. Froh, dass sie sich ihm anvertraut hatte. Froh, dass er hier bei ihr war. Tuesday würde ihr wahrscheinlich ein *Hab ich dir doch gesagt* nicht ersparen.

„So. Ich habe einen Vorschlag."

Sie sah schaute über die Schulter zu ihm, während sie das Handtuch in den Halterring stopfte. „Tatsächlich? Was denn?"

„Ich habe Donuts mitgebracht. Ich finde, wir sollten auf dein Zimmer gehen und sie nackt in deinem Bett essen."

Einen Augenblick sagte sie nichts. „Ein ziemlich guter Vorschlag, finde ich", verkündete sie dann.

Sie ging an ihm vorbei und gab ihm einen Klaps auf den Hintern. „Lass uns nur sicherstellen, dass auch Sex auf der Speisekarte steht."

„Das versteht sich von selbst."

Sie hinterließ Tuesday eine Nachricht, dass zwischen ihr und Paddy alles gut war und sie eine Weile beschäftigt sein würden. Wahrscheinlich würde Tuesday es sich schon denken können, wenn sie bei ihrer Rückkehr Natalies Tür verschlossen vorfand, aber es konnte nicht schaden, sich doppelt abzusichern. Auf keinen Fall wollte sie, dass Tuesday hereingestürmt kam und sie mit Paddy im Bett überraschte.

Peinlich.

Paddy schloss die Tür mit dem Fuß und schob Natalie rückwärts zum Bett. „Vielleicht kannst du deinen Donut ja essen, während ich dich lecke. Es kommt mir vor, als hätte ich dich eine Woche nicht mehr geschmeckt."

Sie schluckte schwer. „Ich könnte mich verschlucken. Vielleicht können wir sie ja auch hinterher essen."

„Wahnsinn, für mich legst du einen Donut zur Seite? Du gibst dir wirklich Mühe."

Lachend zog sie ihm den Pullover aus und warf ihn auf einen Stuhl. Er öffnete ihre Bluse und schob sie über ihre Arme, während er Küsse auf ihrer Schulter und übers Schlüsselbein verteilte. An der Halskuhle hielt er inne und atmete tief ein. „Ich habe dich wie verrückt vermisst."

Es waren nur ein paar Tage gewesen, keine ganze Woche, wie er übertrieben hatte, aber sie hatte ihn gleichfalls vermisst. Sie hatte vermisst, wie er an ihrem Leben teilhatte.

„Du hast mir auch gefehlt." Sie streichelte seinen Bart.

Ihr wurde bewusst, dass sie das in letzter Zeit häufiger tat. Sie streichelte seinen Bart und beruhigte sich selbst damit. Sie musste lachen, und er hielt inne.

„Ähm, muss ich mir Sorgen machen, weil du lachst?"

„Ich habe nur gerade gemerkt, dass dein Bart zu meinem Wohlfühlobjekt geworden ist. Ich streichle ihn wie eine Schmusedecke, und es beruhigt mich."

Er küsste ihre Fingerspitzen. „Was immer dich anmacht. Fühl dich frei, mich wo und wann es dir gefällt zu streicheln."

Nachdem es ihnen gelungen war, lange genug die Hände voneinander zu lassen, um sich aus ihrer Kleidung zu schälen, fielen sie zusammen aufs Bett.

Er fühlte sich so gut an, so warm, so fest. So hart an ihrem Körper. Er schmeckte sie; seine Lippen spielten an ihrem Mund und wanderten weiter bis zu ihren Ohren. Seine Liebkosungen ließen ihr Herz schneller schlagen.

Als sie Anstalten machte, eine Hand zwischen sie zu schieben, packte er ihre beiden Handgelenke und zog ihr die Arme über den Kopf, wo er sie festhielt, während er sich auf sie legte und sie küsste, bis ihr schwindlig war.

„Ich glaube …", er unterbrach sich, um sie noch einmal zu küssen, „… du solltest die Kontrolle mal aufgeben. Nicht immer. Nicht in deinem täglichen Leben. Aber hier. Nur zwischen uns beiden. Überlasse sie mir."

Sie prüfte, wie fest sein Griff war, und ein Wonneschauer überlief sie. Das war nichts, was sie vorher je wirklich in Betracht gezogen hatte.

Er beobachtete sie, und sie wusste, er würde loslassen, wenn sie ihn darum bat. Ihr drehte sich der Kopf.

„Bitte."

Er wartete, bevor er sie wieder küsste. „Bitte hör auf, oder bitte hör nicht auf?"

„Bitte, hör nicht auf."

Nun wurde sein Griff an ihren Handgelenken etwas fester, und sie wölbte den Rücken und wand sich unter ihm wie eine Katze.

„Mmm, du fühlst dich so gut an." Er saugte an ihrer Unterlippe. „Und du schmeckst auch gut. Aber da sind noch andere Teile von dir, die ich probieren muss, weil sie mir so lange vorenthalten wurden."

„So lange? Drei Tage. Meine Güte!"

Er lachte. „Eigentlich waren es fünf Tage, denn vor dem Weingut waren wir auch schon zwei Tage ohne Sex. Fünf Tage sind so gut wie eine Woche. Also sei still, ich will dich lecken."

Weil sie gegen dieses Vorhaben nicht wirklich etwas einzuwenden hatte, hielt sie den Mund.

Seine Hände glitten von ihren Handgelenken zu ihren Unterarmen, die er auf die Matratze drückte. Zittrig atmete sie aus.

„Ja, so gefällt es mir auch." Nun ließ er sie einen Teil seines Gewichts spüren, genug, um sie festzuhalten, jedoch weit davon entfernt, ihr wehzutun.

Sie wehrte sich, aber nicht wirklich, und als er merkte, was sie tat, lächelten sie einander an.

Während er seine Zunge über ihre Brüste und Nippel wandern ließ, zog er ihre Arme nach unten und hielt sie an den Seiten auf der Matratze fest.

Natalie überließ sich ihm und gab sich ganz dem Gefühl hin, das sein Mund auf ihrem Bauch und auf ihrer Hüfte auslöste. Es war, als würde seine Zunge durch sie hindurchgleiten. Und als sie kam, öffnete sie die Augen und stellte fest, dass er sie von oben anschaute.

„Du bist schön, wenn du kommst."

Er machte sie schön; und stark, selbst wenn er ihre Arme festhielt.

„Jetzt solltest du dich von mir lecken lassen."

„Nein. Vielleicht später. Aber im Augenblick habe ich andere Pläne für meinen Schwanz, auch wenn dein Mund noch so verführerisch ist."

Paddy ließ sie los, um ein Kondom zu holen. Binnen Sekunden war er wieder bei ihr. „Dreh dich um. Heb deinen hübschen Po in die Luft und lass den Kopf unten. Die Arme nach vorne über den Kopf."

Oh.

Meine Güte.

Sie gehorchte, und mit beiden Händen strich er über ihren ganzen Rücken. „So eine schöne Arbeit."

Weil sie nicht wusste, wie sie sprechen sollte, wenn er seine Hände so auf ihr hatte, gab sie nur einen unartikulierten Laut von sich, als er um sie herumgriff und seine Finger in sie hineingleiten ließ.

„Vertrau mir. Ich will mich nur vergewissern, dass du bereit bist."

Als hätte er sie nicht vor weniger als einer Minute kommen lassen.

Sie presste sich seiner Hand entgegen, er öffnete sie mit den Fingern noch etwas mehr, dann schob er sich nur ein Stück in sie hinein, verharrte eine Weile dort und begann dann, ganz langsam in sie einzudringen.

Oh. So. Langsam. Natalie musste sich dazu zwingen, geduldig zu bleiben; verzweifelt krallte sie ihre Fingernägel ins Laken. Sie war es nicht gewohnt, mehr zu wollen, sich diesen Wunsch zu versagen und stattdessen darauf zu vertrauen, dass man es ihr geben würde. Normalerweise nahm sie sich, was sie brauchte, denn wer außer ihr sollte dafür sorgen, dass sie es bekam?

Paddy tat es. Mit einem göttlichen Stoß drang er endlich ganz in sie ein.

Gleich darauf zog er sich wieder fast komplett zurück, aber nur, um gleich wieder in sie zu dringen. Wieder und wieder. So langsam und tief, dass sie glaubte, sie würde sterben, so gut war es.

Schließlich packte er ihre Hüften und fickte sie, nach allen Regeln der Kunst und exakt so, wie es ihm gefiel, und sie genoss jede einzelne Sekunde davon.

Er bewegte sich immer heftiger, immer schneller, und selbst durch das Latex hindurch konnte sie spüren, wie er noch härter wurde, und sie begriff, dass er sich dem Gipfel näherte. Die Finger seiner linken Hand gruben sich in ihr Fleisch.

Einen Augenblick wollte sie protestieren, aber sie wusste, dass er einen weiteren Orgasmus von ihr wollte, also spannte sie ihre Muskeln an und bog sich dem nahenden Höhepunkt mit ihrem ganzen Körper entgegen. Wie eine Welle brach er über sie herein und schlug über ihr zusammen, während Paddy, der sich jetzt in rasendem Rhythmus in ihr bewegte, undeutlich ihren Namen rief. Sie kamen gleichzeitig und heftig, und es dauerte so lange, dass sie jedes Gefühl in ihren Knien zu verlieren begann.

Stöhnend zog er sich aus ihr zurück. Mit einer Hand half er ihr, sich unter die Decken zu legen, bevor er rasch ins Badezimmer ging, um das Kondom loszuwerden. Als er zurückkam, schmiegte er sich an ihren Rücken und zog sie ganz fest an sich.

„Ich habe dich vermisst. Das habe ich nicht bloß gesagt, um das Schweigen zu füllen." Er küsste ihre Schulter.

„Du klingst, als wärest du dir irgendwie nicht ganz sicher. Ein bisschen wütend."

„Manchmal." Er holte Luft. „Wenn ich will, dass du offen zu mir bist, sollte ich das umgekehrt wohl auch sein. Also ja, am Anfang war ich wütend. Ich habe … An so etwas bin ich nicht gewöhnt."

„Wütend auf mich?"

„Wütend auf alles. Es macht mich verletzlich. Als ich dich vermisst habe, wurde mir klar, dass es hier nicht nur um eine Frau geht, mit der ich mich verabrede, um Spaß zu haben. Dass du weg warst, hat mich damit konfrontiert, wie viel du mir bedeutest. Wie viel Platz du in meinem Leben einnimmst. Ich wollte, dass es mir nichts ausmacht, aber es hat mir etwas ausgemacht. Und als mir das klar wurde, hat sich meine Wut verlagert."

„Ja?"

„Manche Sachen sind einfach, wie sie sind. Du bist in meinem Leben, und es gefällt mir. Ich war unglaublich zornig auf mich selbst, weil ich etwas getan habe, was dich so aufgebracht hat. Viel mehr als auf dich, weil du mir nicht gesagt hast, worum es geht."

Seufzend schloss sie die Augen und ließ sich seine Worte durch den Kopf gehen. „Du machst mir Angst, Paddy."

„Wirklich?"

„Nicht körperlich. Aber … jedenfalls bedeutest du mir viel, und nur Menschen, die einem etwas bedeuten, können einen wirklich verletzen."

„Ich will versuchen, es nicht zu tun. Aber es wird trotzdem passieren. Ich bin ein Amateur in diesen Dingen. Aber ich will, dass du es mir sagst, wenn ich dich verletze. Selbst dann, wenn du mich für das größte Arschloch überhaupt hältst. Wenn ich nicht weiß, was los ist, kann ich nichts dagegen machen, und wenn ich es nicht weiß und du leidest, ist es mir gegenüber nicht fair, und dir selbst gegenüber auch nicht."

Natalie atmete tief aus, schnappte seine Hand und küsste seine Finger. „Ich werde mein Bestes geben."

„Du hältst deine Kontrolle wie einen Schild vor dich. Und ich verstehe, warum. Aber weißt du, manchmal kannst du mich hereinlassen. Ich *will*, dass du so viel Vertrauen zu mir hast. Lass *mich* hin und wider dein Schild sein. Ist es nicht schwer, so was ganz allein zu tragen? Ist es nicht ermüdend?“

Sie nickte und legte den Arm über die Augen.

„Also, dann schlage ich dir vor, dass du mir, wenn wir schön kuschelig unter uns sind, etwas von dieser Kontrolle überlässt. Lass mich die Dinge in die Hand nehmen und entspann dich einfach.“

Die Augen noch geschlossen, nickte sie. Und erschrak. „Ja.“

14. KAPITEL

Ich reite unheimlich gern. Danke, dass ihr uns heute mit rausnehmt." Tuesday hob ihr Gesicht zum grau verhangenen Novemberhimmel, als wäre es das herrlichste Sommerblau.

Aber da ihre beste Freundin dank all dieser Frischluftaktivitäten, denen die Hurleys tagein, tagaus frönten, tatsächlich im siebten Himmel schwebte, sagte Natalie nichts, zog sich ihren Hut etwas tiefer in die Stirn und war heilfroh, dass sie Handschuhe angezogen hatte.

Vaughan und Paddy ritten mit Damien um die Wette. Mary war mit ihnen zurückgeblieben. „Gott, sie sind wie junge Kätzchen."

Natalie lachte. „Wenn er sich so richtig ausgepowert hat, wird er besser schlafen und nicht mehr so unleidlich sein."

Mary schnaubte. „Es ist jetzt das zweite Mal, dass ich die Produktion eines Albums miterlebe. Das hier geht gerade erst los. Leider muss ich dir sagen, dass das Schlimmste noch bevorsteht. Sie brüllen sich an, kritisieren einander, schreiben Lieder um und wieder um und gehen bei all dem mit einer derartigen emotionalen Offenheit aufeinander los, dass es sie alle nervös macht."

Natalie nickte. „So habe ich es noch gar nicht gesehen, aber es leuchtet mir ein. Vermutlich wäre ich in so einer Situation auch unleidlich. Es ist nur … so seltsam, dass Paddy launisch ist. Normalerweise bin ich diejenige mit der schlechten Laune."

Der Sex allerdings war … unendlich einfallsreich, ja; aber mehr noch unglaublich intensiv. Natalie vermutete, dass Paddy dabei den ganzen Stress mit seinen Brüdern abbaute.

Tuesday grinste in sich hinein. „Das kannst du laut sagen."

Natalie nahm ihren Hut ab, um Tuesday damit zu schlagen. „Halt bloß die Klappe."

„Keine Ahnung, wie er es macht, aber seit du mit ihm zusammen bist, bist du ruhiger. Wobei ich jetzt mal so tue, als würde ich nicht hören, was auf der anderen Seite des Hauses abgeht. Das ist für uns alle besser."

Natalie wurde knallrot und schüttelte den Kopf. „Hör auf damit! Auf deiner Hausseite kannst du unmöglich etwas davon mitkriegen." Jedenfalls hoffte sie das.

„Ich weiß. Es macht nur Spaß, zu sehen, wie du rot wirst."

„Ich bin froh, dass wir unser eigenes Haus haben. Da ist keiner nah genug, um irgendwas mitzukriegen, und wir kriegen auch nichts mit. Ich kann mir absolut nicht vorstellen, was bei Vaughan läuft, und Ezra, nun ja, der hält seine Geschichten von der Ranch entfernt. Was Paddy im Sinn hat, weiß ich ja." Mary zwinkerte Natalie zu, die nur stöhnte.

„Eines Tages werde ich diesen geheimnisvollen Ezra wohl tatsächlich einmal zu Gesicht bekommen", sagte Tuesday.

„Er ist schon ziemlich beeindruckend", erwiderte Mary. „Ich meine, es ist schwer genug, mit Damien fertigzuwerden, aber Ezra und dieser ganze Seelenballast, den er mit sich herumträgt, wäre ein Vollzeitjob. Aber er sieht zweifellos umwerfend aus, und seine Stimme ist echt fantastisch."

„Sie ist weich und rau zugleich", warf Natalie ein. „Und er ist tierlieb. Das ist so süß."

„Er ist die treibende Kraft hinter Sweet Hollow Ranch. Auch wenn er nicht mit auf Tour geht. Er ist ihr großer Bruder, und sie verlassen sich auf ihn."

Natalie war davon überzeugt, dass Ezra mehr Facetten hatte, als alle dachten. Vermutlich würde niemand ihn je komplett begreifen. „Paddy hat gesagt, dass er und Ezra die meisten Titel schreiben."

„Ja. Aber die Dinge entwickeln sich. Ezra und Paddy sind es gewöhnt, die meisten Sachen selbst zu schreiben, aber diesmal machen Damien und Vaughan mehr als früher." Kopfschüttelnd schaute Mary den vorauspreschenden Brüdern hinterher.

„Bis jetzt haben sie sich erst zweimal geprügelt. Angeblich soll das ein Rekord sein. Damien ist da etwas entspannter. Aber Paddy und Vaughan, meine Güte! Vorgestern musste ich sie mit dem Wasserschlauch auseinandertreiben."

Natalie schnappte nach Luft und hätte sich beinahe verschluckt. „Echt? Das musst du uns genau erzählen."

Mary kicherte. „Ihr müsst wissen, dass das in meiner Familie eine wohlerprobte Art ist, einen Kampf zu beenden. Ich habe zwei Brüder, und wenn die aneinandergerieten, hat meine Mom immer den Schlauch auf sie gerichtet. Wie auch immer, Paddy und Ezra arbeiten gut zusammen. Jedenfalls die meiste Zeit. Paddy ist ein Perfektionist. Er lässt sie die Sachen hundertmal wiederholen, bis er zufrieden ist. Im Studio ist aber Ezra der Boss. Normalerweise ist Paddy damit einverstanden, aber manchmal wird er pingelig, versteht ihr? Also, Ezra und er waren sauer aufeinander; Vaughan stellte sich auf Ezras Seite, Damien hat bloß die Hände in die Luft geworfen und ist rausgegangen. Vaughan und Paddy fingen dann an, sich gegenseitig zu schubsen und Beleidigungen an den Kopf zu werfen, das Ganze verlagerte sich vor die Scheune, und weil ich gerade in der Nähe war, kriegte ich es mit. Vaughan stolperte auf der unteren Stufe und zog Paddy mit sich zu Boden. Dann wurde es einfach nur blöd, und es hat mein Schwein total kirre gemacht, verdammt noch mal."

Mary schien sich mit Ezra das Sorgerecht für ein Schwein namens Violet zu teilen. Jedes Mal, wenn das Viech Mary sah, grunzte es ihr in einer Art Singsang fröhlich entgegen.

„Also, der Hund bellt, das Schwein quiekt, und Ezra brüllt ihnen zu, sie sollten aufhören. Damien steht lachend daneben und bewirft die beiden mit Erdklumpen, was es nur schlimmer macht. Deshalb bin ich rübergegangen, habe das Wasser aufgedreht und angefangen, sie abzuspritzen. Es ist ziemlich kalt draußen, deshalb nehme ich an, dass das Wasser eisig gewesen sein muss. Danach hatte das Spiel ziemlich bald ein Ende."

Natalie musst so lachen, dass ihr die Tränen in die Augen stiegen. Allmählich hatte sie sich an den Lärm gewöhnt, den die vier Hurleys veranstalteten, wann immer sie zusammen waren. Sie wusste inzwischen, dass sie einander trotz ihrer Kabbeleien mochten und beschützten. Damit konnte sie umgehen. Hinzu kam, dass sie alle auch irgendwie scharf aussahen, wenn sie sich ächzend auf dem Boden wälzten.

Jetzt lachten alle drei und konnten gar nicht mehr aufhören, bis die Brüder es mitbekamen, umdrehten und zu den Frauen zurückritten.

„Was heckt ihr denn aus?"

Mary winkte ab. „Darüber macht euch mal keine Gedanken. Wie wär's, wenn wir nach Hause reiten? Ich habe einen Eintopf auf dem Herd."

„Ich bin dafür." Natalie hob eine Hand.

Paddy schloss neben ihr auf. „Wenn ich sehe, wie rot Nats Wangen sind, kommen ein prasselndes Feuer und heißer Eintopf gerade richtig."

„Na gut. Ihr Spielverderber." Tuesday zwinkerte ihr zu. Sie ritten zurück, brachten die Pferde in die Ställe und gingen zum Haus von Damien und Mary.

Mary hatte sie mit einer langen Liste und strikten Anweisungen einkaufen geschickt, aber Paddy war dennoch froh, Natalie für sich zu haben.

„Wie läuft es mit eurem Album? Ich habe von dem Kampf zwischen dir und Vaughan gehört."

Er lachte. „Von welchem?"

„Von dem, den Mary mit dem Schlauch beenden musste."

„Dieser kleine Scheißer ist gestolpert und hat mich mit runtergerissen. Und das, nachdem er seine verdammte Basslinie viermal hintereinander vermasselt hat."

„Du bist ein strenger Zuchtmeister."

„Hmm. Livemusik ist das eine. Auf der Bühne geben sowieso alle ihr Bestes, und es darf auch mal ein bisschen holprig sein, das ist ja gerade das Tolle an einem Livekonzert. Aber ein Studioalbum ist etwas ganz anderes. Da muss alles stimmen, und das funktioniert nur, wenn sich alle mächtig ins Zeug legen."

„Klingt vernünftig."

„Wirklich? Ich war eigentlich ganz sicher, dass du mir vorwirfst, ich wäre gemein."

„Du bist grundsätzlich einer der entspanntesten, coolsten Menschen, die mir je begegnet sind. Was soll also verkehrt daran sein, dass du eine Sache, die dir so viel bedeutet und der du dich mit Haut und Haaren verschrieben hast, leidenschaftlich vertrittst? Deine Brüder werden dir schon eins auf die Nase geben, wenn du zu weit gehst."

„Ich hätte nicht erwartet, dass du so reagierst."

„Was hattest du denn erwartet? Dass ich schockiert bin? Glaubst du etwa, weil ich selbst nicht wirklich kreativ arbeite, könnte ich das nicht verstehen?"

Manchmal war sie so provokant. Als wolle sie ihn absichtlich herausfordern. Anfangs war ihm das tierisch an die Nieren gegangen, aber dann merkte er, dass sie das mit den meisten Menschen tatsächlich nicht machte, vielmehr nur mit Leuten, die sie mochte und zu denen sie Vertrauen hatte. Sie wollte einfach nur mehr von ihm erfahren, daher stellte sie oft diese direkten, unverblümten Fragen.

„Meine Musik ist etwas unglaublich Persönliches für mich. Es fällt mir schwer, das in Worte zu fassen. Vermutlich gehe ich einfach davon aus, das die Leute sich ihren Teil denken, wenn sie hören, dass ich so pedantisch und fordernd bin."

„Nun, wenn sie dich und deine Brüder kennen, wissen sie auch, dass ihr ständig sehr intensiv miteinander zu tun habt. Ich stelle mir vor, wie schwer es ist, sich immer wieder so vor den anderen zu entblößen. Ich stelle mir vor, dass Vaughan versucht, dich zu beeindrucken, und ich stelle mir vor, dass du willst, dass er alles aus sich herausholt, und dass du ihm diese Chance nicht geben würdest, wenn du nicht davon überzeugt wärst, dass er es schafft. Er ist dein kleiner Bruder. Er will, dass du ihn respektierst und an ihn glaubst. Und wenn du zu hart mit ihm bist, haut er dir auf die Nase. Und Damien wirft Erdklumpen und lacht, während Ezra euch beide anbrüllt, damit ihr aufhört, weil er der große Bruder ist, und große Brüder das so machen."

Paddy lachte.

„Aber er sollte woanders hinhauen, denn ich mag dein Gesicht."

„Ich werde nicht vergessen, ihm das auszurichten. Vielleicht erspare ich mir dadurch ja weitere Hiebe."

„Das möchte ich bezweifeln. Anscheinend ist es bei euch Hurleys eine beliebte Form der Kommunikation."

„Du und Tuesday schlagt euch also nicht gegenseitig ins Gesicht, wenn ihr Meinungsverschiedenheiten habt?"

„Nein." Sie zuckte mit den Schultern. „Wir ticken normalerweise im selben Rhythmus. Aber manchmal streiten wir auch. Meist behelfen wir uns mit Humor, um uns gegenseitig anzustacheln. Wir rufen uns gegenseitig zur Ordnung, wenn die andere versucht, hässlichen Wahrheiten auszuweichen. Sie war diejenige, die mich damals im Sommer gedrängt hat, mit dir auszugehen. Sie meinte, ich sollte dir eine Chance geben."

„Ich wusste doch, dass es einen Grund dafür gibt, dass ich sie so mag."

„Jedenfalls glaube ich, dass die Leute, die du am meisten liebst und die dir am nächsten stehen, eine immense Macht haben, dich wirklich zu verletzen, eben weil du sie so sehr an dich herangelassen hast. Fremde können mir etwas sagen, und es tut nicht weh, aber wenn dieselbe Aussage von Tuesday oder von dir käme, würde mich das völlig fertigmachen. Ich habe bestimmt nicht vor, im Nachhinein zu kritisieren, wie ihr eure Platten aufnehmt. Das machst du mit deinen Brüdern jetzt schließlich seit vielen Jahren, und eurem Erfolg nach zu urteilen macht ihr das alle sehr gut."

„Wir haben gerade ein paar Wachstumsschmerzen." *So, jetzt war es heraus.*

„Wie das?"

„Bis zum letzten Album haben Ezra und ich den Löwenanteil der Sachen geschrieben, das heißt, wir entwickeln das Rohmaterial, und dann setzen wir uns als Band zusammen und arbeiten die einzelnen Stücke aus. Wir haben immer mehr Songs, als wir für das Album verwenden können, und normalerweise machen wir aus diesen übrig gebliebenen Songs in der Weihnachtszeit dann Gratis-Singles für unsere Fanclubs. Egal, jedenfalls bringen Ezra und ich die Texte und die Grundmelodie in die Gruppe, und dann arbeiten wir alle gemeinsam weiter daran. Jeder hat seine Stärken woanders. Damien bestimmt den Rhythmus, Vaughan peppt es weiter auf, ich sorge für die Struktur, und Ez fügt alles zu etwas Einheitlichem zusammen.

Beim letzten Album war Damien gerade dabei, sich zu verlieben. Sein Leben war im Umbruch. Zwei seiner Songs waren auf dem Album, einer davon der Titelsong. Aber diesmal sind er und Vaughan beide mit ihrem eigenen Material zu den Meetings erschienen. Einiges davon ist gut. Das konnten wir verwenden, und in einem Fall haben wir einfach ein paar Ideen kombiniert. Ein Song wird es höchstwahrscheinlich auf die CD schaffen. Aber Vaughans Zeug ist zu derb, und er ist super empfindlich, wenn man ihn kritisiert."

Paddy fand einen Parkplatz nahe am Eingang des Supermarkts.

„Aber wenn er mit euch gleichziehen will, dann muss er sich auch der Kritik stellen, das macht ihr anderen schließlich auch."

Er stieg aus und ging um den Wagen herum zur Beifahrerseite, wo sie darauf wartete, dass er ihr die Tür öffnete. Er wusste, dass sie es nur ihm zuliebe tat. Sie war selbstverständlich absolut dazu in der Lage, sich selbst die Tür aufzumachen. Aber es gefiel ihm, das für sie zu erledigen, und sie bot ihm gnädig die Gelegenheit dazu. Er musste jedes Mal lächeln.

„Du hast natürlich völlig recht. Und wir versuchen auch, es ihm zu vermitteln. Aber er kriegt es in den falschen Hals und schlägt um sich."

„Vielleicht kann Damien ihm das sagen? Ich meine, du und Vaughan, ihr steht euch sehr nahe. Und ihr habt so ziemlich dasselbe Temperament, deshalb würde er es vielleicht besser aufnehmen, wenn jemand anders mit ihm redet."

„Es kommt mir hinterhältig vor, so hinter Vaughans Rücken zu agieren. Er ist schließlich ein großer Junge."

Sie holte einen Einkaufswagen. „Sieh es doch mal so: Was ihr da betreibt, ist gleichzeitig Familiengeschäft wie kreatives Unterfangen, und manchmal hören wir einfach besser zu, wenn die Einwände von einer Person kommen, auf die wir nicht gleich negativ reagieren, weil es keine entsprechenden eingefahrenen Verhaltensmuster gibt. Menschliche Wesen sind nun mal verrückt, was Kritik angeht, Patrick. Manchmal stellen sich Emotionen der Logik in den Weg."

Er stieß sie mit der Hüfte an.

„Und da wir gerade so aufrichtig miteinander sind, kann ich dir auch endlich mal mitteilen, wie sehr es mich nervt, dass wir nirgendwo hingehen können, ohne dass Frauen dich mit ihren Blicken ausziehen." Sie sagte es beiläufig, während sie Milchtüten in den Karren legte.

„Du hast noch nie auch nur einen Hauch von Eifersucht gezeigt. Ich bin begeistert."

Sie runzelte die Stirn. „Ich nicht. Es ist ätzend. Ich rede mir gerne ein, dass ich darüber erhaben bin, aber das stimmt absolut nicht. Ich meine, vermutlich würdest du auch dann die Aufmerksamkeit der Frauen auf dich ziehen, wenn du kein berühmter Rockstar wärst. Du siehst ziemlich gut aus und bist sexy und frech."

Paddy ließ es sich nicht nehmen, ihr einen Kuss auf die Schläfe zu drücken. „Du weißt aber schon, dass das einfach nur meine Art ist, oder? Total harmlos. Ich meine, vielleicht lächle ich mal und nicke oder zwinkere sogar, aber du hast absolut nichts zu befürchten. Das würde ich dir niemals antun, und ich würde es auch überhaupt nicht wollen. Mehr Weiblichkeit als dich könnte ich gar nicht verkraften."

„Ja, ja. Ich denke, ihr Typen würdet ausflippen, wenn eure Frauen genauso viel Aufmerksamkeit erregten wie ihr. Ich meine, sieh dir Mary an. Sie ist total hinreißend. Einfach wunderschön. Ich wette, wenn Männer sie so anfassen würden, wie Damien von Frauen begrapscht wird, dann würde er ausrasten."

„Ja, klar!"

Sie zog eine Augenbraue hoch und sah ihn an. „Auf dem Weg vom Eingang des Ladens bis hierher ist eine Frau so nahe an dir vorbeigegangen, dass sie dich mit ihrem gesamten Körper gestreift hat. In dem Gang war genug Platz, sodass sie hätte vorbeigehen können, ohne dich zu berühren. Und du bist mit mir hier. Meine Güte."

„Es tut mir leid." Ihm tat leid, dass es sie so störte, aber am liebsten hätte er sich damit gebrüstet, dass Natalie offenbar Besitzansprüche auf ihn anmeldete. Für ihn fühlte es sich an wie ein Sieg.

„Was soll's. Es ist okay. Ich versteh's ja. Wenn ich jemand anders wäre, würde ich mich vielleicht auch voll an dir reiben. Du bist ziemlich reibenswert."

Er bückte sich und flüsterte ihr ins Ohr. „Du hast dich gerade erst vor ein paar Stunden an mir gerieben."

Natalie wurde knallrot. „Hör auf damit. Du Wüstling."

„Genau, das bin ich. Ein Wüstling. Ein Rebell." Er hakte die Finger in seine Gürtelschlaufen und warf sich in die Brust.

„Dann beweg dich mal schneller, Pirat Paddy, wir müssen das alles schließlich noch zu Mary bringen. Ich bin am Verhungern."

Sie gingen zu den Kassen, und diesmal schob er den Einkaufswagen, um sich die reibelustigen Frauen so gut es ging vom Leibe zu halten.

Als sie bei seinem Auto waren und er die Taschen im Kofferraum verstaute, hörte er, wie jemand ihren Namen rief.

Natalie fluchte, drehte sich jedoch nicht um. „Lass uns fahren."

„Da ruft dich jemand."

„Das höre ich. Ignoriere ihn einfach und mach die Tür auf."

„Hast du Angst? Hat dieser Kerl dich irgendwie verletzt?"

Der Mann hatte sie erreicht. Er war etwa Mitte fünfzig, und die Falten in seinem Gesicht wiesen darauf hin, dass er ein wildes Leben geführt hatte. Seine Haare waren dünn geworden, dennoch hatte er sie im Nacken zu einem Pferdeschwanz zusammengebunden, wie es viele Männer in seinem Alter machten, die ihrer fernen Jugend nachtrauerten. Er hatte ein Unterlippenbärtchen, eine getönte Brille auf der Nase und einen Diamantenstecker im Ohr.

„Natty, ich habe dich gesucht. Ich habe hier nur angehalten, um etwas zum Lunch zu holen."

„Ich habe dir gesagt, du sollst aufhören, mich so zu nennen. Paddy, die Tür, bitte!"

Ihr Ton war angespannt. Er schloss auf und öffnete die Tür für sie. „Du musst mir sagen, ob ich diesen Idioten mit meiner Faust bekannt machen soll oder nicht."

Natalie schüttelte den Kopf. „Nein. Ich hab's im Griff." An ihm vorbei sah sie zu dem Mann hinüber. „Hau ab. Das habe ich dir klipp und klar gesagt."

Der Mann richtete seine Aufmerksamkeit nun auf Paddy. „Wer sind Sie, junger Mann?"

„Dasselbe könnte ich Sie fragen."

„Ich bin ihr Vater."

Natalie stellte sich zwischen sie, was Paddy überhaupt nicht passte.

„Himmel. Halt die Klappe, Bob. Paddy, lass uns fahren."

„Wie kannst du so kalt zu mir sein? Ich habe dich großgezogen, und das ist der Dank, den ich dafür erhalte? Deine Mutter ist mir weggelaufen, vielleicht bist du ja genauso wie sie."

Paddy hörte die Berechnung in seiner Stimme und auch, wie Natalie bei seinen Worten nach Luft schnappte. Er wirbelte herum, um sich mit erhobenen Fäusten auf das Arschloch zu stürzen.

Sie berührte seinen Arm. „Nein. Patrick, ich meine es ernst. Steig ein. Leg dich nicht mit ihm an. Das will er doch nur. Bitte. Tu's für mich."

Die Art, wie sie ihn mit seinem vollen Namen ansprach, und der schmerzerfüllte Ton, in dem sie ihre Bitte äußerte, brachten ihn zur Vernunft. Er senkte die Arme und stieg ein. Sie drückte auf die Verriegelung.

„Fahr los, bevor er seinen Wagen erreichen kann und uns nachfährt."

Er stieß scharf die Luft aus, gehorchte jedoch. Auf dem Rückweg zur Ranch schwiegen sie beide. Als er auf die Hauptstraße einbog, die den Hügel hinaufführte, vergewisserte er sich, dass ihnen niemand folgte, und dann noch einmal an der Abzweigung der großen Zufahrt zum Haus. Am Haupttor gab er den Code ein und sorgte dafür, dass die Sicherung eingeschaltet war. Er würde seine Eltern informieren müssen, damit sie sie nicht ausschalteten, wenn sie kamen und gingen.

„Selbst wenn er uns finden sollte, hier kommt er nicht rein", versicherte er ihr.

Natalie nickte und blickte zum Fenster hinaus.

Er fuhr zu seinem Haus. „Es ist kalt genug, die Sachen werden sich halten, bis du mir erzählst hast, was zum Teufel da gerade vorgefallen ist. Müssen wir die Cops rufen?“

„Also, das ist mein leiblicher Vater, wie du ja bereits vermutet haben dürftest. Alle drei Jahre oder so macht er einen Entzug und bleibt dann eine Weile clean. Dann geht er zu Selbsthilfegruppen, und irgendwann kommt der Schritt in diesen Entwöhnungsprogrammen, dass er seine Wiedergutmachung leisten soll. Für viele Menschen ist das der Punkt, wo sie den Mist, den sie gemacht haben, offen eingestehen und daran arbeiten, Beziehungen wiederaufzubauen, die sie durch ihre Sucht zerstört haben. Es ist schwer, das verstehe ich, und deshalb wollte ich auch beim ersten Mal – oh Gott, damals war ich fünfzehn oder so –, dass er sich ändert. Er sollte gesund werden. Seine Entschuldigung war zwar nicht perfekt, aber ich wollte einfach, dass er in Ordnung kommt. Fünf Monate später hat er sich mit einer seiner Freundinnen im Wohnzimmer eine Überdosis verpasst. Das war, als er seiner Suchtmischung auch noch Oxycodon hinzufügte.“

Paddy nahm ihre Hand und drückte sie.

„Es wurde richtig schlimm. So schlimm, dass ich auszog, als ich siebzehn war. Davor hatte ich eine Weile den Plan, meine Mom zu suchen, aber diesbezüglich hatte er mich nicht belogen. Sie war weggelaufen. Hin und wieder kam mal eine Karte von ihr, ohne Absenderadresse, abgestempelt waren sie alle an irgendwelchen Orten im Südwesten der USA. Aber ich dachte, ich finde sie vielleicht, deshalb hatte ich neben der Schule haufenweise blöde Jobs, und ich habe Drogen genommen. Bob war da für mich ja das beste Beispiel. Wenn ich arbeiten oder zum Unterricht musste, habe ich, um durchzuhalten, also gleichfalls Speed genommen.

Dann machte er wieder mal einen Entzug. Das war ungefähr sechs Monate, bevor ich nach Portland gezogen bin und es geschafft habe, am College angenommen zu werden. Diesmal dauerte es etwa vier Monate, und es war so ziemlich wieder dasselbe

Muster. Ich wollte ihm glauben, ich ließ ihn wieder in mein Leben, aber dann bat er mich, an Thanksgiving zu meinen Großeltern zu kommen, und als ich dort eintraf, war er nicht da."

„Meine Güte."

„Ich hatte also Kontakt zu meinen Großeltern, und durch sie hat er erfahren, wo ich zum College ging. In meinem dritten Jahr tauchte er dort auf. Inzwischen hatte ich mein Leben auf der Reihe. Ich hatte einen Job, hatte Freunde und richtig gute Noten. Ich war endlich gesund genug, um alle Risse in seiner Fassade zu sehen und alle seine Lügen zu hören. Ich wollte, dass es ihm gut ging, aber ich musste ihn von mir fernhalten. Ihn zu nahe an mich heranzulassen, war zu schmerzhaft. Die Kommunikation mit ihm habe ich zwar aufrechterhalten, aber irgendwann nach all den Anrufen um zwei Uhr morgens, wenn er high war und mich brauchte, um mit mir irgendwelchen Scheiß durchzukauen, habe ich meine Nummer geändert und ihm gesagt, er soll mich in Ruhe lassen."

„Dann ist er also einfach wieder aufgetaucht?"

„Er kam an dem Tag, als wir uns auf dem Weingut gestritten hatten."

„Was? Verdammt, warum hast du mir nichts davon erzählt? Warum hast du so wenig Vertrauen zu mir?"

„Weil du nicht mehr gerade gehen konntest, womit du sämtliche Ängste getriggert hast, die daher kommen, dass ich mit einem stolpernden betrunkenen Arschloch von Vater aufgewachsen bin!"

Sie schlug sich erschrocken die Hand vor den Mund, weil sie diese letzten Worte tatsächlich geschrien hatte. „Entschuldige. Das war voll daneben. Ich habe es dir nicht gesagt, weil ich mich, wie ich während meiner Therapie herausgefunden habe, dafür schäme."

Er seufzte. „Immer wenn ich mich gerade verletzt fühle, weil du mir offenbar nicht zutraust, ein Mann zu sein, auf den du dich verlassen kannst, gibst du etwas anderes preis, das mir das Herz bricht und mein Weltbild auf den Kopf stellt."

Paddy umschloss ihre Hand mit beiden Händen, damit sie

aufhörte zu zittern. „Ich war wirklich so betrunken, dass ich nicht mehr gerade gehen konnte. Es tut mir leid, dass meine Bitte wie ein Vorwurf klang. Du musst dich nicht dafür entschuldigen, dass du Gefühle hast. Ich kann dir nicht verbieten, dich zu schämen, aber finde, dass du keinen Grund dazu hast. Als Ezra seine Therapie hatte, haben wir alle mehrere Beratungsgespräche mitgemacht."

Natalie schnaubte abfällig. „Ezra ist nicht wie Bob. Überhaupt nicht. Weißt du, ich habe eine Weile gebraucht, bevor ich den Unterschied erkennen konnte. Fast hatte ich schon geglaubt, dass alle Leute auf Entzug selbstsüchtige Penner sind. Aber wirklich, *Bob* ist ein selbstsüchtiger Penner. Er ist nicht böse. Das wäre zu einfach. Er ist einfach nicht fähig, die Gefühle anderer Menschen zu verstehen. Oder auch nur, dass das überhaupt eine erstrebenswerte Fähigkeit ist. Ich hasse ihn nicht. Ich wünsche ihm nichts Schlechtes. Ich will nur frei sein von ihm. Und ich will ein Leben ohne ihn."

„Glaubst du, du könntest jemals eine Beziehung zu ihm haben? Ich meine, erscheint er dir auch nur ansatzweise glaubwürdig? Kannst du ihm zugutehalten, dass er dich sehen will?"

„Von mir kriegt er kein Vorschuss-Verständnis. Ich bin nicht daran interessiert, ihm irgendwelche künftigen Entwicklungen zu glauben. So läuft das nicht. Irgendwann muss man sich seinen Mist offen eingestehen – und dann ehrlich dazu stehen. Kann ich dazu stehen, dass ich in einem Chaoshaus aufgewachsen bin, dass ich mich, als ich zwölf war, gegen Suchtbolzen wehren musste, die mich ficken wollten? Oh nein, ganz bestimmt nicht. Das war und bleibt scheiße. Aber jetzt stehe ich dazu, dass ich ihn ablehne. Wenn das herzlos sein soll, dann ist es halt so."

Wütend presste er die Lippen zusammen. „Ich verabscheue zutiefst, dass du so leben musstest", sagte er dann.

Sie zuckte mit den Schultern. „Das ist lange vorbei."

„Die Bibliothek war *dein* Hafen, nicht wahr?"

Natalie holte tief Luft. „Ich kann nicht mehr. Nicht jetzt. Ich bin ganz wund und total peinlich berührt, und in ein paar Minuten müssen wir uns in den Hurley-Hurrikan stürzen. Tuesday wird versuchen, mich zu beschützen, wenn sie sieht, dass ich so aufgebracht bin, und ich will, dass sie einen schönen Tag hat."

„Ich mache alles, damit du dich wieder besser fühlst."

Sie legte das Gesicht in die Hände und kämpfte mit den Tränen.

Paddy sah sie entsetzt an. „Und jetzt mache ich alles noch schlimmer, und ich weiß nicht warum und wie. Himmel, ich mache alles falsch."

Sie schniefte, richtete sich auf und sah ihn an. „Nein, das machst du nicht. Du machst das prima." Es gab Dinge, die sie ihm gern sagen wollte, aber plötzlich hatte sie Angst. Was, wenn er sie für albern hielt? Was, wenn ihr mehr an ihm lag als umgekehrt?

„Vergiss nicht – du kannst mir vertrauen."

„Noch nie hat jemand alles tun wollen, damit es mir besser geht." Sie sprach schnell, bevor sie die Worte wieder zurücknehmen konnte.

Er zog sie über die Mittelkonsole auf seinen Schoß. Dabei traf ihr Hintern die Hupe, und er öffnete die Tür, um seine Beine rauszuschwingen, wobei er sie weiter fest an sich drückte. „Du machst mich fertig. Das hat noch niemand geschafft. Es ist nicht deine Absicht. Das ist nicht kalkuliert. Du machst das einfach, weil du mutig und ehrlich bist, und Herrgott, ich bin dabei, mich in dich zu verlieben. Und ich will es wirklich besser für dich machen, weil du mir so viel bedeutest. Du stellst mir Fragen und interessierst dich für mein Leben, und du hast dieses große Herz, das mich total umwirft." Während er redete, ließ er Küsse auf ihr Gesicht regnen, auf ihre Augenlider, auf ihre Wangen. Sie hielt sich an ihm fest, denn er erfüllte und erleichterte sie zugleich.

„Ich würde dich jetzt gern ins Haus tragen, dich ausziehen und dir mit meinen Lippen, meiner Zunge und anderen Körperteilen zeigen, wie viel du mir bedeutest."

„Nichts lieber als das, aber wir werden erwartet."

Paddy seufzte, stand auf und ließ sie so vorsichtig auf den Boden gleiten, dass die Tränen, die sie erfolgreich unterdrücken konnte, wieder aufzusteigen drohten. „Manchmal gehen sie mir wirklich auf die Nerven."

„Aber du hast sie lieb."

„Meistens. Aber nicht, wenn sie mich vom Vögeln abhalten."

Sie griff nach ihrer Handtasche. „Willst du rüberfahren oder sollen wir die Tüten zu Fuß rüberbringen?"

„Das sind zu viele. Steig wieder ein. Wir fahren."

Stundenlang beobachtete er sie. Dass er sie auf einmal in einem neuen Licht sah, machte sie in seinen Augen sogar noch schöner. Aber er konnte ihren Gesichtsausdruck nicht vergessen, als sie beinahe ausgerastet war. Oder wie sie geschrien und sich dann dafür entschuldigt hatte.

Sie hatte Angst davor, sich mit ihm zu streiten, und er wusste nicht, was er dagegen machen konnte. Er wollte, dass sie sich so sicher bei ihm fühlte, dass sie auch mal schreien konnte, wenn es denn gelegentlich sein musste. Sie sollte wissen, dass er nicht weglaufen würde, wenn sie hin und wieder die Fassung verlor. Er hatte sich ohnehin wie ein ziemlicher Blödmann benommen, obwohl er sich ja nur Sorgen machte.

Gleichzeitig hatte sie ihm aber auch ihr Herz ausgeschüttet. Sie hatte sich geöffnet und ihm einen Teil ihrer Geschichte anvertraut, der ihre Verletzungen und Ängste offenbarte. Indem sie das tat, hatte sie auf andere als erotische Weise ihre Kontrolle aufgegeben. Denn durch das, was sie ihm anvertraut hatte, *könnte* er sie verletzen, aber sie hatte es trotzdem getan. Sie hatte losgelassen.

Je länger sie zusammen waren, desto besser verstand er, was für ein großes Geschenk das war. Ihr Geständnis, dass niemand je versucht hatte, die Dinge für sie zu verbessern, hätte ihn fast auf die Knie gezwungen.

Sie war dazu geschaffen, liebevoll behandelt zu werden. Also hatte er versucht, das zu tun, und manchmal hatte er es verbockt. Aber wenn es dazu gekommen war, hatten sie es überstanden. Und bei jeder Meinungsverschiedenheit war es ein Sieg, wenn sie nicht davonlief und sich wieder verschloss.

Dieses Vertrauen, das sie ihm entgegenbrachte, war ebenso intim wie die Nähe ihres Körpers, wenn sie sich liebten.

Was ihn am meisten verwirrte, war die Sache mit ihrem Vater. Sie wollte den Mann nicht in ihrem Leben haben, und das war alles, was Paddy wissen musste. Nach allem, was er an diesem Nachmittag mitbekommen hatte, war sie ohne diesen Kerl, der so belanglos und nachtragend war, wahrhaftig besser dran.

Paddy hätte gern auch mehr über die Mutter erfahren, aber in diesem Moment war Natalie so zerbrechlich gewesen. Das konnte er ihrem Gesicht ansehen. Also wartete er damit. Er wollte das für sie sein, was sie brauchte.

Sie hatten gerade angefangen zu essen, als Ezra hereinkam. Er war den Tag über in Portland gewesen und wirkte entspannter als heute Morgen, als sie vor ihrem Ausritt noch gearbeitet hatten.

Paddy wusste nicht genau, was Ezra machte, wenn er für mehrere Stunden verschwand. Er wusste nur, dass sein älterer Bruder keine Drogen mehr nahm. Aber es gab da etwas, das er brauchte, denn er kehrte jedes Mal ruhiger zurück, als er losgefahren war.

Ezra und Natalie hatten sich auf Anhieb verstanden. Er und Mary standen einander ebenfalls nahe, aber zwischen Ez und Nat war mehr, eine gewisse Synchronität. Auf komplizierte Weise verband sie das Thema Sucht. Ezra war für Nat der Beweis, dass man dauerhaft, sauber und ehrlich von den Drogen loskommen konnte. Aber er erinnerte sie auch daran, dass ihr Vater das nicht geschafft hatte. Und Paddy war sich ziemlich sicher, dass Ezra in Natalie die Verkörperung dessen sah, was er während seiner Abhängigkeit seiner Familie und seinen Freunden angetan hatte. Aber darüber hinaus war sie auch jemand, der auf einzigartige Weise verstand, wie er gekämpft hatte. Vielleicht würde Ezra durch sie erkennen, dass er ein besserer Mensch war, als er sich selbst zugestehen wollte.

Natalie lächelte, als Ezra hereinkam. Sie beobachtete gern, wie sich jeder der Brüder in ihrem kleinen Familiensystem ausrichtete. Es war bezaubernd und auch ein wenig Furcht einflößend, zu sehen, wie sie diesen gemeinsamen Rhythmus fanden.

Ezra gab Mary einen Kuss auf die Wange und grinste Natalie an. „Hallo."

„Auch hallo. Jetzt bist du endlich einmal hier, wenn Tuesday zu Besuch ist." Noch besser war, dass er mit seinem schwarzen Rollkragenpullover, der verwaschenen Jeans und den gut eingelaufenen Cowboystiefeln schon geradezu lächerlich scharf aussah.

Tuesday kam aus dem vorderen Zimmer, wo sie sich mit Vaughan etwas angeschaut hatte, und sie und Ezra schienen einen Augenblick zu erstarren, als sie einander erblickten. Natalie zog zwar kurz eine Braue hoch, verkniff sich aber ein Lächeln.

„Tuesday Eastwood, das ist Ezra Hurley. Tuesday ist meine älteste und liebste Freundin, und ich schwöre, dass sie schon anfing zu glauben, wir hätten dich erfunden, weil du jedes Mal, wenn sie hier oben war, aus dem einen oder anderen Grund unterwegs warst."

Ezra schüttelte Tuesday die Hand, und die vielen Silberreifen, die sie trug, klimperten.

„Freut mich, dich kennenzulernen. Natalie spricht dauernd von dir. Du hast tolle Haare."

Alle starrten ihn an, denn Ezra war zwar normalerweise etwas ruppig, manchmal auch lässig, aber dass er mit so etwas derartig unvermittelt herausplatzte, war doch ungewöhnlich.

Tuesdays Lächeln ließ allerdings darauf schließen, dass sie über das brüske Kompliment erfreut war. Es war das kehlige Schnurren einer Frau, die von einem Mann umschmeichelt wurde, der ihr gefiel. „Danke."

Sie ließen ihre Hände los, aber es dauerte noch ein paar Sekunden, bis alle wieder anfingen zu reden. Als Damien aus dem anderen Zimmer nach Ezra rief, schien der sich losreißen zu müssen. Er versprach, umgehend zurückzukommen.

Natalie folgte Tuesday in die Küche. „Mann."

Tuesday lächelte nur. „Was?"

„Du hast tolle Haare?"

Tuesday fasste an ihre Haare. Sie hatte die Zöpfchen aufgegeben, die sie jahrelang getragen hatte, und einfach ihre natürlichen Locken auswachsen lassen. Ihre Haare waren in der Tat fantastisch. Voll und frech und eine verdammte Pracht.

„Offenbar erkennt der Mann tolle Haare, wenn er sie sieht. Also, bevor Sir Hotness dich mit seinem eindeutig wundervollen Geschmack ganz kribbelig gemacht hat, warst du wegen irgendetwas verstimmt. Was ist los?"

Natalie seufzte. „Bob war am Supermarkt."

„Wie bitte? Das soll wohl ein Scherz sein? Was ist passiert?"

Natalie erzählte es ihr kurz, und ihre Freundin schüttelte nur den Kopf. „Das ist ganz schön abgefahren. Aber ich bin froh, dass du Paddy mehr über deine Situation erzählt hast. Er tut dir gut."

„Ja. Das stimmt."

„Ich muss arbeiten." Paddy strich mit der Fingerspitze über ihr Kinn.

„Ich weiß. Mach nur. Wir sehen uns später. Danke für den schönen Tag." Sie zögerte. „Und danke dafür, dass du mich verteidigt hast. Und fürs Zuhören."

Tuesday war bereits nach Hause gefahren, so hatte Natalie ein paar gestohlene Minuten allein mit Paddy.

„Oh, warte, du hast deinen Mantel vergessen."

Den hatte sie vorher in den Wandschrank im Flur gehängt.

Er ging mit ihr ins Haus, trat dann aber die Tür hinter sich zu und sah sie mit *diesem Blick* an.

„Patrick, du hast diesen Blick."

„Ach was?"

Er drängte sie mit dem Rücken an die Schranktür, die Hände an ihren Hüften. „Vermutlich hast du recht. Ich fürchte, das bedeutet nichts Gutes für dich."

„Vielleicht bedeutet es aber auch etwas *richtig* Gutes."

Er beugte sich vor, um sie zu küssen, und sie kam ihm entgegen. Er musste wirklich gehen, das war beiden klar, aber er machte keine Anstalten, sich loszureißen.

„Kannst du ganz leise sein? Und schnell? Hmm?" Er drehte sie um, und sie klatschte ihre Handflächen an die Schranktür, was in dem stillen Flur sehr laut klang. „Man weiß nie, wer durch diese Tür kommen könnte, um mich zu suchen."

Das sollte sie nun wirklich nicht erregend finden.

Aber, lieber Himmel, sie fand es unglaublich erregend.

Er strich mit der Zunge über ihren Hals, und eine Gänsehaut überlief sie. Seinc Hände berührten leicht ihren Bauch, als er den Knopf an ihrer Jeans öffnete und den Reißverschluss herunterzog. Dann schob er Hose und Höschen nach unten, und drückte ihren Körper an das Holz.

Er knabberte an ihrem Ohr und reizte gleichzeitig ihre Klit mit den Fingern, um ihren Körper bereit zu machen. Sie versuchte, ruhig zu bleiben, aber er machte sie verrückt, und als sie hörte, wie sein Gürtel klimperte und sein Reißverschluss aufgezogen wurde, stieß sie möglicherweise ein leises Wimmern aus. *Ganz sicher* wimmerte sie erst, als sie das Knistern und Reißen der Kondomverpackung vernahm.

Als er sich kurz von ihr löste, fror sie plötzlich dort, wo vorher seine Hitze gebrannt hatte.

Da ihre Fußgelenke durch ihre Hose gefesselt waren, konnte sie nicht viel mehr tun, als sich auf die Zehenspitzen zu stellen und den Po rauszustrecken, sobald sein Penis ihre Pobacken streifte.

„Ja", stöhnte sie.

„Schsch."

Er hielt ihr mit einer Hand den Mund zu, während er sich gleichzeitig hinter ihr in Position brachte und in sie eindrang.

Sie war so feucht, dass es ganz leicht ging, und die Reibung war einfach köstlich, weil ihre Schenkel so nah beieinander waren.

Etwas an dieser Begegnung war so tabu, dass es einen dunklen, wundervollen Schauer durch ihren Körper jagte, und sie stöhnte lauter.

Rein und raus. Er stieß heftig und schnell, und ihre Finger scharrten haltsuchend an der Schranktür.

„Du wirst jetzt kommen müssen. Es war ein anstrengender Tag. Ich will, dass du voll über meinem Schwanz kommst."

Sie fluchte leise gegen seine Hand, und er lachte leise, denn er wusste genau, was er ihr antat.

Die Fingerspitzen seiner freien Hand ließ er um ihre Brustwarzen tanzen, zwar durch ihr Shirt und den BH hindurch. Aber es reichte. Es reichte, um Wellen der Lust durch ihren Körper zu jagen, bis sie sich zu einer Flut zwischen ihren Beinen sammelten.

Sie wimmerte, als er seine Hand wegnahm, aber dann ließ er die Finger über ihren Bauch zu ihrer Klit wandern.

Dreimal streifte er sie mit dem Mittelfinger, dann kam sie mit einer solchen Intensität, dass sie die Augen schließen musste. Während er sich ihrem Höhepunkt anschloss, biss er in die empfindliche Stelle zwischen ihren Nacken und ihrer Schulter.

Kurz darauf zog er sich zurück und verschwand im Bad, das dem Schrank gegenüber auf der anderen Seite des Flurs lag. Als er wiederkam, gelang es ihr, ihre Muskeln so weit in Bewegung zu setzen, dass sie ihren Slip und die Jeans wieder hochziehen konnte.

Er musterte sie aufmerksam. Das war so süß von ihm, denn offenbar wollte er sich vergewissern, dass sie mit dem, was eben passiert war, zurechtkam.

Bei jedem anderen Mann wäre sie sich nicht sicher gewesen, ob das der Fall wäre. Aber das war kein anderer Mann, es war Paddy. Und mit ihm war es einfach heiß. Verrucht und schmutzig und wirklich köstlich.

„Du solltest jetzt gehen und Musik machen. Versuche mal, niemanden zu verhauen." Sie stellte sich auf die Zehenspitzen und küsste ihn. „Jetzt fühle ich mich sehr viel entspannter."

Er legte die Arme um ihre Taille. „Wirklich? Alles in Ordnung?"

„Ja. Alles perfekt. Geh jetzt. Ich muss nach Hause. Wir reden später miteinander."

Er begleitete sie zu ihrem Wagen und sah ihr nach, als sie davonfuhr.

15. KAPITEL

Ich bin dafür, dass wir gleich rübergehen. Ich könnte eine Suppe brauchen und eine Tasse Kaffee." In der Woche nach dem Essen bei Damien und Mary war Sharon Hurley in der Bibliothek aufgetaucht, um Natalie zum Lunch einzuladen.

„Klingt gut." Zum Lunch ging sie immer in dieses kleine Café, deshalb wusste sie, dass das Essen dort ausgezeichnet war.

„Du siehst sehr hübsch aus. Ich finde toll, dass du keine Angst davor hast, Farben zu tragen."

Natalie wurde rot. Sharon sagte ihr immer die nettesten Sachen. Oh, sicher, manchmal konnte sie einem auch Furcht einjagen, aber gewöhnlich richtete sich das gegen andere Leute, und es machte jedes Mal Spaß, dabei zuzusehen.

Sie wählten einen Tisch, machten es sich bequem, und nachdem sie bestellt hatten, beugte Sharon sich vor. „Also, ich arbeite für diese Gruppe, die Spendenkampagnen für verschiedene Asyle und Programme für Kinder aus einkommensschwachen Familien organisiert. Manche davon auch an den Schulen. Ich würde gern die Gemeinde als Ganzes viel stärker mit einbeziehen, und ich dachte, du könntest mir vielleicht dabei helfen."

„Wirklich? Ich? Ich würde ja gerne helfen, aber wie kommst du auf den Gedanken, dass ich dafür geeignet bin?"

„Ich sehe dich, wenn du mit Kindern zusammen bist, und ich sehe da jemanden, der sich wünscht, dass sie einen Bezug zum Lesen entwickeln. Ich habe das Gefühl – und das darfst du bitte nicht falsch verstehen –, aber ich habe das Gefühl, dass du vielleicht selbst nicht das beste Familienleben gehabt haben könntest, als du noch klein warst."

Natalie schluckte schwer. *Vertrauen.*

„Nein, hatte ich nicht. Für mich war Lesen eine Art Reise. So konnte ich an Orten sein, wo die Leute hören wollten, was man denkt, und wissen wollten, wie man sich fühlt. Das Lesen hat mich von meiner Realität abgelenkt, die nicht sicher und warm war, und in der es keine Menschen gab, die mich beschützen wollten."

Sharon nahm ihre Hand. „Ich glaube, du kannst dich mit diesen Kindern identifizieren, und sie sich mit dir. Deshalb denke ich, dass du sehr gut dafür geeignet bist, und ich glaube, dass sie umgekehrt auch dir guttun werden."

Natalie senkte den Kopf.

„Ich bin Mutter und kann mir nicht vorstellen, dass man sich seinen Kindern gegenüber nicht korrekt verhalten kann. Es macht mich so wütend, wenn ich mir vorstelle, dass deine Eltern nicht gut für dich waren."

„Meine Mutter hat uns verlassen, als ich drei war. Manchmal habe ich eine Geburtstagskarte von ihr bekommen. Aber seit sie weg ist, habe ich sie nie wiedergesehen. Ich weiß nicht einmal, wie sie aussieht. Mein Vater ist in jeder Hinsicht ein schwacher Mensch. Aber ich bin nicht in einem Heim aufgewachsen und hatte etwas, das diese Kinder nicht haben – Geld und Chancen. Ich helfe dir gern und freue mich richtig darauf mitzumachen."

„Du hast ein Vermögen, aber das ist kein Ersatz für die Liebe deiner Familie."

„Stimmt. Deshalb hatte ich auch immer etwas, worauf ich zurückgreifen konnte. Und nein, es ist kein Ersatz, aber es ist nun mal das, was ich habe. Und das bedeutet, dass ich auch finanziell helfen kann."

Sharon lachte und machte eine wegwerfende Handbewegung. „Oh nein, Liebes. Es ist wirklich witzig. Ich bin auf einer Farm aufgewachsen, und wir hatten nicht viel. Und jetzt habe ich Söhne, die Millionäre sind. Dabei war ich nicht mal immer sicher, ob sie die Highschool abschließen würden. Jedenfalls sorge ich dafür, dass sie alle meine diversen Projekte unterstützen, und sie tun es, ohne sich zu beklagen. Ich brauche also kein Geld. Ich war nur neugierig. Mir war eingefallen, dass Paddy es vor einiger Zeit, kurz nachdem ihr euch kennengelernt habt, einmal erwähnt hatte. Bestimmt werden meine Jungs dir schauderhafte Dinge über mich erzählt haben."

„Deine Söhne beten dich an. Sie haben zwar ein bisschen Angst vor dir, aber sie vergöttern dich."

Sharon schnaubte verächtlich. „Das sollten sie auch. Sie haben mich fast umgebracht, als sie heranwuchsen. Ich habe die Straße zwischen der Ranch und den Schulen praktisch in Grund und Boden gefahren, so oft war ich darauf unterwegs. Alle kannten mich vom Sehen, und fast jedes Gespräch mit einem vom Schulpersonal habe ich mit *Es tut mir ja so leid* begonnen."

Natalie musste vor Lachen aufhören zu essen.

„Und sie sind immer noch wild. Menschenskind! Sie prügeln sich und stiften Unruhe. Die Nummer der Glaserei hier im Ort hatten wir als Kurzwahl gespeichert, weil sie so viele Fenster zerdeppert haben. Dann hat Michael sie dazu verdonnert, das selbst zu machen. Aber diese Schlawiner hatten sogar Spaß daran, das Glas zurechtzuschneiden und einzusetzen. Damit ging dieser Schuss nach hinten los. Aber weil wir immer einen riesigen Vorrat an Glasscheiben hatten, mit denen wir zerbrochene Fensterscheiben ersetzen konnten, haben wir viel Geld gespart. Später haben wir zur besseren Isolierung Vinylfenster einbauen lassen, und die gehen nicht so schnell kaputt. Gott sei Dank gibt es Mary, denn sie hält wenigstens Damien davon ab, allzu viel Schaden anzurichten. Paddy, nun ja, er ist schon immer seine eigenen Wege gegangen. Du warst eine ziemliche Überraschung für uns, aber eine gute. Ich habe mich über ihn gewundert. Er hat sich festgelegt. Weißt du, es ist schwer, wenn jemand so hübsch ist wie Paddy. Sie sind alle viel klüger und cleverer und charmanter, als ihnen guttut. Paddy fielen die Mädchen so leicht zu, wie er Gitarre spielte. Aber du? Oh, um dich muss er sich bemühen. Am Anfang hat ihm das ganz schön zu schaffen gemacht." Sharon fand das offenbar höchst amüsant.

„Aber willst du wissen, was das Besondere an den Männern der Familie Hurley ist? Sie sind alle Herumtreiber, und ich bin sicher, dir ist nicht entgangen, dass diese Jungs die Frauen lieben. Sie wandern von einer zur anderen, aber wenn sie einmal die Richtige gefunden haben, dann war's das. Aus und vorbei. Sie setzen sich wie eine Zecke fest und bleiben für immer und ewig bei dir."

„Für immer ist vielleicht etwas weit vorgegriffen. Ich meine, wir sind erst seit August zusammen."

„Nachdem sein Vater mich zum ersten Mal sah, hat er sich nie wieder mit einem anderen Mädchen getroffen. Sechs Monate später haben wir geheiratet, und das ist jetzt siebenunddreißig Jahre her. Bei seinen Eltern war es ungefähr dasselbe. Er hat drei Brüder. Die sind genauso. Es ist diesen Schlingeln wohl in die Gene geschrieben." Sharon biss ein paarmal von ihrem Sandwich ab, bevor sie weitersprach.

„Und die Beziehung zwischen dir und Paddy? Ich weiß, dass ihr beide euch schon von früher her kennt, also ist es nicht so, als wäre er dir im August zum ersten Mal begegnet. Wie auch immer, jetzt ist es fast Dezember, und er sagt Sachen wie: *Wir sehen uns später. Passt auf, dass ein Stück von dem Kuchen für Nat übrig bleibt.* Wenn mein Sohn Kuchen für dich aufhebt, bedeutet das bei ihm *für immer*. Das kannst du mir glauben."

Nachdem sie ihren Standpunkt dargelegt hatte, wechselte Sharon das Thema und kam wieder auf ihr Projekt zu sprechen. Sie war raffiniert, und das gefiel Natalie an ihr. Sharon kümmerte sich um ihre Familie und ihre Gemeinde, und sie war eine starke Frau. Man musste sie einfach gernhaben.

Auf dem Weg nach draußen blieb Sharon stehen. „Da Paddy es vergessen haben könnte – normalerweise kommt das Essen gegen eins auf den Tisch. Aber diesmal werden wir wohl schon um zehn oder so mit dem Essen anfangen, wenn die Spiele starten. Also mach dir nicht die Mühe zu frühstücken. Dieses Jahr sind wir bei mir zu Hause."

Verwirrt durchforstete Natalie ihr Gedächtnis, am Ende gestand sie es einfach ein. „Tut mir leid, aber da komme ich nicht ganz mit."

„Das Thanksgiving-Dinner. Paddy *hat* doch wohl daran gedacht, dich einzuladen, oder? Wir hatten das erst vor zwei Wochen besprochen."

„Oh! Ja. Ja, das hat er. Herzlichen Dank auch. Ich würde ja anbieten, etwas beizusteuern, aber es wird uns allen besser gehen, wenn es nicht dazu kommt. Wie wäre es, wenn ich ein paar Blumen und etwas zu trinken mitbringe?"

„Das wäre perfekt. Dann sehen wir uns am Donnerstag, wenn nicht schon vorher." Sharon gab Natalie einen Kuss auf die Wange und ging in die andere Richtung davon, während Natalie an ihre Arbeit zurückkehrte.

„Patrick, da bist du ja. Komm her und hilf mir, das ganze Zeug zu entladen." Seine Mutter winkte ihn vom Heck ihres Trucks herüber.

Er lief zu ihr und scheuchte sie schon auf dem Weg dorthin beiseite. „Lass mich das machen. Sag mir nur, wohin die Sachen sollen."

„In die Abstellkammer, bitte. Das sind Spenden für die Familiennotunterkunft. Ich muss noch ein paar Sachen mehr einsammeln, und dann treffe ich jemanden, der alles abholt und es dorthin bringt."

Er stapelte die Kartons übereinander. „Das kann ich dir abnehmen."

„Du kannst mitkommen und mir beim Tragen helfen. Natalie hilft auch bei einer Sammelstelle in der Bibliothek, deshalb wird sie wahrscheinlich deine Hilfe brauchen, um das, was sie eingesammelt hat, zu mir zu bringen."

Er warf seiner Mutter einen misstrauischen Blick zu. „Was hast du angestellt, Sharon Hurley?"

„Ich habe nur meine Bürgerpflicht erfüllt, Paddy. Und du?" Seiner eigentlichen Frage wollte sie offenbar ausweichen, bis es ihr in den Kram passte, sie zu beantworten.

Er seufzte. „Ich war draußen, habe mir Bäume angeschaut und auf Pilzbefall überprüft, nachdem ich den ganzen Morgen mit deinen Söhnen gearbeitet habe, die alle Nervensägen sind."

Sie lachte. „Komm rein und trink eine Tasse Tee mit mir. Ich weiß, dass Natalie noch mindestens eine Stunde arbeiten muss, was bedeutet, dass du noch nicht sofort wegmusst, um sie zu treffen."

„Es wird wohl noch ein paar Stunden länger dauern, bevor ich wegkann, wenn überhaupt. Wir versuchen gerade, einen Song fertigzustellen, aber wir brauchten mal eine Pause, bevor es zum Streit gekommen wäre. Und für eine Tasse Tee habe ich immer Zeit."

„Kann es daran liegen, dass wir Pekanplätzchen haben?"

Grinsend begleitete er sie in die Küche, einen Arm um ihre Schultern gelegt. „Du hast mich tief verwundet. Ein bis drei Plätzchen könnten allerdings helfen, wenn du es wiedergutmachen willst."

„Ach Gottchen, du hast nur Unsinn im Sinn. Das hast du von deinem Vater." Sie wies auf das Glas mit den Keksen, und er ging hin, steckte sich zwei davon in den Mund, bevor er ein paar weitere auf einen Teller legte.

„Heute war ich mit Natalie zum Lunch."

Das war es also. Ihm brach der Angstschweiß aus. „Oh Gott!"

„Warum bist du denn so nervös, mein Junge?"

„Mit Marys Mom hättest du dich immerhin fast geprügelt. Manchmal mache ich mir einfach Sorgen um dich." Die Geschichte, wie Mary sich damals von Damien getrennt hatte, und seine Mutter mit Damien bei Mary zu Hause auftauchte und in eine Auseinandersetzung mit Marys Mutter geriet, war schon fast eine Familienlegende. Marys Mutter und Sharon waren sich verdammt ähnlich, weshalb sie heute auch die besten Freundinnen waren, aber damals, nun ja, Paddy bedauerte, das nicht selbst miterlebt zu haben.

„Das war ein Missverständnis. Sie hat ihr Kind beschützt, und ich wollte meins verteidigen. Allerdings glaube ich kaum, dass ich Natalies Eltern jemals so nahe kommen könnte. Für mich hört es sich so an, als hätten sie es verdient, ein paarmal mit einem Lastwagen überrollt zu werden."

„Sie hat dir davon erzählt?" Es überraschte ihn doch ein bisschen, obwohl seine Mutter fürs Militär hätte arbeiten können, so wie sie es schaffte, anderen ihre Geheimnisse zu entlocken.

Die wütende Miene seiner Mutter wurde weich. „Ein bisschen. Sie ist so stark, aber innen drin ist sie so verletzt. Sie muss ein wenig bemuttert werden."

Paddy ging zu seiner Mutter, umarmte sie und bückte sich, um den Kopf an ihre Schulter zu legen. Sie rieb ihm mit kreisenden Bewegungen über den Rücken, so wie sie es getan hatte, als er noch ein Kind war, und es funktionierte immer noch bestens, obwohl er längst erwachsen war.

„Ich danke dir."

Bevor er sich aufrichtete, um sie dann wieder um fünfzehn Zentimeter zu überragen, gab sie ihm noch rasch einen Kuss auf die Wange.

„Sie ist ein gutes Mädchen, und sie hat ein gutes Herz. Ich hatte schon Angst, du würdest bei einer Idiotin mit großen Titten und kleinem Gehirn landen."

Er wand sich. „Wieso? Warum nicht große Titten und ein großes Gehirn? Ich bin sehr ehrgeizig."

Sharon schlug ihm mit dem Küchenhandtuch auf den Hintern. „Du! Jedenfalls wird sie mir bei diesem Projekt helfen. Sie hat ein paar ausgezeichnete Ideen. Als ich sie zu Thanksgiving eingeladen habe, hat sie mir gesagt, dass du das auch schon getan hast. Das wäre also geklärt."

„Ich hatte einfach angenommen, dass sie weiß, dass sie eingeladen ist. Als ich davon geredet habe, als ob es längst klar wäre, war sie ganz erschrocken. Tuesday fährt nach San Diego. Dort lebt ihre Schwester mit ihrer Familie. Ich glaube, Natalie verbringt die diversen Feiertage gewöhnlich in Portland oder in Seattle bei Freundinnen aus ihrer Clique vom College. Dieses Jahr habe ich meinen Anspruch auf sie geltend gemacht und ihr gesagt, dass sie auch Weihnachten hier erwartet wird." Dennoch wollte er irgendwann gern den Rest ihrer 1022-Gruppe kennenlernen, diese Leute bedeuteten ihr schließlich so viel.

Natalie lächelte, als sie den Klingelton hörte, und nahm ab. „Hey, Zoe, was gibt's? Rufst du von unterwegs an, oder bist du wieder zu Hause?"

Zoe Marsden gehörte zu den Menschen, die Natalie am liebsten hatte, und war seit vielen Jahren eine enge Freundin. Sie und ihre Lebensgefährtin Jenny – gleichfalls ein Mitglied der

1022-Gruppe – wohnten in einem schönen alten Haus in West Seattle, wo Jenny als Lehrerin arbeitete. Zoes Arbeit als Walforscherin führte sie manchmal in der ganzen Welt herum, und gerade erst war sie in Norwegen gewesen.

„Ich bin endlich wieder zu Hause und habe euch alle wahnsinnig vermisst. Kommst du zu Thanksgiving rauf? Jenny will irgendwas Vegetarisches machen, aber ich werde für einen Truthahn sorgen, versprochen."

Irgendwann auf dem College hatte Jenny mal einen Truthahn aus Tofu zum Thanksgiving-Dinner für sie alle gemacht. Eigentlich mochte Natalie Tofu ganz gern, war jedoch der Meinung, dass er nicht geformt werden sollte, um Fleisch vorzutäuschen, schon gar nicht, wenn das Ergebnis nicht wirklich gut schmeckte. Aber nach all den Jahren war Jenny noch immer Vegetarierin, und ihre Kochkünste hatten sich verbessert, weshalb der Truthahntag bei den beiden in der Regel irgendetwas Köstliches bedeutete, das nicht in eine Backform gepresst worden war.

„Nein, ich komme dieses Jahr nicht. Ich bin ... ich bin bei meinem Freund. Also bei seiner Familie."

„Dein Freund? Wow. Wann ist das denn passiert?"

Zoe forderte Jenny auf, ans andere Telefon zu gehen, damit Natalie nicht alles zweimal erzählen musste.

„Dann komm doch einfach am Freitag und bring ihn mit. Wir werden wie immer die Reste futtern und uns Filme anschauen. Wir wollen ihn kennenlernen", sagte Jenny.

Das könnte tatsächlich eine gute Sache sein. Natalie vertraute auf die Meinung ihrer Freundinnen. Zweifellos würde Paddy sie alle bezaubern, aber es wäre eine Gelegenheit, mal zu sehen, wie er mit Leuten außerhalb seines Kreises umging, mit Menschen, die keine Fans waren oder was auch immer.

„In Ordnung. Ich werde ihn fragen. Im Augenblick arbeiten sie an einem neuen Album, deshalb weiß ich nicht, wie sein Terminplan aussieht."

„Aber du kannst, auch wenn er nicht kann", beharrte Zoe. „Wir haben uns jetzt seit dem vierten Juli nicht gesehen, seit meinem Abschiedsessen, bevor ich abgereist bin."

„Ja. Ich komme auf jeden Fall. Ich habe euch auch vermisst."

„Juhu! Du wirst dir ganz viele Fotos ansehen müssen und so tun, als wärst du völlig fasziniert von Rückenflossen und deren Kennzeichnung."

„Kein Problem."

Sie unterhielten sich noch eine Weile, bevor sie auflegten. Im Haus war es still, denn Tuesday war bereits zu ihrer Schwester nach San Diego gefahren, also war Natalie allein. Sie ging nach unten, um Tee zu machen. Es war kalt, und sie war nicht sicher, ob Paddy rüberkommen würde oder nicht, also konnte sie es sich auch gleich im Bett gemütlich machen und sich aufwärmen.

Sie stellte den Wasserkessel auf den Herd und warf einen Teebeutel in einen Becher. Immerhin war das etwas, was sie konnte, ohne Herd oder Kessel zu zerstören. Einen Augenblick war sie in Versuchung, die Plätzchentüte herauszusuchen, die sie in der Vorratskammer versteckt hatte, entschied sich jedoch dagegen.

Wieder klingelte das Telefon, und sie nahm ab, weil sie dachte, Jenny oder Zoe würden noch einmal anrufen.

„Natalie, hier ist deine Großmutter."

Natalie unterdrückte ein schweres Seufzen. Nach dem ganzen Theater mit ihrem Vater, der vermutlich nach Bellevue gerannt war, um seiner Mutter etwas vorzujammern, die ihn zeitlebens genauso vernachlässigt hatte wie er Natalie, kam dieser Anruf nicht wirklich überraschend. Jetzt würde ihre Großmutter versuchen, sie zu manipulieren.

Die Sache war nur die, dass Natalie gründlich die Nase davon voll hatte, sich von Leuten manipulieren zu lassen.

Aber sie holte tief Luft und rief sich ihre guten Manieren in Erinnerung. „Hallo, Grandma. Wie geht es dir?"

„Ich rufe an, um dich zu Thanksgiving einzuladen. Dein Vater ist in der Stadt, also werden wir zu dritt sein."

„Danke, aber ich habe schon etwas anderes geplant." Und mit absoluter Sicherheit hatte sie nicht vor, einen ganzen Tag lang zuzuschauen, wie ihre Großmutter sich bis zur Bewusstlosigkeit betrank, während sie sich über Bob aufregte und darüber, wie Natalie ihr Leben verschwendete, weil sie für eine so geringe Bezahlung in einer Bibliothek arbeitete.

„Mit *Familie*? Das ist ein Familienfeiertag, Natalie, und kein Tag, an dem man in einer Jogginghose mit seinen Zimmergenossinnen rumhängt."

Einen kurzen Moment knirschte Natalie mit den Zähnen. Es war wirklich unerträglich, sich von einer Person Vorträge halten zu lassen, die nie einen Finger krumm gemacht hatte, um ihre Enkelin aus dem Chaos herauszuholen, obwohl sie genau wusste, was im Haus ihres Sohnes abging.

„Ja, tatsächlich. Mit Familie."

„Wie kann das sein? Ich bin deine Familie. Dein Vater ist deine Familie, und wir laden dich beide ein, und du weist uns zurück. Ich glaube nicht, dass du dazu erzogen wurdest, so undankbar zu sein." Ihre Großmutter machte auf stolz, womit sie Natalie in ihrem Entschluss, nicht nachzugeben, nur bestärkte.

„Das kann sein, weil Familie mehr damit zu tun hat, wie man sich verhält als wer man ist." Natalie war sich bewusst, dass ihre Stimme einen frostigen Tonfall angenommen hatte, aber besser das, als etwas zu sagen, was sie nicht mehr zurücknehmen könnte.

„Was soll das heißen?"

„Das soll heißen, dass ich den Tag mit Menschen verbringen werde, die für mich da sind, wenn es darauf ankommt. Man ist nicht einfach Familie, weil man zur DNA beigetragen hat. Familie ist das, was man tut. Diese Leute *sind* meine Familie, und es wäre total unhöflich, ihnen in letzter Minute abzusagen."

„Das klingt wie etwas, das man in diesen Selbsthilfebüchern lesen kann. Aber *wir sind* deine Familie. Diese Freunde werden das mit Sicherheit verstehen können. Warum solltest du meine Gefühle verletzen, um die anderer Leute zu schonen?"

Aha, jetzt kam es. Und plötzlich war es ihr einfach zu viel, sich noch einmal auf die Zunge zu beißen, selbst gegenüber einer alten Frau, die noch dazu ihre Großmutter war. Ein ganzes Leben lang war Natalie das Opfer von Menschen gewesen, die sich um die Gefühle anderer einen Dreck scherten.

„Was genau sollen sie denn verstehen? Ich will deine Gefühle wirklich nicht verletzen, aber es wird Zeit, dass wir einmal ehrlich miteinander sind, findest du nicht?“

„Ich finde, es ist Zeit, dass du mal über deine dumme kindische Wut gegen deinen Vater hinwegkommst. Er liebt dich. Er versucht, richtig zu handeln, und durch dein abweisendes Verhalten gefährdest du seine Genesung.“

Es war einfach ... genug. Jahr um Jahr hatte sie ihr diesen Quatsch durchgehen lassen. Hatte alles geschluckt, um bloß den Frieden zu bewahren, aber jetzt konnte sie das einfach nicht mehr.

„Also, ich sage dir, was ich finde. Ich finde, dass ich für seine Genesung nun wirklich nicht verantwortlich bin. Das ist allein er selbst. *Ich finde*, du solltest endlich mal begreifen, dass er meine gesamte Kindheit lang in seinen zugedröhnten oder besoffenen Stupor abgetaucht war. *Ich finde*, du solltest dir mal vor Augen führen, wie du mich jedes Mal, wenn ich dich bat, bei dir wohnen zu dürfen, zurückgeschickt hast, damit ich *ein Auge auf meinen Vater* haben und für seine Sicherheit sorgen kann. Du hast mir den Rücken zugekehrt und gleichzeitig von mir erwartet, dass ich deinen Sohn erziehe, was ja nun wirklich in erster Linie deine Aufgabe gewesen wäre. *Ich finde*, du solltest dir endlich klarmachen, dass ich ständig durch gebrauchte Nadeln und Kotze waten musste, die irgendwelche Fremden in meinem Wohnzimmer hinterlassen hatten. *Ich finde*, du solltest endlich, endlich kapieren, dass er seine *Ich bin jetzt clean*-Nummer jetzt zum siebten Mal abspult. Mir reicht es. Ich will mit alledem nichts mehr zu tun haben. Ich werde an Thanksgiving nicht in dein Haus kommen, um mir anzuhören, dass er ja überhaupt nichts dafür kann. Himmel! Er ist nicht der einzige Mensch auf der Welt, der einen Entzug hinter sich hat. Er hat mehr Geld auf der Bank und mehr Möglichkeiten, als die meisten Süchtigen je haben werden. Aber die können das. Jeden verdammten Tag schaffen sie es, weil sie daran arbeiten. Ich glaube, dass er nicht daran interessiert ist, daran zu arbeiten, weil das bedeuten würde, dass er einmal in seinem Leben dafür geradestehen und akzeptieren müsste, was er getan hat. Und er müsste es wirklich ändern wollen.“

Natalie hörte ein Klopfen an der Tür, und sie war so wütend, dass sie Paddy einfach hereinließ, ohne sich Gedanken darum zu machen, dass er diesen blöden Mist zu hören bekam.

Er bückte sich, um ihr einen Kuss auf die Stirn zu geben, suchte in den Schränken herum, um den Tee fertig zu machen, goss heißes Wasser in ihren Becher und machte auch einen für sich.

Er roch gut. Wie der späte Herbst. Frische Luft, Holzfeuer, die Kälte. Er war real, und er war gut.

„Ich hatte ja keine Ahnung, dass so viel Wut in dir steckt. Natürlich hat Robert mir davon erzählt, aber du hast ja nie etwas gesagt.“ Ihre Großmutter war eine Spitzenschauspielerin, wenn es um Schuldzuweisung ging, bis hin zum Zittern in ihrer Stimme.

„Ich denke, es wäre eher angebracht, zu sagen, dass du mir nie zugehört hast, wenn ich versucht habe, mit dir darüber zu reden.“

„Wie ich sehe, hat dieser Junge, mit dem dein Vater dich gesehen hat, einen negativen Einfluss auf dich. Du hast Verpflichtungen deiner Familie gegenüber. Niemand ist perfekt, Natalie. Deine eigene Mutter war es mit Sicherheit nicht.“

Natalie schlug mit der Hand auf den Tresen, und Paddy erstarrte, riss die Augen auf und verengte sie dann zu Schlitzen.

„Ich bin es leid, für die Verfehlungen anderer geradezustehen! Sie ist gegangen. Warum, weiß ich nicht. Aber mit hundertprozentiger Sicherheit weiß ich, dass ich selbst sehr oft gehen wollte. Vielleicht hat er sie verjagt. Trotzdem ist sie egoistisch und eine schreckliche Mutter, aber sie ist nicht ich. Ich bin ich, und ich habe genug von diesem Gespräch. Ich hoffe, dass er wirklich ein für alle Male clean ist, aber ich will mit alledem nichts mehr zu tun haben. Ich bin weder sein Crack noch der Grund, weshalb er clean sein will. Er muss seine verdammten Lebensentscheidungen selbst treffen. Gute Nacht, Großmutter, und ein schönes Thanksgiving.“

„Das Geld willst du aber.“

Es hätte sie nicht verletzen sollen; ganz ähnlich hatte ihre Großmutter es mit ihrem Vater gemacht. Dennoch tat es weh.

Andererseits nahm es ihr die flammende Wut und drehte sie auf Sparflamme zurück, was es ihr erlaubte, das Gespräch zu beenden, ohne weiteren Schaden anzurichten.

„Das wurde mir legal an meinem einundzwanzigsten Geburtstag übertragen. Wenn du nicht wolltest, dass ich es bekomme, hättest du dagegen angehen sollen, anstatt mich zu drängen, es anzunehmen. So lasse ich mich nicht von dir manipulieren. Ich muss Schluss machen. Ich hab dich lieb und hoffe, dass du und Bob ein schönes Thanksgiving habt."

Damit legte sie auf und stellte den Klingelton ab.

Paddy sah sie an. „Ich weiß nicht, ob ich dich umarmen oder dir ein High-Five geben soll. Das war wohl deine Großmutter?"

„Ja. Sie wollte mich zu Thanksgiving einladen. Irgendwie ist es mir peinlich, dass du das gehört hast. Normalerweise gehe ich nicht so mit ihr um."

„Für mich hörte es sich so an, als hätte sie einiges gesagt, um so eine Reaktion zu provozieren."

„Das macht sie mit Absicht, um auf mir herumzuhacken und mich in die Ecke zu drängen. Es ist dumm von mir, das zuzulassen."

Er kam zu ihr und nahm sie in die Arme. „Du bist vieles, aber du bist nicht dumm. Und deine Familie kenne ich nicht einmal, aber echt, ich mag sie kein bisschen. Niemand darf dich so aufregen."

Lächelnd schmiegte sie sich an ihn. „Ich glaube, ich habe sie schockiert. Tatsächlich habe ich sie noch nie so abblitzen lassen. Meine Güte, sie hat nichts weiter getan, als mich zum Thanksgiving-Dinner einzuladen. Ich komme bestimmt in die Hölle."

Paddy lehnte sich ein Stück zurück, um ihr ins Gesicht sehen zu können. „Baby, sei still. Einen Teil davon habe ich mitbekommen. Ich kenne dich. Ein Kind ist nicht daran schuld, wenn ein Elternteil abhaut, und dein Dad und deine Großmutter scheinen das zu benutzen, um dir wehzutun. Das ist nicht in Ordnung. Und du wirst an Thanksgiving ihrem Dinner nicht mal auch nur nahe kommen. Es sei denn, du würdest es wirklich unbedingt wollen. In dem Fall würde ich dich begleiten."

„Wow, du musst mich wirklich mögen, wenn du dich freiwillig bereit erklärst, dich einem solchen Albtraum zu stellen. Aber ich habe Nein gesagt, und das ist mir nicht schwergefallen. Zu den Feiertagsdinners gehe ich nicht dorthin, und das schon seit geraumer Zeit nicht mehr. Meine Großmutter besuche ich zwar ein paarmal im Jahr. Gewöhnlich ist es ein richtig formaler Lunch, bei dem sie zu viel trinkt und mir Sachen erzählt, die ich nicht wissen sollte. Aber ich brauche sie nicht, um eine Familie zu haben. Zumal sie damals, als ich wirklich eine gebraucht hätte, selbst keine gebrauchen konnte. Das kann ich ihr verzeihen, so wie ich auch meinem Vater verzeihen kann. Aber ich kann es nicht vergessen, und ich werde sie beide nie wieder so nahe an mich heranlassen, dass sie mich noch einmal so verletzen können."

„Ich würde gern jemanden für dich verprügeln."

„Sei fair, du warst den ganzen Tag mit deinen Brüdern zusammen, also würdest du ohnehin gern jemanden verprügeln wollen."

„Ezra hat heute dafür gesorgt, dass Vaughan und ich im Studio auf gegenüberliegenden Seiten sitzen."

„Du bist wirklich süß, wenn du schmollst, weil du nicht mit deinem Bruder kämpfen konntest."

„Ich habe versucht, mich daran zu erinnern, was du gesagt hast, dass er von mir respektiert werden will und ich stolz auf ihn sein soll. Wahrscheinlich hast du recht. Obwohl er ein fauler Wichser ist."

Sie verdrehte die Augen.

„Ich habe Hunger. In meinem Kühlschrank habe ich noch Sachen, die von Marys Essen übrig geblieben sind. Ich finde, du solltest eine Tasche packen, mit mir kommen und die nächsten paar Tage bei mir bleiben."

„Morgen muss ich den halben Tag arbeiten."

„Na und? Ich werde dich fahren. Sogar, nachdem ich ein Frühstück für dich gemacht habe. Dann hole ich dich wieder ab, und wir können die Nacht zusammen verbringen. Ich werde dich ganz oft kommen lassen müssen, damit du ausreichend relaxed bist für den Truthahntag bei den Hurleys."

„Du würdest echt einfach alles ausnutzen, um mehr Sex zu haben, was?"

Er grinste. „Wirf mal einen Blick in den Spiegel, meine Schöne, und dann sag mir, wie man diesen ganzen Kurven widerstehen soll."

„Oh, warte, was hast du am Freitag vor?"

„Ich habe nichts geplant. Sag mir bitte nicht, dass du um vier Uhr aufstehen willst, um in einer langen Schlange darauf zu warten, Socken im Ausverkauf zu ergattern."

Sie schauderte. „Inzwischen solltest du mich wirklich besser kennen."

Paddy lachte. „Hey, du solltest mir zugutehalten, dass ich überhaupt auf den Gedanken gekommen bin, so etwas für dich zu tun."

„Du hättest doch eh versucht, mich dazu zu bewegen, das mit deiner Mom oder Mary oder sonst jemandem zu machen."

Er ließ den Kopf hängen und wurde rot. „Okay, das ist es also nicht. Was werden wir denn stattdessen am Freitag machen?"

„Die 1022 feiert den Tag nach Thanksgiving. Es gibt ein Resteessen, wir hängen herum und veranstalten so eine Art Filmmarathon. Ich weiß nicht, was es dieses Jahr sein wird, aber bestimmt macht es Spaß. Heute Abend habe ich Zoe und Jenny von dir erzählt, und sie wollten, dass ich komme und dich mitbringe, damit sie dich kennenlernen können. Ich weiß, dass Delia da sein wird, aber ich habe vergessen zu fragen, ob Rosie auch kommt."

„Ja, das fände ich gut. Deine Freundinnen wollte ich schon seit geraumer Zeit mal kennenlernen. Und den ganzen Tag relaxen und Filme anschauen, klingt für mich nach der perfekten Betätigung."

„Und du wirst von lauter Frauen umringt sein."

„Nun ja, offenbar war ich dieses Jahr ein braver Junge, und nun will Santa mich verkuppeln. Zum Glück habe ich die hübscheste von allen bereits in meinem Bett."

„Gut gemacht!"

16. KAPITEL

Nach einem Thanksgiving mit Unmengen Essen, der Ankündigung einer weiteren Generation Hurleys, die sich bei Mary und Damien angekündigt hatte, und noch mehr Dankbarkeit und Essen, schloss Paddy seine Haustür ab und stellte den Alarm an. Er hatte durchgeknallte Fans, aber vor allem war es ihm ein Bedürfnis, Natalie zu beschützen, ein Bedürfnis, das täglich zu wachsen schien.

Ihr Vater hatte ihr in der Stadt aufgelauert, und Paddy gefiel es gar nicht, dass er sich an Natalies Großmutter gewandt hatte, um sie zu manipulieren und auf diese Weise zu verletzen. Dem Mann war durchaus zuzutrauen, dass er sie bis zur Ranch verfolgte, wenn er zu dem Schluss kam, dass das sein gutes Recht wäre.

Andererseits würde der Kerl noch von Glück reden können, wenn er von der Alarmanlage überrascht wurde, bevor einer der Hurleys ihn in die Finger bekam. Er hatte niemandem etwas davon erzählt, aber Sharon wusste Bescheid, und wenn seine Mutter etwas wusste, dann wusste es auch sein Vater, und obwohl Michael Hurley meist extrem gelassen blieb, wäre er in der Lage, jemanden umzubringen, wenn er das Gefühl hatte, einen der Seinen beschützen zu müssen.

Und da Natalie zu Paddy gehörte, gehörte sie auch zu Michael.

„War ein langer Tag, nicht wahr?“ Er folgte ihr nach oben, wo sie gleich ins große Badezimmer ging.

„Es war ein schöner Tag. Ich mag deine Familie, Paddy.“

Während das Wasser für ihre Dusche heiß lief, zog sie sich aus.

„Sie mögen dich auch.“ Er wies mit dem Kinn auf die Duschkabine. „Soll ich dir Gesellschaft leisten?“

Über die Schulter warf sie ihm einen Blick zu, der ihn fast genauso fesselte wie diese ganze hübsche nackte Haut.

Als sie unter die Dusche trat, folgte er ihr und rieb sich an ihrem Körper, bis alle Gedanken an ihre schreckliche Familie vertrieben waren. Dann griff er nach dem Shampoo – ihrem Shampoo, das sie jetzt immer bei ihm deponierte – und schäumte ihre Haare damit ein, während sie sich mit dem Rücken an ihn lehnte.

Dieser Moment bedeutete ihm die Welt. Plötzlich besaß er alles, was er schon immer gebraucht hatte, ohne auch nur davon zu wissen, bis sie in sein Leben getreten war.

Mit geschlossenen Augen ließ sie sich von ihm umsorgen. Diese Frau, die – aus der Not geboren – bereits von Kindesbeinen an alles selbst machte, ließ zu, dass er sich um sie kümmerte.

Und es war nicht lüstern, nicht berechnend. Es war kein bisschen überwältigend oder aufdringlich. Es hatte etwas Besänftigendes, ihre Bedürfnisse vor seine zu stellen, sich zu wünschen, dass sie glücklich und sicher war.

Während er ihr Shampoo ausspülte und noch eine ganze Weile danach stand sie ganz still unter der Brause, mit geschlossenen Lidern, eine Hand an seine Hüfte gelegt.

Als sie schließlich die Augen öffnete und ihre Blicke sich trafen, spürte er die plötzliche Verbindung wie einen Schock, der ihm durch den ganzen Körper fuhr.

Er brauchte nur zwei Schritte, um ganz nah bei ihr zu sein, sie zu berühren, an sich zu ziehen und seinen Mund auf ihren zu legen. Auf halbem Weg kam sie ihm entgegen und stellte sich auf die Zehenspitzen. Anstatt die Arme um ihn zu legen, ließ sie ihre seifigen Handflächen über seinen Oberkörper gleiten, dann weiter nach unten, dann griff sie nach seinem Schwanz.

„Oh ja." Er stieß in ihre Faust hinein, ohne damit aufzuhören, ihre Lippen, ihre Wangen, ihr Kinn zu küssen.

Sie nahm die andere Hand hinzu und umfasste seinen Sack. Er lehnte sich gegen die Kacheln und sah ihr zu, wie sie sich mit hochkonzentrierter Miene seiner Lust widmete.

Es machte sie an, ihn auf diese Weise anzufassen. Geschmeidig wie eine Katze bog er sich ihr entgegen und genoss das, was sie ihm anbot, ohne jede Scham. In dieser Hinsicht kamen sie perfekt miteinander aus. Ihre Körper vermittelten etwas, von dem sie nicht sicher war, ob einer von ihnen bereits mutig genug wäre, es in Worte zu fassen.

Bald genug würde er ungeduldig werden, aber bis dahin wollte sie ihn reizen, ihn seinem Höhepunkt entgegentreiben. Er war gern in ihr, wenn er kam. Das schmeichelte ihr aus Gründen, die ihr nicht ganz klar waren, aber das machte nichts. Es funktionierte. Es gab ihr das Gefühl, sexy zu sein, und auch das war gut.

Jedes Mal, wenn ihre seifige Faust seine Eichel erreichte, fügte sie noch eine Drehung hinzu, und er stöhnte erregt auf. Schließlich griff er nach ihren Armen und drehte sie um, sodass nun sie mit dem Rücken an den Kacheln lehnte.

„Nicht bewegen."

Er sprang rasch aus der Dusche, und als er wiederkam, trug er ein Kondom. „Wahrscheinlich sollte ich überall im Haus welche vorrätig haben, nachdem du jetzt öfter hier bist."

Zuerst träufelte er flüssige Seife auf ihre Brüste, dann fing er an, sie zu streicheln. Jedes Mal, wenn er dabei über ihre Nippel streifte, zupfte und drehte er sie.

Langsam schloss sie die Augen, während sie sich seinen Liebkosungen überließ. Seine Berührungen waren schön und manchmal fast ein wenig ehrerbietig, aber es war zum Glück auch nicht so, dass er sie in Watte packte, als könnte sie zerbrechen. Er hielt da genau die richtige Balance.

Seine glitschige Hand fand ihr Lustzentrum, und seine Finger spielten an ihrer Klit. Natalie schob die Hüften vor, wollte mehr von ihm.

Wieder drehte er sie um. „Leg die Hände an die Kacheln", flüsterte er ihr ins Ohr und knabberte an ihrem Nacken, während seine Finger sich weiterhin unermüdlich um ihre Brustspitzen und ihre Klit bemühten, bis sie kaum noch stehen konnte.

Es war zu viel und doch nicht ganz genug. Endlich schob er ihre Füße weiter auseinander und ließ sie den Druck seiner Schwanzspitze spüren. Dann drang er mit einem langsamen, aber beständigen Stoß in sie ein.

Ein Wonneschauer kroch an ihrer Wirbelsäule entlang und ließ ihr Herz vor Vergnügen und Freude anschwellen. Er hielt sie ganz fest und schenkte ihr pure Lust, während er Liebe mit ihr machte. Und das war es, Liebe machen, auch wenn es einmal heftiger und wilder zur Sache ging, auch wenn er sie vögelte, als gäbe es kein Morgen mehr. Sie war kein gesichtsloses, namenloses Groupie; sie war nicht bedeutungslos, sie war kein erotischer Zeitvertreib. Sie war mit ihm zusammen.

Sie bedeutete ihm etwas.

Der Orgasmus packte sie, ließ sie dann los und durchflutete sie in Wellen der Ekstase. Sie legte den Kopf an Paddys Schulter.

Sein Körper hüllte ihren Körper ein, seine Finger – jetzt weniger beschäftigt – lagen gespreizt auf ihrer Haut. Er hielt sie aufrecht. Hielt sie, wo er sie haben wollte und wie er sie haben wollte.

„Ich liebe es, wenn du kommst, während ich in dir bin. Wie deine inneren Muskeln sich dann um meinen Schwanz zusammenziehen. Das ist so gut. Fast schon zu gut."

Er ließ sich Zeit, bis das Wasser kühler zu werden begann.

Dann erst ließ er sie los und stützte sich mit den Händen über ihren an die Kacheln ab, während er in Fahrt kam. Härter. Schneller. Sie wand sich an ihm, bis kleine Nachbeben des Orgasmus sie durchliefen. Keuchend stieß er ihren Namen aus, drang ein letztes Mal so tief wie möglich in sie ein und kam.

Aber er war nicht erschöpft. Nachdem sie sich abgeduscht hatten, verließ er als Erster die Dusche und brachte ihr ein schönes warmes Handtuch. Darin wickelte er sie ein und rubbelte sie zärtlich ab, bis sie trocken und warm war. Lächelnd sah sie ihm zu, als er sich selbst abtrocknete. Dann überraschte er sie total, als er sich bückte, sie auf die Arme nahm und in sein Schlafzimmer trug.

Erst als er sich um das Feuer kümmerte, gelang es ihr, sich eine Unterhose und einen Pyjama anzuziehen.

„Ich habe Champagner, wenn du magst. Wir können aber auch Tee oder heißen Kakao trinken."

„Du musst nicht so vorsichtig sein, wenn du mir Alkohol anbietest. Ich habe dir doch gesagt, dass ich kein Problem damit habe, hin und wieder etwas zu trinken. Champagner wäre wunderbar, finde ich. Der ganze Tag war voll von Sachen, die es zu feiern gibt."

Er schenkte ihnen je ein Glas ein, stellte Musik an – The Nationals – und kam zu ihr. Selbstverständlich trug er keinen Pyjama, worüber sie sich gewiss nicht beschweren würde.

Er stieß sein Glas an ihres. „Ich danke dir."

Sie legte den Kopf zur Seite. „Wofür?"

Paddy lachte. „Dafür, dass du meine Familie erträgst. Dass du sie gern hast. Dass du bist, wie du bist."

„Oh." Sie wurde rot. „Nun, dann danke ich dir dafür, dass du mich an deiner verrückten Familie teilhaben lässt, und weil du jemand bist, den ich gernhaben kann."

Er küsste sie und lehnte sich dann in die Kissen zurück. Durch das Dachfenster betrachteten sie die Sterne, während sie einfach beieinanderlagen. Es war ein richtig schöner Tag gewesen.

Noch nie in seinem Leben war Paddy so aufgeregt gewesen, irgendwelche Leute kennenzulernen. Nicht einmal bei den Typen vom Label, als sie anfangs versucht hatten, einen Vertrag zu bekommen. Nun ja, er hatte ein leichtes Flattern im Bauch gehabt, als er Neil Young begegnet war, aber Neil Young war auch das, was am ehesten einer Gottheit auf Erden gleichkam, also war das etwas anderes.

Natalie hatte seine Familie kennengelernt und es geschafft, sich in ihre Welt einzufügen. Und das hier war ihre Familie. Tuesday kannte und mochte er bereits, aber jetzt kam der Rest.

Natalie nahm seine freie Hand. In der anderen trug er eine Tasche mit Geschenken, die sie für alle gekauft hatte.

Das Haus war eins dieser für Seattle typischen Fünfzigerjahre-Terrassenhäuser. Eine steile Treppe wand sich durch einen hübschen Garten zu einer Haustür hinauf. Die sprang jetzt auf, und jemand schrie: „Natalie!"

Ein Schopf hellroter Haare schoss auf sie zu. Nats Gesicht leuchtete auf, und sie breitete die Arme aus. „Dee!" Sie umarmten sich lachend und redeten drauflos, superschnell, mit Kurzformen gespickt und einem Haufen Sachen, von denen Paddy keine Ahnung hatte.

Und wieder entfaltete sich eine weitere Schicht dieser Frau. Wie eine Blume. Wie Kunst. Sie war wunderschön.

Er lächelte, denn so sah er sie nur selten. Offen und voller Freude.

Den Arm um ihre Freundin gelegt, wandte sie sich ihm zu. „Delia, das ist Paddy. Paddy, das ist Delia."

Delia sah ihn lange an und warf Natalie dann einen Seitenblick zu. „Gut gemacht." Sie reichte Paddy die Hand. „Schön, dich kennenzulernen. Kommt rein. Alle wollen dich kennenlernen, aber sie tun so, als wären sie zu cool, um durch die Fenster zu spähen."

Grinsend ergriff Paddy ihre Hand und schüttelte sie, bevor sie gemeinsam ins Haus gingen.

Natalies Name wurde im Chor gerufen, und mehrere Minuten lang versank sie in Umarmungen, bevor sie sich befreien konnte und ihm entschuldigend zulächelte.

„Okay, hört mal alle her, das ist Patrick Hurley, besser bekannt als Paddy. Paddy ...", sie wies auf die Rothaarige, „... Delia kennst du bereits. Sie lebt in Portland und macht Dokumentarfilme. Neben ihr steht Rosie Morgan. Sie wohnt in Brooklyn."

„Der Location-Scout, richtig?"

Natalie nickte und richtete den Blick wieder auf die große dunkelhaarige Frau. „Wir sehen sie nicht so oft, wie wir es gerne hätten. Aber wir nehmen, was wir kriegen können."

Zwei Frauen, die offenbar ein Paar waren, traten vor. Eine davon trug einen schlichten Pferdeschwanz und eine Katzenaugen-Brille über sagenhaft blauen Augen. Sie grinste erst Natalie an und wandte sich dann ihm zu. „Ich bin Zoe. Es freut mich, dich kennenzulernen. Wenn du zu unserer Natalie nicht lieb bist, werden wir dich zur Strecke bringen und dich verstümmeln."

Natalie verdrehte die Augen. „Achte nicht auf sie. Sie verbringt zu viel Zeit ohne Hut in der Sonne. Und last, aber niemals least – das ist Jenny Dan. Sie ist Lehrerin und eine absolut tolle Frau. Das Haus hier gehört Jenny und Zoe."

Paddy fühlte sich sofort mit allen sehr wohl. Sie kommunizierten in dieser Art von Kurzschrift, die sich aus einer langjährigen Beziehung ergab. Gegenseitig führten sie die Sätze der anderen zu Ende. Sie wussten, wer was auf seinem Sandwich mochte und wer welches Popcorn bevorzugte.

Sie schmeichelten ihm nicht, sondern wollten ihn wirklich kennenlernen.

„Du hast Natalie also schon anno dazumal gekannt?" Jenny zog eine Braue hoch. „An meinem ersten Tag am Evergreen haben meine Eltern mich bei den Studentenunterkünften abgesetzt. Als ich in unsere Wohnung kam, war Nats bereits dort. Sie hatte damals diese langen blonden Haare, und dann dieser Körper! Wow! Ich bin voll auf sie abgefahren und dachte, hoffentlich ist sie lesbisch, denn ich will was von ihr."

Natalie lachte und wurde ein bisschen rot. „Aber dann kam Zoe herein, und plötzlich wurde Jenny klar, dass blond dann doch nicht ihr Typ ist."

Jenny sah Zoe an, und Paddy konnte erkennen, wie tief ihre Verbindung war.

„Die süße Natalie und Delia waren damals richtig wild. Sie haben die ganze Zeit gefeiert und waren trotzdem im Unterricht eins a."

Delia grinste. „In diesem ersten Jahr sind wir alle erwachsen geworden, was gut ist, denn ich brauche die Gehirnzellen wirklich."

„Die meisten von uns sind in diesem Sommer in Oly geblieben. Wir haben ein Haus am Westende von Olympia gefunden, direkt neben der Buslinie. Dort haben wir bis nach unserem Examen gewohnt."

„Oh, ich dachte ihr wäret in der 1022 geblieben?"

Natalie klaute einen Nacho bei ihm. „Die Wohnung war zwar auf der zehnten Etage und hatte mehrere Schlafzimmer, aber wir mussten die Küche mit den anderen Zimmern auf der Zehn teilen. Und es war laut. Tuesdays Eltern wohnen in Olympia, und ihr Vater kannte jemanden, der ein Haus vermieten wollte. Die Vermieter haben zwar keine Freudensprünge gemacht, als sie sahen, dass fünf Frauen es mieten wollten. Aber die Eastwoods haben sich für uns verbürgt, und wir haben eine gewaltige Kaution hinterlegt und versprochen, niemals Tiere zu halten. Wenn wir Tuesdays Eltern besuchen, fahren wir manchmal dort vorbei und werden ganz nostalgisch. In den Jahren danach war es dann auch ein Heim für andere Evergreen-Studenten. Irgendwie wird es von Gruppe zu Gruppe weitergereicht."

„Sie war also wild?" Er wackelte mit den Augenbrauen, und alle lachten.

Delia schnaubte belustigt. „Wir waren neunzehn. Himmel, Tuesday war achtzehn und Jenny auch. Auf die eine oder andere Art waren wir alle wild. Aber als wir Examen machten, waren wir alle erwachsen geworden."

Damals hatte er sie gekannt, in dieser wilden Zeit, bevor sie zum College ging. Sie war wie eine Flamme gewesen, die schnell und hell brannte. Darauf war er abgefahren, auf diese seidenweiche blonde Mähne und ihre großen blauen Augen. Sie hatte alles mitgemacht, was er sich wünschte, und selbst viele eigene Ideen gehabt.

Aber die heutige Natalie? Hinter geschlossenen Türen war sie immer noch für alles zu haben und hatte viele eigene Ideen. Ihre eiserne Kontrolle war für sie ein Weg, aus einer Welt voller Chaos schlau zu werden, und ihre Wildheit im stillen Kämmerlein war so was wie ein schuldbewusstes Vergnügen. Nur eben ohne Schuld.

Sie sahen sich „Alien" und „Aliens" an, und er lernte eine ganz neue Seite an ihr kennen. Natalie war gut in ihrem Job. Er hatte sie mit ihren Kunden in der Bibliothek erlebt, und sie war immer freundlich und entgegenkommend. Er hatte sie mit seiner Familie erlebt und mit Tuesday. Er wusste, dass sie eine humorvolle, großzügige Person war. Aber mit diesen Frauen hier war sie vollkommen offen und ungehemmt und fühlte sich einfach nur wohl.

Jetzt wusste er umso mehr zu schätzen, wie locker sie inzwischen in seiner Nähe geworden war.

Sie zogen sich gegenseitig auf, machten sich übereinander lustig, knufften und stritten sich. Sie waren in jeder Hinsicht eine Familie, wenn auch nicht biologisch. Es war richtig gewesen, ihrer Großmutter das zu sagen, obgleich er bezweifelte, dass sie es kapierte.

Der Reihe nach versuchten sie alle ihn auszuhorchen, um herauszufinden, ob er auch gut genug für Natalie war. Das meiste davon ließ Natalie durchgehen und schaltete sich nur ein, wenn sie allzu neugierig wurden. Aber das ignorierten sie ohnehin.

Schließlich warf Zoe die Hände in die Luft. „Okay, in Ordnung. Hast du eigentlich immer Musiker werden wollen?"

„Eigentlich wollte ich Rancher werden." Er lachte leise. „Ich wollte dasselbe tun, was mein Vater machte, und sein Vater davor. Aber um zu verhindern, dass wir uns ständig in Schwierigkeiten brachten, haben unsere Eltern uns mit Musikinstrumenten bestochen. Ezra – das ist mein ältester Bruder – war der Erste, und dann wollten wir alle so sein wie er. Schließlich haben unsere Eltern uns versprochen, Musikstunden zu finanzieren, wenn wir dafür in der Scheune helfen. Anfangs ging es nur darum, an Mädchen heranzukommen. Es war eine Möglichkeit, Rock and Roll zu machen, uns zu betrinken und von zu Hause wegzubleiben."

„Aber ich würde mal annehmen, dass du dieses *Etwas* immer schon gehabt hast." Natalie sah so gut aus, wie sie ihr Eis aß; Paddy hätte sie am liebsten auch gleich abgeleckt.

„*Etwas?*"

„Was Leute haben, die über den Erfolg hinaus in den Medien zu Berühmtheiten werden. Zu Stars. Du hast Charisma, Paddy. Du verströmst es in Wellen, und die Ladys – wahrscheinlich auch eine Menge Jungs – bekommen weiche Knie. In deinen Musikvideos blickst du in die Kamera und weißt genau, wann du zwinkern oder dein sexy Lächeln zeigen musst. Du weißt, wie du das, was du hast, einsetzen musst, und trotzdem wirkst du nie berechnend. Das ist das gewisse Etwas. Der *It*-Faktor."

Fast wäre er rot geworden, aber es freute ihn, dass sie das sagte. Paddy konnte nicht leugnen, dass er sich seines Charmes bewusst war und ihn in jüngeren Jahren auch schon mal eingesetzt hatte, um Aufmerksamkeit für die Band zu wecken und dafür zu sorgen, dass diese Aufmerksamkeit ihnen auch erhalten blieb. Es gab viele großartige, talentierte Leute in der Welt. Leute, die besser waren als die Sweet Hollow Ranch, die aber nie so umschwärmt sein würden, weil sie dieses *Etwas* nicht hatten, von dem Natalie sprach.

Er und seine Brüder unterstützten gern aufstrebende Musiker, und sie taten es so oft wie möglich. Dabei spielte eine große Rolle, wen sie für ihre Tourneen als Vorgruppe auswählten. Sie waren froh, wenn sie ihre Macht für etwas Positives einsetzen konnten.

„Als Ezra und ich mit der Highschool fertig waren, haben sie uns erlaubt, kleine Auftritte zu machen. Aber wir mussten im Umkreis von einer Stunde Fahrtzeit von Hood River bleiben. Meistens sind meine Mom und mein Dad mitgekommen, um uns Probleme zu ersparen." Er lachte. „Meine Mom ist keine Frau, die sich über den Tisch ziehen lässt. Von Anfang an hat sie uns davor bewahrt, übers Ohr gehauen zu werden. Wie auch immer, ich war zwanzig, als wir schließlich alle mit der Schule fertig waren und den ersten größeren Auftritt hatten. Das war so eine Art Bandwettbewerb, und führende Leute von den Labels waren dabei. Ezra schob mich nach vorne und sagte: *Die Mädels stehen darauf, wenn du so zwinkerst. Lass ein paar Höschen fallen, damit wir das hier gewinnen.*"

Natalie lachte schallend.

„Jedenfalls kann ich nicht behaupten, dass ich das mit dem Charisma nicht sehe oder dass ich nicht weiß, wie man es sich zunutze macht. Es ist eine Möglichkeit, meine Band zu verkaufen, und es gehört dazu. Aber es macht auch Spaß. Musiker zu sein befriedigt einen Teil von mir, der einfach kreativ sein muss, um glücklich zu sein. Ich könnte die ganze Zeit herumsitzen, auf meiner Gitarre experimentieren und Songs schreiben, und ich wäre geradezu lächerlich zufrieden. Aber als Rockstar kommt man in der ganzen Welt herum. So konnte ich Leute kennenlernen und irgendwann als Freunde gewinnen, die mich musikalisch beeinflusst haben. Ich kann gewährleisten, dass meine Eltern ein angenehmes Leben führen, und ich kann alle guten Sachen unterstützen, für die meine Mom sich engagiert. Zusammen mit ein paar Freunden kann ich eine eigene Musikstiftung gründen. In Restaurants bekomme ich die besten Tische und ausgezeichnete Plätze im Theater. Das Fliegen in der ersten Klasse ist wesentlich angenehmer, das kann ich nicht leugnen. Es nervt, von Typen mit Kameras verfolgt zu werden, die lauter Sachen wissen wollen, die sie nichts angehen, wie zum Beispiel, als mein Bruder seine Scheidung laufen hatte und mein anderer Bruder letztes Jahr geheiratet hat. Ein Freund musste von West Seattle nach Bainbridge Island in ein durch Tore geschütztes Haus mit High-Tech-Alarmanlage ziehen, um seine Familie vor verrückten Fans und den Paparazzi zu schützen." Abwehrend hob er eine Hand. „Es ist nicht alles perfekt, aber so ist es heutzutage nun einmal, und deshalb muss man alles tun, um sich davor abzuschirmen."

Und so erwarb er sich im Verlauf eines langen Freitags nach Thanksgiving die Zulassung zu einer provisorischen Mitgliedschaft in der 1022.

17. KAPITEL

Über der Arbeit an dem neuen Album wurde es Dezember. Paddy verbrachte mehrere Stunden pro Tag damit, etwas zu schreiben, wieder umzuschreiben, an den Arrangements zu arbeiten und die Sachen einzustudieren.

Und wenn er das nicht tat, war er bei Natalie. Auch sie hatte viel zu tun. Sie hatte ihren Job und ihre Freundinnen, und sie leistete ehrenamtliche Arbeit, sehr oft zusammen mit seiner Mom und Mary.

Wenn die Arbeit im Studio begonnen hatte, kamen die Leute von ihrem Label gern raus, um herumzuschnüffeln und zu sehen, was vom neuen Album zu erwarten war. Weil es ihr eigenes Studio war und kein auf Zeit vom Label angemietetes, hatten die Hurleys zwar mehr Kontrolle als viele andere Bands, mussten sich aber dennoch darum kümmern, dass sie Fortschritte machten, und sich mit dem üblichen lästigen, aber wichtigen Mist der Branche auseinandersetzen.

Im Augenblick war ihr Manager Jeremy vor Ort und wohnte bei Paddy. Fast von Anfang an hatte Jeremy sie betreut, und für Paddy war er ebenso Freund wie Geschäftspartner. Nach einem langen arbeitsreichen Tag saßen sie abends alle vor der Scheune um die Feuerstelle herum, tranken Bier und ließen Dampf ab. „Also, wann werde ich diese Frau mal kennenlernen, mit der du zusammen bist? Du sprichst so viel von ihr, dass ich das Gefühl habe, sie zu kennen."

„Heute Abend hat sie irgendeine Vorstandssitzung oder so etwas, und dann ist sie mit einer Freundin zusammen, die von außerhalb zu Besuch gekommen ist." Er hatte sich furchtbar schnell an Natalie gewöhnt. Verrückt eigentlich. Aber die selbstverständliche Art, wie sie sein Leben mit all dem Lärm und Chaos einfach akzeptierte, war wie Balsam für seine Seele. Er konnte sich ein Leben ohne sie nicht mehr vorstellen, sie erfüllte sein ganzes Wesen und gab ihm das Gefühl, komplett zu sein. „Aber morgen Abend kommt sie zum Essen her."

Vaughan öffnete noch ein Bier. „Aber wir ziehen danach trotzdem noch mal los, oder? Dabei bleibt's doch? Seit dem Frühling waren wir nicht mehr in Portland. Du hast eine Freundin, und Damien pflanzt sich fort. Es gibt also viel zu feiern. Außerdem müssen wir Jeremy noch etwas bieten, bevor er nach Bainbridge Island rauffährt, um sich mit Adrian zu amüsieren." Adrian war Adrian Brown, einer der größten Rockstars überhaupt und gleichfalls ein Klient von Jeremy.

Damien hatte Mary auf der Hochzeit von Adrian kennengelernt, und vor einigen Jahren hatte Sweet Hollow Ranch ein paar Tourtermine zusammen mit Adrian gemacht. Adrians Frau war Marys beste Freundin. In der Weihnachtszeit tummelte sich auf Bainbridge Island immer die verrückteste Mischung aus Musikern, Ranchern, Securityleuten und Köchen. Und in diesem Jahr würde noch eine Bibliothekarin dazukommen.

Paddy lächelte versonnen, als er an Natalie dachte.

Vaughan schnippte die Finger vor seinem Gesicht. „Hör mal drei Minuten auf daran zu denken, wie du sie vögelst, bitte."

Paddy zeigte seinem Bruder den Stinkefinger. Es wäre schön, mal wieder mit seinen Brüdern zusammen loszuziehen. Das hatten sie seit Monaten nicht mehr gemacht. „Was ist mit dir, D?"

Damien nickte. „Mary hat darauf bestanden. Damit meine ich, dass sie gesagt hat: *Hau ab und unternimm was, damit ich in Ruhe an meinem Kochbuch arbeiten kann.*"

„Es wird ihr nichts ausmachen, wenn du mit deinen Brüdern weggehst, Paddy." Ezra nickte ihm zu. „Natalie vertraut dir. Du musst dir nur selbst vertrauen."

„Ist sie eifersüchtig?", fragte Jeremy.

„Ha. Nein. Sie steht den wilden, verrückten Aspekten der Welt, in der wir leben, nur etwas skeptisch gegenüber. Alles gut. Ich bin dabei. Wir essen früh, und dann ziehen wir los."

Am nächsten Morgen spielte sein Handy „Little Bit" von Lykke Li, Nats Klingelton.

„Hallo, meine Schöne."

„Also, ich habe eine Bitte. Wenn es seltsam ist und du Nein sagen willst, dann mach das bitte. Ich werde nicht einmal wütend, aufgebracht oder sonst etwas sein."

Paddy lächelte. „Du kannst jederzeit rüberkommen und mich sexuell ausnutzen. Ich verspreche dir, dass du mich zum Objekt machen darfst, bis wir beide ganz klebrig sind."

Sie lachte. „Gut zu wissen, auch wenn mir das natürlich längst klar war. Nein, es ist etwas anderes. Meinst du, ich könnte mal zuschauen, irgendwann, wenn ihr arbeitet und du denkst, dass es für alle in Ordnung ist, und ich ganz leise bin, mich zurückhalte und keinen Mucks von mir gebe? Ich wäre so gern mal dabei, wenn ihr die Stücke aufnehmt. Ich meine, ich höre dich so gern singen, habe dich aber noch nie dabei gesehen. Was schon irgendwie seltsam ist, wenn man an alle die anderen Aktivitäten denkt, bei denen ich dich schon gesehen habe."

Er wusste, dass sie rot geworden war und vermutlich den Kopf gesenkt hielt, und als er an die flaumigen hellen Haare in ihrem Nacken dachte und diese ganze weiche Haut, reckte seine Libido interessiert den Kopf.

„Ja klar, hättest du längst schon mal tun können, wenn du gefragt hättest. Und ich summe und singe doch die ganze Zeit." Beim Fahren, beim Reiten, wenn sie mit Tuesday wandern gingen, wenn er kochte, und, zum Teufel, selbst wenn sie zusammen in seiner riesigen Badewanne lagen.

„Das ist etwas anderes, irgendwie. Egal. Jedenfalls würde ich es gern mal machen."

„Komm rüber, wenn du fertig bist. Du arbeitest heute doch nur bis … wann noch mal? Drei?"

„Ja."

„Komm einfach zu mir. Ich arbeite da gerade an etwas, und du kriegst eine exklusive Preview. Dann kannst du es erst mal so hören und anschließend im Studio. Es ist der Song, den wir heute aufnehmen. Oder jedenfalls fangen wir damit an."

„Wirklich? Super!"

„Und du bist schuld, dass ich dich gerade so wahnsinnig vermisse."

„Gut so. Ich hasse es, beim Vermissen allein zu sein. Jetzt muss ich aber los. Ich wollte mich nur kurz melden, weil wir gestern Abend nicht mehr gesprochen haben und du mir eine Nachricht hinterlassen hast."

„Okay. Ich werde mich auch gleich aus dem Bett wälzen. Dann sehen wir uns später. Und Natalie?"

„Hm?"

Fast hätte er ihr gesagt, dass er sie liebte. Das hatte er nämlich schon seit Wochen vor. Aber vielleicht war es doch nicht die feine romantische Art, das per Telefon zu erledigen. „Du fehlst mir."

„Du mir auch. Also, bis später."

Sie legte auf, und er quälte sich aus dem Bett und in die Küche. Er brauchte jetzt erst mal eine große Kanne Kaffee.

Vor sich hin summend fuhr sie in seine Einfahrt, stieg aus und atmete tief ein. Es war kalt und klar, gut möglich, dass es bald schneien würde. Die Luft schien leicht elektrisch geladen zu sein, so wie es manchmal vor einem Schneegestöber der Fall war. Hier oben war es stärker zu spüren als unten in der Stadt.

Paddy öffnete die Haustür, und die Freude, die ihr Anblick in sein Gesicht zauberte, war das Beste in ihrem Leben.

Er war so schön – attraktiv und maskulin. Und ein bisschen zerzaust in seinen Jeans und dem langärmligen T-Shirt. Als er ihre Hand nahm und an seinen Mund hob, um sie zu küssen, sah sie die Tintenspuren an seinen Fingern. Er hatte gearbeitet. Sein Bart kitzelte.

„Hey."

„Hey. Komm rein ins Warme. Jeremy ist mit Ezra unterwegs, um irgendwas zu machen. Also sind wir allein." Er ließ sie herein, und kaum hatte er die Tür geschlossen, fand sie sich mit dem Rücken daran wieder.

Offenbar törnte es ihn an, sie gegen irgendwelche Sachen zu drücken, und offenbar törnte es sie an, wenn er das tat, wenn er sie mit der Kraft und Größe seines Körpers dort festhielt und wie verrückt küsste. So wie jetzt gerade.

„Willst du mir bei der Arbeit zuschauen – oder sogar mitmachen?“

Sie lachte. „Zuschauen.“

Nachdem sie ihren Mantel ausgezogen hatte, führte er sie nach oben in sein Arbeitszimmer. Anstatt nach seiner Gitarre zu greifen, setzte er sich ans Klavier. Natalie machte es sich in dem weich gepolsterten Sessel bequem, der in einer Ecke stand.

„Ich bin tatsächlich etwas nervös. Das ist neu.“ Es schien ihn zu verwirren, deshalb stand sie auf, ging zu ihm und legte die Hände an seine Wangen. Er gab ihr so viel. Und er gab sich immer solche Mühe, geduldig und süß zu sein, sogar, wenn er Knutschflecke auf ihren Brüsten hinterließ und einen blauen Fleck an der Hüfte, wo er sie festgehalten hatte, als er ihren Körper enterte.

Sie wollte ihm auch etwas geben.

„Patrick?“

„Ja, meine Schöne.“

„Ich liebe dich.“ Sie schluckte schwer, sprach jedoch weiter, denn sie musste das jetzt einfach sagen und hatte es sogar vor dem Spiegel geübt, nachdem sie am Abend zuvor mehr als eine Stunde mit Tuesday darüber geredet hatte. „Du bist ein Wunder in meinem Leben, und ich will hören, wie du singst und Musik machst. Nicht nur, weil du gut darin bist – denn das bist du –, sondern weil es dir viel bedeutet und ich gern daran teilhaben möchte.“

Seine Augen weiteten sich, und sie legte einen Finger auf seine Lippen.

„Es ist in Ordnung. Du musst mir nicht dasselbe sagen. Ich erwarte nicht, dass du es tust. Ich wollte nur, dass du es weißt.“

Paddy küsste ihre Finger und legte sie dann an sein Herz. „Ich liebe dich auch, Dummerchen. Das wollte ich dir heute Morgen schon am Telefon sagen, aber dann dachte ich, dass es nicht romantisch genug ist.“

Oh.

Natalie blinzelte gegen die Tränen an und kämpfte sich durch den Ansturm von Gefühlen, in dem sie zu versinken drohte. Er liebte sie auch! Oh Mann, das war total wundervoll!“

„Jetzt geh da rüber und setz dich hin. Mir ist jetzt längst nicht mehr so mulmig, und ich will, dass du dir das anhörst."

Sie ließ sich wieder in den Sessel sinken, und er begann zu spielen.

Seine Stimme klang nach Karamellbonbon und etwas Rauch. Seine Augen waren halb geschlossen, als er anfing, von Haut und Kurven zu singen. Von Augen so blau wie der Sommerhimmel, und Händen und Schultern, die das Gewicht von jedermanns Sünden trugen.

Die Tränen, die sie zurückgehalten hatte, durchfluteten sie, als sie begriff, dass er das tatsächlich über sie geschrieben hatte. *Für sie.* Es waren die Worte eines Mannes, der sich bis über beide Ohren in ein Wesen verliebt hatte, das er geradezu vergötterte. Noch nie zuvor hatte jemand solche Gefühle für sie gehegt.

Das Lied handelte davon, bei lebendigem Leibe von Verlangen, Sehnsucht und Liebe verbrannt zu werden. Davon, etwas so Schönes und Starkes in Händen zu halten, dass er vor Seligkeit kaum atmen konnte.

Natalie saß einfach nur da und hörte zu, während ihr die Tränen übers Gesicht strömten und Tausend verschiedene Gefühle in ihr aufwallten, von denen sie die meisten nicht einmal ansatzweise benennen konnte. Das stärkste war jedoch Liebe, zusammen mit einer irgendwie schmerzlichen Zärtlichkeit. Sie presste den Handballen über ihrem Herzen an die Brust, und als er fertig war, schaute er auf und begegnete ihrem Blick.

Als er ihre Tränen sah, lächelte er. „Ja?"

Sie nickte. „Ja. Die Frau, für die du das geschrieben hast, hat ziemliches Glück."

Er kam zu ihr und legte die Arme um sie. „Nix da, ich bin derjenige, der Glück hat." Dann küsste er sie und hatte nicht die Absicht, so bald damit aufzuhören.

Als die Haustür unten aufknallte und Damien seinen Namen brüllte, hatte er bereits eine Hand unter ihrem Shirt und ein BH-Körbchen nach unten gezogen.

„Ich bringe ihn um." Paddy biss sie leicht in die Unterlippe und half ihr beim Aufstehen. „Komm mit. Ich schätze, drüben in der Scheune sind sie jetzt bereit für mich. Ich muss dich vorwarnen, es könnte Leute geben, die mich für ein perfektionistisches Arschloch halten, wenn wir aufnehmen."

Natalie bemühte sich, nicht zu grinsen, aber das war unmöglich. „Patrick, ich glaube, dein arschlochmäßiger Perfektionismus ist schon geradezu legendär."

„Echt?"

„Hey, du Schwachkopf, wo zum Teufel steckst du?"

„Sprichst du mit mir, Damien?", rief Natalie nach unten. Paddy lachte und umarmte sie.

„Oh, scheiße! Mist! Äh, nein, entschuldige, Süße", rief Damien, und sie hörte ihn die Treppe heraufkommen.

„Nimm die Hand aus meinem Shirt, Patrick."

„Och." Stirnrunzelnd folgte er ihrem Befehl und gab ihr noch schnell einen Kuss, dann schob er sie von sich und trat einen Schritt zurück. „Du stellst dich besser vor mich, bis mein Ständer nicht mehr so auffällt."

Den er gleich darauf an ihre Pobacke drückte.

„Wir sind hier drin", rief Paddy. „Seid ihr etwa schon bereit für die Aufnahme?"

Damien kam um die Ecke und grinste Natalie an. „Hallo, Schönheit, du machst mich ganz nervös." Er gab ihr einen Kuss auf die Wange. „Jetzt bist du schon richtig eine von uns." Dann wandte er sich an Paddy. „Ja, du blöder Esel, wir warten auf dich."

Er hielt Natalie seinen Arm hin, und sie hakte sich ein. „Du kommst mit, um uns bei der Arbeit zuzusehen? Vielleicht wird deine Anwesenheit ihn ja in der Spur halten."

„Ich bin bloß unbeteiligtes Publikum. Ich werde mich nicht in euren kreativen Prozess einmischen, versprochen."

Damien hastete mit ihr über die Treppe nach unten, wo er ihr in den Mantel half. Schließlich kam auch Paddy herunter, schlüpfte in seine Schuhe und griff sich einen Mantel. „Lass die Finger von meiner Frau. Du hast deine eigene."

Damien verdrehte die Augen. „Siehst du? Und schon ist er wieder ganz Mr Perfect Paddy. Grrrh. Komm mit, Natalie. Bleib bei mir. Mary hat gesagt, dass sie etwas später auch vorbeischaut. Sie ruht sich gerade ein bisschen aus."

„Alles in Ordnung mit ihr?"

Damiens Miene wurde ganz weich. „Es geht ihr wirklich bestens. Schwanger sein ist ganz schön anstrengend. Nachmittags legt sie sich gern ein wenig hin, und ich trete dann auch etwas langsamer. Es ist alles gut. Danke, dass du gefragt hast."

Sie gingen hinüber zur Scheune, ihrem Superklasse-Hightech-Studio und Übungsraum. Seit sie dort arbeiteten, war Natalie nicht mehr drin gewesen, aber vor ein paar Monaten hatte sie eine Führung erhalten.

Jetzt aber sah es hier völlig anders aus. Ezra saß im Regieraum und schaute mit ernstem Gesicht auf das Mischpult, während er sich mit jemand anderem beriet.

„Lass die Finger von ihr." Paddy schob sich zwischen Natalie und Damien. Lachend tänzelte Damien um seinen Bruder herum und gab Natalie einen Schmatzer auf die Wange, bevor er sich an sein Schlagzeug setzte.

„Er ist so ein Idiot", grummelte Paddy.

Natalie unterdrückte ein Lächeln.

„Ich stelle dich mal Jeremy vor. Er hat schon nach dir gefragt."

Als sie den Regieraum betraten, drehte Ezra sich um, immer noch voll auf die Arbeit konzentriert, bis er Natalie erkannte. „Nats, hallo Liebes." Er umarmte sie.

„Was ist mit euch Typen los, dass ihr meine Freundin alle mit Kosenamen belegt und sie ständig umarmt? Lass die Hände von ihr. Ezra. Mensch."

„Aber er ist doch so ein Schatz und einfach zum Knuddeln, Patrick." Sie sah ihn mit diesem Welpenblick an, wie er es nannte, und Paddy musste lachen.

„Ezra zum Knuddeln und ein Schatz? Okay, also darüber werde ich auch in ein paar Tagen noch grinsen. Jeremy, das ist Natalie."

Ihr Manager musterte sie kurz von oben bis unten und ergriff dann ihre Hand. „Freut mich, dich kennenzulernen. Sie reden alle so nett von dir. Selbst Sharon mag dich sehr, und sie ist die unbestechlichste Menschenkennerin, die mir je begegnet ist."

Nun, jetzt fühlte sie sich besser, auch wenn das Lob sie ein bisschen verlegen machte. „Danke. Ich freue mich auch, dich kennenzulernen."

Paddy platzierte sie auf einem bequemen Stuhl, weit genug entfernt, um nicht im Weg zu sein, aber mit einer guten Aussicht auf das Geschehen.

Dann setzten alle Musiker ihre Kopfhörer auf und gingen an ihre Plätze. Ezra nahm noch ein paar Einstellungen am Mischpult vor und ging dann ebenfalls raus in den Aufnahmebereich. Jeremy setzte sich an die Regler und stülpte nun auch einen Kopfhörer über. Natalie sah einfach zu.

Alle wirkten irgendwie anders als sonst, während sie sich auf Ezra einstimmten, der eindeutig die Führung übernommen hatte. Mit Leichtigkeit und Zuversicht nahm er die Sache in die Hand. Jeder nahm ein paar Klangeinstellungen vor, und hin und wieder stand Paddy auf und gab Anweisungen, bis alles so war, wie er es sich wünschte.

Seine Brüder ließen ihn einfach machen. Es kam zu einer kleinen Auseinandersetzung, als Paddy, der hinten am Klavier saß, ein paar Noten spielte und Vaughan bat, mit seinem Bass einzusteigen. Es ging hin und her. Paddy runzelte unzufrieden die Stirn, während Vaughan konterte und behauptete, so wie er es machte, sei es am besten.

Ezra schaute zu, und mischte sich nur dann ein, wenn er das Gefühl zu haben schien, dass es nötig war.

Nachdem Natalie all diese Geschichten über ihre Konflikte während der Aufnahmen gehört hatte, machte sie sich manchmal Sorgen. Es hatte ja auch ziemlich schrecklich und gemein geklungen. Aber jetzt, da sie sozusagen live dabei war, fand sie es gar nicht so fies. Paddy griff Vaughan nicht persönlich an, er sagte nur seine Meinung zu einer bestimmten Note. Und umgekehrt war es genauso, Vaughan hatte eben nur eine andere Meinung zu dieser speziellen Note.

Auch wenn Beleidigungen und Flüche nur so durch die Gegend flogen, blieb es erstaunlicherweise professionell, während die beiden dasselbe Intro wieder und wieder spielten. Ezra ging wieder in den Regieraum, hörte den beiden mehrmals zu und bat Damien, hier und da mitzumachen.

Schließlich äußerte er sich dazu.

„Paddy hat recht. Allerdings glaube ich …", er warf Vaughan, der schon den Mund aufgemacht hatte, um etwas einzuwenden, einen scharfen Blick zu, „… dass Vaughan bei ein paar Sachen durchaus auch richtigliegt. Deshalb habe ich es ein bisschen justiert." Er ging zu Vaughan, nahm dessen Bassgitarre, fummelte daran herum und spielte. Paddy spielte weiter, und als er begriff, was Ezra meinte, veränderte sich seine Miene vollkommen.

„Verstehe. Ja, ich sehe, was du meinst."

„So machen wir's. Paddy, lass uns einen kompletten Durchlauf machen, damit ich eine Basslinie bekomme." Er gab Vaughan seinen Bass zurück. Der schien durch Ezras Reaktion und das Zugeständnis, dass er nicht falschlag, wieder besänftigt zu sein.

Er hob den Kopf, zwinkerte Natalie zu, und sie lachte.

Paddy zeigte seinem Bruder den Stinkefinger und konzentrierte sich dann auf die Arbeit. Sie sah, dass er kurz mit den Fingern über die Tasten strich. Damien gab den Rhythmus vor, und alle setzten ein. Sofort wurde deutlich, dass diese vier wilden Brüder, die einst eine Band gegründet hatten, um Mädchen aufzureißen, mit ihren früheren Ichs nicht mehr allzu viel gemeinsam hatten.

Nach den ersten Takten beugte Paddy sich näher ans Mikrofon und begann zu singen, ein Atemhauch voller Emotionen.

„Silent No More" drang durch die Kopfhörer.

In seinem Arbeitszimmer war der Song auf das Wesentliche reduziert gewesen, aber hier im Studio entfaltete er sich, während die anderen Instrumente ihn perfekt ausschmückten und Ezras Stimme im Refrain ihn vertiefte, schliff und polierte.

Nach dem ersten Durchlauf machten alle sich Notizen, und Natalie beobachtete fasziniert, mit welcher Energie sie daran arbeiteten, den Song zu perfektionieren.

Sie diskutierten über so viele Details. Bestimmte Passagen wurden auf unterschiedliche Weise gespielt, und manchmal übernahm einer den Part eines anderen, um seine Auffassung zu verdeutlichen.

„Spannend, nicht wahr?" Mary kam in den Regieraum und setzte sich neben Natalie. „Es ist leicht, einfach nur diese relaxten hinreißenden Jungs in ihnen zu sehen, die Musik machen, weil das Talent ihnen in die Wiege gelegt wurde. Und dann erkennst du, wie viel Arbeit in Wirklichkeit dahintersteckt, und das ist unglaublich … keine Ahnung, wie ich es ausdrücken soll. Als ich zum ersten Mal dabei war, hat es meine Sichtweise völlig verändert, um es milde auszudrücken."

„Bislang hatte ich nicht einmal ansatzweise Einblick in diesen Prozess, deshalb ist es für mich total erhellend. Mein Respekt vor dem, was sie machen und wie sie zusammenarbeiten, hat eine ganz neue Dimension bekommen." Sie war sich nicht sicher, ob sie selbst es so ohne Weiteres akzeptieren könnte, wenn andere Leute ihr in etwas hineinreden würden, das sie kreiert hatte. Ob sie dabei sachlich bleiben könnte oder es persönlich nehmen würde.

„Damien hat einmal gesagt, es sei dasselbe, wie bei der Herstellung von Wurst zuzuschauen. Aber das glaube ich nicht. Es ist eher so, als ob man versucht, ein Rezept zu vervollkommnen. In vielerlei Hinsicht ist es schon gut. Vielleicht etwas weniger von dem, etwas mehr von jenem. Lass es länger kochen, schieb's in den Ofen, lass es kurz anbraten, was auch immer. Alles funktioniert irgendwie, und man kann es auch genießen. Aber es gibt doch diese eine einzige Art, wie es idealerweise gemacht werden sollte, wie es am hellsten strahlt. Und die Jungs müssen alle zusammenarbeiten, um genau dieses perfekte Rezept zu finden."

„Mensch, du bist richtig gut darin."

Mary grinste. „Als Damien in mein Leben trat, wusste ich nur wenig davon. Inzwischen habe ich gesehen, was dahintersteckt, weiß, wie es backstage zugeht, und wie es ist, wenn sie auf Tour sind. Es hat mich überrascht."

Beide schauten in den Aufnahmeraum, wo die Brüder auf der Suche nach dem perfekten Song, der sie alle glücklich machen würde, herumstocherten, sich wechselseitig anschoben und miteinander stritten. Natalie kam ins Grübeln, während sie noch versuchte, so zu tun, als würde dieses ganze Konstrukt sie nicht vorsichtig machen.

Etwas später stand Paddy vom Klavier auf und kam in die Regiekabine.

„Das hier wird noch ein paar Stunden dauern. Wir lassen das Abendessen ausfallen und wollen später noch mit Jeremy losziehen. Es ist sein letzter Abend hier, bevor er morgen früh nach Washington fährt. Es tut mir leid, ich weiß, dass wir vorher eigentlich noch alle zusammen was machen wollten."

Sie schüttelte den Kopf und legte eine Hand an seine Wange. „Das ist völlig in Ordnung. So etwas lässt sich nicht im Voraus planen. Alles ist gut. Ruf mich an, wenn du kannst." Sie küsste ihn, und er wurde rot.

„Das machst du so selten." Er sagte es leise, während er sie umarmte.

Mary war rausgegangen, um mit Damien zu reden, sodass sie im Moment allein in der Kabine waren.

„Was meinst du denn?"

„Mich in der Öffentlichkeit küssen. Aber du tust es vor meiner Familie und deinen Freunden. Das macht mich glücklich."

Sie holte tief Luft und gestattete sich, das Kompliment so anzunehmen, wie sie wusste, dass er es gemeint hatte. „Du machst mich auch glücklich." Ihr war klar, dass er diese demonstrative Zuwendung mochte, sie sogar brauchte, deshalb nahm sie sich vor, künftig etwas herzlicher mit ihm umzugehen.

„Ich melde mich morgen bei dir. Es tut mir leid, aber hier wird es noch eine ganze Weile so verrückt zugehen, jedenfalls solange wir die Stücke einspielen."

Sie nahm seine Hand und hauchte einen Kuss auf seine Knöchel. „Lass gut sein. Das ist dein Job. Ich habe selbst auch alle Hände voll zu tun."

„Vergiss bloß nicht, dass ich auch zu deinen heiligen Pflichten zähle. Bleibst du morgen Nacht bei mir?"

Sie hatte sich angewöhnt, die Nacht vor einem freien Tag mit ihm zu verbringen, entweder in ihrem Haus oder in seinem.

„Ja, kann ich machen. Tagsüber bin ich aber mit Tuesday unterwegs. Wir wollen ins Kino, und sie will sich ein Tattoo auffrischen lassen. Vor neun oder so werde ich es nicht schaffen."

Paddy schmollte. Es war so niedlich, wenn er das machte. „Okay. Nun ja, das trifft sich eigentlich ganz gut, denn wir müssen sowieso arbeiten. Komm einfach, wenn du so weit bist."

„Viel Spaß heute Abend."

Er grinste.

„Lass dich nicht verhaften, Patrick. Deine Mutter wird dir keine Kaution stellen, und ich auch nicht."

„Keine Sorge, meine Schöne, ich habe einen Anwalt als Kurzwahl gespeichert."

„Gütiger Himmel!" Sie stellte sich auf die Zehenspitzen und gab ihm einen letzten Kuss. „Wir sehen uns morgen."

Natalie winkte allen zu, beteuerte noch einmal, dass es schön war, Jeremy kennengelernt zu haben, und ging.

Draußen holte Mary sie ein. „Hey, komm mit zu mir! Das Essen ist schließlich schon fertig. Ruf Tuesday an und lade sie auch ein."

„Oh, gute Idee." Schnell rief Natalie ihre Freundin an, die sich sofort auf den Weg machte.

Im Haus von Damien und Mary streifte Natalie die Schuhe ab und hing ihren Mantel auf. Lächelnd wurde ihr klar, dass sie das schon so oft getan hatte, dass es ihr praktisch in Fleisch und Blut übergegangen war.

„Im Kühlschrank stehen Mineralwasser und Saft. Damien hat bei seinem Großeinkauf im Supermarkt einen ordentlichen Vorrat mitgebracht. Dazu noch mindestens vierhundert Pfund Cheerios. Diese Jungs und ihre Frühstücksflocken, ich sag's dir!"

„Super. Ich hole uns was zu trinken. Was möchtest du?"

„Ich werde Wasser trinken und dazu etwas Apfelsine essen. Orangensaft vertrage ich nicht, davon bekomme ich Sodbrennen. Meine Mom sagt, sie hätte es während ihrer Schwangerschaften auch ganz schlimm gehabt. Gott sei Dank habe ich ausreichend Säureblocker, die auch in der Schwangerschaft sicher sind, sodass ich es unter Kontrolle habe. Damian hat in seinem Eifer, alles dafür zu tun, dass es mir gut geht, so viel davon angeschleppt, dass es für die nächsten vierzehn Schwangerschaften reicht. Nicht, dass ich vierzehn Schwangerschaften planen würde. Mann, bloß nicht beschreien!" Rasch klopfte Mary auf den Holztisch. Natalie lachte.

Nachdem Tuesday eingetroffen war, beluden sie ein paar Teller und Schüsseln und trugen alles ins Esszimmer.

Natalie strich Butter auf ihr Brot. „Noch nie hat mir jemand auch nur einmal ein Gedicht geschrieben. Und jetzt ein Song? Ich weiß gar nicht, wie ich mit meinen Gefühlen dazu umgehen soll. Dir hat Damien seine Liebe in einer Konzerthalle vor Tausenden von Menschen erklärt. Wie verkraftet man das?"

Mary nahm sich etwas Spinat. „Keine Ahnung. Von Anfang an war es dieser Aspekt an seinem Leben, der mich hat zögern lassen, mich auf eine Beziehung mit ihm einzulassen. Aber dann habe ich mich einfach in ihn verliebt. Ich wollte ihm widerstehen, aber ich konnte es nicht. Ich muss das – also dieses krasse öffentliche Interesse an allen Einzelheiten seines Lebens, das jetzt auch mein Leben ist – dagegen abwägen, wie sehr ich mit ihm zusammen sein will."

Tuesday trank einen Schluck Wasser. „Ein Song? Erzähl mehr!"

Mary klärte sie auf. „Paddy hat ihr einen Song geschrieben. Ein hinreißendes sexy Liebeslied."

„Es ist ein richtiger Song, Tuesday. Oh mein Gott, er ist wunderschön, und ich platze noch vor all den Emotionen, die Paddy damit in mir auslöst. Ich wollte nicht, dass das mit ihm überhaupt passiert, aber er ist so aufdringlich, und er ist süß und wirklich gut im Bett, und er liebt seine Mutter, und er ist sexy, und er macht Gedichte über Schweine, und ich bin total überwältigt von alldem. So was war bislang einfach nicht meine Liga."

Tuesdays amüsiertes Lächeln glättete die emotionalen Wogen ein wenig.

„Also, Mary, dann erzähl du mir von dem Song. Ich verstehe jetzt, wie Natalie sich fühlt, und sie neigt normalerweise nicht zum Überschwang. Aber eine unabhängige Meinung ist immer gut."

„Er ist ... Dieser Song ist ... Wow. Paddy ist wahnsinnig verliebt in Natalie. Du weißt vielleicht, dass das, was er schreibt, sehr autobiografisch ist. Das ist nicht irgendein Liebeslied über irgendein Mädchen, nichts, was er sich einfach so aus dem Ärmel geschüttelt hat, um einen Hit zu landen. Der Song zeigt, was er für Natalie empfindet. Damien hat mir vor ungefähr einer Woche davon erzählt und meinte, Paddy hätte Blut und Wasser geschwitzt, um das richtig hinzubekommen, und dass sich alle einig sind, dass dieser Song die Haupt-Single-Auskopplung wird."

„Ja, also, damit steht er nicht allein da." Natalie holte tief Luft. „Ich habe ihm heute gesagt, dass ich ihn liebe. Hört zu, ich weiß, dass ich keine besonders pflegeleichte Freundin bin. Ich bin empfindlich. Und seltsam und verkorkst, und er ist so sanft. Aber er ... bei ihm fühle ich mich in Sicherheit. Und er war gerade wieder so nett und so nervös wegen des Songs, und ich war total gerührt und spürte, dass ich ihm einfach sagen musste, was er mir bedeutet."

„Ich finde super, dass du uns das verkündest, als sei das eine große Überraschung." Tuesday schaute lachend zu Mary hin. Mary schnaubte nur belustigt und verdrehte die Augen.

„Für alle, die Augen im Kopf haben, ist es ziemlich offensichtlich, dass du in ihn verliebt bist. Und dass er dasselbe für dich empfindet."

„Ja, schon, das ist mir auch klar. Aber es steht ja nun einiges bevor, und ich bin vorsichtig. Also, ich fürchte nicht, dass er den Versuchungen auf der Tour erliegt. Deswegen darf ich mir keinen Kopf machen. Das geht einfach nicht, dabei würde ich durchdrehen. Wenn er mich betrügen will, dann wird er das machen, ob er nun auf Tour ist oder nicht. Aber es kommt mir alles so chaotisch vor. Es ist, glaube ich, kein Geheimnis, dass ich ein Kotrollfreak bin, und dieser ganze – ich sag mal – ungezügelte Wahnsinn macht mir Angst. Ich weiß, es ist dumm."

Mary machte eine wegwerfende Handbewegung. „Das ist nicht dumm. Ich war backstage. Manchmal geht es dort total verrückt zu. Bei ihrer letzten Tournee habe ich die Band als ihre Köchin begleitet. Diesmal wird die Tour kürzer, weil Damien auf keinen Fall unterwegs sein will, wenn das Baby kommt, und ich will nach der Geburt ein paar Monate zu Hause bleiben. Es macht mir nichts aus, mit einem Kleinkind zu reisen. Unsere Freunde haben kleine Kinder, die mit auf Tour gehen. Es ist also möglich. Aber solange das Baby noch ganz jung ist, will ich hier sein. Ich habe mir vorgenommen, absolut egoistisch zu sein und mich mit meinem Mann, meinen Freunden und meiner Familie total abzuschirmen. Entschuldige, ich bin abgeschweift. Zurück zum Thema. Eine Tour ist eine Anomalie. Weißt du, was ich meine?"

„Vielleicht."

„Normalerweise sind sie nicht auf Tour. Es ist das, was sie machen, um den Absatz eines neuen Albums anzuschieben, und weil sie ihre Fans mögen und gern live für sie spielen. Aber es ist nicht normal. Es ist, als würde die Realität verzerrt, wenn sie unterwegs sind. Sie bekommen nicht genug Schlaf, bleiben nie sehr lange an einem Ort. Alles dreht sich um ihr Image in der Öffentlichkeit, und alles ist auf sie ausgerichtet. Bis ins kleinste Detail wird ihr Leben von anderen Leuten geplant, und wieder andere Leute kümmern sich darum. Buchstäblich jeden einzelnen Tag erhält jeder von ihnen ein Blatt Papier mit einem genauen Terminplan. Ihre gesamte Energie richten sie auf ihren Auftritt, und ja, es wird hektisch. Vor allem, wenn es ins letzte Drittel geht und sie lange genug von zu Hause weg waren. Dann wird es immer schwieriger, dieser Verlockung nicht nachzugeben; der Verlockung, auf Tour ein anderer Mensch zu sein."

„Du weißt aber schon, dass du ihr mit damit nicht wirklich hilfst, oder?“ Tuesday streute Pfeffer auf ihre Pasta.

Mary lachte, und der Knoten, der sich in Natalies Bauch gebildet hatte, löste sich etwas. „Dazu komme ich noch. Aber ich habe sie begleitet. Jeden Tag war ich mit Damien zusammen. Ihr Zuhause habe ich ihnen mitgebracht. Ich habe sie gefüttert, was mich beschäftigt hielt, und meine Anwesenheit hat sie daran erinnert, dass sie außer Hotels, Backstage und Groupies noch ein normales Leben haben.“

„Dann ist es zwar der helle Wahnsinn, aber doch immerhin ein vorübergehender Wahnsinn?“

„Zum Teil. Die Jungs erinnern sich noch gut an Ezras Zusammenbruch. Das hat viel damit zu tun, was sie heute als Familie und Band sind. Ich denke, es hat sie alle verändert. Wie wär’s denn, wenn du mitfährst? Nicht die gesamte Tournee. Ich weiß, dass du einen Job hast. Aber hin und wieder eine Erinnerung an zu Hause würde reichen, und vielleicht würde es dir dann besser gehen, wenn du ihn zwischendurch mal siehst.“

„Dann muss ich also auf ihn aufpassen?“ Das war ihre Angst. Dass er auf die eine oder andere Weise ins Straucheln kommen könnte und sie sich dann einschalten müsste, um ihm die eine oder andere Last abzunehmen, und irgendwann würde sie sich über ihn ärgern und sich selbst dafür hassen, dass sie es schon wieder getan hatte.

„Nein, nein. Sie spielen sich schließlich landauf, landab jeden Abend die Seele aus dem Leib. Und ja, es *geht* da draußen wild zu. Dieser Bereich ihrer Welt ist teils Chaos, teils Maschine. Kontrolliertes Chaos, denk ich mal. Du könntest hinfahren und es mit ihm zusammen erleben, damit du es auf diese Weise verstehen lernst, was da abgeht, und einen Weg findest, es zu verarbeiten und zu akzeptieren. Du kannst auch zu Hause warten und dich damit abfinden, *dass* du scheußliche Sachen zu sehen und zu lesen bekommen wirst, die Paddy darstellen, als würde er jede Frau flachlegen, die ihm über den Weg läuft. Du musst einfach hinnehmen, dass das nun mal zu dieser Medienmaschine, diesem Promi-Hype gehört. Die Medien und PR-Leute erschaffen Karikaturen, um einerseits die Nachfrage nach Promi-News zu befriedigen und andererseits dem Ganzen mehr Glamour zu verleihen. Aber Paddy ist noch immer der, der er ist."

Natalie atmete tief durch.

„Das, was du und Paddy habt und seid, wird sich nicht ändern, ganz gleich was auf der Tour passiert. Er weiß, wie er mit diesem ganzen Mist fertigwird. Er ist Multimillionär und Leadsänger einer der erfolgreichsten Rock-and-Roll-Bands aller Zeiten. Richtig? Oh, sicher, er ist hübsch, sexy und charmant. Und er wirkt immer so lässig. Aber weißt du, was? Keiner dieser Jungs ist lässig, was ihr Geschäft angeht, und Tourneen gehören dazu. Und ja, es gibt einiges, was mir an ihrer Welt nicht gefällt, und ich musste es, wie gesagt, dagegen abwägen, wie sehr ich mit Damien zusammen sein will. Was ich dir auf meine extrem weitschweifende Art zu verstehen geben will: *Geh hin, wenn du dir selbst ein Bild machen willst.* In meinem Fall hilft es, denn ich hasse es, monatelang von Damien getrennt zu sein. Das Reisen macht Spaß. Und es würde mir sogar noch mehr Spaß machen, wenn du mitkämst und ich einen Tourkumpel hätte. Mann, in letzter Zeit kann ich nicht mehr zusammenhängend bei einem Thema bleiben, und wenn's um mein Leben ginge."

Natalie lachte. „Ist schon in Ordnung. Ich verstehe dich. Mehr oder weniger."

„Sie haben vor, das Material bei ein paar Liveauftritten vor Publikum zu testen. Sozusagen eine Brunch-Version von dem, was es später auf Tour sein wird. Vielleicht solltest du versuchen, dir das einmal anzuschauen? Ich kann einfach nicht mit ein paar Sätzen rüberbringen, was da wirklich abgeht. Ob Gutes oder Schlechtes. Es ist jedenfalls ziemlich erstaunlich, wie sie eine Show zusammenstellen. Und auf der Bühne sind sie auch richtig gut."

Natalie nickte. „Vermutlich wäre das ganz sinnvoll."

18. KAPITEL

Fahr mit mir nach Portland", platzte Paddy heraus, als Natalie sich am Telefon meldete. „Ich muss ein paar Weihnachtseinkäufe machen. Wir könnten dort übernachten, beim Roomservice etwas bestellen und richtig schmutzigen Hotelsex haben."

„Ich muss auch noch einiges einkaufen, und für schmutzigen Hotelsex bin ich immer zu haben."

Er lachte. „In zwei Stunden hole ich dich ab. Dann können wir dort etwas essen."

Sie stimmte zu, sprang schnell unter die Dusche und packte eine Übernachtungstasche. Nachdem sie die Blumen gegossen und etwas Lippenstift aufgelegt hatte, war er auch schon da, und sie fuhren los.

„Musst du heute nicht mit deinen Brüdern arbeiten?", fragte sie, als sie Richtung Westen abbogen.

„Wir haben uns eine dreitägige Pause gegönnt. Vier Stücke haben wir fertig, und Ezra will ohne lästige Einmischung geringerer Sterblicher die nächsten beiden aufpolieren."

Sie lachte. „Na gut. Mir soll's recht sein. Ich habe dich vermisst." Er hatte nachts gearbeitet, sie tagsüber, was es schwer machte, sich zu treffen. Selbst an ihren freien Tagen, wenn sie sich nach ihm richten konnte, war es schwierig. Seine ganze Energie war an seine Arbeit gebunden, und sie konnte es verstehen.

Aber das hieß nicht, dass sie ihn nicht vermisst hätte.

„Ich vermisse dich auch. Es ist nicht immer so wie jetzt."

„Paddy, das verstehe ich. Es gehört zu deinem Leben. Die Ausgestaltung braucht Zeit und Energie. Wirklich, es ist in Ordnung. Es wird nicht ewig dauern. Bald genug wird deine Zeit mit anderen Sachen ausgefüllt sein wie Werbeaktionen, Auftritte und dann die Tournee."

„Den Typen vom Label gefällt, was sie bisher gehört haben. Jeremy hat ihnen gebracht, was wir hatten. Deinen Song wollen sie als erste Single rausbringen. Sie sind daran interessiert, einen Imagewechsel vorzunehmen."

„Wozu?"

„Wir sind über das Stadium hinaus, die jungen Teufelskerle zu geben, die sich betrinken und Groupies vögeln."

„Das will ich hoffen."

Er lächelte über ihren Tonfall. „Damien ist verheiratet, und ein Baby ist unterwegs. Ich schreibe Liebeslieder. Sie wollen offensiv damit umgehen und Gerüchte in die Welt setzen, die sie kontrollieren können. Eine etwas reifere Sweet Hollow Ranch. Noch immer sexy, aber geerdet."

„Und was hältst du davon?"

„Ganz ehrlich? Ich hatte selbst schon an so etwas gedacht. Dieses Album ist kontemplativ. Nicht nur meine Sachen, auch die von Ezra. Damien hat zwei Songs, und einer davon wird jedenfalls dabei sein. Vaughans Töchter wachsen heran. Die bedeutenden Ereignisse in unserem Leben haben uns alle verändert. Es ist gut, dass die Leute vom Label es übernehmen wollen, das zu etwas Positivem zu machen. Der wilde Damien wird jetzt ein Daddy. Paddy ist verliebt. Sie haben vorgeschlagen, dass wir zusammen ein Interview geben."

„*Wir* im Sinne von wer? Ihr Jungs? Mary? Sie wird nicht wollen, dass das Baby da in irgendeiner Weise reingezogen wird. Obwohl ich annehme, dass ein Baby nicht wirklich so wiedererkannt werden kann wie ein Kleinkind oder ein älteres Kind."

„Nein. Du und ich."

„Oh. Das ist aber eine Menge Aufmerksamkeit." Ihre persönlichen Angelegenheiten der Öffentlichkeit preisgeben? Ihr Vater könnte es sehen und Geschmack daran finden. Millionen Was-wäre-wenn-Fragen schossen ihr durch den Kopf.

„Ja. Ich habe ihnen gesagt, dass ich mit dir darüber reden will, aber es liegt ganz bei dir. Als ich ihnen erklärt habe, dass dir sehr viel an deiner Privatsphäre liegt, haben sie versprochen, die Fragen auf das zu beschränken, worüber du bereit wärest zu reden, und dass du entscheiden könntest, welche Fotos sie verwenden."

„Das klingt, als würdest du es für eine gute Idee halten."

„Ich denke, es ist ganz allein deine Entscheidung."

„Ich will wissen, was du davon hältst. Ich werde meine eigene Entscheidung treffen, aber ich frage dich."

„Mir gefällt daran, dass ich dich vorzeigen könnte. Ich weiß, es klingt komisch, aber ich will, dass die Leute sehen, wer die Person ist, in die ich mich verliebt habe. Andererseits befürchte ich aber auch, dass die Medien das Gefühl haben könnten, die Jagdsaison auf mein Privatleben sei eröffnet, wenn wir sie erst einmal dazu einladen. Das hat mich früher nicht so sehr gestört, aber jetzt liebe ich eine Frau, der sehr viel an ihrer Privatsphäre gelegen ist und die nicht wie ich hinter großen, durch Alarmanlagen gesicherten Toren lebt."

„Würde es euch helfen? Ich meine publicitymäßig."

„Es geht uns gut, Nat. Auch ohne dieses Interview wird es uns gut gehen."

„Aber wenn ich es mache, würde das dieser neuen Image-Geschichte helfen?"

„Wahrscheinlich. Du bist schön, aber auf eine Weise, mit der man sich identifizieren kann. Wir sind eine Wiedervereinigungsstory. Die Leute stehen auf zweite Chancen in der Liebe. Dann bist du auch noch Bibliothekarin. Das Publikum wird ausflippen. Aber die Kehrseite ist, dass du eine Bibliothekarin in einer relativ kleinen Stadt und daher leicht zu finden bist. Das könnte der Bibliothek vielleicht etwas Geld einbringen, aber es könnte auch schlimm enden, weil Leute dort herumschnüffeln, um Fotos von dir zu machen. Es ist keine leichte Entscheidung, das weiß ich. Und wenn du nicht willst, habe ich vollstes Verständnis dafür."

„Ich brauche Zeit, um darüber nachzudenken."

„Natürlich. Ich habe es dir nicht gesagt, um dich zu drängen, sondern wollte nur, dass du weißt, dass darüber gesprochen wurde. Ich versuche, offen und ehrlich mit dir zu sein."

Ihr Vater hatte sie seit diesem Showdown mit ihrer Großmutter vor Thanksgiving in Ruhe gelassen. Aber wenn sie in den Medien auftauchte, könnte er auf den Gedanken kommen, wieder herumzuschnüffeln. Er lechzte so sehr nach Aufmerksamkeit.

Die Verlockung, die Aufmerksamkeit der Medien auf sich zu lenken, wäre zu groß, als dass er daran vorbeikäme.

Andererseits war es ihr Leben. Sie wollte Paddy helfen. Und um ehrlich zu sein, irgendwie törnte eine solche Liebeserklärung in aller Öffentlichkeit sie auch an. Aber wäre es nicht so, als würde einem der Name eines anderen eintätowiert? Wie ein Fluch?

Argh!

Sie war bescheuert, und sie weigerte sich, noch weiter darüber nachzudenken.

„Genauso versuchen sie auch, Ezra dazu zu bewegen, bei der Tour mitzumachen, wenigstens bei ein paar Auftritten."

„Wow."

„Es ist allein seine Entscheidung. Ich spiele gern mit Ezra. Er ist das Rückgrat der Band, ob er mit auf die Bühne kommt oder nicht. Aber das Touren hätte ihn beinahe umgebracht. Jetzt hat er sein Leben wieder auf der Reihe. Für ihn gibt es nichts Wichtigeres, als dass er alles im Griff behält."

Paddy hielt vor einem schönen Gebäude, das eher aussah wie ein großes altes Herrenhaus als wie ein herkömmliches Hotel. Direkt am Fluss gelegen, die Aussicht war vermutlich fantastisch.

Der Hoteldiener kam heraus, und der Page holte ihr Gepäck.

Wie sich herausstellte, war ihr Zimmer eine Suite, von der aus man sowohl eine Aussicht auf den Willamette als auch auf das Stadtzentrum von Portland hatte. Nachdem ihre Sachen gebracht worden waren, drehte Paddy sich zu ihr um. „Gefällt's dir?"

„Es ist fantastisch." Im Wohnzimmer der Suite gab es sogar einen offenen Kamin.

„Kurz bevor wir uns wieder über den Weg gelaufen sind, habe ich River Place entdeckt. Es ist das erste Mal, dass ich in dieser Suite bin. Sie war bereits gebucht, als ich vorher hier war. Aber mir gefällt der Park nebenan, und der Ausblick ist einfach schön." Er trat auf sie zu. „So wie du."

„Oh, du bist so gut, Hurley."

Er grinste und küsste sie langsam und entspannt.

„Zuerst gehen wir einkaufen, und wenn wir zurückkommen, werden wir uns massieren lassen, und dann werde ich dich so durchvögeln, dass uns beim Auschecken niemand in die Augen sehen kann, weil du so einen Lärm gemacht hast."

„Das ist ein sehr kühnes Versprechen."

„Ein Versprechen, dessen Einlösung mir eine Menge Vergnügen bereiten wird."

„Dann kann ich mich ja nur doppelt darauf freuen."

Beim Einkaufen in der Stadt gingen sie Hand in Hand. Paddy trug eine Wollmütze nebst Sonnenbrille, aber selbst verkleidet sah er noch göttlich aus. Natürlich schauten die Leute zweimal hin, und wenn sie es taten, erkannten sie, dass er berühmt war.

In Powell's Buchhandlung wurden sie, die Arme voller Bücher, von einer Gruppe Jungs bedrängt, die vermutlich zum College gingen.

„Du bist Paddy Hurley! Mensch, Alter! Wir haben euch bei eurer letzten Tour sechsmal gesehen. Wegen einer Show sind wir sogar nach Utah gefahren, und dann waren wir bergsteigen. Aber das war obergeil. Kann ich ein Autogramm von dir haben?"

Paddy sah Natalie entschuldigend an, aber sie lächelte nur und nahm ihm die Bücher ab, die er getragen hatte. Einer der Jungs sah es und reichte ihr den kleinen Einkaufskorb, den er bei sich hatte.

„Oh, hier, du kannst meinen Korb nehmen. Ich hole mir einen anderen."

„Danke." Er half ihr sogar, die Bücher zu verstauen.

„Wann bringt ihr endlich eine neue Platte raus? Das ist jetzt fast drei Jahre her!"

Paddy setzte seine Unterschrift auf irgendwelche Sachen, hielt jedoch ein Auge auf Natalie, und es entging ihm nicht, dass einer der Kerle aus der Gruppe ihr mit dem Korb geholfen hatte und nun immer wieder zu ihr hinüberschielte. Nicht, dass Paddy ihm das verübeln konnte, aber immerhin war sie seine Frau.

„Momentan stellen wir das Album gerade fertig. Im Januar soll es rauskommen. Wir gehen auch auf Tour, ab Anfang Februar."

Er gab dem nächsten sein Autogramm.

„Wo werdet ihr spielen?"

„Behaltet die Website im Auge. Da wird bald alles angekündigt." Das Label arbeitete auf Hochtouren daran. Sie würden das Album rausbringen und gleich darauf mit der Tournee beginnen und so lange unterwegs sein, wie Marys Schwangerschaft es zuließ. Es war entweder das oder abwarten und die Tour später im Jahr mit einem Baby machen. Damien machte sich Sorgen über die Sicherheit und auch darüber, wie Mary damit klarkäme, also hatten sie sich für die Variante Anfang des Jahres entschieden.

„Geil. Vielen, vielen Dank, Mann. Es ist eine Ehre, dich kennenzulernen." Der dritte Kerl quetschte ihm die Hand und grinste von einem Ohr zum anderen. „Und deine Freundin ist wahnsinnig hübsch. Verdammt."

„Da stimme ich dir absolut zu, Mann. Euch allen noch einen schönen Tag. Wir werden jetzt mal weiter einkaufen."

Zögernd zogen sie ab und winkten ihnen noch mal über die Schulter zu, während Paddy ihr den Korb abnahm. „Tut mir leid."

„Ach was, da muss dir nichts leidtun. Eigentlich waren sie doch ziemlich süß. Du kannst gut mit ihnen umgehen."

Besser eine Gruppe Kerle als Frauen, dachte er. Dazu würde es auch irgendwann kommen; schließlich gehörte es zu seinem Gig, und diese Seite daran hatte ihm immer gefallen. Aber er wollte nicht, dass Natalie deswegen ausflippte. Das eine Mal in diesem Lebensmittelladen war eine Sache, aber das hier war noch mal etwas ganz anderes.

„Lass uns das hier bezahlen. Ich muss noch in ein paar andere Läden, und dann gehen wir etwas essen."

Unterwegs wurden sie noch zweimal aufgehalten. Das letzte Mal war eher unerfreulich.

„Oh, hey, Paddy!"

Gerade wollte er auf dem Bürgersteig zu der Stelle gehen, wo er geparkt hatte, als er die Stimme hörte.

Er hatte beide Arme voller Einkaufsbeutel, aber er stellte sich trotzdem neben Natalie, als die beiden Frauen auf ihn zustürmten.

Brutal stieß eine der beiden Natalie zur Seite, um ihren Platz einzunehmen.

„Da stehe ich." Natalie klang nicht gerade höflich, obwohl er anerkennen musste, dass sie ihr Temperament zügelte.

Die Frau warf ihr kurz einen Blick zu, zuckte mit den Schultern und drehte sich wieder zu Paddy um.

„Hey, du", schaltete der sich ein, „vielleicht hast du es nicht gehört. Oder gesehen. Aber da steht schon jemand. Kannst du bitte weggehen?"

„Oh." Die Frau drehte sich um, musterte Natalie von Kopf bis Fuß und baute sich dann so vor ihm auf, dass sie Natalie weiterhin den Rücken zukehrte.

„Was fehlt euch denn, Ladys? Wir sind auf dem Weg zum Lunch."

„Erinnerst du dich nicht an uns? Das Gorge, als du mit Adrian Brown dort warst?" Sie strich sich mit der Zunge über die Lippen, und Natalie schnaubte verächtlich.

„Okay. Also, auf diesen Erinnerungstrip werde ich mal verzichten. Vor allem, weil das ziemlich unhöflich ist, wenn meine Freundin hier neben mir steht. Guten Tag noch, euch beiden." Er ging um sie herum, wobei er die Taschen in eine Hand nahm, um die andere beim Weggehen an Natalies Rücken zu legen.

Als er hörte, wie eine der Frauen Natalie „Schlampe" nachrief, erstarrte er und drehte sich um.

„Nein." Natalie schüttelte den Kopf. „Lass doch. Wen interessiert's?"

„Mich."

„Aber mich nicht. Die beiden haben für mich nicht die geringste Bedeutung. Und für dich auch nicht, was zwar irgendwie traurig ist und alles, aber so ist es nun mal. Komm weiter. Wir gehen essen. Du musst meine Ehre nicht verteidigen."

Paddy brummte irgendwas, drehte sich jedoch wieder um und ging weiter. „Das gefällt mir nicht. Du verdienst Respekt."

„Ich respektiere mich. Du respektierst mich. Was die beiden denken, spielt für mich keine Rolle."

Sie fuhren zum Hotel zurück und bestellten etwas beim Zimmerservice. Anschließend zog er sie an sich. „Ich bedaure, wie der Tag heute gelaufen ist."

„Wieso? Weil du den Tag mit mir verbracht hast anstatt im Studio? Weil du deinen Fans geantwortet hast, wenn sie dich erkannt haben und mit dir kommunizieren wollten? Ich erwarte nicht, dass du mir ständig hundertprozentig deine Aufmerksamkeit widmest."

„Nein, aber das sollte ein Tag für dich und mich sein, und die ganze Zeit wurden wir unterbrochen."

„Dreimal in drei Stunden. Allzu schlimm ist das nicht."

„Und diese Frauen. Es ist mir peinlich."

„Paddy." Seufzend löste sie sich von ihm, stellte sich ans Fenster und sah auf den Fluss hinaus. „Finde ich es toll, dass du dich von einer Seite des Globus auf die andere gevögelt hast? Nicht wirklich. Aber ich bin keine Jungfrau, und das, was du gemacht hast, als wir nicht zusammen waren, geht mich nichts an. Daher schätze ich, dass ich eigentlich lieber fragen sollte, warum es dir peinlich ist."

Manchmal war sie erschreckend scharfsinnig.

„Es ist irgendwie abgefuckt. Total schäbig. Aber offensichtlich muss ich mit den beiden im Bett gewesen sein."

„Mit beiden gleichzeitig, nehme ich an, und ich wette, es war nicht das erste Mal, dass du einen Dreier hattest. Aber was soll's? Du bist ein Mann in der Blüte seines Lebens. Du bist attraktiv und stark. Dazu noch charismatisch und berühmt. Schließlich ist es kein Geheimnis, dass Kerle gern zwei Frauen auf einmal nageln. Wir sind nicht blöd. Nicht einmal die beiden Kühe, die dich eben angebaggert haben. Das Problem kann also nicht der flotte Dreier sein."

„Fällt dir auf, dass du nichts dagegen eingewendet hast, dass es abgefuckt und schäbig ist."

Sie sah ihn nur an, und er seufzte.

„Ich bin hier mit dir in einem Hotelzimmer. Mit einer Frau, mit der ich vor ewigen Jahren mal eine Affäre hatte, aber ich habe mich sofort an dich erinnert. In der Sekunde, in der ich dich sah. Ich will nicht, dass du denkst, du bist wie sie."

Natalie lachte. „Aber *sie* sind wie sie. Verstehst du, was ich meine? Könnte es sein, dass es dir peinlich ist, deinen Schwanz in so viele Frauen geschoben zu haben, dass es für dich wie Fast Food ist? Du weißt nicht mehr, in welcher Burger-Bude du gegessen hast, und am Ende des Tages hast du noch immer ein leeres Gefühl im Magen? Nicht jede sexuelle Begegnung muss tiefe, bedeutsame Liebe sein. Aber wenn du dir immer nur das Ein-Dollar-Menü gönnst, ist es nach einer Weile so, als würdest du dich behandeln, als wärest du selbst nur einen Dollar wert."

„Autsch."

Sie legte eine Hand an seine Wange. „Ich finde, du bist mehr wert als das Ein-Dollar-Menü. Du sollst dich nicht schlecht fühlen, weil du unwiderstehlich bist. Das verstehe ich besser, als es diese Frauen je verstehen werden. Ich will auch nicht, dass du dich schlecht fühlst, weil du dir die Zeit nimmst, mit deinen Fans zu reden. Und ich will nicht einmal, dass du dich schuldig fühlst, weil du mit so vielen Frauen geschlafen hast, dass du dich an einen Dreier nicht mehr erinnern kannst. Wenn du bei der Erinnerung daran das Gefühl hast, dass es abgefuckt und schäbig war, dann war es das vielleicht auch." Ihre Miene war betrübt. „Aber du kannst nicht zurückgehen und es ändern. Und machen wir uns nichts vor, du würdest es auch nicht tun. Es ist okay, dass du die Lage ausgenutzt hast, schließlich wollen junge Männer vor allem deshalb Rockstars werden."

„Aber ich habe dich. Und ich kenne den Unterschied zwischen dem, was echt ist, und dem, was abgefuckt ist. Deshalb habe ich das Gefühl, dir gegenüber und dem, was uns verbindet, respektlos zu sein."

„Ich kann dir nicht sagen, wie du dich fühlen sollst. Es ist total nett, dass du dir Sorgen um meine Gefühle machst. Aber wenn ich mein Unbehagen über deinen Lebensstil zum Ausdruck bringe, dann nicht, weil du Unmengen Mädels gebumst hast, bevor ich auf der Bildfläche erschienen bin. Respektiere mich einfach jetzt, wo wir zusammen sind. Okay? Das ist es, was ich brauche. Es ist nicht nötig, dass du dich schlecht fühlst, weil irgendeine stutenbissige Zicke mich aus dem Weg schiebt und versucht, dich mitten auf der Straße zu bumsen. Du hast es gedeichselt. Wir sind hier. Jetzt, in diesem Augenblick."

„Ich habe so ein Glück. Weißt du das?"

Sie nickte. „Aber total."

Bevor er dazu kam, ihr zu zeigen, wie viel Glück *sie* haben könnte, war der Zimmerservice an der Tür, um das Essen aufzutragen.

„Ausgebremst."

Natalie lachte, als er zur Tür ging. „Es ist in Ordnung. Jetzt werde ich nur länger daran denken."

„Das funktioniert auch."

Natalie zog sich kurz zurück, und als sie wiederkam, war im Kamin ein Feuer gebaut, das fröhlich vor sich hin knisterte. Ihr Lunch war angerichtet, und wartete nur darauf, verzehrt zu werden. Paddy war gerade dabei, ein Stück von dem Schokoladenkuchen zu probieren.

„Was? Es ist völlig in Ordnung, Weihnachten das Dessert zuerst zu essen. Das ist die amerikanische Lebensart und überhaupt."

Sie verdrehte die Augen, setzte sich, bediente sich selbst und stöhnte entzückt. „Der ist wirklich gut."

Die Suppe, die sie bestellt hatte, war perfekt und wärmte sie auf. „Als ich zum ersten Mal Kürbissuppe probiert habe, konnte ich mir nicht vorstellen, dass sie gut schmecken könnte. Ich habe die Nase gerümpft, und Tuesday meinte, ich solle mich schämen, also habe ich sie probiert. Gewöhnlich hat sie recht. Sie war köstlich."

„Habe ich mir das nur eingebildet, oder hat es tatsächlich leicht gefunkt, als sie und Ezra sich neulich kennengelernt haben?"

„Das hast nicht nur du gesehen. Aber sie ist … nun, man kommt nicht so leicht an sie heran. Nachdem Eric gestorben war, hatte sie eine schwere Zeit. Ich weiß nicht, ob sie für mehr als ein paar Funken bereit ist. Hin und wieder hat sie mal ein Date, ich glaube, vor allem, um Sex zu haben." Aber ihre Freundin hatte sich viel zu gut mit der Dunkelheit in ihrem Inneren eingerichtet.

„Das erste Mal, dass ich wirklich begriff, dass Ezra in Schwierigkeiten steckte, war unterwegs. Es war die zweite Tournee, gleich nachdem wir wirklich groß rausgekommen waren."

Darüber hatte er noch nie mit ihr gesprochen, deshalb lehnte sie sich zurück und hörte zu.

„Wir alle … Hör zu, ich werde nicht so tun, als wäre ich ein Unschuldslamm. Ich hatte selbst genug Probleme, nur dass ich mehr auf Koks abfuhr als auf Heroin. Ein paarmal habe ich es mit ihm zusammen ausprobiert, aber während es ihm gefiel, sich davon runterholen und beruhigen zu lassen, wollte ich das Gegenteil. Ich war gern wach und stand auf diesen kreativen Kick, den mir das Koks verschafft hat. Zumindest am Anfang, bis es mir dann die Stimme versaut, mein ganzes Geld geschluckt und mir den Schwanz weich gemacht hat. Das hat mir gereicht, um nach einer Weile die Finger davon zu lassen. Wie auch immer, jedenfalls waren wir auf Tour, und Ezra fing an, sich Zimmer auf einem anderen Flur zu besorgen. Zuerst sah es so aus … na ja, ich brauche auch manchmal dringend Abstand von den anderen. Aber dann ist mir aufgefallen, dass sein Dealer in jeder verdammten Stadt bei uns auftauchte."

Einen Augenblick starrte er vor sich hin ins Leere, seufzte und aß noch etwas. „Er nahm immer mehr ab, es war echt der Wahnsinn. Einmal saßen wir beim Essen, und er ist mittendrin verschwunden. Erklärte, er sei mal kurz zur Toilette, und kam dann einfach nicht wieder. Das war ein Dinner mit Leuten vom Rolling-Stone-Magazin, um Gottes willen! Deshalb dachte ich, vielleicht ist er gefallen oder hat sich verletzt, und bin los, um ihn zu suchen. Er war in der Kabine, saß bewusstlos auf der Toilette und hatte seine verdammte Spritze noch immer im Arm."

Mehr als einmal hatte sie so etwas selbst erlebt, und bei der Erinnerung daran kam ihr die Galle hoch. Allein die Vorstellung, dass jemand, der so gesund und munter war wie Ezra, je in diesem Zustand gewesen sein konnte, ließ ihren Magen rotieren. Am schlimmsten aber war zu hören, wie Paddy darüber sprach. Sie hörte seine Wut heraus, seinen Schmerz, und sie *verstand* es so gut.

Gleichzeitig ärgerte sie sich, weil ihr Vater die Erfahrung, sich wieder in den Griff zu bekommen, nie wirklich gemacht hatte. Sie kannte ihn gar nicht anders als völlig verkorkst.

„Ich habe ihm nur deshalb nicht in den Arsch getreten, weil Jeremy kam, um nach uns zu sehen. Wir haben Ezra ein Taxi besorgt, und Jeremy ist mit ihm ins Hotel gefahren, während ich mich wieder an den Tisch gesetzt und ihn entschuldigt habe. Ich erklärte, dass Ezra schlecht geworden sei und Jeremy ihn zurückgebracht hätte, damit er sich ausruhen kann. In der nächsten Ausgabe erschien ein Artikel über uns, und der war nicht gut. Damals standen die Dinge allerdings schon so schlecht um die Band, dass es gar nichts mehr ausmachte, ob der Rolling Stone negativ über uns berichtete. Es war so, als hätte Ezra seine Sucht genauso akzeptiert, wie er es vorher akzeptiert hatte, die Band zum Erfolg zu führen. Er umklammerte das Heroin, als wäre es sein Ein und Alles. Er erschien nicht zum Soundcheck. Vor einer Show musste ständig einer von uns in seiner Nähe bleiben, sonst wäre er Stunden später gekommen. Damals fing ich an, auf der Bühne seinen Platz auszufüllen und mehr Gesang zu übernehmen. Das mussten wir tun, denn er tauchte einfach nicht auf. Zum Teufel, selbst wenn er körperlich da war, hieß es nicht, dass er wirklich aufgetaucht wäre. Einmal ist er einfach auf der Bühne weggepennt. Einfach so, vor Tausenden von Leuten. Vorher hatte er bereits so schlecht gespielt, dass sie ihm die Verstärker abgestellt hatten, damit ihn niemand hören konnte. Und er schlief einfach ein. In diesem Moment war es für mich, als sähe ich einen Fremden, der meinen Bruder umgebracht hatte. Die Wut hat mich einfach überwältigt." Und eine große Scham, vermutete Natalie. Angst und Hilflosigkeit. „Ich habe ihn in dem Augenblick so gehasst."

Daran konnte sie sich erinnern. Sie erinnerte sich daran, dass sie diese Aufnahmen im Fernsehen gesehen hatte. Und sie erinnerte sich auch daran, wie sich diese plötzliche eiskalte Wut auf einen anderen Menschen anfühlte.

„Du hast ihn angegriffen. Gleich dort auf der Bühne, und du hast ihn zu Boden geschlagen."

„Ja, das habe ich. Anscheinend vor der ganzen Welt." Er schnaubte. „Ich hätte mir denken können, dass du das gesehen hast. Dieser Film verfolgt mich bis heute. Aber ich hatte einfach … Er war nicht einmal mehr mein Bruder. Es war, als wäre er von irgendwas besessen. Etwas Hässlichem, etwas Grauenvollem. Von einem abscheulichem Laster. Er hatte uns bestohlen. Seine Familie. Und er hat Leute in unser Leben gebracht, denen es nichts ausmachte, uns übel mitzuspielen. Sie brauchten nur Geld für Drogen. Und sie waren überall! Jeremy und die Leute vom Label haben sich eingeschaltet und haben es ziemlich gut hingekriegt, diese Typen aus dem Backstagebereich fernzuhalten. Aber Ezra hat sich seiner Aufpasser entledigt, um sich Drogen zu besorgen. So etwas hätte mein großer Bruder niemals gemacht. Niemals hätte er aufgegeben, was wir gemeinsam aufgebaut hatten. Er hat *alles* in Gefahr gebracht, sein eigenes Leben mit eingeschlossen. Ich glaube nicht, dass ich jemals so wütend war wie damals."

Über den Tisch hinweg griff sie nach seiner Hand und strich ihm mit dem Daumen über die Finger.

Paddy hob den Kopf, und sein abwesender Blick rastete wieder ein, als er sie anschaute. Er wusste, dass sie solche Situationen kannte. „Du verstehst mich. Manchmal ist es beängstigend, wie gut du das tust. Du verstehst die Angst und die Wut. Die Schuldgefühle und die Augenblicke, wenn du sie einfach so sehr hasst, weil sie sich nicht für dich entscheiden, sondern weiter konsumieren."

Natalie brachte zwar ein Lächeln zustande, aber sie hatte ihre eigene Angst, die sie herunterwürgen musste. „Ja."

„Wir haben uns also geprügelt, vor all diesen Leuten. Er hat sich den Kopf an der Ecke eines Lautsprechers aufgeschlagen.

Gesichtswunden sind am schlimmsten, denn sie bluten so stark. Aber er hatte es damals nicht einmal gemerkt."

Unsicher holte er Luft. „Es tut mir leid, ich hätte dir das nicht alles aufbürden sollen."

„Warum nicht? So lernt man sich nach und nach kennen, indem man sich Sachen erzählt."

„Es ist nur nicht wirklich an mir, diese Geschichte zu erzählen. Heute ist Ezra nicht mehr so."

„Manchmal redet man über eine schlimme Erinnerung, damit der andere die Last mit einem teilt, oder man teilt ein wenig von sich mit, um herauszufinden, ob man dem anderen vertrauen kann. Wie du gesagt hast, ich verstehe das. Und ich bin neidisch, weil Ezra stärker ist als mein Vater und die Kurve gekriegt hat. Nein, Paddy, du warst zwar nicht derjenige, der abhängig war, aber es ist genauso deine Geschichte wie seine. Bei Abhängigkeit geht es nicht nur um die Person, die süchtig ist."

Im Hinterkopf hatte sie immer gewusst, dass etwas Unerwartetes passieren würde, wenn sie die Tür auch nur einen Spalt weit öffnete. Schon im Juli, als Paddy zum ersten Mal wieder in ihrem Leben aufgetaucht war. Wahrscheinlich war das auch der Grund, weshalb sie damals versucht hatte, ihn zurückzuhalten; weshalb sie versucht hatte, alles unter Kontrolle zu halten, was so sehr wehtun konnte, wenn es schiefging.

Paddy war schön, klug, talentiert und humorvoll, aber er brachte so vieles in ihr Leben, wovor sie sich schrecklich fürchtete. Die Gefühle, die sie für ihn hegte, bedeuteten, dass er die Macht hatte, sie so leiden zu lassen, dass nicht einmal die Jahre ihrer Kindheit damit vergleichbar wären.

Weil nämlich … In Momenten wie diesen erhielt er Zugang zu all ihren Wunden, denn wenn er sich ihr so mitteilte, bedeutete das, dass sie Zugang zu seinen Wunden hatte, und damit auch die Verantwortung, das für ihn zu sein, was er brauchte. Himmel, überhaupt erst mal herauszufinden, was er brauchte. Jedenfalls mehr als ein mitfühlendes Nicken. Manchmal brauchte er die harte Wahrheit, und sie musste ihm vielleicht wehtun, um ihm weiterzuhelfen. Und was, wenn sie es verbockte?

Er hob ihre Hand, die auf seiner lag, an den Mund und küsste sie. „Ich vermute, dass du mehr davon weißt als die meisten Menschen. Sie hatten ihn backstage verarztet, und dann war er verschwunden. Gefunden wurde er in einem Laden, neben dem diese Absteige damals an der Kegelbahn aussah wie das Four Seasons. Er war so hässlich. Er kam gerade wieder runter und hat uns Sachen an den Kopf geworfen, mit denen wir uns später tatsächlich in der Therapie auseinandersetzen mussten." Er schüttelte sich.

„Aber er hat die Therapie mit euch gemacht."

Er nickte. „Meine Mom hat uns aufgefordert, sie mit Ezra in einem Zimmer einzuschließen. Wir haben die Tür und das Fenster im Bad von außen bewacht, und sie waren eine lange Zeit da drin. Als sie herauskamen, hatte er sich mit einer Entziehungskur einverstanden erklärt. Ich werde Jeremy ewig dankbar sein, denn sie haben Ez in einer total abgelegenen, wirklich tollen stationären Einrichtung untergebracht. Und als er zurückkam, hatte er sich verändert. Er war zwar nicht der Ezra, der er vorher gewesen war. Nicht ganz. Da waren Schatten in seinem Blick und eine Ernsthaftigkeit, die er sonst nicht gehabt hatte. Aber wir alle haben die Therapie mit ihm gemacht und vieles aufgearbeitet. Hin und wieder, wenn er das Gefühl hat, etwas loswerden zu müssen, geht er wieder hin."

Natalie mochte Ezra, und es gefiel ihr, wie er mit seinem Scheiß aufräumte und wie viel ihm an seiner Familie lag. Sie war begeistert, dass er den Entzug gemacht hatte und clean geblieben war. Aber sie konnte nicht leugnen, dass sich in ihrem Bauch auch leiser Neid regte.

„Es tut mir leid, wenn ich dich durcheinandergebracht habe. Ich wollte nur ... Ezra hat auch seine Dunkelheit, und ich habe mehr gesagt, als ich beabsichtigt hatte. Ich wollte nur sagen, dass er vielleicht jemanden braucht, der mit diesem inneren Schmerz so vertraut ist wie er."

„Vielleicht. Ich habe Tuesday damit aufgezogen. Ich weiß, dass sie ihn geradezu lächerlich attraktiv findet, aber andererseits ... hallo, er *ist* nun mal lächerlich attraktiv. Und dass du mir das alles erzählt hast? Dass du es mir anvertraut hast? Das hat mich nicht durcheinandergebracht. Nicht in dieser Hinsicht. Ezra ist nicht mein Dad. Er hat sich zusammengerissen. Er hat ein Leben, und ist wieder in der Spur."

„Trotzdem ist er immer noch ein Arsch, der eine Menge Mist zu verdauen hat. Aber er ist der stärkste Mensch, den ich kenne. Als er den Entzug gemacht hatte, war es furchtbar. Aber er hat es geschafft und sein Leben wieder aufgebaut. Das bewundere ich wirklich sehr."

„Dann braucht er das vielleicht gar nicht, wieder mit euch zu touren?"

Paddy dachte darüber nach. „Vielleicht braucht er es mehr, als ich dachte. Wie auch immer, eins weiß ich – er kann seine Entscheidung selbst treffen, und ich werde ihn so oder so unterstützen. Danke fürs Zuhören."

„Das gehört zum Service, den ich biete."

Er lächelte sie an, und die Intensität des Augenblicks verwandelte sich in etwas völlig anderes. Er stand auf, steckte seinen iPod ins Dock und öffnete die Playlist *Natalie*. Gleich darauf klangen die ersten Akkorde der Death Cab for Cutie „Transatlanticism" aus den Lautsprechern und füllten den Raum.

Als er sich wieder umdrehte, sah er, dass sie ihn beobachtete.

„Ich glaube, du musst aufstehen."

Sie warf ihm einen kurzen Blick zu, und tat es.

Jedes Mal, wenn er beim Sex die Zügel in die Hand nahm, und sie es zuließ, jedes Mal, wenn sie darauf vertraute, dass er das war, was sie brauchte, lernte er ebenso etwas über sich selbst wie über sie.

„Du bist so schön."

Ihre Wimpern senkten sich, ein erfreutes Lächeln spielte um ihre Lippen, und ihre Wangen färbten sich in einem hübschen Rosa.

„Zeig es mir. Zieh dich aus und zeig mir diese ganze hübsche Haut und das Tattoo, mein ganz privates Kunstwerk."

Er lehnte sich auf der Couch zurück und ballte die Hände zu Fäusten, um ihr nicht die Kleider vom Leib zu reißen.

Zuerst schob sie sich die Schuhe mit den Zehen von den Füßen, dann knöpfte sie die weiche Hose auf und zog den Reißverschluss herunter. Weil sie wusste, dass er zusah, ließ sie ihren Slip an – dunkelblau auf ihrer weißen Haut, an beiden Seiten mit Bändern geschnürt. Es war das Höschen, das ihm am besten gefiel.

Er spürte ein Ziehen im Bauch, weil sie es nur für ihn angezogen hatte, damit er es sehen konnte, bevor sie es auszog.

Für ihn.

Über ihre Socken musste er lächeln. Es waren Wonder-Woman-Socken.

„Ein Geschenk von Jenny."

Das leuchtete ein. „Genehmigt."

„Das war mir klar."

Paddy sog scharf die Luft ein. Dieser Tanz ... dass sie die Kontrolle aufgab und er sie übernahm ... war heikel. Aber sie wusste genau, was sie tat. Was es umso beeindruckender machte, denn sie hatte sich entschieden, ihm das Kommando zu überlassen.

Dieser verspannte Kontrollfreak, die Frau, die sein Leben mit ihm teilte, hatte sich bewusst dafür entschieden, sich ihm auf diese Weise zu schenken. Es machte ihn stolz, dass er ihr so viel wert war, während er gleichzeitig panische Angst davor hatte, es zu vermasseln.

Paddy versuchte, das Gleichgewicht mit ihr zu finden. Er wollte, dass sie ihm vertraute, und freute sich, wenn sie es tat. Aber er arbeitete noch daran, irgendwie die Balance zu finden. Er wollte nicht ständig auf Eierschalen gehen und auch nicht so vorsichtig sein, dass am Ende das ganze Feuer zwischen ihnen verloren ging.

Er ging es einfach peu à peu an und versuchte zu lernen, versuchte zuzuhören. Definitiv genoss er es, diese Frau zu lieben, die ihm jeden Moment, selbst wenn sie stritten, die Mühe wert war.

Sie ließ die Hände über ihren Bauch nach oben gleiten, hielt inne, um ihre Brüste durch die Kleidung hindurch zu umfassen, und streichelte sich dann hoch zu ihrem Hals. Er gab ein entzücktes Brummen von sich. Es war frech.

Jeden Einzelnen der kleinen perlenförmigen Knöpfe an ihrer Strickjacke knöpfte sie auf, schlüpfte dann heraus und warf sie hinter ihn auf die Couch. Ein Hauch von ihrem Duft stieg davon auf, als das sündhaft weiche Kaschmirteil bei der Landung seine Haut streichelte.

Das Stück ging zu Ende, und „Lightness" erklang.

„Da steht aber jemand auf Death Cab for Cutie."

„Es ist deine Playlist. Da sind auch noch andere Bands drauf, aber Shuffle hat offenbar entschieden, dass das ein guter Anfang ist. Ich bin einverstanden."

„Tatsächlich?" Sie sang den Text mit, bis zu der Stelle, wo ein Herz mit einem Fluss verglichen wird, und er sang den Rest.

„Wie kommt es, dass ich gar nicht wusste, dass du singen kannst?"

Ohne die Frage zu beantworten, kreuzte sie die Arme vor der Taille, packte den Saum ihres T-Shirts, zog es über den Kopf und warf es zu ihrer Jacke.

„Oh, na, jetzt aber …"

Der BH passte eindeutig zu ihrem Slip. Er war dunkelblau, lief in der Mitte zu einem V zusammen, das zwischen ihren Brüsten endete, die er liebevoll aneinanderdrückte und so die herrlichsten Kurven formte, die er je gesehen hatte.

„Ich dachte mir, dass er dir gefällt."

„Er würde mir sogar noch besser gefallen, wenn er mit dem Rest deiner Kleidung auf einem Haufen liegt."

Lächelnd griff sie hinter sich und öffnete den Verschluss des BHs. Dann warf sie ihn zum Rest ihrer Kleidung.

„No One's Gonna Love You" von Band of Horses setzte ein. Sie schaute auf und begegnete seinem Blick.

„Also, wie kommt es, dass ich nicht wusste, dass du singen kannst?" Ohne sich zu rühren, beobachtete er, wie sie sich auf den Songtext konzentrierte.

„Das ist ungefähr dasselbe, als würde man Kelly Slater sagen, dass man auch surft. Jedenfalls ist es kein Hobby oder sonst was, das ich woanders als im Haus oder im Auto machen würde."

„Das Höschen kannst du ausziehen. Aber die Socken gefallen mir."

So langsam wie möglich löste sie erst das eine Band, dann das andere, und zupfte dann an dem Höschen, bis es ihr vom Körper rutschte.

„Dich nackt anzuschauen ist wie im Supermarkt einkaufen, wenn man richtig Hunger hat. Ich kann es kaum erwarten und würde am liebsten jeden Zentimeter deines Körpers sofort verschlingen, obwohl ich weiß, dass es besser für mich ist, mir Zeit zu lassen."

„Du verstehst es wirklich gut, so etwas auszudrücken."

„Ich muss dich warnen, vieles davon wird in Songtexten verarbeitet."

Wieder errötete sie, und er setzte sich in Bewegung, wobei er sich zwang, langsam vorzugehen.

Er küsste sie, von der Schulter bis zu zum Hals und weiter hinauf zu ihrem Ohr. Dort atmete er tief ein, und der Duft ihrer Haut besänftigte ihn etwas, obwohl sein Schwanz so hart war, dass es schon schmerzte.

Sie drehte den Kopf, um die nächsten Küsse zu empfangen, und ihre Zungen spielten miteinander und neckten sich. Er hätte sie stundenlang küssen können.

„Vor dir habe ich das Küssen völlig unterschätzt." Wieder und wieder küsste er sie, so lange, bis sie sein Hemd an den Schultern umklammerte. „Und dein Geschmack, oh Gott!"

Als sie einen Mundwinkel leicht anhob, leckte er über das Grübchen, das sich dort bildete.

Dann wandte er sich der anderen Seite zu, knabberte sich an ihrem Hals entlang bis zu ihrer linken Brust, saugte überall an diesem knackigen Fleisch und ließ sie seine Zähne spüren. „Ich verpasse dir hier einen Knutschfleck, denn es gefällt mir, wenn du weißt, wer es dir gut gehen lässt, und dass es unser kleines Geheimnis ist."

Sie schnappte zittrig nach Luft, und er ließ sich lächelnd vor ihr auf die Knie nieder.

Sie schob ihre Hände in seine Haare und hielt seinen Kopf, während er sich daranmachte, ihren Bauchnabel mit Küssen zu umkreisen und an der zarten Haut zu knabbern, die sich unter seinen Lippen erhitzte. Er wusste, dass sie bereit war, schon bevor er sie spreizte und leckte.

Sie gab einen erstickten Laut von sich und zog an seinen Haaren, um ihn dort festzuhalten.

„Ich liebe es, dass du so sehr danach verlangst."

„Dann gib es mir." Wieder drängte sie ihn, und er lächelte, bevor er sie genüsslich weiter leckte. Schnell und heftig würde er ihr diesen ersten Höhepunkt geben, damit sie feucht und bereit war für ihn. Und dann wollte er sich Zeit lassen und sie wieder und wieder zum Gipfel bringen.

Sie kam mit seinem Namen auf den Lippen, was ihn ebenso beglückte wie ihr Geschmack in seinem Mund.

Als er sich mit einer fließenden Bewegung erhob, hatten seine Pupillen den größten Teil seiner Iris verschluckt. Seine Lippen waren geschwollen. Natalie schnappte keuchend nach Luft, aber es war nicht genug.

Er riss sich den Pullover über den Kopf und legte eine Hand an ihre Hüfte, während er den Reißverschluss seiner Hose öffnete. Sie kam näher, holte seinen Schwanz heraus, nahm ihn in beide Hände, die sie auf und ab bewegte, bis die Spitze feucht wurde.

„Hör auf."

Sie tat es, leckte sich die Lippen und genoss die Art, wie er stöhnte, als er es sah.

Wenn er in diesem Zustand war, fühlte sie sich mächtig, selbst dann, wenn sie ihn alles kontrollieren ließ. Sie fühlte sich sexy und begehrt, und sie fühlte sich verstanden.

Rasch zog er sich nackt aus, ging wieder zur Couch und legte ein Kondom in seine Reichweite.

„Saug an mir. Nicht zu lange, denn du weißt, dass ich in dir sein will. Ich werde dich wissen lassen, wenn ich so weit bin, dass du dich auf meinen Schoß setzen und mich reiten kannst."

The National verklangen, und „Burn“ von Ellie Goulding setzte ein. Seit langer Zeit hatte niemand mehr eine Playlist für sie zusammengestellt. Nicht mehr seit dem College, wo ihr mal jemand eine gemischte CD gebrannt hatte. Aber die hier war besser, denn diese Songs sagten etwas darüber aus, was Paddy für sie empfand.

Er machte Anstalten, ein Kissen für ihre Knie auf den Boden zu legen, aber sie schüttelte den Kopf. Manchmal trug das Kratzen des Teppichs eher zur Steigerung ihrer Lust bei, als dass es sie beeinträchtigte. Manchmal war ein kleiner Schmerz genau das, was sie wollte.

Sie nahm ihn in den Mund und wusste genau, was ihm gefiel.

Und sie gab es ihm.

Manchmal.

Manchmal allerdings neckte sie ihn, indem sie nicht ganz so weit ging. Dann gab sie ihm gerade genug, hielt sich ein wenig zurück, bis er unruhig wurde, ihr seine Hüften entgegenschob und mehr wollte.

Sie hatte so viel Macht. Selbst auf Knien hatte sie diese Macht über ihn. Sie kannte seinen Körper so gut, und er ließ sie machen. Sie setzte ihm zu und lockte ihn aus der Reserve. Sie hatte nicht den leisesten Zweifel daran, dass er sich für sie auf eine Weise öffnete, wie er es sonst für niemanden tat.

„Das reicht. Komm her.“

Sie stand auf, leckte sich über die Lippen und nahm seine Oberschenkel zwischen ihre. Wieder genoss sie sein erregtes Stöhnen.

Das Kondom hielt er bereits in der Hand. Sie nahm es ihm ab, riss das Päckchen auf und zog es ihm über.

Als sie ihn in ihren Körper führte, hielt sie den Blick fest auf sein Gesicht gerichtet und beobachtete ihn, während er zusah, wie er in ihr verschwand. Dann hob er den Kopf, um ihr in die Augen zu schauen, und sein Lächeln war so offen, wie sie es nur selten gesehen hatte.

Er hob eine Hand, legte sie hinten an ihren Kopf und zog ihr Gesicht zu sich, um sie zu küssen.

Paddy zu küssen war genauso intim, wie ihn in sich zu spüren, was daran lag, dass er sich ganz in seinen Küssen verlor.

Während sie die Hüften kreisen ließ, um ihn tief in sich aufzunehmen und dort festzuhalten, hielt er ihre Lippen mit seinen fest. Seine Hände wanderten über ihren ganzen Körper, liebkosten sie und stimulierten mit den Fingerspitzen ihre sämtlichen Lieblingsstellen plus ein paar, von deren Existenz sie vor Paddy nicht einmal gewusst hatte. Wie zum Beispiel die Kuhle an ihrem Hals, wo er jetzt mit der Daumenspitze herumspielte, ganz langsam, vor und zurück, wieder und wieder, und ihr damit erregte Schauer über die Haut jagte.

Seinem Daumen ließ er die Lippen folgen, dann seine Zähne, seine Zunge, und so trieb er sie erneut einem Höhepunkt entgegen. Und das allein mit einer Berührung ihrer Kehle. Dann umfasste er ihre Brüste und kniff in die Spitzen, genau so fest, wie sie es am liebsten mochte – bis kurz vor den Punkt, wo die Lust sich in Schmerz verwandelte. Sie stöhnte auf, und ihr ganzer Körper umwogte ihn.

Er stöhnte ebenfalls und kniff noch ein wenig fester.

„Du wirst mich noch umbringen, aber das ist es mir wert."

Lächelnd legte sie den Kopf in den Nacken und bog den Rücken, um ihn noch tiefer in sich zu spüren. Er umfasste ihren Hals, und sie keuchte auf, schockiert darüber, wie gut es sich anfühlte.

„Hmmm, das scheint ja jemandem zu gefallen."

„Woher willst du das wissen?", brachte sie mühsam heraus.

„Deine Pussy hat mich gerade fest umklammert. Oh, und dann dieses lustvoll schockierte Keuchen. Himmel, ich wünschte, ich könnte das abmischen und in eins der Stücke einbauen, die wir nächste Woche aufnehmen."

Eine Hand ließ er dort, die andere führte er dahin, wo ihre Körper sich trafen, fand ihre Klit und gab ihr haargenau den richtigen Druck. Sie hatte keine Ahnung, wie er so präzise sein konnte, woher er einfach genau wusste, was sie in diesem Moment wollte und brauchte. Aber so war es, und sie liebte es.

„Gib mir noch einen, meine Schöne. Lass es mich hören. Lass mich sehen, wie schön du bist, wenn du kommst."

Sie atmete scharf ein, während sie untertauchte und zuließ, dass der Orgasmus sich in all ihre Körperzellen stahl, sich ihrer Muskeln bemächtigte, sie aufheizte und um ihn herum kleine Erdbeben auslöste, während sie fortfuhr, die Hüften kreisen zu lassen, und sich an seinen Fingern rieb.

„Das ist es. So schön und ganz mein."

Sie nickte, weil es die Wahrheit war.

Kurz nach ihr kam auch er, mit einem ekstatischen Stöhnen, die Arme um ihre Taille geschlungen, sein Gesicht an ihre Brüste gepresst, und so hielt er sie lange Zeit fest.

„Ich bin viel entspannter, als es durch irgendeine Massage je möglich wäre. Aber jetzt werde ich mir etwas Kuchen gönnen, wenn ich schon mit dem Rauchen aufgehört habe."

Lachend ließ Natalie zu, dass er ihr auf die Beine half, die sich noch immer ziemlich gummiartig anfühlten.

Er zog ihr seinen Pullover über den Kopf, und sie ließ sich von seiner Wärme und seinen Duft einhüllen.

Und sie erlaubte sich, wahnsinnig glücklich zu sein.

19. KAPITEL

Sie wachte auf, als es in ihrem Bett zu eng wurde. Nur wenige Tage nach ihrem superschmutzigen Hotelsex, schlug Natalie die Augen auf und wurde von allen Seiten umarmt. Bevor ihre Freundinnen sich auf den Weg zu ihren Familien machten, hatten sie beschlossen, auf eine Vorweihnachtsfeier bei ihr vorbeizukommen.

Tuesday gab ihr einen dicken Schmatzer auf die Lippen. „Seit sieben Jahren ist es das erste Mal, dass du Weihnachten nicht bei meinen Eltern feierst. Das ist verrückt."

„Gleich wird mein Bett zusammenbrechen." Natalie lachte, als Jenny sich auf einer Seite an sie kuschelte und damit an Zoe drückte, die auf der anderen Seite eingestiegen war. Tuesday umarmte, so gut es eben ging, alle auf einmal, und Dee und Rosie warfen sich noch obendrauf.

„Stell dir nur Paddys Gesicht vor, wenn du ihm erzählst, dass es deshalb zusammengekracht ist, weil alle deine Freundinnen mit dir im Bett gekuschelt haben."

Noch mehr Lachen.

„Momentan ist es gut möglich, dass er nur nicken und kein Wort davon mitbekommen würde. Sie stellen gerade ihr Album fertig, und er geht so darin auf, dass er kaum daran denkt, mal zu schlafen, geschweige denn, sich von angeblich lesbischen Orgien kratzen zu lassen."

„Ach, ignoriert er etwa auch deine grundlegenden biologischen Bedürfnisse?", fragte Rosie und ließ sich herunterrollen.

Natalie wurde rot. „Also so weit würde ich nicht gehen."

„Gütiger Gott, das musst du weiter ausführen. Aber Dee hat alle Zutaten für ein gewaltiges Frühstücksgelage beisammen. Schlürf deinen Kaffee und berichte uns von Paddys Technik."

Natalie verdrehte die Augen, stieg aus dem Bett, schlüpfte in ihre flauschigen Pantoffeln und zog sich einen Bademantel über, denn es war kalt.

Gemeinsam zogen sie ein Stockwerk tiefer, wo sie es sich am Küchentisch gemütlich machten, außer Rosie und Dee, die am Herd standen, und Tuesday, die sich um den Kaffee kümmerte.

„So, und was ist jetzt mit dem Sex?“

„Es ist nicht so, als wäre ich mit ihm zusammen, wenn er nicht wüsste, wo was hingehört, und was er damit anfangen soll.“

Die anderen starrten sie weiter auffordernd an. Tuesday lachte und stellte Musik an. Dee fing an herumzutanzen, während sie Schinken wendete und Pfannkuchen hochwarf. Selbstverständlich in verschiedenen Pfannen, damit kein Schweineschmalz an Jennys Pfannkuchen haften blieb.

„Was du nicht sagst!“

„Mein Gott. Ihr werdet wohl nicht lockerlassen, bis ich es euch erzähle.“

„Haben wir uns nicht immer alles über unser Liebesleben erzählt? Das gehört zum Vertrag.“ Rosie zog die Teller aus dem Schrank. „Hinzu kommt, dass Tuesday sehr viel mehr Details kennt als wir, und das ist so was von unfair. Du verletzt unsere Gefühle, Nats. Wie kannst du so gemein sein.“

„Er ist …“

Jenny legte Natalie ein Geschirrtuch über den Kopf. „So, jetzt musst du uns nicht einmal anschauen, während du erzählst. Obwohl ich dich vorher schnell noch daran erinnern muss, dass du uns eine Menge von anderen Jungs erzählt hast, während du Popcorn gefuttert und wie verrückt gekichert hast.“

„Die waren etwas anderes.“ Natalie zog das Handtuch herunter. „Er ist … Ich bin … Ich bin so verliebt in ihn, dass ich eigentlich tierische Angst haben müsste. Aber es geht so tief, dass ich gar nicht fähig wäre, nicht mit ihm gemeinsam von dieser Klippe zu springen. Wenn wir zusammen sind, vor allem im Bett, durchschaut er mich. Wisst ihr, manchmal gibt es Dinge, die man sich wünscht, und man weiß gar nichts davon, bis es geschieht.“

„Wie zum Beispiel in den Hintern?“ Jennys strahlendes Lächeln machte die Frage nur besser.

Natalie lachte schallend. „Ähm, ich schätze, man könnte auf den Gedanken kommen, wenn man wollte. Sicher. Aber in diesem Fall meine ich, dass er die Führung übernimmt. Normalerweise übernehme ich gern die Führung. Und sehr viel Verantwortung. Ich bin immer für alles zuständig, aber mit ihm …"

„Nun, das ergibt doch Sinn. Du fühlst dich immer für alles verantwortlich. Du bist der größte Kontrollfreak, den ich kenne, und das soll etwas heißen. Also wenn du ihm so sehr vertraust, dass du ihm die Führung überlässt, sagt das ungeheuer viel darüber aus, was du für ihn empfindest. Und er für dich, denn mit Sicherheit würdest du es nicht zulassen, wenn er nicht genau die richtigen Knöpfe bei dir träfe." Rosie drückte Natalie einen Kuss auf den Kopf und stellte eine Platte voller Pfannkuchen ans Kopfende des Tisches.

Zoe spießte ein paar davon mit der Gabel auf und legte sie auf ihren Teller. „Dann reden wir also von Peitschen und Ketten?"

„Nein. Er gibt den Ton an. Kommandiert mich herum. Manchmal … oh Gott, ich kann nicht fassen, dass ich euch das alles erzähle! Zum Beispiel dreht er mich um, sodass ich vor einer Wand stehe, und fickt mich. Dabei flüstert er mir echt vulgäre Sachen ins Ohr. Oder er sagt mir, dass ich etwas machen soll, und wie ich es machen soll." Sie zuckte mit den Schultern. „Das törnt mich unglaublich an. Jedes Mal, wenn wir zusammen sind, und es so abgeht, ist da am Ende etwas Tieferes. Er versteht mich und versucht nicht, mich zu ändern. Niemals sonst gibt er mir Anweisungen oder sagt mir, wie ich irgendwas zu tun hätte. Nur wenn es um Sex geht." Natalie lachte.

„Er akzeptiert dich." Tuesday legte eine Hand auf ihre.

Natalie nickte.

„Er hört mir zu. Manchmal stelle ich fest, dass ich ihm Sachen erzähle, von denen ich nie sprechen wollte. Und überraschenderweise ist das völlig in Ordnung."

„Hinzu kommt, dass er wahnsinnig scharf ist. Mann, dieser Bart! Ich wette, er hat Piercings. Dass er tätowiert ist, habe ich auf Fotos von ihm auf der Bühne gesehen." Dee zwinkerte ihr zu.

„In beiden Brustwarzen, und ja, jede Menge Tattoos. Er ist … er ist schon ein böser Junge, das steht fest. Aber einer, der ein großes Herz hat, der seine Familie liebt und hart arbeitetet. So wie er ist, ist er praktisch perfekt."

„Niemand ist perfekt." Rosie stellte Marmelade und Sirup auf den Tisch.

Und genau das beunruhigte Natalie. „Es ist ja nicht so, als hätte ich eine rosarote Brille auf der Nase."

„Nein, manchmal finde ich, es ist viel zu sehr das Gegenteil der Fall. Du erwartest von jedem, dass er es vermasselt und dich enttäuscht." Jenny bestrich ihre Pfannkuchen mit Butter.

„Niemand ist perfekt, aber die meisten Menschen sind auch nicht wie Bob Clayton." Tuesday schenkte Natalie noch etwas Kaffee nach.

„Danke. Nein, du hast recht. Aber als Kind blieb mir nichts anderes übrig, als Bob in meinem Leben zu ertragen. Als Erwachsene kann ich entscheiden, wen ich hereinlasse. Und noch nie habe ich für jemanden solche Gefühle gehabt. Deshalb bin ich auf der Hut. Wenn es nur uns beide gäbe oder auch seine Familie, wäre alles gut. Aber sein Leben ..." Sie warf kurz die Hände in die Luft. „Wenn ich eine Liste mit allem aufstellen würde, was ich bei einem Mann gern vermeiden wollte, würde er in viele dieser Kategorien passen. Aber ich kann nicht anders."

„Dann spring einfach. Spring und mach dir klar, dass du dir die Hose aufreißen kannst, wenn du auf dem Wasser aufschlägst. Aber du wirst nicht daran sterben, wenn es schiefgeht. Vielleicht tut es höllisch weh, aber du bist von Menschen umgeben, die dich lieb haben und ihm die Hölle heißmachen werden, wenn er dir das Herz bricht." Rosie hob ihren Kaffeebecher. „Auf die Liebe!"

Paddy erwachte aus einem kurzen Nickerchen, das er auf der Couch in der Scheune einschieben konnte. Während der letzten vier Tage hatten sie so gut wie nonstop gearbeitet, um *Day Dream* unter Dach und Fach zu bringen, und wie es aussah, würde es etwa eine Woche vor Weihnachten so weit sein. Das war gut, denn er war es leid, mehr von seinen Brüdern zu sehen als von Natalie.

Lächelnd schlurfte er in das Badezimmer, das dem Aufenthaltsraum angeschlossen war, in dem er geschlafen hatte. Dort spritzte er sich etwas Wasser ins Gesicht und putzte sich die Zähne. Er brauchte dringend Kaffee, und zwar eine Menge. Damien war nach Hause gegangen, um nach Mary zu schauen, und Vaughan schlief noch immer auf der anderen Couch. Und Ezra? Weiß der Teufel, wo der stecken mochte.

Als er eine Kanne Kaffee aufsetzte, sah er durchs Fenster, wie Ezra, eine Zigarre im Mund, dem Hund einen Ball zuwarf. Paddy zog rasch seinen Mantel über und die Stiefel an und ging hinaus.

Wildes, freudiges Bellen vermischt mit dem Quieken eines Schweins schallte ihm entgegen. „Ich kann nicht fassen, dass du ein Schwein hast, dass dir wie ein Hund überall nachläuft, und einen Hund, der nichts auf die Reihe kriegt." Paddy wies mit dem Kopf auf die Zigarre. „Hast du noch eine?"

Ezra zog eine aus seiner Tasche und anschließend ein Feuerzeug.

Paddy paffte und seufzte zufrieden. „Woher hast du die?"

„Jeremy hat sie mir zum Geburtstag geschickt. Ich finde, ein neues Album fertigzustellen, ohne dass einer von uns dabei umkommt, ist ein feierliches Rauchritual wert."

Sie lachten. Dann sagte Ezra plötzlich: „Du solltest mir erzählen, was du mir seit ein paar Wochen verheimlichst."

„Verdammt. Du bist gut."

„Das hat sie auch gesagt." Ezra fand das irre komisch, und als er sich ausgelacht hatte, räusperte er sich. „Tut mir leid, das war eine Steilvorlage. Ich weiß, dass du mit Jeremy und den Leuten vom Label gesprochen hast. Bei ein paar Sachen hast du herumgedruckst, den Rest hast du mir erzählt. Also ist es nicht schwer zu erkennen, dass du mit irgendwas zurückhältst."

„Sie haben vorgeschlagen, dass du diesmal mit uns auftrittst. Entweder beim Eröffnungs- oder Abschlusskonzert oder aber auch die ganze Tour."

Ezra schwieg eine ganze Weile, während sie in der kühlen, frischen Luft ihre Zigarren rauchten.

„Was meinst du dazu?“, fragte er schließlich.

„Ich meine, dass ich dich hundertprozentig unterstützen werde, was immer du machen willst. Das Wichtigste ist, was wir hier im Studio machen. Da bist du ein Teil der Sweet Hollow Ranch, und daran wird sich nichts ändern. Die Worte, die ich singe, haben wir gestaltet. Die Produktion und alles. Du bist das Rückgrat. Du musst nicht auf Tour gehen, um das zu beweisen.“

„Manchmal fehlt es mir. Wenn ihr alle unterwegs seid und ich hier bin und per Telefon davon höre oder es im Fernsehen sehe, erinnere ich mich daran, wie es war. Diese Freude, auf der Bühne zu stehen, vor all diesen Leuten, die etwas singen, was *ich* geschrieben habe, ist verdammt berauschend. Oder auch diesen perfekten Moment in einem Song mit euch Jungs zu treffen.“

Paddy nickte. Dagegen gab es nicht viel einzuwenden. Auch er liebte das alles.

„Das ist wohl wahr. Und wenn du nur am Anfang und am Ende mit dabei wärst, könntest du das auf eine kontrollierbare Weise erleben. Gönn dir einen schnellen Kick davon, hab einen Wahnsinnsspaß und komm dann wieder hierher. Oder auch nicht.“ Er zögerte. „Hör zu, wir reden nicht oft darüber, aber der Weg ist hart. Deine Gesundheit ist mehr wert als dieser ganze Mist.“

„Du hältst mich also für schwach?“

„Nein.“ Paddy zeigte seinem Bruder den Stinkefinger. „Ganz im Gegenteil. Aber du wurdest aus einem Flugzeug geworfen und bist in voller Fahrt auf den Boden geknallt. Du hast Jahre gebraucht, um dich wieder zusammenzuflicken, und jetzt bist du *besser* als zuvor. Damit will ich nur sagen, wenn du das wirklich machen willst, bin ich dein größter Cheerleader.“

„Da sähe ich schon lieber Natalie in einem kurzen Röckchen, danke.“

Diesmal zeigte Paddy ihm auch den Mittelfinger seiner anderen Hand. „Träum weiter. Wie auch immer, komm raus mit uns. Ich weiß, dass du stark genug dafür bist. Oder lass es. Sei bei einem Auftritt dabei. Sei bei keinem Auftritt dabei. Es ist deine Entscheidung. So oder so, es ist immer absolut Hurley gegen den Rest der Welt, stimmt's? Diese Pfeifen vom Label wollen Geld machen. Schön. Aber wir verschaffen ihnen mehr als ein paar Dollar, und keiner von uns schuldet ihnen unsere Seele oder unsere Gesundheit."

„Wie wär's denn mit den Club-Gigs? Ich könnte mal einen mitmachen und sehen, wie's läuft."

Es waren zwei Auftritte in Clubs geplant, um ihr neues Material einem kleinen Publikum vorzustellen, bevor die CD auf den Markt kam. Es gab fast ausschließlich Fanclub-Tickets, was bedeutete, dass die Leute auf ihrer Seite waren und ein gutes Feedback geben würden. Es war der Auftakt der Tournee, und eine erste Möglichkeit, die Sachen live zu spielen, um eventuell noch irgendwelche Unebenheiten ausbügeln zu können.

„Es ist jetzt fast drei Jahre her, seit wir das letzte Mal mit neuen Songs unterwegs waren. Das wäre auch für den Fanclub eine riesige Überraschung." Paddy lachte.

„Ich werde die beiden inoffiziellen Shows mitmachen, und dann sehen wir weiter, was den Rest angeht."

Paddy klopfte Ezra auf den Rücken. „Mit dir werden wir's krachen lassen. Aber kein Druck, in Ordnung? Probiere es mal, und wenn du das Gefühl hast, es wird nicht funktionieren, dann machst du es kein zweites Mal."

Ezra nickte. „Komm jetzt. Ich habe später noch eine Verabredung zum Kaffeetrinken mit deiner Freundin."

„Den Teufel hast du!"

Ezra amüsierte sich köstlich. „Und ob. Ich helfe ihr bei ihrem Geschenk für dich. Hinzu kommt, dass ich ein recht hübscher Anblick bin. Das sagen alle."

„Oh, nun ja, wenn es um ein Geschenk geht, nehme ich meine Einwände zurück. Außerdem wird es ihr guttun, einmal mit dem Bruder zu tun zu haben, der bei Weitem nicht so cool ist wie ich, damit sie merkt, was sie an mir hat."

„Wie du meinst. Jetzt lass uns arbeiten, damit ich spielen kann."

Ezra legte die Gitarre in den Kasten und schaute lächelnd zu Natalie hoch. „Er wird begeistert sein. Sie ist in einem perfekten Zustand. Und sogar gestimmt."

Glücklich erwiderte sie sein Lächeln. „Ich bin dir so dankbar, dass du mir geholfen hast, sie zu finden. Ich hätte nicht einmal gewusst, wo ich mit der Suche anfangen sollte, geschweige denn, *was* ich überhaupt suchen sollte."

Bei besagtem Objekt handelte es sich um eine dunkelrote 1981 Gibson 355. Nachdem Ezra ihr erzählt hatte, dass Paddy sich schon seit Jahren genau diese Gitarre wünschte, deren Besitzer ihn aber leider nicht ausstehen konnte, hatte sie ihre sämtlichen Überredungskünste aufgeboten, ihren Charme spielen lassen und war gnadenlos am Ball geblieben.

Natürlich hatte sie das Ganze als persönliche Herausforderung aufgefasst und den Kerl in den letzten drei Monaten unermüdlich bearbeitet.

Ihr gefiel die Form der Gitarre – so kurvig wie sie selbst, nahm sie an. Wenn Paddy sie auf der Bühne in den Händen hielt, würde er hoffentlich an sie denken.

„Ehrlich, du musst ein Genie sein, weil du Ed dazu gebracht hast, sie dir zu verkaufen. Und nachdem Paddy vor Freude ausgeflippt ist, wird er dich böse anschauen, denn das Ding muss ein Vermögen gekostet haben."

„Es ist mein Geld, und ich wollte, dass er sie bekommt."

Ezra gab ihr einen Kuss auf die Stirn und schaute zu, wie sie die Gitarre in Geschenkpapier einschlug. „Außer in Kaufhäusern habe ich noch nie gesehen, wie etwas professionell eingepackt wird. Mit diesen Ecken könntest du Tomaten schneiden."

„Als ich noch auf der Highschool war, habe ich in einem Kaufhaus gearbeitet, und Weihnachten war ich die Königin am Verpackungstresen." Sie blies sich selbstgefällig auf die Fingernägel und polierte sie an ihrer Schulter.

„Darauf würde ich wetten. Du bleibst also über die Feiertage hier und kommst zu uns, richtig? Ich meine ..." Ezra sah sich im Haus um. Er hatte es sich nicht nehmen lassen, sie nach Eugene zu begleiten, wo sie die Gitarre von Ed, einem bärbeißigen alten Kerl und bislang einziger Besitzer des Instruments, in Empfang genommen hatte. „Ist Tuesday nicht da?“

Natalie ließ sich nicht anmerken, wie sehr die Frage sie amüsierte. Die beiden glaubten, sie könnten ihre wechselseitige Faszination vor ihr verbergen.

„Sie ist heute früh mit ihren Eltern nach Tennessee geflogen. Im Haus ihrer Großtante findet ein riesiges Familientreffen statt. Offenbar reist ihre gesamte Sippe von überall her an, um den fünfundsechzigsten Hochzeitstag ihrer Großtante und ihres Großonkels zu feiern.“

„Wow, das ist ziemlich beeindruckend. Sie kommt also aus Tennessee?“

„Sie ist in Olympia aufgewachsen, wo ihre Mom geboren wurde und als Kind gelebt hat. Tuesdays Dad hatte sie kennengelernt, als sie in Virginia zum College ging. Nach ihrem Examen sind sie dann zusammen nach Olympia zurückgekehrt. Er war früher ein Hippie und betreibt ein Dachdeckergeschäft, und sie ist Ingenieurin. Es ist seine Familie, die aus Cookeville in Tennessee stammt.“

„Die Welt ist klein. Meine Eltern sind beide aus Columbia und Umgebung und auf Farmen groß geworden.“

„Ihr habt viel gemeinsam. Du solltest Tuesday irgendwann mal zum Essen einladen.“

Ezra sah sie nur an, und Natalie versuchte, ernst zu bleiben. „Was ist?“

„Ihre beste Freundin ist die Freundin meines Bruders. Ich will erst einmal abwarten und schauen, was daraus wird, bevor ich Verbindungen knüpfe.“

Sie hob den Kasten auf und band eine Schleife darum. „Ja, ich werde bei ihm übernachten. Und willst du mir damit etwa sagen, du rechnest fest damit, dass es zwischen Paddy und mir zum großen Krach kommt?“

Er schnappte entsetzt nach Luft. „Was? Nein! Zum Teufel, wie kommst du darauf? Zufällig finde ich, dass du und Paddy total gut zusammenpasst, und Gott sei Dank findet er das auch. Durch dich ist er ruhiger geworden. Nicht mal Vaughan oder Damien hat er die Nase blutig geschlagen. Kein einziges Mal."

„Pah, Vaughan hat er ein blaues Auge verpasst, und du und er habt ihm eine aufgeplatzte Lippe zu verdanken. Zweimal. Wenn das ruhig ist, dann gnade uns Gott, wenn ihr das nächste Album aufnehmt."

„Das sagt ausgerechnet die Frau, die Ed Chasen die Gitarre abgeluchst hat, um sie Paddy Hurley zu schenken. Im Ernst, der Typ hasst meinen Bruder."

„Wie wär's, wenn wir den Kasten und auch die Geschenke da drüben in den Wagen laden? Ich hole meine Tasche und treffe dich an deinem Wagen, dann kannst du mir auf dem Weg zur Ranch die Geschichte von Ed und Paddy erzählen."

„Okay. Aber nur, wenn du mir sagst, wie du ihn eingewickelt hast."

„Abgemacht."

Natalie lief nach oben, um ihre Tasche mit Kleidung und Toilettenartikeln zu holen. Einige Sachen hatte sie bereits in Paddys Haus, worüber sie echt froh war. Aber sie hatte auch noch ein paar Weihnachtsgeschenke, die sie ihm geben wollte, wenn sie unter sich waren.

Sie schloss das Haus ab, und als sie zu Ezras Pick-up kam, hielt er die Tür für sie auf. Sharon Hurley hatte keine Jungs erzogen, die anderen Leuten die Tür nicht aufhielten. Natalie stieg ein und setzte sich.

„Warte einen Augenblick, dann werden die Sitze warm." Und so war es. Mit einem entspannten Seufzen wandte sie sich ihm zu.

„Leg los!"

„Ed Chasen ist eine Art Legende. Seit sechzig Jahren treibt er sich in der Musikszene herum. Nur wenige können eine Blues-Gitarre spielen wie er. Er hatte immer eine Musikschule, und dann gab es diesen Wettbewerb. Paddy, der zwar keine formale Ausbildung hat, dafür aber umso mehr Selbstbewusstsein, hatte einem seiner Studenten irgendwelchen Mist erzählt. Und Paddy hat den Jungen geschlagen. Mit Paddy ist es so, dass er zwar immer diese unbekümmerte Art hat, aber er ist eben auch wirklich richtig gut. Als Musiker ist er ein Naturtalent. Er kann alle Instrumente spielen, die seine Brüder spielen. Er kann singen. Er hat einfach diese verdammte Starqualität."

„Ja, das gefällt den Ladys auch echt gut an ihm", bemerkte sie trocken, und er lachte.

„Tut mir leid, Süße. Das ist ihm natürlich auch klar, und *vor dir* hat er es auch weidlich ausgenutzt. Er war ein Schurke, aber die Frauen mögen so was, solange der Kerl offen zeigt, woran sie mit ihm sind. Aber Paddy hat diesen Wettbewerb dann noch dreimal gewonnen. Ed, nun ja, er wurde sauer. Da kommt dieser Junge ohne Ausbildung aus einer Kleinstadt und schlägt seine besten Schüler?"

„Bei Paddy fließt die Musik einfach aus ihm heraus. Darüber muss er nicht nachdenken. Es ist einfach so. Oh, und er nutzt es immer noch weidlich aus, allerdings nur bei mir."

„Ich hätte für meinen Bruder wirklich keine bessere Frau finden können. Du bist wirklich klug, weißt du? Klug in Bezug auf Menschen. Du verstehst ihn auf eine Weise, wie es die meisten Leute nie können werden."

Natalie wurde rot.

„Damit hatte es also angefangen, und Paddy hat sich nie den Kopf darüber zerbrochen, bis es um diese Gitarre ging. Er wollte sie unbedingt haben, also ist er zu Ed hin und hat mit ihm diskutiert, aber Ed hat ihm gesagt, das könnte er vergessen. Er soll sich verp… äh, er soll verschwinden."

„Am Anfang habe ich es mit Logik versucht. Ich habe ihm geradeheraus gesagt, was ich wollte, und er hat mich abblitzen lassen. Weil ich eine Frau war, hat er sich ganz manierlich benommen, aber es war klar, dass er kein Interesse daran hatte, die Gitarre zu verkaufen. Also habe ich angefangen, ihn ein paarmal in der Woche anzurufen. Dann habe ich ihm CDs von Sweet Hollow Ranch geschickt. Zuerst war er wütend auf mich. Und dann bin ich da runtergefahren und stand plötzlich bei ihm vor der Haustür."

„Du bist was? Himmel! Ich hatte dir doch gesagt, du sollst nicht allein da runterfahren. Er hätte verrückt sein können, ein Serienkiller oder sonst etwas. Paddy wird mich umbringen."

„Hör auf. Das hast du mir erst gesagt, nachdem ich bereits dort war. Also rein technisch gesehen, war ich nicht dort, nachdem du es mir gesagt hattest. Aber wie auch immer. Ich war dort und bin ihm so ziemlich den ganzen Tag nachgelaufen, bis er schließlich nachgab und einverstanden war, sich einen Track anzuhören, wenn ich ihn dann in Ruhe ließe. Also habe ich ihm ‚Be There' vorgespielt und gefragt: *Finden Sie nicht, dass Ihre Gitarre Wunder wirken könnte, wenn dieser Mann sie spielt?*"

„Du hast echt Eier in der Hose, Nats. Meine Güte."

„Pah. Warum sagt ihr Männer das immer? Ausgerechnet Eier? Wenn man sie tritt oder anstößt, wenn sie kalt oder warm werden, dann liegt ihr Kerle doch zum Auszählen auf der Matte. Also, ich habe eine Vagina. Die ist viel robuster als eure Eier. Obwohl, es tut schon auch weh, wenn man dort getreten wird."

Ezra prustete vor Lachen. „Da werden wir uns wohl was anderes einfallen lassen müssen. Ich werde darüber nachdenken und mich dann bei dir melden. Also, und dann hat er einfach so zugestimmt? Ich meine, dir die Gitarre zu verkaufen?"

„Nein, aber damals hat er angefangen, es in Erwägung zu ziehen. Ich habe ihn weiter angerufen. Ihm E-Mails geschickt. Und weil er immer wieder meine Anrufe angenommen hat, wusste ich, dass er darüber nachdenkt. Willst du wissen, was schließlich den Ausschlag gab? Ich habe ihn gefragt: *Waren Sie schon einmal verliebt, Mr Chasen?* Er meinte, ja, und dass er schon dreimal verheiratet war."

„Klar, wahrscheinlich hat er sie mit seiner griesgrämigen Art alle vertrieben."

„Eine Frau ist in den Vierzigerjahren bei der Geburt eines Kindes gestorben. Eine andere hatte er ungefähr sechs Wochen nach dem Verlust dieser Frau geheiratet, vor allem, damit sie sich um seinen neugeborenen Sohn kümmerte. Die Ehe ist etwa ein Jahrzehnt später in die Brüche gegangen. Und dann hatte er Suzanne kennengelernt. Er nannte sie Zany. Sie waren verheiratet, bis sie vor zwei Jahren gestorben ist. Also habe ich ihm gesagt, dass ich Paddy liebe, und dass er diese Gitarre haben wollte, weil er die Musik liebt, genau wie Ed, und dass die Gitarre an keinen besseren Menschen gehen könnte. Paddy würde sie benutzen, er würde sie lieben und Musik damit machen. Dann legte er einfach auf. Drei Tage später rief er an und war damit einverstanden, sie mir zu verkaufen."

Ezra schüttelte den Kopf. „Du bist eine ganz schön hartnäckige Nudel. Und wenn du mich fragst, Paddy wird diese Gitarre ständig spielen. Und er wird sie umso mehr lieben, weil du das alles für ihn getan hast."

20. KAPITEL

Natürlich feierten die Hurleys Weihnachten so, wie sie auch alles andere taten – mit viel Lärm, Umarmungen, Küssen und jeder Menge Blödsinn, den die Brüder von sich gaben.

Vaughan hatte seine Mädchen bei sich, die den kleinen Welpen, den sie ein paar Tage vorher aus dem Tierheim geholt hatten, mit Liebe überschütteten. Ihr Vater sah ihnen mit einem bittersüßen Lächeln zu.

„Sie wachsen so schnell."

Natalie dachte über ihre Mutter nach. Paddy hatte gesagt, dass Vaughans Ex eine wirklich gute Mutter wäre, die extra in der Nähe blieb, damit Vaughan seine Kinder sehen und regelmäßig an ihrem Leben teilhaben konnte. Für Natalie grenzte diese Art von Mutterliebe schon an ein Wunder.

Mary lehnte sich an Damien und lachte über etwas, das ihre Mutter zu Sharon gesagt hatte.

„Du könntest mir wirklich jetzt sagen, was ich kriege."

Paddy Hurley war völlig unfähig, Geduld aufzubringen, wenn es um eine Überraschung oder ein Geschenk ging.

„In ungefähr fünf Minuten werden wir die Sachen auspacken. Ich wette, als Kind hast du alles durchsucht, um die Geschenke vorher zu finden."

„Schuldig im Sinne der Anklage." Ohne ein Zeichen von Reue grinste er sie an. „Du nicht?"

„Manchmal war ich Weihnachten bei meinen Großeltern. Da habe ich viele Geschenke bekommen. Damit nur niemand sagen konnte, sie hätten mich nicht mit Dingen überhäuft." Sachen, die ihr entweder zu groß, zu klein oder dem Wetter nicht angemessen waren, oder die einfach deutlich machten, wie wenig sie sie kannten.

„Entschuldige, da hätte ich nicht dran rühren dürfen."

„Sei still." Sie gab ihm einen kleinen Kuss. „Es ist in Ordnung. So wie jetzt war es nicht. Nie. Aber als ich dann am College war, hat sich alles geändert. Seitdem habe ich Weihnachten mit Tuesdays Familie gefeiert. Und die 1022 versucht, immer vor oder nach Weihnachten zusammenzukommen. Delia ist Jüdin, deshalb haben wir öfter an Weihnachten gemeinsam etwas unternommen, wenn ich nicht gerade bei einer der anderen zu Besuch war. Aber das hier? Das ist ziemlich fantastisch, und ich freue mich, das Fest mit euch zu verbringen."

Sharon stieß einen Pfiff aus, und alle, selbst das Hündchen, schauten zu ihr hin. „Santa hat wahnsinnig viel zu tun, deshalb hat er Poppa beauftragt, ihn hier zu vertreten. Also lasst uns alle ins Wohnzimmer gehen."

Natalie suchte gern Geschenke aus. Es machte ihr Spaß, für jeden genau das Richtige zu finden. Das ganze Jahr über hielt sie für alle die Augen auf. Der Wandschrank in ihrem Schlafzimmer war gefüllt mit Geschenken, die sie hier und dort gefunden hatte.

Und es machte ihr Spaß, sie einzupacken. Über jedes Geschenk von ihr, das unter dem Baum lag, hatte sie gründlich nachgedacht, angefangen von dem prächtigen Tierarztset für Vaughans älteste Tochter bis hin zu den neuen Handschuhen – drei Paar – für Sharon, die ihre ständig verlor. Marys Geschenk war ein Versprechen. Sie hatte eine Decke in Auftrag gegeben, denn Natalie selbst war völlig ungeschickt in diesen Dingen. Aber die Decke sollte mit kurzen Sprüchen bestickt sein, Zeilen aus Songs und Gedichten oder irgendetwas, das seine oder ihre Eltern und Familienangehörige gesagt hatten.

Auch wenn sie längst über ihre miese Kindheit mit enttäuschenden Weihnachtsfesten hinaus war, hatte sie sich doch nicht vorstellen können, wie es sich anfühlte, als eine der Hurleys behandelt zu werden.

Michael brachte ihr ein Geschenk von sich und Sharon. Es war eine Brosche, ein Halstuch, das sie damit feststecken konnte, dazu ein Schmuckkästchen, das Michael selbst gemacht hatte. Von Damien und Mary bekam sie ein Abonnement für das Theater in Portland, von den beiden Mädchen einen Kaffeebecher mit selbst gebastelten Sachen. Vaughan hatte der Bibliothek in ihrem Namen eine beachtliche Summe gespendet, und Ezra überreichte ihr Geschenkgutscheine für Massagen, mit denen sie locker durchs nächste Jahr kommen würde.

Außerdem erhielt sie noch Parfum und Bücher – Unmengen Bücher –, Filme, Kosmetikartikel und hübsche Haarspangen. Nachdem die Kinder so mit Gaben überhäuft worden waren, dass sie voll und ganz mit ihren neuen Spielsachen beschäftigt waren, überreichten die Paare sich ihre Geschenke.

Paddy schleppte einen ganzen Stapel Schachteln herein. Sie legte den Kopf zur Seite. „Was hast du getan, Patrick?"

„Mach auf und schau nach."

Es waren … Hüte. Unendlich viele Hüte. Sommerhüte und Winterhüte. Strickmützen, eine Baskenmütze und ein wunderschöner Hut, bei dem er ihr ins Ohr flüsterte, den könnte sie zum Kentucky Derby tragen, denn auch das gehörte zu dem Geschenk. Zuletzt überreichte er ihr noch einen Cowboyhut. Dasselbe Modell hatte sie vor zwei Monaten in der Stadt an einer Frau bewundert, die im Restaurant am Tisch gegenüber gesessen hatte.

„Wie hast du das denn hingekriegt?"

„Als du auf der Toilette warst, bin ich zu ihr gegangen und habe sie gefragt, wo sie ihn gekauft hat. Keine große Sache."

Sie umarmte ihn. „Das ist eine total große Sache."

„Das hast du übersehen." Er reichte ihr die Schachtel noch einmal, und sie entdeckte den Umschlag. Als sie ihn öffnete, fand sie darin den Reiseplan für eine Woche Paris. „Ich würde dich gern auch länger entführen, aber ich wusste nicht, wie lange du Urlaub nehmen kannst."

„Wow. Du verstehst es auf jeden Fall, Geschenke zu machen."

Er grinste. „Dann ist es also okay?"

„Mehr als okay."

„Gut. Dann gib mir endlich mein Geschenk!"

Ezra stöhnte. „So war er schon als Kind."

„Warte. Schließ die Augen."

Natalie stand auf und ging in die Wäschekammer, wo sie die Gibson versteckt hatte, denn ein Gitarrenkoffer war ziemlich leicht zu erkennen, selbst wenn er in buntes Papier eingewickelt war.

Als sie zurückkehrte, waren die anderen mit ihren Geschenkübergaben fertig, und aller Augen ruhten auf ihr. Natalies Wangen fingen an zu glühen, und sie verfluchte sich, weil sie so lange gewartet hatte. Sie legte Paddy ihr Geschenk auf die Knie. „Jetzt kannst du die Augen wieder aufmachen."

Er tat es und stieß einen kleinen Freudenschrei aus, als er die Form erkannte. Wie ein Wilder riss er das Papier fort, und sie musste lachen.

„Der Kasten gefällt mir", murmelte er, ließ die Schnappverschlüsse aufspringen und rang nach Luft. Damien und Vaughan gleichfalls. Paddy holte die Gitarre heraus, stellte den Koffer beiseite und sah sie sich genau an. „Lieber Herr im Himmel, ist das etwa die Gibson von Ed Chasen?"

Sie nickte.

„Wie hast du ihn dazu ... Wow! Wow! Meine Schöne, das ist ... wow!" Er konnte den Blick nicht von der Gitarre lösen, zeichnete mit den Fingern ihre Formen nach, strich über die Saiten und den Hals. Schließlich legte er sie in den Kasten zurück und zog Natalie in seine Arme. „Du bist die beste Freundin auf Erden. Ich danke dir. Die werde ich mit auf Tournee nehmen. Ich kann es gar nicht erwarten, sie zu spielen."

So ging es eine ganze Weile weiter, und bevor er sie losließ, gab er ihr noch einen innigen Kuss.

„Natalie wird dir wohl kaum erzählen, wie sie Ed dazu gebracht hat, ihr die Gitarre zu verkaufen, also werde ich das übernehmen, denn es ist die tollste Geschichte überhaupt." Ezra zwinkerte ihr zu und fing dann an, genüsslich aus dem Nähkästchen zu plaudern.

Ein paar Stunden später kam Sharon auf Natalie zu und legte einen Arm um sie. „Du hast ihm die Freude seines Lebens gemacht. Danke, dass du so gut zu meinem Jungen bist."

„Nun, er ist ... Das ist nicht so schwierig."

Sharon lachte. „Natürlich ist es das. Er kann einem richtig

auf die Nerven gehen. Aber du durchschaust sein ganzes äußeres Gehabe. Du blickst ihm direkt ins Herz und siehst, wer er wirklich ist. Und dass er es wert ist."

Natalie wurde rot. „Danke."

„Weißt du eigentlich, dass wir unsere Ziele bei den Sammelfahrten schon zwei Wochen früher erreicht hatten als geplant? Paddy und die anderen waren so mit der Fertigstellung des Albums beschäftigt, dass Michael mich begleitet hat, um alles zu verteilen. In einer Zeit, in der große Not herrscht, haben wir viele Familien glücklich gemacht. Du hast viel dazu beigetragen."

Sharon umarmte sie.

„Das ist ja eine tolle Nachricht! Ich habe Ideen für ein paar Sachen, die wir nächstes Jahr auch noch machen könnten. Diverse Essensausgaben brauchen dringend Unterstützung, und ich habe schon mit einigen Restaurants in der Stadt gesprochen, ob sie nicht vielleicht eine Art Themenabend veranstalten könnten, an dem ein bestimmter Prozentsatz der Einnahmen an die Tafeln geht."

Sharon strahlte. „Nach Neujahr setzen wir uns zusammen. Du kommst mal zum Abendessen rüber, und wir überlegen, wie wir vorgehen können. Ich lade noch ein paar Leute dazu ein, mit denen ich in der Vergangenheit bei verschiedenen Wohltätigkeitsaktionen zusammengearbeitet habe. Es kann nie schaden, viele Ideen zu sammeln."

Und damit war der Tag absolut perfekt.

21. KAPITEL

Kurz nach Sylvester probierte Natalie verzweifelt verschiedene Outfits durch, nur um sie gleich wieder zu verwerfen. „Ich habe keine Ahnung, was ich anziehen soll!"

„Das habe ich dir doch gesagt." Tuesday deutete auf den Klamottenberg. „Zieh diese Hose an und dazu das Shirt da und die kurzen Stiefel. Das ist supersüß, und deine Figur kommt darin toll zur Geltung. Die Stiefel sind bequem genug, um darin zu stehen, und wer dir in die Quere kommt, kriegt einen Tritt ins Gesicht. Der Look ist trendy, aber nicht nach dem Motto *Ich tue alles, um auszusehen wie zwanzig*. Um deine Haare und dein Make-up kümmere ich mich."

Natalie holte einmal tief Luft und atmete wieder aus. „Ich habe Paddy erlaubt, mich bei ein paar Interviews als seine Inspiration für den Song zu erwähnen. Aber auf ein gemeinsames Foto und ein Interview mit mir will ich mich allerdings nicht festnageln lassen. Es macht mich nervös, so in den Vordergrund gestellt zu werden. Ich gehöre nicht zur Band und bin nichts weiter als Paddys Freundin. Dass ich damit offenbar automatisch jemand bin, von dem die Leute mehr erfahren wollen, ist mir total unangenehm."

„Warum lässt du dich dann überhaupt darauf ein?"

„Es ist eine gute Werbung. Er hat mich in keiner Weise dazu gedrängt, aber es hilft ihnen, und ich möchte helfen. Ich will bloß aufpassen, dass das Ganze nicht aus dem Ruder läuft."

„Verständlich."

Tuesday sah umwerfend aus in einer Lederhose und einem Neckholder-Top, das komplett mit Pailletten bestickt war. In tausend Jahren hätte Natalie so etwas nicht tragen können, aber an Tuesday wirkte es lässig und sagenhaft schön, zumal die bronzenen Pailletten ihre Hautfarbe betonten. Ihre Haare waren inzwischen gewachsen; sie waren voluminös und sexy und einfach sensationell.

„Mein Gott, du siehst aus wie eine Zeitschriftenreklame. Der Lippenstift passt perfekt."

Tuesday und Natalie fanden, dass es für jede Frau eine passende Rotschattierung gab, und da Tuesday einen so traumhaft schönen Hautton hatte, konnte sie jedes Rot tragen von Korallenrot bis hin zu einem dunklen Blaurot. Letzteres hatte sie aufgelegt, der Rest ihres Make-ups war entsprechend zurückhaltend.

Natalie begutachtete sich im Spiegel. Sie besaß keine Lederhose und hätte sich auch total unwohl darin gefühlt. Aber sie hatte eine silbrig glänzende Hose, figurbetont, die sie unten in die Stiefeletten steckte, die Tuesday dazu ausgesucht hatte. Ihr Shirt war hellblau und vorne so tief ausgeschnitten, dass sie eine kurze dunkelblaue Jacke darüber zog.

Tuesday war kurz verschwunden und kam nun mit einem rattenscharfen Gürtel zurück, der sich mehrfach um Natalies Taille wickeln ließ, und einem klobigen Manschettenarmband in diversen Blau- und ein paar Erdtönen, um etwas Wärme gegen das kühle Silber der Hose zu setzen. Und es funktionierte.

Passend zu dem Armband reichte sie ihr noch ein paar Ohrringe. „Anstelle einer Halskette nehmen wir deine Brüste als Blickfang."

Natalie verdrehte die Augen, lächelte jedoch. „Natürlich, wie man das so macht." Ihr Busen drängte zwar nicht gerade aus dem Ausschnitt, war aber definitiv besser zu sehen als sonst. „Das perfekte Accessoire."

„Das sprichst du ein wahres Wort gelassen aus, Nats. Und jetzt ab ins Bad, damit ich dir das Gesicht machen kann."

Zuerst waren die Haare an der Reihe. Tuesday stylte ihre Locken so, dass sie auf dem Oberkopf viel Volumen hatten. Die Seiten strich sie mit etwas Gel zurück.

Dann schminkte sie ihr dramatische Smokey Eyes, die Lippen dann natürlich in einem etwas zurückhaltenderen Rot, damit sich Augen und Mund optisch nicht in die Quere kamen.

Tuesday trat zurück, begutachtete ihr Werk und nickte beifällig. „Du lässt dich gut zurechtmachen. So aufgebrezelt hat er dich noch nie gesehen. Du siehst absolut aus wie Paddy Hurleys Freundin. Wie eine Frau, über die ein heißer Typ Lieder schreibt."

Sie stellten sich nebeneinander und schauten in den Spiegel. „Wir sehen beide absolut super aus. Danke, dass du dich um mein Gesicht gekümmert hast und überhaupt. Ich bin so nervös. Danke, dass du mitkommst."

Tuesday hakte sich bei ihr ein. „Logisch. Was sollte ich sonst machen? Ich lasse mir doch nicht die Chance entgehen, mit dir auszugehen und dabei megascharf auszusehen."

„Klar, und wenn Ezra dich so höllisch sexy sieht, umso besser."

„Du bist vorwitzig." Aber Tuesday leugnete es nicht.

Unten nahm Natalie ihre Handtasche, um nachzuschauen, ob sie die Ausweise eingesteckt hatte, die ihnen den Zutritt in abgesperrte Bereiche und backstage erlaubten. Sie gingen getrennt von Paddy und seinen Brüdern dorthin, die Soundchecks hatten, außerdem irgendwelche Medienaktionen und Interviews.

Tuesday fuhr, Gott sei Dank, und sie parkten dort, wo Paddy es ihnen gesagt hatte. Am Hintereingang nannte Natalie ihren Namen und zeigte die Ausweise vor. Der Mann hakte sie auf der Liste ab und winkte sie herein, wobei er ihr noch sagte, sie solle die Ausweise so tragen, dass man sie sehen konnte.

Es war im Grunde so, wie sie es sich vorgestellt hatte. Leute liefen herum, einige bauten irgendetwas auf, prüften Equipment, trugen Sachen hin und her.

„Was glaubst du, wo sie sind? Oder sollte ich lieber darauf warten, dass sie auf die Bühne gehen?"

„Was hat er denn gesagt?", fragte Tuesday ruhig, was Natalie half, selbst ruhig zu bleiben.

„Komm zu mir, wenn du da bist."

„Dann werden wir uns wohl durchfragen, bis wir sie gefunden haben. Sieh mal, dein Badge-Ding ist anders als das der anderen, was wahrscheinlich bedeutet, dass du in Bereiche kommst, wohin die meisten nicht kommen."

Im Vorbeigehen hielt Natalie jemanden am Arm fest. „Entschuldigung, hast du Paddy Hurley gesehen?"

Der Mann trug einen Ohrhörer und ein Klemmbrett. Er sah sie nur an. Als sie ihren Ausweis hochhielt, wurde er freundlicher. „Du bist Natalie, richtig? Paddy hatte erwähnt, dass du nach ihm suchen könntest. Kommt mit." Er deutete mit dem Kopf in eine bestimmte Richtung, und sie folgten ihm. „Ich bin Ross, Vaughans Gitarrentechniker."

„Natalie, und das ist Tuesday. Danke für deine Hilfe. Ich war noch nie hinter der Bühne."

„Kein Problem." Er schob sich durch eine Gruppe von Leuten, die lautstark um die Aufmerksamkeit eines Mannes buhlten, der gerade einen anderen Flur absperrte.

Ross hatte nur einen finsteren Blick für sie. „Blaue Badges. Ich bringe die beiden hier zur Garderobe", wandte er sich an den Baum von Mann, der den Zutritt blockierte. Er trat zur Seite, um sie durchzulassen.

Natalie hörte, wie jemand ihren Namen rief, aber sie kannte keinen dieser Leute.

„Vergiss es." Ross wies in den Flur. „Das sind die Garderoben. Paddy ist in einer davon. Ich weiß nicht, in welcher, also klopft lieber an, denn sonst lernt ihr einen von Paddys Brüdern vielleicht besser kennen, als euch lieb ist."

Natalie lachte. „Guter Ratschlag."

Ross drehte sich um und ging wieder in die Richtung, aus der sie gekommen waren.

„Was hat er damit gemeint: *Vergiss es?*" Natalie lauschte kurz und beschloss dann, an die nächstbeste Tür zu klopfen.

„Ich glaube, die Leute wissen, dass du Natalie bist, Paddys Freundin, und sie versuchen, sich an dich dranzuhängen, um hier reinzukommen."

Mary öffnete die Tür und spähte vorsichtig hinaus, bis sie Natalie erkannte. „Hey, hallo." Sie umarmte Natalie und Tuesday.

Auch Damien kam herüber. „Die Luft müsste rein sein." Als er sie sah, umarmte er sie gleichfalls. Er trug kein Hemd, nur eine tief hängende Jeans und schwere Stiefel. Er hatte ebenso viele Tattoos wie Paddy und wirklich tolle Arme.

„Hallo, ihr beiden. Paddy ist nebenan." Er klopfte an die Wand.

Paddy steckte den Kopf durch die Tür. „Was ist?“ Zuerst ging sein Blick an Natalie vorbei, dann wieder zurück. „Wow!“ Grinsend ließ er den Zeigefinger kreisen, damit sie sich umdrehte, und sie tat es.

„Ich glaube, ich sollte froh sein, dass ich vorher nicht wusste, wie umwerfend ihr beide heute ausseht. Ihr müsst einiges Aufsehen erregt haben.“

Apropos Aufsehen erregen … Paddys Haare waren kunstvoll zerzaust. Er trug ein fadenscheiniges Sonic-Youth-T-Shirt, eine Lederhose, die immerhin so tief saß, dass seine Hüftknochen komplett zu sehen waren, und dazu blaurote Sneaker.

„Du siehst aber auch ziemlich klasse aus.“ Sie musste ihn unbedingt dazu bringen, das Outfit mal zu tragen, wenn sie allein waren. Vielleicht ein kleines privates Spielchen zwischen Rockstar und Groupie.

Er umarmte sie und küsste ihren Hals. „Ich weiß zwar nicht, was du dir da gerade ausmalst, bin aber sicher, dass es mir sehr gefallen wird.“

„Wir wollen nicht im Weg sein, also sag einfach, wohin wir uns verfügen sollen.“

„Wollt ihr die Bühne von hier hinten sehen?“

„Oh ja!“

Ezra kam über den Flur und strahlte Natalie an. Dann konzentrierte er seine Aufmerksamkeit auf Tuesday, und sein Blick wurde auf definitiv sexuelle Weise dunkler.

„Nats, wie schön, freut mich, dich zu sehen.“ Er umarmte sie, die Muskeln vor Nervosität gespannt. Sie wusste dass es seit Jahren sein erster Liveauftritt war.

„Ich freue mich so, dich heute Abend da oben zu sehen. Du siehst scharf aus.“ Sie zwinkerte ihm zu und freute sich, als er rot wurde.

„Tuesday, lange nicht gesehen.“ Er nahm Tuesdays Hand, und Natalie wäre fast umgefallen, als sie sah, wie er die Innenseite ihres Handgelenks küsste.

Tuesday ließ ganz leicht die Lider sinken und lächelte. „Hey, Ezra. Führst du mich mal ein bisschen herum?“

Natalie war hin und her gerissen zwischen dem Wunsch, ihre Freundin zu umarmen, weil sie Ezra so geschickt von seiner Nervosität ablenkte, und dem Bedürfnis, sie beiseitezunehmen und ein paar Fakten zu klären. Es war schlicht unmöglich, dass die beiden sich nur die beiden Male in einer kleinen Gruppe gesehen hatten, als Natalie dabei war, plus ein paarmal in größerer Gesellschaft. Zwischen ihnen herrschte eindeutig eine gewisse Vertrautheit.

„Mit Vergnügen." Er wandte sich an Paddy. „Sprich mal mit Stuckey. Er sucht dich." Ohne ein weiteres Wort zu verlieren, zog er Tuesday über den Flur.

„Kannst du mir vielleicht verraten, was da los ist?", fragte Paddy.

„Ich? Das wollte ich dich gerade fragen. Auf jeden Fall läuft da was, und sie hat mir nichts davon verraten, obwohl ich sie danach gefragt habe. Wer ist Stuckey?"

„Mein Gitarrentechniker."

Paddy legte eine Hand an ihr Kreuz, winkte den Leuten zu, die seinen Namen riefen, blieb jedoch nicht stehen. „Übrigens, es war mein voller Ernst, als ich sagte, dass du umwerfend aussiehst." Er zog sie in eine Nische und drückte sich an sie. „Dieses Rot von deinem Lippenstift will ich später auf meinem Schwanz sehen."

Bei diesen Worten – und der intensiven Nähe seines Körpers – klopfte ihr Herz schneller. Sie waren in der Öffentlichkeit, und doch – wow – es war heiß, obwohl es sie auch ein wenig nervös machte.

Er lächelte – dieses sexy Lächeln, das allerlei schmutzigen Spaß für später versprach – und gab sie frei. „Lass uns nach Stuckey suchen. Heute Abend werde ich meine neue Gitarre spielen, und ich will sicher sein, dass es keine Probleme gibt."

Von da an ging alles rasend schnell. Der Saal füllte sich, und immer mehr Leute drängten Paddy, irgendetwas zu machen, und beanspruchten seine Aufmerksamkeit, vor allem die Zuschauer, die ihn von ihrem Platz aus sehen konnten, wenn er auf die Bühne kam. Das Publikum bestand aus Mitgliedern der

Fanclubs, und die waren so aufgekratzt, dass es doch etwas an den Nerven zerrte.

Paddy führte Natalie an die Seite der Bühne. „Ich gehe mit den Jungs jetzt noch mal zurück. Aber gleich geht's los. Warte einfach hier."

Sie griff nach seinen Händen und küsste seine Fingerspitzen. „In Ordnung. Ich weiß gar nicht, ob ich dir Glück wünschen darf oder ob das tabu ist und ich dir lieber Hals und Beinbruch oder was auch immer wünschen soll."

Wieder dieses sexy Grinsen. „Meine Schöne, dass du hier bist, bedeutet Glück." Er küsste sie, und das war kein kleines Küsschen. Es war ein hundertprozentiger Kuss mit offenem Mund, bei dem einem schwindlig werden konnte, und Natalie verschlug es den Atem, sodass sie sich an seinem Shirt festhielt, um stehen zu bleiben.

„Also das ist sogar noch besser, als wenn du mir Glück wünschst."

Er war jetzt anders. Nicht wie ein völlig anderer Mensch, aber wie Paddy auf hundertachtzig statt auf achtzig. Und auf achtzig war er schon ziemlich überwältigend.

Er eilte zu den Garderoben zurück, und sie sah ihm nach. Sie liebte die Art, wie er sich bewegte.

„Junge!" Tuesday kam zu ihr, und beide starrten auf Paddys Hintern. „Echt spektakulär."

„Hm, ja." Natalie nahm ihre Freundin ins Visier. „Du wirst mir jedenfalls einiges erklären müssen."

Tuesday kaute kurz auf ihrer Unterlippe.

„Keine Sorge, jetzt werde dich nicht damit belästigen. Aber später erwarte ich einen kompletten Rechenschaftsbericht."

„Vielleicht kapiere *ich* bis dahin ja selbst, was da eigentlich passiert", murmelte Tuesday.

Die Spannung im Saal stieg, als die Beleuchtung wechselte und die Musik aufhörte. Es wurde leise.

Natalie und Tuesday drehten sich um, sodass sie von oben sehen konnten, wie die Brüder Hurley – nein, wie die Jungs von der Sweet Hollow Ranch – die Treppe heraufkamen.

Sie waren alle wie immer, aber doch mehr als das. Ezra war bei ihnen, als wäre er nie weg gewesen. Paddy nahm seine Gitarre von seinem Techniker entgegen und zwinkerte Natalie zu, bevor er rausging. Vaughan folgte ihm, und Damien lief zu seinem Schlagzeug.

Ezra blieb noch zurück. Natalie nahm seine Hand, und er lächelte sie an. Sie streckte sich, um ihm einen Kuss auf die Wange zu geben. „Zeig's ihnen, Ezra."

„Danke, Süße, das habe ich vor."

Die Menge tobte, als Paddy versuchte, etwas zu sagen. Er wartete ab. Schließlich wurden sie ruhiger, und er wies auf seine Gitarre. „Hübsch, nicht wahr? Das passiert, wenn man die beste Freundin auf dem Planeten hat."

Wieder Schreien und Johlen. Natalie wurde rot, obwohl es doch dunkel war.

„Hey, Portland, was geht ab?", fragte Paddy.

Gut möglich, dass etwas südlich von Natalies Gürtelschnalle ein Pulsieren einsetzte, als sie sah, wie scharf er in seiner Rolle als Paddy, der Rockstar war.

Das Publikum jubelte.

„Fantastisch. Ich sag euch, was abgeht. Heute Abend haben wir nur für euch ein paar neue Sachen mitgebracht. Monatelang haben wir uns bei der Arbeit daran die Ärsche aufgerissen, und vor Weihnachten konnten wir die Produktion von *Day Dream* abschließen. In ein paar Wochen kommt das Album auf den Markt, und dann werden wir auf Tournee gehen. Was den Vorverkauf angeht, müsst ihr mal die Website des Fanclubs im Auge halten. Und damit meine ich, ab morgen."

Wieder drehten die Zuschauer durch. Mary kam und stellte sich neben Natalie.

„Wir werden euch allen eine spezielle Vorschau auf das neue Album liefern. Ihr seid die Ersten, die es außerhalb des Studios zu hören bekommen, und wir haben uns gedacht, warum sollten wir dem Neuen nicht mal etwas Altes beifügen."

Ezra trat vor, nahm die Gitarre, die ihm sein Techniker reichte, und ging auf die Bühne. Und *dann* brach wirklich die Hölle los, als die Menge auf den Boden stampfte und wieder und wieder EZZZZZZZZZZZ brüllte.

Ohne auch nur eine Sekunde zu zögern, ging er zum Mikrofon, zählte den ersten Song ein, und los ging's.

Hinterher war es schwer, sich an alles zu erinnern, was in dieser Nacht passierte. Nachdem sie angefangen hatten zu singen, war es für Natalie so, als würde sie von einem seltsamen Karussell in die Höhe geworfen.

An irgendeinem Punkt nahm Mary sie in die Arme. „Du siehst aus wie ein Reh im Scheinwerferlicht."

„Ich bin völlig überwältigt."

Und es *war* überwältigend. Größtenteils auf eine gute Art. Paddy war unbestreitbar sexy. Er beherrschte die Bühne, mit Körper und Stimme.

Irgendwann gab er seine Gitarre ab und ging zum Klavier. Mary drückte Natalie ein Taschentuch in die Hand, und sie dankte ihr mit einem Nicken.

„Seid jetzt mal leise, sonst könnt ihr die erste Single nicht hören." Er zwinkerte, und Natalie war nicht die Einzige, der schwindlig wurde. „Das Stück heißt ‚Silent No More'."

Als er anfing zu spielen, schloss er die Augen, beugte sich vor, und dann, die Lippen ganz nah am Mikrofon, begann er zu singen.

Flüsternd sang Natalie die Worte mit, und als er die Augen öffnete, war es, um sie ausfindig zu machen, den Blick auf sie zu heften und den Refrain für sie zu singen.

Schauer prickelten über ihre Haut.

Als der Song zu Ende war, tobte das Publikum, und er blies Natalie einen Kuss zu, bevor er kurz verschwand, um seine Gitarre zu holen und wieder nach vorne auf die Bühne zu gehen.

Nach der Zugabe, als die Beleuchtung im Saal wieder voll aufgedreht wurde, war hinter der Bühne die Hölle los. Natalie wäre völlig verloren gewesen, aber während sie sich durch die Leute drängten, hielt Mary sie an einer Seite fest und Tuesday an der anderen.

Ein Mann vom Sicherheitsdienst hielt sie an, erkannte dann aber Mary. „Das ist Natalie. Sie wird öfters in Paddys Nähe sein, also mach ihr keinen Stress."

Er lächelte ihr zu und warf Tuesday einen anzüglichen Blick zu. Sie musterte ihn aber nur kurz.

„Ach du liebe Güte, kommt weiter."

In einem riesigen Raum – dem Schild an der Tür zufolge war das der Green Room oder Aufenthaltsbereich – standen die Jungs lachend herum, prosteten einander zu, zogen sich in verschwitzte Umarmungen oder knufften sich gegenseitig.

Paddy glänzte vor Schweiß. Er hatte sein Shirt ausgezogen und in den Hosenbund gestopft. Seine Augen glühten, als wäre er high, was wohl am Adrenalinkick lag.

„Ezra, Alter, du hast es voll gerockt!" Paddy klopfte seinem Bruder auf den Rücken.

Ezra grinste. „Aber echt. Wow, es ist eine Weile her. Ich bin völlig hinüber." Er lachte. „Nur gut, dass ich fit bin, aber trotzdem, ich hatte vergessen, wie es ist, länger als eine Stunde da oben zu stehen. Ein Auftritt in einem Stadion würde mich total schaffen."

Er zog sein Shirt aus und wischte sich damit übers Gesicht. Tuesday pfiff anerkennend, und Mary stieß sie mit dem Ellbogen an. „Nicht wahr? Meine Güte!"

Damien schaute zur Tür, war mit einem Satz bei seiner Frau und nahm sie fest in die Arme. „Löckchen! Wie waren wir?"

„Sensationell." Sie lachte, während er ihr Gesicht und ihren Hals mit Küssen bedeckte.

Dann legte er die Hände an ihren Bauch und bückte sich. „Wie hat Daddy das gemacht, Winzling?"

Paddy schlängelte sich durch die Leute zu Natalie. Er wirkte ziemlich wild und sexuell aufgeladen. Als er nur einen Atemhauch von ihr entfernt stehen blieb, geriet ihr Herz ins Stolpern. „Ich bin völlig verschwitzt."

„Ja, das bist du."

„Du klingst so atemlos. Da komme ich mir vor wie ein Wolf, und du bist das Kaninchen."

Sie schluckte und wurde rot.

Um sie herum wurde lautstark gefeiert, daher hörte es niemand, als er sich noch weiter vorbeugte und hinzufügte: „Und ich will dich ganz auffressen."

Sie legte eine Hand an seine Brust, zum Teil auch, um sich abzustützen, denn sie war völlig von der Rolle. Paddy fühlte sich warm an, stabil, und auch wenn er verschwitzt war, so war es doch sauberer Schweiß nach harter Arbeit, der im Übrigen mit irgendwelchen wesentlichen Pheromonen getränkt sein musste, denn sie verspürte unbändige Lust, ihn abzulecken.

Die Natalie von damals, als sie zum ersten Mal zusammen waren, wollte die Tür zwischen Vergangenheit und Gegenwart eintreten und hier und jetzt auf ihn springen und ihn in Grund und Boden reiten.

„Du musst unbedingt etwas sehen", flüsterte er.

„Ich habe es schon gesehen."

Lachend hob er eine Hand und legte sie ihr in den Nacken.

„Es ist in meiner Garderobe, und es dürfte nicht allzu lange dauern, es anzuschauen."

„Aber es sollte schon so lange dauern, dass wir *beide* es sehen können."

Wieder lachte er und küsste sie. „Selbstverständlich."

Tuesday unterhielt sich mit Ezra und Mary. Natalie machte ihr ein Zeichen, dass sie kurz verschwinden würde, und Tuesday wedelte nur lässig mit der Hand, um anzudeuten, dass sie gehen und sich vergnügen sollte.

Paddy zog Natalie aus dem Raum und zwei Türen weiter. Die begeisterten Zurufe ignorierte er, knallte die Tür hinter sich zu, nachdem sie beide eingetreten waren, und schloss ab.

„Also dann."

Ach du liebe Scheiße!

„Ich glaube, ich hatte vorher erwähnt, dass ich dieses spezielle Rot von deinem Lippenstift gern auf meinem Schwanz sehen würde. Aber ich bin völlig verschwitzt, das kann also warten. Was nicht warten kann, ist, dass du diese Hose und dein Höschen fallen lässt, dich vor den Tisch dort stellst, die Hände darauf stützt und auf mich wartest."

Er zog sein Shirt aus dem Hosenbund und trocknete sich damit die Haut ab. Himmel hilf, wahrscheinlich müsste sie es eklig finden, aber es war einfach nur heiß. Sie ging zum Tisch, ließ Paddy aber nicht aus den Augen, während sie ihre Stiefel auszog und aus Hose und Slip schlüpfte.

Paddy griff in seine Tasche und zog ein Kondompäckchen heraus. Sie drehte sich um, stützte die Hände auf und streckte ihm ihren Po entgegen, denn warum sollte sie die Kühle spielen, statt ihm zu zeigen, wie sehr sie ihn in diesem Moment begehrte?

„Verdammt, sieh dich nur an!"

Als sie hörte, wie sein Reißverschluss aufging, schnappte sie nach Luft, verzweifelt vor Verlangen. Dann fühlte sie auch schon seine Wärme an ihrem Rücken und einen Kuss an ihrem Hals.

Wie immer ganz Gentleman, selbst wenn er sie herumkommandierte, prüfte er mit den Fingern, ob sie bereit war, und ließ ein erregtes Zischen hören. „Du willst es genauso sehr wie ich", murmelte er und eroberte sie mit einem Stoß.

Hitze breitete sich in ihrem Inneren aus, und sie bog sich ihm begierig entgegen.

„Ja, gib mir alles, Nat. Ich bin total geil, und ich brauche dich."

Der Tisch stieß rhythmisch gegen die Wand, als Paddys Bewegungen immer heftiger wurden.

Dabei murmelte er ihr alle möglichen schmutzigen, sexy Sachen ins Ohr. Manches süß, manches vulgär. Alles unfassbar scharf. Er vögelte sie, als gäbe es kein Morgen. Mit beiden Händen fuhr er über ihren Körper, bis eine davon die Stelle zwischen ihren Schenkeln erreichte, wo sie ihn am meisten brauchte.

Sie brauchte ihn so sehr, um diesen Schmerz zu lindern, um sie von dieser herrlichen Spannung zu erlösen und ihr den Höhepunkt zu bringen, der ganz nahe war.

Paddy war still geworden, und sie wusste, dass er ebenfalls kurz davor stand, wusste, er wartete darauf, dass sie zuerst kam. Als sie die Augen öffnete, sah sie, dass das, was sie gerade taten, sich im Glasrahmen des Posters, das vor ihnen hing, spiegelte.

Auf seinem Gesicht lag ein Lächeln. Sie biss sich auf die Unterlippe, als ihre inneren Muskeln sich um ihn zusammenzogen, und umklammerte die Kante des Tisches so fest, dass ihre Fingerknöchel weiß wurden.

Eine Welle der Lust erfasste sie, und sie ließ es geschehen, sprang ihr entgegen, tauchte ein. Hinter ihr … in ihr … sie wusste, dass er ihr auf den Gipfel folgte, als er wie immer, wenn er kam, dieses kehlige Stöhnen ausstieß.

Er blieb tief in ihr, und sie rang keuchend nach Luft, ließ den Tisch los und klatschte eine Hand an die Wand, während sie sich auf die Zehenspitzen stellte, um ihn noch tiefer zu empfangen.

„Oh Gott.“ Es war ein heiseres Flüstern, dann zog er sich aus ihr zurück.

Mit trockener Kehle schluckte sie und drehte sich um. Er verschwand kurz im Badezimmer nebenan. Sie öffnete eine Flasche Wasser, trank sie halb aus und reichte ihm den Rest.

„Danke, Baby.“

Sie beobachtete, wie seine Kehle arbeitete und sein Adamsapfel beim Schlucken auf und ab hüpfte, und er schaute sie unverwandt an, während sie sich wieder anzog.

Grinsend warf er die Flasche in den Papierkorb. „Du siehst aus, als hätte dein Freund dich gerade schnell und heftig in der Garderobe gevögelt.“

Sie lachte. „Das ist der neue Trend. Ich schätze, jetzt weiß ich, warum.“

Paddy trat auf sie zu, schlang einen Arm um ihre Taille und zog sie näher. „Lass mich dich küssen, bevor du den Lippenstift wieder auflegst.“

Sie ließ ihn, inhalierte ihn, genoss seinen Geschmack und wie er sich an ihr anfühlte.

„Jetzt geht es mir besser.“ Er trat einen Schritt zurück und lächelte.

„Ich freue mich, dass ich hier sein konnte, um dir zu helfen."

Er hätte ihr sagen können, dass er sich normalerweise, wenn er von der Bühne kam, in der Dusche einen runterholte, um das Adrenalingebibber nach der Show loszuwerden. Oder sich einer der Frauen bediente, die sich ihm anboten. Aber jetzt war Natalie da, und was sie gerade gemacht hatten, war besser, als sich mit der Faust selbst zu befriedigen oder irgendeine Fremde zu ficken.

Noch besser war, dass sie trotz des ganzen Chaos um sie herum offenbar gut damit zurechtkam. Vielleicht war ein guter harter Fick ja genau das richtige Mittel, um sie zu entspannen. Damit hätte er nun wahrlich kein Problem.

„Lass uns zurückgehen und noch ein Weilchen feiern. Dann fahren wir nach Hause, und ich werde so tun, als würde ich nicht hektisch die Medien durchforsten wollen, um herauszufinden, was sie von unserem neuen Material halten."

„Ich bin sicher, wir finden schon einen Weg, um dich irgendwie abzulenken."

Er nahm ihre Hand. „Wie hat es dir gefallen?"

„Du warst umwerfend. Die Band war umwerfend. Live klingen eure Stücke großartig. Ich bin so stolz auf dich. Wie wirst du die Sache mit dem Klavier regeln, wenn ihr auf Tour seid? Ich meine, wenn Ezra nicht da ist, um deine Gitarre zu übernehmen, wie soll das funktionieren?"

„Wir haben einen Gitarristen und ein paar andere Musiker, die unsere Tour mitmachen. Wahrscheinlich werde letztendlich ich die Gitarre spielen, und jemand anders wird das Klavier übernehmen."

In dem großen Raum war noch immer viel los. Überall liefen Freunde und Familienangehörige herum, darunter auch ein paar Gesichter, die Paddy schon eine Weile nicht mehr gesehen hatte. Dazu gehörte auch Adrian Brown.

„Adrian! Alter Junge, ich hatte ja keine Ahnung, dass du vorbeikommen würdest.

Grinsend schüttelte er seinem Freund die Hand.

„Jeremy läuft hier irgendwo herum, und Gillian hat mir gesagt, ich soll herkommen und mir die Show anschauen. In unserem Haus wimmelt es momentan von Frauen, Babys und Kleinkindern." Gillian war Adrians Frau, die Mutter seines Sohnes im Teenageralter und seiner Tochter, die noch keine zwei Jahre alt war.

„Dann freust du dich also schon wieder auf zu Hause?" Damien und Mary gesellten sich zu ihnen.

„Ganz ehrlich? So ist es. Ich will sehen, wie meine Kleine herumläuft, tanzt und singt und überall hineintappst. So ist das halt, wenn man sich niederlässt. Ich vermisse meine wundervolle Frau und meine Kinder. Mein Sohn ist jetzt schon gut sieben Zentimeter größer als ich. Jeden verdammten Tag sieht er seinem Onkel Brody ähnlicher. Gerade hat Miles sich für ein College entschieden. Ich sag's dir, Mary, das geht wirklich schnell mit den Kindern. Mach eine Menge Fotos, denn ehe du dich versiehst, können sie Auto fahren und sind aus dem Haus."

Paddy drehte sich zu Natalie um. „Adrian Brown, das ist Natalie Clayton."

Sie reichte ihm die Hand, und Adrian schüttelte sie. „Hey, ich weiß praktisch alles über dich. Mary und meine Frau sind ziemlich dicke, und sie reden über dich, also kriege ich es auch mit."

Mary seufzte und tätschelte Natalies Arm. „Das klingt schlimmer, als es ist. Er meint, dass ich Gillian erzählt habe, wie klasse ich dich finde und das du eine meiner allerbesten Freundinnen bist."

„Entschuldige! Das sollte nicht komisch klingen", sagte Adrian.

Natalie blinzelte, wurde rot und lächelte dann. Paddy legte einen Arm um ihre Schultern und zog sie an sich.

Sie unterhielten sich, und Jeremy tauchte mit Champagner auf. Für Ezra hatte er perlenden Cidre mitgebracht.

Paddy musste unbedingt mit seinem Bruder über diesen Abend reden. Aufrichtig. Denn es hatte so gutgetan, zusammen mit Ezra da oben zu stehen, aber es sollte nicht auf Kosten seiner schwer erkämpften geistigen und körperlichen Gesundheit gehen.

Etwa eine Stunde später hatte Adrian sich verabschiedet, um wieder nach Hause zu fahren. Auch Jeremy war schon gegangen, um einen anderen Klienten aufzusuchen. Höchste Zeit, einzupacken und wieder nach Hood River zurückzukehren.

„Ich wünschte, du könntest gleich mit zu mir kommen." Paddy gab Natalie einen Kuss auf die Schläfe.

„Ich bin mit Tuesday hierher gefahren. Und du wirst dich wahrscheinlich eh erst mal ausruhen müssen und auch – wie heißt es noch – eine Einsatznachbesprechung mit deinen Brüdern abhalten."

Sie hatte recht.

„Aber du kommst doch noch? Nachdem du Tuesday zu Hause abgesetzt hast?" Natalie hatte den nächsten Tag frei, und er hatte sich schnell daran gewöhnt, neben ihr in seinem Bett aufzuwachen.

„Ja."

„Dann lass uns zusammen hier rausgehen."

Sie trommelten alle zusammen und machten sich auf zum Ausgang.

Auf dem Weg über den lauten Flur stellte sich eine Frau vor Paddy und grinste ihn an. „Hey, Paddy. Wollt ihr nicht etwas Gesellschaft haben, du und deine Freundin hier?"

„Äh, nein danke. Ich habe reichlich Gesellschaft." Lächelnd sah er Natalie an, aber sie wirkte überhaupt nicht glücklich, und auch das konnte er verstehen.

Er hielt sich zwischen Natalie und dieser Frau, bis sie draußen waren. Er half ihr in den Mantel.

„Wir stehen gleich dort drüben." Sie zeigte auf ihren Wagen, und gemeinsam gingen sie dorthin. Tuesday verabschiedete sich noch mit einer Umarmung von Mary und kam auf sie zu, als sie schon beim Wagen waren.

Paddy stellte sich so nahe vor Natalie, dass er ihr zuflüstern konnte. „Tut mir leid, wegen der Sache vorhin."

„Darüber reden wir später."

Oh-oh.

„Okay. Dann sehen wir uns nachher."

„Ja."

Er nahm ihr Kinn zwischen zwei Finger und hob es an, um ihr in die Augen schauen zu können. „Ich liebe *dich.*"

„Ich liebe dich auch."

Er hauchte einen Kuss auf ihren Mund, und sie küsste ihn zurück. Also würde das, worüber sie mit ihm reden wollte, zumindest nicht zu einem Kuss-Boykott führen.

22. KAPITEL

Auf dem Rückweg unterbrach Tuesday ihre Gedanken. „Also, was ist los mit dir? Du siehst nicht gerade glücklich aus."

„Du zuerst! Oh mein Gott! Ich kann nicht fassen, dass du mir nichts von Ezra erzählt hast. Du wirst mir jetzt sofort jedes kleinste Detail offenlegen."

„Du bist eine herrische Zicke."

„Darauf kannst du Gift nehmen. Du Heimlichtuerin! Meine Güte, du bist wirklich die größte Geheimniskrämerin, die ich kenne!"

„Das ist so eine blöde Beleidigung, dass ich nicht einmal sauer sein kann. Du hast einen Masterabschluss, und da fällt dir nichts Besseres ein?"

„Du weichst dem Thema aus."

Tuesday seufzte. „Ich weiß selbst nicht, was mit mir los ist. Ich habe dir nichts davon erzählt, weil ich nicht weiß, was ich davon halten soll. Er ist … Oh mein Gott, er ist so ernst. Wenn ich in seine Nähe komme und er mich ansieht, bekomme ich nichts anderes mehr mit. Ich kann nichts anderes mehr fühlen. Ich sehe nur ihn, ich höre nur ihn. Und er hört mir zu, als gäbe es niemand anderen auf der Welt."

„Hast du schon den Sextest mit ihm gemacht?"

Das war ein Running Gag zwischen ihnen. Tuesday lachte laut auf.

„Nein! Wir sind uns letzte Woche zufällig über den Weg gelaufen. Er war in der Stadt, und ich war gerade auf dem Weg vom Laden zu meinem Wagen. Wir haben uns auf der Straße gesehen, sind zusammen essen gegangen, anschließend hat er mich zu meinem Wagen begleitet, und er hat mich geküsst."

„Du hast Ezra geküsst? Oh mein Gott! Ich kann nicht fassen, dass du das für dich behalten konntest und mir kein Wort gesagt hast. Ich bin total sauer auf dich, aber ich wäre bereit, darüber hinwegzusehen, wenn du mir sagst, wie er küsst."

„Was glaubst du wohl, wie er küsst? Erstens, er riecht wirklich gut. Nicht nach Leder und Mann oder so, aber er hat dieses Rasierwasser, und das riecht wie Sex. Und er genauso. Hinzu kommt, er ist wunderbar warm. Ich hatte gezittert vor Kälte, da schlägt er seinen Mantel auseinander. Er hat nicht einmal etwas dazu gesagt, sondern ihn nur aufgeschlagen und mich angeschaut. Ich habe mich an ihn geschmiegt, er hat ihn wieder geschlossen, und er hatte eine Erektion. Und dann war es wie *Hello, Sailor*, und als ich den Kopf hob, sah er mich an und hat mich geküsst."

Sie holte tief Luft, während Natalie ungeduldig auf den nächsten Teil der Geschichte wartete.

„In meinem ganzen Leben bin ich noch nie so geküsst worden. Er hat einfach losgelegt und dann die Führung übernommen. Er ist der beste Küsser. Der. Beste."

„Warum klingst du dann so unglücklich?"

„Was ist mit Eric, Nats? Hm? Was ist mit ihm?"

Und plötzlich war Natalies Ärger über aufdringliche Groupies und diese ganze Backstagegeschichte wie weggeblasen. Hier ging es um etwas Wesentlicheres. Um etwas Reales.

Was konnte sie dazu sagen? So lange Zeit waren sie um das Thema herumgeschlichen, hatten alles, was Tuesdays verstorbenen Mann betraf, allenfalls kurz gestreift, vor allem die Wand der Trauer, mit der sie sich umgeben hatte, und die sie daran hinderte, ihr Leben voll zu leben.

Aber Tuesday war ihre beste Freundin, und sie liebte sie über alles. Natalie konnte einfach nur hoffen, dass sie dieses Gespräch nicht allzu sehr verbockte.

„Aber er ist nicht mehr da, Tuesday. Nur weil es dir gefallen hat, von jemand anderem geküsst zu werden, bedeutet das nicht, dass du Eric nicht geliebt hast oder ihn nicht immer noch liebst und es, tief im Herzen, auch immer tun wirst."

Der Rest ihres Heimwegs verlief in gedämpfter Stimmung.

„Du hattest doch hier und da ein Date." Es war jetzt vier Jahre her. Aber für Trauer gab es nun mal keinen Terminplan.

„Ja. Keiner von ihnen war ..."

„Diesmal ist es anders?"

„Ich weiß es nicht. Ich weiß es einfach nicht, und genau das macht mich fertig."

„Okay. Aber was ist das denn für ein Leben? Eric würde nicht wollen, dass du dich ausschließlich mit Typen triffst, an denen dir nichts liegt und nie was liegen wird, nur um Sex zu haben."

„Eric ist tot. Er kann nichts mehr wollen." Tuesday sprach mit tonloser Stimme, ein Zeichen, dass die Diskussion für sie beendet war.

„Also gut. Er ist tot. Aber du kannst nicht einfach dein Leben abstellen, nur weil du jemandem begegnet bist, der dich etwas *fühlen* lässt."

„Ich weiß es nicht. Jedenfalls bin ich jetzt zu müde, um weiter darüber nachzudenken. Jetzt sag mir, was deine mürrische Miene zu bedeuten hatte."

„Keine Ahnung. Ist egal. Dann lass uns halt noch ein paar Gruselfilme anschauen und Popcorn machen. Wir gehen erst bei Sonnenaufgang ins Bett und schlafen morgen den ganzen Tag."

„Du wolltest doch heute Abend zu Paddy fahren."

„Er wird noch tagelang high von dieser Show sein, und wir beide haben seit deiner Rückkehr aus Tennessee noch keinmal so richtig abgehangen. Das versteht er schon, und morgen sehe ich ihn ja ohnehin."

Tuesday winkte ab. „Ich brauche keinen Babysitter. Abgesehen davon haben wir gerade so was von abgehangen. Heute. Gestern. Also hör auf damit. Ich bin ein bisschen melancholisch, davon geht die Welt nicht unter. Oh Mann, was habe ich doch für riesige Probleme! Ein supergeiler Typ hat mich geküsst! Weh mir!"

„Ich will nicht, dass du dich allein mit diesen Sachen herumschlägst. Allein mit deinen Erinnerungen."

„Ich *bin* allein mit meinen Erinnerungen, Nats. Der Mensch, mit dem ich sie geschaffen habe, ist tot. Oh, ich weiß, so etwas sollte ich nicht sagen, dann fühlen alle sich unbehaglich. Aber trotzdem ist es wahr."

„Wer sagt, dass du so was nicht sagen sollst? Tut mir leid, wenn ich dir das Gefühl vermittelt haben sollte. Ich will, dass du darüber redest. Ich will dir zuhören. Ich weiß, dass ich es nicht ändern kann, aber ich bin immer da, um dir zuzuhören."

„Nein, du hast diesen Eindruck nicht vermittelt. Du bist die Einzige, die mit mir darüber reden will. Alle anderen wollen, dass ich endlich drüber weg bin, weil es ja immerhin schon vier Jahre her ist."

„Es ist nicht so, als würde ich nicht wollen, dass du drüber wegkommst. Das will ich schon. Oder, nein, nicht drüber wegkommen, das trifft es nicht ganz. Aber du muss nach vorn schauen. Es gibt keinen Weg zurück. Ich verstehe, dass es wehtut. Und ich weiß, dass du kämpfst, und ich wünschte, ich könnte es dir leichter machen. Ich will, dass du aussprichst, was immer du sagen willst. Wenn du mir gegenüber nicht offen sein kannst, bei wem dann?"

Tuesday stieß scharf die Luft aus. „Ich will nicht mehr darüber reden. Ich danke dir, und das meine ich ernst. Dafür, dass du mir zuhörst und immer für mich da bist. Aber im Augenblick will ich mich einfach nicht weiter damit auseinandersetzen. Ich will, dass du mich zu Hause absetzt, damit ich mir eine lange heiße Dusche gönnen und anschließend ins Bett gehen kann. Ich will, dass du mich dort allein lässt und zu deinem Freund fährst. Ich muss allein sein, und du musst bei deinem Freund sein. Der ist nämlich bald auf Tour, also hol dir vorher noch so viel du kannst von ihm."

Paddy sah zu Ezra hinüber, der für alle den Chauffeur spielte. Das bot sich an, da er nicht trank, aber heute war auch er high von ihrer Performance. Dabei war er doch eigentlich ein Kontrollfreak, ganz ähnlich wie die Frau, in die Paddy sich verliebt hatte.

„Du bist heute Abend abgegangen wie eine Rakete."

Ezra grinste. „Ich muss gestehen, es war echt gut, da oben zu stehen."

„Wir haben dich vermisst", sagte Damien vom Rücksitz. „Es ist nicht dasselbe, wenn wir nicht alle vier auf der Bühne stehen."

„Wie geht es dir?", fragte Paddy.

Ezra atmete hörbar aus. „Schwer zu sagen. Ich ... ich hatte mich gefragt, ob ich es noch draufhabe."

Die Frage beschäftigte auch Paddy jedes Mal, wenn sie mit einer neuen Aufnahme-Session loslegten. Jedes Mal, wenn er anfing, einen Song zu schreiben, fragte er sich, ob seine beste Arbeit nicht bereits hinter ihm lag. Daher verstand er seinen Bruder in gewisser Hinsicht, aber er wusste, dass die Situation für Ezra bei Weitem komplizierter war.

„Und ob! Das war schließlich immer da. Du hattest nur deinen Weg dahin eine Weile verloren." Manchmal war Vaughan wirklich der Klügste von ihnen. Okay, meist schwafelte er nur dummes Zeug, aber er war doch sehr viel einfühlsamer, als Paddy ihm zugestehen wollte.

„Die Frage ist doch nicht, ob du es noch draufhast oder nicht, Ezra", fuhr Vaughan fort. „Das beweist du jedes Mal, wenn wir ein neues Album machen. Die Frage ist, wie du weitermachen willst."

Paddy stimmte ihm zu. „Diese Frage musst du aber auch nicht jetzt gleich beantworten. Wir haben noch Zeit, bevor es darum geht, die Musiker für die Tour anzuheuern."

„Ich muss darüber nachdenken. Aber davon mal abgesehen – das Material haut echt rein."

„Wie das Publikum auf ‚Silent No More' und ‚Bright Light' reagiert hat, das ist mir runtergegangen wie Butter. Und den Applaus für ‚Chemicals' hatte ich echt nicht erwartet."

Ihre Diskussion drehte sich nun darum, welche Songs den Leuten anscheinend am besten gefallen hatten, und welche live noch ein wenig optimiert werden mussten. Sie neckten Damien, weil er einen Drumstick zerbrochen hatte, und machten sich über Paddy lustig, weil er eine Zeile in einem ihrer neuen Songs vergessen hatte. Das war normal, das war gut, und Paddy spürte, wie sehr er Ezra dabei vermisst hatte.

Aber sein Bruder hatte um mehr Zeit gebeten, und die würden sie ihm lassen. Und ganz gleich, wie er sich entschied, es wäre in Ordnung.

„So. Und jetzt zu Tuesday." Damien stupste Ezra von hinten an. „Willst du uns nicht mal mitteilen, was da abgeht?"

„Da geht gar nichts ab. Sie ist eine schöne Frau und die beste Freundin unserer Nat. Ich bin einfach freundlich."

Darüber konnte Paddy nur lachen. „Wenn ich so freundlich zu Tuesday wäre, würde Natalie mich nachts im Schlaf mit einem Kissen ersticken."

„Das liegt nur daran, dass ich der überlegene Bruder bin."

„Schön, dann sei halt zugeknöpft und sag uns nichts. Du bist geizig, Ezra. Selbstsüchtig und geizig, und du wirst in die Hölle kommen." Vaughan verpasste Ezra eine Kopfnuss.

„Blödmann." Ezra lachte. „Da werde ich dich dann ja wohl treffen."

„Und Paddy da unten sogar seinen eigenen Tisch. Vermutlich wird er uns alle dazu zwingen, ihn immer wieder perfekt zu decken, bis in alle Ewigkeit." Damien prustete vor Lachen.

„Das ist dann aber das Fegefeuer, richtig? Kommen wir in den Himmel, wenn wir es schließlich richtig hinkriegen?"

Und so ging es weiter, bis sie auf der Ranch ankamen.

Paddy war erst zwanzig Minuten zu Hause, lange genug, um Feuer zu machen und in einen Bademantel zu schlüpfen, denn er wollte Natalie überreden, mit ihm zusammen zu duschen, als sie auch schon an seine Tür klopfte.

Als er aufmachte und sie sah, schlug sein Herz schneller, und ihr Anblick raubte ihm den Atem, denn in dieser Nacht sah sie so verdammt hinreißend aus, so Rock'n'Roll auf ihre einzigartige Natalie-Weise.

„Komm raus aus der Kälte, meine Schöne."

Sie küsste ihn rasch im Vorbeigehen, und er schloss die Tür hinter ihr.

„Wir sollten erst duschen, und ich würde vorschlagen, dass wir dann etwas essen. Ich habe einen Bärenhunger, aber ich bin auch total klebrig und verschwitzt. Du kannst mich also sauber rubbeln, während ich genieße, wie hübsch du nass aussiehst. Anschließend kriegst du alles, was Mary mir in den Kühlschrank gestellt hat."

Sie warf ihm einen Blick über die Schulter zu und ging die Treppe hinauf. Er folgte ihr, magnetisch angezogen vom Schwung ihrer Hüften.

„Deine Hose gefällt mir wirklich gut."

„Ich hatte ganz vergessen, dass ich sie habe. Jetzt ist es vermutlich an der Zeit, dir zu beichten, dass Tuesday mir diesen Freundin-des-Leadsängers-Look verpasst hat. Sie ist in solchen Dingen viel besser, als ich es je sein werde."

Lachend gab er ihr einen Klaps auf den Hintern. Unten hatte er ihr die Tasche abgenommen, jetzt warf er sie in sein Schlafzimmer, und sie gingen zusammen ins Bad.

„Lass mich das machen." Er schob ihre Hände aus dem Weg und zog ihr erst das Shirt und dann das Top darunter aus. „Dein BH gefällt mir." Er war blau, genau wie ihr Top. Blau auf dieser blassen, cremefarbenen Haut. Er gab einen anerkennenden Laut von sich und drückte einen Kuss auf die herrliche Rundung ihrer rechten Brust.

„Der ist neu. Ich meine den BH", erklärte sie.

„Hmm, ich mag es, wenn du das machst."

Er öffnete den BH und entblößte ihre Brüste.

„Du meinst, BHs kaufen?"

Er ließ den oberen Knopf an ihrer Hose aufspringen, zog den Reißverschluss herunter und kniete sich hin, um ihr aus den Stiefeln zu helfen, bevor er die Hose nach unten zog.

„Oh, wow."

Das Höschen hatte vorne einen Schnüreinsatz, fast wie ein Korsett, der verführerisch tief nach unten reichte.

„Das ist auch neu." Sie drehte sich um, und er sah, dass ihr Höschen auch hinten dieses geschnürte V aufwies.

„Das gefällt Daddy."

Er gab ihr einen Klaps auf den Po.

Sie bekam einen Lachanfall, und er stimmte ein, richtete sich auf und zog sie an sich. „Verdammt, was habe ich für ein Glück!"

Sie wurde ernst. „Das hast du wirklich. Allerdings muss ich dir sagen, dass dieser geile *Ich komme gerade von der Bühne-*

Schweiß allmählich in den *Ich stinke wie ein Puma*-Bereich übergeht."

Paddy schob ihren Slip nach unten, ließ seinen Bademantel fallen, trat in die Duschkabine und drehte das Wasser voll auf.

„Früher habe ich bei solchen Gelegenheiten immer nach Schweiß, Alkohol und Zigaretten gestunken. Jetzt, wo man nicht mehr überall rauchen kann, gibt es zumindest einen Gestank weniger, den ich mitbringe."

„Du kannst Frauen auf die Liste setzen."

Er grinste. „Frauen? Du meinst, weil meine Hände nach dir gerochen haben, nachdem ich dich in der Garderobe gevögelt habe? Das Aroma gefällt mir deutlich besser als Zigarettenqualm."

„Bist du sicher, dass du diese Unterhaltung fortsetzen willst, solange wir nackt sind?"

Er seifte sich ein und sah zu, wie sie dasselbe tat. Vielleicht war es ja eine Art Todeswunsch, über Groupies sprechen zu wollen, solange sie auf engstem Raum nackt zusammen waren – und er wusste, dass das Gespräch darauf hinauslief. Aber wenigstens konnte er dann dabei beobachten, wie Seife über ihre Brustwarzen tropfte.

„Es geht mir wahnsinnig auf den Geist. Das muss ich dir ganz offen sagen. Ich weiß, es ist ein Teil deiner Welt und alles, aber ich hasse es. Schlimm genug, dass du fantastisch aussiehst, charmant bist, reich und berühmt. Aber was da hinter der Bühne abgeht? Frauen, die dir alle paar Schritte Sex anbieten? Ich weiß nicht, wie ich damit umgehen soll."

„Du weißt aber schon, dass ich jetzt mit dir zusammen bin, oder? Dass es niemals dazu kommen würde? Alles, was ich brauche, bekomme ich zu Hause, das muss dir doch klar sein."

„Und was ist, wenn du unterwegs und nicht zu Hause bist? Was ist, wenn du von der Bühne kommst und völlig … nun ja, so bist, wie du dann halt bist, und dich abreagieren willst, und ich bin nicht da?"

„So schnell gehst du also davon aus, dass ich dich betrügen würde, anstatt mir einfach einen runterzuholen? Gott! Ich hätte ja schon gehofft, dass du mich inzwischen besser kennst als das. Was habe ich je getan, um dich auf den Gedanken zu bringen, ich würde dich bei der ersten sich bietenden Gelegenheit verarschen?"

Sie stellte sich unter die Brause, und ihm ging auf, dass er blöd war, diese Diskussion zu forcieren. Sie sollte geschmeidig und warm sein, nicht stinksauer.

Aber jetzt war auch er stinksauer, denn er hatte ihr nicht einen einzigen Grund geliefert, ihm zu misstrauen.

„Ich glaube ja gar nicht mal, dass du mich betrügen würdest. Das habe ich auch letztens erst zu Mary gesagt. Aber soll ich etwa lügen und nicht zugeben, was ich dabei empfinde? Soll ich so tun, als ob es mir nichts ausmacht? Ich gebe mir Mühe, und ich weiß, dass du dir ebenfalls Mühe gibst, aber du hast mich nun mal danach gefragt und immer weiter gefragt, bis ich dir eine Antwort gegeben habe. Allerdings tut es mir leid, dass ich deine Gefühle verletzt habe."

„Groupies gehören zum Geschäft. So wie Alkohol und Drogen dazugehören, und dass man von Leuten aus der Musikindustrie abgezockt wird. Ich bin in der Lage, alles andere zu vermeiden. Da kannst du mir ruhig zutrauen, dass ich auch mit den Groupies fertigwerde."

Sie trat aus der Dusche. Er folgte ihr und fing das Handtuch auf, das sie ihm zuwarf. „Du hast mich gedrängt, ehrlich zu sein, und wenn ich es dann bin, strafst du mich ab. Das ist eine Situation, in der ich nicht gewinnen kann, und das nächste Mal werde ich es mir zweimal überlegen, bevor ich offen antworte."

Sie ging ins Schlafzimmer und fing an, in ihrer Tasche zu kramen.

Es war verrückt, aber es törnte ihn an, mit ihr zu streiten. Sie war wütend, und er hatte sie so weit gebracht. Schlimmer noch, sie hatte recht. Er durfte sie nicht erst bitten, sich ihm anzuvertrauen, und sie dann, wenn sie es tat, dafür beschimpfen.

„Du hast keine Ahnung, wie das ist, Patrick." Sie drehte sich um, schlüpfte in ein langärmliges Schlafanzughemd und dann in einen Slip. Er stöhnte leise, als sie eine Hose darüber zog. „Du warst noch nie in so einer Situation. Stell dir nur mal einen Augenblick lang vor, wie es wäre, wenn sich mir mehrmals am Tag echt heiße Männer anbieten würden. Wenn ich einen Job hätte, der mich so richtig scharfmacht, und sie würden sich mir praktisch an den Hals werfen. Und du wärst weit weg und könntest nicht eingreifen. Wie würdest du dich dann fühlen?"

„Ich würde darauf vertrauen, dass du weißt, was wir aneinander haben. Und das ist es, worum ich dich bitte."

„Ich *vertraue* dir doch. Arschloch. Das habe ich dir doch gerade gesagt. Ich bin in dem Club nicht ausgeflippt. Nicht einmal jetzt. Ich bin hierhergekommen, und ich bin noch immer hier bei dir. Du hast nur immer weiter gebohrt, und ich habe dir gesagt, dass ich das hasse und nicht weiß, wie ich damit umgehen soll. Wenn ich jetzt wütend auf dich bin, dann wegen deiner Reaktion."

Oh.

Er holte tief Luft. Und dann erinnerte er sich an ihre Entschuldigung, eben unter der Dusche. „Du hast recht. Aber ich liebe dich. Ich bin mit dir zusammen. Ich will keine andere. Und wenn ich nicht bei dir bin, werde ich dich immer noch lieben und noch immer mit dir zusammen sein, und ich werde auch immer noch nur dich wollen. Die Tour dauert drei Monate. Komm zu uns raus, wann immer du Lust hast. Es werden immer Ausweise für dich bereitliegen. Zum Teufel, lass dich doch einfach beurlauben und komm mit uns, so wie Mary." Wahrscheinlich würde Mary ihm ohnehin in den Arsch treten, wenn er irgendeine Dummheit machte. Ha! Wahrscheinlich? Mit Sicherheit!

„Oh Mann! Ich würde nicht mit dir zusammen sein, wenn ich das Gefühl hätte, auf dich aufpassen zu müssen. Ich glaube nicht, dass du mich betrügen wirst. Es ist einfach ordinär und unangenehm, und es macht mich traurig. Aber es gehört nun mal zu der Welt, in der du lebst, deshalb muss ich einfach sehen, wie ich damit klarkomme. Ich möchte tatsächlich gern mal zu euch rauskommen, wenn ich es einrichten kann, aber nicht deshalb, weil ich dir nicht traue. Es wäre die Energie nicht wert, wenn ich dir nicht vertrauen könnte. Aber ich kann mich nicht einfach beurlauben lassen. So läuft das nicht. Ich habe so und so viele Urlaubstage. Da kann ich zwar hier und da mit meinen Kollegen etwas verschieben, aber damit muss ich auskommen."

Er seufzte. Am liebsten hätte er ihr gesagt – tat es aber klugerweise nicht –, dass sie ihren Job aufgeben und die ganze Zeit bei ihm bleiben könnte. Am liebsten würde er sie bitten, bei ihm einzuziehen. Dann könnte sie ehrenamtlich arbeiten und machen, was sie wollte, und müsste keiner geregelten Arbeit mehr nachgehen. Verdammt, sie hatte selbst die finanziellen Mittel, um genau das zu tun.

Aber sie liebte ihre Arbeit, und es bedeutete ihr etwas, zu arbeiten, um davon leben zu können. Also hielt er seinen Mund.

Offenbar zwischen Verärgerung und Belustigung hin und her gerissen, beobachtete sie ihn. „Wenn du eine unkomplizierte Frau suchst, bist du mit der Falschen zusammen. Das ist kein Problem, das sich irgendwann ganz lösen wird, deshalb werden wir einen Weg finden müssen, damit umzugehen."

Paddy ging das Risiko ein, sich ihr zu nähern, und als sie keine Anstalten machte, ihn zu erwürgen, zog er sie in eine Umarmung. „Okay. Wir werden das einfach Schritt für Schritt tun müssen."

„Wir können das nur schaffen, wenn wir aufrichtig sind. Und ich kann nur aufrichtig sein, wenn ich mich darauf verlassen kann, dass du nicht sauer wirst, wenn ich dir sage, was ich empfinde. Es ist schwer genug, zuzugeben, dass man eifersüchtig ist."

Auch das verstand er. Bis zu diesem Moment, in dem er sie festhielt und fühlen konnte, wie ihre Wärme in ihn hineinströmte, hatte er gebraucht, um ein paar Dinge *wirklich* zu verstehen.

Sie hatte ihm ihr Vertrauen geschenkt. Jedes Mal überließ sie ihm die Kontrolle, und er wusste, dass sie sich normalerweise an ihrer Kontrolle festhielt wie an einer Rettungsweste.

Er musste sich ständig ermahnen, vorsichtig damit umzugehen. Er musste es sich verdienen.

„Entschuldige, dass ich so reagiert habe. Ich habe nur … So etwas habe ich noch nie erlebt. So wie mit dir war ich noch nie mit jemandem zusammen. Manchmal kann ich nichts an den Sachen ändern, die mein Leben einfach mit sich bringt. Es schien dir nichts auszumachen, als das neulich in Portland passiert ist. Ich will … Es tut mir leid. Ich will unbedingt, dass du mir vertraust. Also gehen wir es vorsichtig an."

Sie nickte. „Und mir tut es leid, dass du das Gefühl bekommen musstest, ich würde dir nicht vertrauen. Und zum Thema Portland?" Sie löste sich von ihm, und er hätte Einspruch erhoben, wenn sie ihm nicht einen vielversprechenden Blick über die Schulter zugeworfen hätte. „Du hast mir etwas zu essen versprochen."

Lachend griff er nach ihrer Hand, erleichtert, dass sie wieder an einem Strang zogen.

„Setz dich, und ich suche uns irgendwas zusammen." Er wies auf einen Stuhl an der Kücheninsel.

„Soll ich mal schauen, was die Medien bringen, während du dich ums Essen kümmerst?"

„Da liegt mein iPad. Check mal als Erstes die Fanclub-Site. Momentan dürfte das die beste Quelle sein."

Doch erst mal schaute sie ihm bei der Arbeit zu, denn er trug nicht mehr als eine tief sitzende Schlafanzughose. So tief sitzend, dass seine Beckenknochen zu sehen waren. Natalie zitterte einmal wohlig, bevor sie sich an die Aufgabe machte, die sie gerade freiwillig übernommen hatte.

Sie scrollte sich durch die Fanseite und lächelte, als sie die Kommentare im Forum der Liveshow fand. „Sie haben ein Forum für die Show heute Abend eingerichtet, und auch bereits eins für das neue Album. Alle finden, dass Ezra nicht nur super aussah, sondern auch super gespielt hat. Jede Menge *Ihr habt ja so ein Glück gehabt*-Kommentare von Leuten, die nicht dort waren. Sie müssen wirklich sehr engagiert sein, wenn sie so schnell damit rauskommen."

Die Show war erst seit vier Stunden zu Ende, und es gab bereits hundert Posts und auch ein paar Fotos.

„Über welche Songs reden sie? Oh, und willst du Salsa auf deinen Burrito?"

„Es gibt Burritos?

„Mensch, du scheinst dich mehr auf einen Burrito zu freuen als auf mich."

„Mit dir habe ich erst vor ein paar Stunden gevögelt, aber seit sechs habe ich nichts mehr gegessen. Man muss Prioritäten setzen. Außerdem ist es nur eine Frage der Zeit ist, bis du wieder über mich herfällst, ich muss also bei Kräften bleiben."

„Na gut. Ich freue mich, dass du die Situation voll im Blick hast." Er zwinkerte ihr zu, und sie verdrehte die Augen.

„Anscheinend hat ihnen ‚Bright Light' und ‚Silent No More' am besten gefallen. Nicht, dass ich befangen wäre, aber das Mädchen, für das du den Song geschrieben hast, hat ziemliches Glück. Jedenfalls sind sie auch von ‚Chemicals' begeistert und ‚Here Comes Trouble'. Da sind auch Bilder von euch."

„Wir haben einen Fotografen und Medienfritzen. Der war heute Abend hinter der Bühne, und er schickt auch Sachen an die Fanclub-Site, damit sie es posten können."

„Ja, warte, hier ist ein Link zur offiziellen Website der Band." Sie klickte darauf, und es öffnete sich eine Fotogalerie von dem Konzert. „Ihr seid ziemlich geschäftstüchtig."

Natalie musste unwillkürlich lächeln, als sie ein unbemerkt aufgenommenes Foto von ihnen beiden in einem der Flure entdeckte. Das war vor dem Auftritt. Sie hatte den Kopf in den Nacken gelegt und schaute zu ihm hoch, lächelnd und mit geweiteten Augen. Paddy sah aus, als wollte er sie lecken. In diesem Augenblick war so viel Sex zwischen ihnen, es sprang einen geradezu an.

„Verdammt heiß, das Foto. Jedenfalls sehe ich so aus, als wollte ich dich in der nächsten Sekunde flachlegen." Er stellte sich hinter sie und schob einen Teller in ihre Reichweite. „Du bist schön. Heilige Scheiße."

Der Text unter dem Foto lautete: „Silent No More."

„Tja, ich nehme an, das hat mit diesem Imagewechsel zu tun."

Er drehte ihren Stuhl um, sodass sie ihn ansehen musste. „Du hattest gesagt, du wärest damit einverstanden. Mir ist klar, dass du von meiner Welt momentan einigermaßen überwältigt bist, aber ich will, dass wir auf derselben Wellenlänge bleiben. Wenn du willst, ruf ich ihn sofort an und sorge dafür, dass sie das Foto auf der Stelle entfernen."

Es war drei Uhr morgens, und sie hatte nicht den geringsten Zweifel, dass er das tun würde. Und er würde sich auch nicht darüber ärgern.

Natalie schüttelte den Kopf. „Nein, du hast recht. Ich habe gesagt, dass es in Ordnung ist, und nun ist es eben so. Das ist mir lieber als ein Interview. Wir haben darüber gesprochen."

Er küsste ihre Stirn. „Es ist ein tolles Foto."

Lächelnd legte sie die Beine um ihn, um ihn festzuhalten. „Jawohl. Danke für den Burrito."

Er grinste und gab ihr einen kleinen Kuss auf den Mund. „Iss auf. Wir haben noch Zeit für ein oder zwei Orgasmen, bevor wir einschlafen und Kraft für neue tanken."

23. KAPITEL

Der Winter hatte sich häuslich eingerichtet und machte keinerlei Anstalten, dem Frühling zu weichen, obwohl der 21. März bereits vorbei war. Diese nicht enden wollende Kälte machte Paddys Abwesenheit für Natalie noch schwerer. Ezra hatte sich entschieden, die zweite inoffizielle Show in Seattle mitzumachen und auch das Eröffnungs- und Schlusskonzert der eigentlichen Tournee, wollte auf den Rest jedoch verzichten.

Vor fast zwei Monaten waren sie aufgebrochen und tourten seither kreuz und quer durchs Land.

Jeden Tag rief Paddy an, um sie wissen zu lassen, dass er sie vermisste, aber sie hörte die Begeisterung in seiner Stimme und wusste auch, dass diese Tournee ein wichtiger Teil seines Lebens war. Das Album kam heraus, und es war ein Bombenerfolg.

Natalie war unglaublich stolz auf ihn, und sie stürzte sich in ihre Arbeit, um gar keine Zeit zu haben, Trübsal zu blasen oder ihn zu vermissen oder darüber nachzugrübeln, wie es ihnen allen da draußen ergehen mochte.

Apropos Ezra, sie war in knapp zehn Minuten mit ihm zum Mittagessen verabredet, bei ihrem Lieblingsmexikaner, also sollte sie sich wohl besser beeilen. Seit die Band auf Tour war, hatten die verbliebenen Hurleys sie gewissermaßen unter ihre Fittiche genommen. Es war … ein bisschen beängstigend, aber trotzdem wirklich nett. Mindestens einmal in der Woche traf sie sich mit Sharon auf einen Kaffee oder zum Abendessen, und Ezra war ihr regelmäßiges Lunch-Date.

Sie schloss das Projekt, an dem sie gearbeitet hatte, schnappte Mantel, Hut und Handschuhe und verließ das Gebäude.

Da sie nur äußerst ungern im Schnee fuhr und Hood River derzeit darin versank, ging sie zu Fuß und war völlig durchgefroren, als sie endlich durch die Türen des Restaurants hastete.

„Hey, Nats.“ Ezra winkte ihr von seinem Tisch aus zu, stand auf, um ihr den Mantel abzunehmen, umarmte sie und gab ihr einen Kuss auf die Wange. „Schätzchen, du bist ja eiskalt." Noch einmal schloss er sie in eine Umarmung, wobei er ihr mit seinen großen Händen Rücken und Arme rieb.

Es war kein bisschen seltsam oder erotisch. Es fühlte sich einfach an, als ob er Teil ihrer Familie war.

Sie lächelte ihn an. Er gab ihr einen Kuss auf die Stirn und schob sie dann sanft von sich. „Setz dich. Die Bedienung war schon da. Ich habe einen Kakao bestellt und für dich gleich einen mit."

„Du bist der beste Hurley überhaupt."

Er lachte, und sie nahm ihm gegenüber Platz. „Wie geht es dir? Du siehst fantastisch aus. Die frostroten Wangen stehen dir super."

„Wow, für dieses Kompliment lade ich dich ein."

Sie schauten in die Speisekarte, aber sie wusste schon, was sie wollte, nämlich dasselbe wie immer – einen riesigen Veggie-Burrito.

„Zwei Monate sind jetzt rum. Wie kommst du damit zurecht? Vermisst du Paddy?"

„Seit er weg ist, habe ich mir die Beine nicht mehr rasiert. Es ist kalt, und ich trage ständig Hosen, also kriegt sie ohnehin keiner zu sehen. Das ist ein Vorteil. Ansonsten? Ja, er fehlt mir." Sie wartete eine Sekunde. „Und wie geht es dir damit?"

Die Kellnerin brachte noch mehr Nachos mit Salsa, und sie gaben ihre Bestellung auf.

Ezras Lächeln wirkte leicht gequält. „Ich könnte so tun, als würde ich nicht verstehen, was du meinst, aber … du hast etwas an dir, das mir die Zunge löst."

„Vielleicht hast du die Worte auch nur zu lange zurückgehalten. Das ist nicht gut für dich. Manche Sachen müssen ausgesprochen werden, damit man sich davon befreien kann."

Er zog kurz eine Braue hoch. „Da war wohl jemand in Therapie."

Lachend tätschelte sie ihm die Hand. „Ja. Es hat mir geholfen, ein paar Sachen in die richtige Perspektive zu rücken. Ich kann dir den Namen geben, falls es dich interessiert."

„Ha. Ich habe meinen eigenen Therapeuten, obwohl ich jetzt schon eine Weile nicht mehr bei ihm war. Jedenfalls, diese Liveauftritte … So was kann süchtig machen. Etwas zu tun, was man liebt. Auf der Bühne zu stehen. Den Beifall zu hören. Die Gesichter der Leute sieht man weniger, als dass man einfach weiß: Sie sind alle da. Deinetwegen. Sie klatschen und stampfen mit den Füßen. Sie singen die Texte mit, die du geschrieben hast. Sie … sie fahren total auf etwas ab, das du geschaffen hast. Und das ist … Ich bin nicht sicher, ob ich genau erklären kann, was es ist. Aber es ist großartig. Ein Ego-Booster, der dich durch die Tage bringt, wenn alles andere in deinem Leben beschissen ist. Es nährt deine Seele. Aber es ist auch gefährlich. Weil man ganz schnell anfängt, es für normal zu halten. Und das ist es nicht."

Das Essen kam, und eine Weile kauten sie schweigend.

„Jedenfalls bin ich gern auf Tour. Ich fand es schon immer super, damals, bevor ich alles vermasselt habe. Und jetzt geht es gar nicht so sehr darum, dass ich befürchte, wieder in der Gosse zu landen, wenn ich unterwegs bin. Für Musiker gehört das zum täglichen Brot. Ich bin ohnehin von Leuten umgeben, die Alkohol trinken, und ich kann ehrlich sagen, es kratzt mich überhaupt nicht. Alkohol war ohnehin nie mein größtes Problem." Er schnaubte amüsiert.

Natalie dachte daran, wie das Suchtverhalten ihres Vaters sich schlagartig gesteigert hatte, als er anfing, Opiate zu konsumieren. Sie fragte sich, ob Ezra nach seinem Entzug jemals wieder in Versuchung gewesen war.

Aber sie hatte nicht vor, ihn in einem belebten Restaurant danach zu fragen, also begab sie sich wieder auf halbwegs sicheren Boden. „Mary hat gesagt, auf Tour sei es wie in einer völlig anderen Realität."

Ezra nickte. „Die Zeit tickt anders. Man schläft nicht genug. Man isst nicht richtig." Er grinste. „Obwohl das jetzt kein Problem mehr sein dürfte, wo Mary mit ihnen unterwegs ist. Aber man ist weit weg von zu Hause. Und jeden Abend wirst du mit dieser Bewunderung abgefüllt. Dieser Rausch ist mit nichts zu vergleichen. Plötzlich ist normal nicht mehr so normal. In deinem Leben tummeln sich lauter Leute, die dich nie infrage stellen, dir niemals etwas abschlagen. In den Anfangstagen war es noch schlimmer. Backstagespaß bestand aus Mädchen, Alkohol und Drogen. Es ging durchgehend wüst zu. So sehr, dass man schließlich anfing, dem eigenen Medienhype zu glauben. Ich habe nicht etwa Angst davor, noch mal dem Heroin zu verfallen. Ich habe Angst, da draußen mein Selbst zu verlieren, für das ich durch die Hölle gegangen bin, um es zu finden."

Wieder nahm sie seine Hand und drückte sie.

„*Deinen* Weg kenne ich nicht, aber ich weiß, was es heißt, sich selbst zu finden und dann furchtbare Angst davor zu haben, sich wieder zu verlieren. Was es heißt, sich jeden einzelnen Tag darum zu bemühen, den Boden unter den Füßen nicht zu verlieren, um den man so schwer gekämpft hat. Du weißt, dass deine Brüder dich bei allem unterstützen werden, egal ob du lieber gar nicht mehr rausgehst oder ob es gilt, einen Weg zu finden, der für dich okay und gesund ist. Sie lieben dich. Und mehr noch, sie respektieren dich und wollen das Beste für dich."

„Ich sehe, dass Paddy sehr viele Gründe hat, dich zu lieben. Du bist anders als alle anderen."

Mehr als ihr bewusst war, hatte Natalie das hören müssen. Sie schluckte die Gefühle hinunter, die seine Bemerkung in ihr auslöste … oder versuchte es zumindest.

Sie dachte an all das, was er ihr gerade anvertraut hatte, und beschloss, sich selbst ebenfalls zu öffnen. „Es tut gut, das zu hören, Ezra. Ich vermisse ihn, und weil ich ihm vertraue, gebe ich mir die größte Mühe, nichts anderes zu denken als das, was er mir sagt. Und es kommt mir so vor, als würde ich die Augen vor der Wahrheit verschließen."

„Blödsinn. Du hast dich im Griff. Das ist etwas anderes, als die Augen zu verschließen. Du warst jetzt bei einigen Auftritten dabei und weißt, wie es ist. Es ist völlig normal, wenn du davon überwältigt bist. Und es ist klug, wachsam zu sein. Wenn du Paddy glaubst, ist das ein viel größerer Vertrauensakt, als sich alles Mögliche auszumalen, was er tun könnte. Jedenfalls ist es das, worauf es ankommt. Nicht der Mist, der vor den Garderoben abgeht oder hinter der Bühne."

„Vermutlich." Sie atmete hörbar aus.

„Du gibst Paddy etwas Reales. Etwas Stabiles, Schweres, an dem er sich festhalten kann, und das ist jetzt nicht negativ gemeint. Er braucht einen Anker. Den braucht jeder, damit er bei einem Sturm nicht weggeblasen wird."

„Den Satz musst du mal in einem Song verarbeiten."

„Wird gemacht." Er zwinkerte ihr zu und trank einen Schluck Kakao.

„Sag mal, wenn da etwas in den Medien erschienen wäre, und es wäre über dich und du würdest dich garantiert drüber aufregen, würdest du es trotzdem sehen wollen?"

Ihre gute Laune war dahin. „Was ist es?"

Ezra schob ihr ein Blatt Papier über den Tisch zu. „Das hat Jeremy mir gestern geschickt. Er hat es auf einer dieser Promi-Klatsch-Websites gefunden."

Der Titel des Artikels lautete: *Verzweifelter Hilferuf eines Vaters nach seiner Tochter.* Darunter war ein Bild ihres Vaters zu sehen, wie er ein Foto von ihr und Paddy hochhielt, das bei einem der inoffiziellen Konzerte aufgenommen worden war, bevor Sweet Hollow Ranch auf Tournee ging.

Ihr Vater hatte sich an eins dieser verfluchten Boulevardblätter gewandt und ihnen eine Story über sie verkauft. Natalie legte eine Hand an ihren Magen und drückte fest dagegen, während sie Details aus ihrem Leben las, wie sie sich aus der selbstsüchtigen Perspektive ihres Vaters darstellten. Demnach war er der alleinerziehende Dad, der sich für sie aufgeopfert hatte und lediglich eine Beziehung zu seiner Tochter wünschte, die ihn so grausam zurückwies.

„Oh Gott!" Ihre Haut war feucht vor Schweiß. „Ich wünschte, ich könnte behaupten, dass ich nicht glaube, dass er zu so etwas fähig wäre. Aber das wäre gelogen. Und ich …" Sie hob den Blick und sah das Mitgefühl in Ezras Miene. Kein Mitleid, das hätte sie abgeschreckt. Aber Mitgefühl. „Ist Jeremy sauer?"

Ezra schüttelte den Kopf. „Zum Teufel, nein. Hör mal, so etwas gehört zwangsläufig dazu. Ich weiß, du hast Vorbehalte, was das Leben angeht, das Paddy führt. Ich mag dich, und ich sehe gern, dass du mit meinem Bruder zusammen bist. Ich hätte dir diesen Quatsch auch einfach vorenthalten können, aber ich wollte nicht, dass du unvorbereitet damit konfrontiert wirst. Kann gut sein, dass sich niemand um die Story reißen wird. Aber wenn gerade nichts anderes los ist in der Promi-Welt und sich doch irgendjemand sein Medien-Süppchen daraus kocht, dann sollte dir dieser Mist nicht auch noch unter die Nase gehalten werden, ohne dass du vorher davon wusstest."

„Ich hatte so gehofft, dass ich ihn endlich losgeworden bin. Ich ziehe klare Grenzen um mich. Ich lasse ihn wissen, dass ich ihn nicht in meinem Leben haben will, und er lässt mich einfach nicht in Ruhe. Er posaunt Sachen aus, über die ich außerhalb einer Therapie noch nie gesprochen habe. Ich habe versucht, nicht zu hart mit ihm zu sein, zu verstehen, dass er keine reife Persönlichkeit ist, dass er irgendwo in seiner Entwicklung stecken geblieben ist, wie nicht richtig durchgebackenes Brot, wenn du verstehst, was ich meine. Aber das hier ist … Er beschuldigt *mich*, abhängig zu sein? Mich?" Mit beiden Händen rieb sie sich das Gesicht. „Du hast doch nicht etwa vor, mich zu fragen, warum ich nicht vergeben und vergessen kann?"

Ezra lachte, aber es klang kein bisschen fröhlich. „Nachdem ich diesen ganzen Prozess, die Therapieprogramme und alles, was damit zu tun hat, durchlaufen habe, kann ich nur sagen: Vergebung, genau wie Respekt, ist etwas, was man sich verdienen muss. Man kann nicht einfach sagen, man versucht, alles wiedergutzumachen, ohne es auch so zu meinen. Genauso wenig kann es bei der Wiedergutmachung nur um die Person gehen, die es versucht. Das hat mein Therapeut mir wirklich ein für alle Mal verklickert. Ich habe schlimme Sachen gemacht. Und ich habe Glück, dass meine Familie und meine Freunde mir vergeben haben. Aber niemand war mir Vergebung schuldig, das habe ich begriffen. Es war entscheidend, dass sie nicht nur sahen, dass es mir wirklich leidtat, sondern auch, dass ich alles geben würde, damit es sich nicht noch einmal wiederholt. Nach allem, was ich von deinem Vater höre, muss er ein Drecksack sein. Und er wird ein Drecksack bleiben, auch wenn er clean sein sollte, denn manche Leute sind einfach Drecksäcke. Du musst ihn nicht in dein Leben lassen. Du bist ihm gar nichts schuldig. Allerdings glaube ich, dass du deiner eigenen seelischen Verfassung zuliebe richtig loslassen solltest. Aber soweit ich sehen kann, versuchst du das ja auch."

Er zog eine Augenbraue hoch. „Manchmal kann man nur überleben und im Leben weiterkommen, wenn man die Leute, die wie Gift für einen sind, zurücklässt. Und manche dieser Menschen sind einfach nicht bereit, sich wirklich vor Augen zu führen, was sie sind. Was das angeht, ist dein Vater ein Feigling."

Es kam ihr vor, als hätte er ihr soeben die Erlaubnis gegeben, die Gefühle zu haben, die sie hatte. Sicher, sie hatte auch in der Vergangenheit zu diesen Gefühlen gestanden. Aber es bedeutete ihr unendlich viel, dass Ezra ihren Vater genau so sah, wie er war. Denn nun hatte sie weniger das Gefühl, ein Arsch zu sein, nur weil sie nichts mehr mit ihrem Erzeuger zu tun haben wollte.

Die krude Tatsache, dass ihr Vater sich für keinen Menschen interessierte außer für sich selbst, hatte sie wieder einmal mit voller Wucht getroffen. Offenbar war sie in diesem Teufelskreis gefangen, auch wenn sie verzweifelt wünschte, es wäre nicht so.

Ezra stand auf, kniete sich neben sie und schloss sie in die Arme.

„Ich kann nicht. Ich kann jetzt nicht zusammenbrechen. Ich muss wieder zur Arbeit zurück. Also geh rüber, setz dich wieder hin und erzähle mir von deinem Schwein oder was auch immer."

Er schnaubte zwar missbilligend, gab ihr aber einen Kuss auf den Kopf und folgte ihrer Bitte.

Nach der Arbeit tauchte Natalie kurz vor Ladenschluss bei Tuesday im Geschäft auf und knallte den Ausdruck auf den Tresen.

Tuesday las den Artikel und riss entrüstet die Augen auf. „Dieser Scheißkerl! Ich werde ihm auflauern und ihm stundenlang in die Eier treten. Was machen wir jetzt?"

„Erst einmal danke ich dir dafür, dass du so wundervoll bist und sofort die Eiertritt-Drohung ausgesprochen hast."

„Hallo? Das ist Regel Nummer eins unter besten Freundinnen."

„Und dann werde ich packen, weil ich nämlich morgen ein Flugzeug besteige und nach Chicago fliege. In ein paar Tagen bin ich wieder zurück. Ich muss …"

„Du musst Paddy sehen." Tuesday lächelte. „Und Gott sei Dank gibst du es zu. Weiß er davon?" Sie wies auf das Interview.

„Falls er davon weiß, hat er es nicht von Ezra. Ich habe ihn gebeten, das mir zu überlassen. Von jemand anderem wird Paddy es vermutlich auch nicht gehört haben. Gerade habe ich eine SMS von ihm bekommen. Für sie ist heute Reisetag, deshalb schickt er mir Fotos von Flughäfen. Es ist ganz wichtig für ihn, zu wissen, dass ich damit zu ihm komme, verstehst du? Dass ich ihm zutraue, meinen Stress mit mir zu teilen."

„In der Vergangenheit hast du es allein versucht, und er war sauer deswegen. Ich bin froh, dass du das machst und dich wie ein großes Mädchen verhältst."

„Paddy hat gezeigt, dass ich mich auf ihn verlassen kann, dass er jemand ist, auf den ich zählen kann, und du weißt, was das für mich bedeutet. Er gibt sich wirklich Mühe, also wäre ich ziemlich gemein, wenn ich ihn jetzt ausschließen würde. Und abgesehen davon? Ich will ihn endlich wieder in den Armen halten." Nachdem sie einmal angefangen hatte, ihm gegenüber offener zu sein, fühlte sie sich tatsächlich wohler. Selbst wenn er nichts weiter tat, als ihr zuzuhören.

„Es ist nichts falsch daran, das zu brauchen, Natalie. Gönn es ihm. Auch er wünscht sich, dass du ihn brauchst."

„Und ob ich ihn brauche! Jetzt werde ich mir wohl die Beine rasieren müssen. Oder halt die ganze Zeit Socken tragen, die bis zu den Oberschenkeln reichen."

Sie waren heute zusammen in die Stadt gefahren, Tuesday wie immer die Schneeheldin und Natalie die Schneememme, selbst nach Jahren in Washington und Oregon. Die Arbeitsteilung funktionierte wunderbar.

Zu Hause angekommen, bot Tuesday an, etwas zum Abendessen zu machen, während Natalie ihre Reisevorbereitungen in Angriff nahm.

Sie reservierte Plätze für den Hin- und Rückflug. Sie und Mary tauschten ein paar Nachrichten aus, und Mary versicherte ihr, dass sie willkommen sei, dass Paddy sich freuen würde, sie zu sehen, und dass sie es für eine super Idee hielt, ihn zu überraschen. Sie versprach Natalie, die Sache mit dem Hotel zu klären, und schickte ihr schließlich alle Informationen, die sie brauchte, um vom Flughafen zum Hotel zu kommen, dort in Paddys Zimmer einzuchecken und dann vom Hotel aus zum Veranstaltungsort zu fahren.

Nachdem das erledigt war, ging sie nach unten, wo ein Glas Wein, eine heiße Suppe und Käsetoasts auf sie warteten.

Sie sah Tuesday an und seufzte. „Du bist die Beste. Absolut perfekt. Danke."

Während des Essens informierte sie Tuesday über alle Details. Am nächsten Morgen würde sie von Portland aus losfliegen und in zwei Tagen, wenn die Sweet Hollow Ranch weiterzog, wieder zurückkommen.

Sie erzählte auch von ihrem Lunch mit Ezra, drang aber diesbezüglich nicht weiter in Tuesday, denn sie wollte nicht alte Wunden aufreißen und dann die Stadt verlassen. Zwischen Tuesday und Ezra lief etwas, aber ihre Freundin war ganz eindeutig noch nicht in der Lage, es in Worte zu fassen.

Natalie konnte das verstehen, und weil sie Tuesday so lieb hatte, beließ sie es dabei.

Am nächsten Morgen holte Natalie sich am Flughafen einen Milchkaffee und einen Stapel Modemagazine und machte es sich damit bequem, um auf ihren Flug zu warten. In diesem Moment klingelte ihr Handy und zeigte eine Festnetznummer an.

Ganz automatisch bewegte sich ihr Daumen, um den Anruf anzunehmen, denn manchmal rief Paddy sie von einem Telefon in seiner Garderobe oder im Hotelzimmer an.

Aber es war nicht Paddy.

„Natalie, ich bin es, dein Vater."

Sie legte sofort auf und blockierte die Nummer mit zitternden Händen.

Vor Jahren hätte sie ihm vielleicht zugehört, in der Hoffnung, dass er anrief, um sich für was auch immer den Anruf ausgelöst hatte zu entschuldigen. Aber inzwischen wusste sie es besser.

Kurz darauf meldete sich ihre Großmutter, und diesen Anruf ließ Natalie gleich auf der Mailbox auflaufen. Und als sie an Bord gehen konnten, war sie froh, dass Tuesday sie dazu überredet hatte, am Flughafen noch rasch ein Xanax einzuwerfen, denn sie hasste das Fliegen, hasste den Kontrollverlust, der damit einherging.

Aber sie war auf dem Weg zu Paddy, und das war es wert.

Deshalb stieg sie ein, schob sich die Schlafmaske vor die Augen und schloss die Augen. Zum Glück wachte sie erst wieder auf, als sie in Chicago landete, wo der Wagen bereits auf sie wartete.

Im Hotel angekommen, musste sie lächeln, als sie das Tablett mit kühlem Saft und ein paar Snacks fand, das Mary für sie hatte bereitstellen lassen.

Es war wunderschön, so umsorgt zu werden.

Natalie gab ihr Bestes, um ihr Make-up so hinzubekommen wie Tuesday. Es funktionierte auch ganz gut, vor allem, nachdem sie dunkelroten Lippenstift aufgetragen hatte. Erst vor ein paar Tagen hatte sie einen tollen Haarschnitt bekommen, deshalb gelang es ihr auch, so ungefähr das zu kopieren, was ihr Friseur gemacht hatte.

Ihr von Tuesday abgesegnetes Outfit bestand diesmal aus einer dunklen engen Hose mit klobigen Stiefeln, die praktischerweise auch noch warm waren und ihr in Schnee und Eis etwas Halt geben würden. Ihre Lederjacke hatte sie bereits seit der Highschool, sie hatte damals ihre mageren Ersparnisse aus einem Ferienjob in einem Laden in Melrose dafür verschwendet. Aber nach all den Jahren musste sie zugeben, dass das Teil jeden einzelnen Penny wert gewesen war, obwohl das Futter schon zweimal ausgewechselt werden musste. Es war eine wunderbar warme Jacke, die gut zu dem roten T-Shirt passte, das wiederum die Farbe ihres Lippenstifts wieder aufnahm.

Sie streifte ein breites Manschettenarmband über, entschied sich für Ohrstecker statt Ohrhänger und begutachtete das Ergebnis zufrieden im Spiegel.

Sie steckte Geld ein, dazu ihren Ausweis und die Akkreditierung, die Mary ihr neben die Snacks gelegt hatte, und ging zu dem Wagen, der vor dem Eingang auf sie wartete.

„Wow, dann haben Sie also einen dieser Backstagepässe für das Konzert gewonnen? Der Fahrer war eine Plaudertasche, was gut war, denn plötzlich war Natalie nervös. Was natürlich total albern war.

„Nein. Ich bin eine Freundin von Paddy. Dem Leadsänger."

„Aha. Dann sind Sie selbst auch Musikerin?"

Sie lachte. „Nein, ich bin Bibliothekarin."

„Echt? Meine Tochter ist auch Bibliothekarin, in Bloomington. Das sind harte Zeiten. Immer mehr Stunden werden gestrichen, und sie macht die Arbeit von drei Leuten."

„Momentan ist es wirklich frustrierend. Wir haben dieselben Probleme. Das geht den meisten Bibliotheken so. Ich liebe meine Arbeit, aber ich habe tatsächlich Angst, dass ich sie verlieren könnte."

Offenbar hatte dieser kleine Austausch sein Herz gerührt, denn als sie am Hintereingang hielten, wo sie dem Türsteher ihren Ausweis zeigte, reichte ihr der Fahrer seine Visitenkarte. „Wenn Sie in der Zeit, wo Sie hier sind, noch mal einen Wagen brauchen, rufen Sie mich an. Es ist kalt, und ich bin besser als ein Taxi. Bei mir sind Sie sicher, okay?"

Nachdem er den Türsteher verscheucht hatte, öffnete er die Tür für sie. Sie schüttelte seine Hand und dankte ihm.

Zum Glück hatte Mary ihr eine gute Wegbeschreibung gegeben, sodass sie es schaffte, ohne größere Umwege hinein, nach unten und von dort aus weiter zum Backstagebereich zu kommen.

Wo sie erst einmal stehen blieb und alles auf sich wirken ließ.

Rechts und links war der gesamte Flur von Frauen gesäumt. Ein paar von ihnen tranken etwas, andere lungerten nur herum, und wieder andere waren eindeutig auf der Jagd. Irgendjemand oder – der Duftwolke nach zu urteilen – auch viele Jemande rauchten Pot, was gar nicht so schlecht war, denn es erinnerte Natalie immer ans College, vor allem, wenn dem Geruch ein Hauch von Patschuli beigemischt war. Abgesehen davon überdeckte das Aroma zumindest ein bisschen den säuerlichen Gestank von schalem Alkohol und Erbrochenem.

Nachdem sie den ersten Flur hinter sich gebracht hatte, gelangte sie an einen weiteren Checkpoint. Davor gab es wieder einen Stau, verursacht überwiegend von Frauen, die behaupteten, auf dieser oder jener Liste zu stehen. Mary hatte ihr geraten, nicht lange zu fackeln, sondern sich lieber gleich durchzudrängeln.

Und das tat sie.

Eine Frau hielt sie zurück. „Warte, bis du an der Reihe bist, Miststück."

„Ich muss nicht warten, bis ich an der Reihe bin. Ich gehöre hierher." Sie drängte sich weiter voran, hielt ihren Ausweis hoch und hätte der Frau, die versuchte, ihn ihr wegzuschnappen, fast eine gelangt.

„Was soll das denn? He, du, zurückbleiben."

Der massiv gebaute Bodyguard nahm sich des Problems an, packte Natalie am Arm und half ihr durch die Menge.

„Ich erinnere mich noch an dich, von dem Auftritt in Seattle." Als er lächelte, sah er nicht mehr annähernd so Furcht einflößend aus. „Natalie, nicht wahr? Paddy wird sich freuen, dich zu sehen."

Sie lächelte. „Das will ich hoffen. Ähm … Ron! Du bist Ron."

„Gutes Gedächtnis." Er tippte einem anderen riesigen Kerl auf die Schulter. „Bring Natalie dahin, wo die Band ist. Sie ist mit Paddy zusammen. Das ist Paul. Er wird dich hinführen. Es ist ein bisschen wie ein Geländemarsch."

Paul nickte und wies auf ein Gefährt, das an einen Golfwagen erinnerte und offenbar dazu diente, in diesen Korridoren voranzukommen.

„Das hier ist ein super Veranstaltungsort, denn wir können die meisten Leute hier zurückhalten. Ein paar schaffen es zwar immer dahin, wo sie nichts zu suchen haben, aber es ist leichter zu kontrollieren als in vielen anderen Städten. Da wären wir." Er hielt vor einem weiteren Checkpoint.

Der Kostenaufwand für diesen ganzen Sicherheitsdienst musste immens sein.

„Hey, Matt, ich habe Natalie bei mir." Paul zeigte auf Natalie, als er mit dem Mann am Checkpoint sprach. „Sie hat Zugang zum Green Room."

Lächelnd hielt sie das Badge an ihrem Hals hoch.

„Mary hat mir schon gesagt, ich soll die Augen offen halten." Matt öffnete das Seil und ließ sie durchgehen.

„Danke, dass du mich gefahren hast."

„Kein Problem. Viel Spaß bei der Show."

Matt deutete mit dem Kopf nach links. „Geh da runter, direkt neben dir, die Treppe. Garderoben und Green Room sind unten. Wahrscheinlich wirst du die Band schon hören, bevor du sie siehst."

Sie dankte ihm und ging nach unten. Wieder blieb sie stehen, als sie in den Hauptkorridor gelangte.

Auch hier ging es chaotisch zu, aber wenigstens waren es Leute, die sie kannte. Paddy und Vaughan standen in einem großen Raum – dem Green Room, wie sie sich erinnerte – und kippten Kurze. Paddy wirkte etwas zotteliger als bei ihrer letzten Begegnung. Ein wenig wilder.

Mary saß mit einem Kissen im Rücken auf einer Couch und las in einem Buch, während Damien gnadenlos auf allem, was er fand, herumtrommelte.

„Kann ich dir helfen, falls du etwas suchst? Oder jemanden?"

Natalie drehte sich um und sah, wie jemand auf sie zukam.

„Äh." Sie wies in den Raum, in dem Paddy war. „Hab ihn schon gefunden. Danke."

Paddy hatte gerade an einer Limone gelutscht. Er hob den Kopf, sah sie, und sein Gesicht leuchtete auf.

„Du bist hier!" Mit einem Satz war er bei ihr, riss sie in seine Arme, hob sie hoch und schwang sie im Kreis herum, bevor er sie wieder herunterließ und ihr einen ziemlich intensiven Kuss gab.

Mann, sie hatte ihn so vermisst, dass sie den Geschmack von Tequila, Salz und saurer Limone ignorierte.

Sie erwiderte seinen Kuss und hörte nichts mehr, außer ihrem eigenen Herzklopfen und dem Rauschen in ihren Ohren. Binnen Sekunden schaltete ihr Nervensystem von nervös auf erregt um.

Er löste sich von ihr und schob sie ein wenig zurück, um sie von Kopf bis Fuß zu mustern. „Du siehst fantastisch aus."

Sie reichte ihm ein Papiertaschentuch. „Du hast da Lippenstift."

Er tupfte ihn ab, während Damien und Vaughan sie umarmten. Mary, die inzwischen im siebten Monat war, brauchte etwas länger, um aufzustehen. „Ich bin froh, dass du gut hierhergefunden hast."

„Danke, dass du dich um alles gekümmert hast. Das Essen und der Saft waren genau das, was ich nach dem Flug brauchte."

„Du hast gewusst, dass sie kommt, und kein Wort davon gesagt?" Paddy schlang einen Arm um Natalies Taille und zog sie an sich. „Das ist die schönste Überraschung überhaupt."

Er war ein bisschen beschwipst. Aber das war okay. Natalie sah ein, dass es für ihn etwas anderes war und einfach dazugehörte, wenn er unterwegs war. Auch war es nicht so wie dieses eine Mal in dem Weinkeller – er lallte nicht und hatte sich im Griff.

„Die Show geht gleich los. Lass uns dafür sorgen, dass du ein Headset und alles bekommst."

Mary klopfte ihm auf den Arm. „Schon erledigt."

„Du bist ein Schatz. Danke, Liebes. Wenn ihr uns dann jetzt mal für ein oder zwei Minuten entschuldigen würdet."

Damit zog er Natalie zwei Türen weiter über den Flur in einen kleineren Raum und machte die Tür hinter ihnen zu.

„So. Ich muss dich jetzt einfach küssen, bis du umfällst. Seit *Monaten* habe ich dich nicht mehr berührt. Face Time ist ja ganz nett, vor allem, wenn du dich von mir zu schmutzigen Sachen überreden lässt, aber das hier ist Millionen Mal besser."

Er zog sie näher, umschloss ihre Pobacken mit den Händen und rieb sich an ihr. „Du hast mich jetzt schon ganz hart gemacht."

Dann küsste er sie.

Der Kuss im Green Room war ja schon nett gewesen. Aber dieser hier? Es war ein heißer, sündiger Fick von einem Kuss, der ihr Schauder über die Haut jagte. Er ließ seine Zunge über ihr Zahnfleisch gleiten und begann, ihren Mund von innen zu lecken. Er biss ihr in die Lippen, saugte an ihrer Zunge und atmete ihren Duft tief ein, als müsse er das tun, ganz einfach um zu existieren.

Ihre Nippel richteten sich hart auf, sie wurde feucht und schwoll an. Ihr Atem kam in immer kürzeren Zügen, sein Duft war überall in ihr. Er küsste und küsste sie, wieder und noch einmal, bis er sich schließlich losriss und seine Brust sich hob und senkte wie nach einem Marathonlauf.

Sie hielt sich mit beiden Händen an der Vorderseite seines T-Shirts fest, damit ihre wackeligen Beine nicht unter ihr nachgaben. „Wow!"

„Ich habe dich vermisst. So sehr. Dieser Kuss ist nur eine Anzahlung auf das, was dir bevorsteht, wenn wir nach der Show ins Hotel zurückkehren. Ich werde dich lecken, bis du mich anflehst, damit aufzuhören. Dann werde ich dich erst noch etwas länger lecken, und schließlich vögeln. Wie lange kannst du bleiben?"

Sie musste schwer schlucken und sich erst einmal räuspern, bevor sie ihre Stimme wiederfand. „Bis übermorgen. Ich bin heute und morgen bei der Show dabei, dann fliege ich zurück."

„Ich nehme, was ich kriegen kann. Verdammt. Baby. Ich freue mich so sehr, dich zu sehen." Er legte seine Stirn an ihre. „Du siehst im Augenblick so scharf aus, dass ich meine gesamte Selbstbeherrschung aufbringen muss, um es dir nicht gleich hier zu besorgen."

Mehrfach hintereinander ertönte ein Klingeln, und er stöhnte. „Wir sind dran. Komm mit. Deine Sachen kannst du hierlassen. Übrigens, die Jacke gefällt mir."

Sie grinste und erzählte ihm die Geschichte, während sie Hand in Hand über den Flur gingen und dann ein paar Stufen zur Bühne raufstiegen. Dort blieb er stehen, um auf seine Brüder zu warten. Die Vorgruppe Subzero Supernova hatte sich dort versammelt, um ihren Auftritt zu sehen, und Paddy beeilte sich, Natalie vorzustellen.

Sie konnte sich kaum bremsen, um nicht wie ein totales Fangirl auf sie loszustürzen, denn sie war bereits seit Jahren völlig begeistert von ihnen, wobei es sie immer frustriert hatte, dass die Gruppe nicht die Aufmerksamkeit erhielt, die sie so eindeutig verdiente.

Paddy grinste den Leadsänger Shelly Avenida an. „Habe ich dir je erzählt, dass Natalie diejenige war, die vorgeschlagen hatte, euch Jungs als Vorgruppe zu nehmen? Sie steht auf eure Sachen. Nicht mehr als auf meine natürlich. Ich meine, geht's noch?" Er zwinkerte.

Shelly wandte sich an Natalie. „Echt jetzt?"

„Ich habe euch im Evergreen gesehen. Vor ungefähr zehn Jahren. Ich habe damals sogar irgendjemandem eine von den CDs abgekauft, die er aus seinem Kofferraum heraus verhökert hat."

„Wow. Ist ja Wahnsinn. Danke."

„Quatsch, ich danke euch. ‚Soul Food Suicide' und ‚Atone' haben mir durch die Büffelei vor dem Examen geholfen. Nun ja, das und brutale Videospiele."

Paddy hielt sie fest an sich gedrückt, und sie genoss seine tröstliche Nähe. Von ihrem Vater würde sie ihm später erzählen. Jetzt wollte sie sich so lange es ging über all das hier freuen.

„Es geht los." Er drehte Natalie in seinen Armen zu sich um. „Gibst du mir einen Kuss als Glücksbringer?"

Sie stellte sich auf die Zehenspitzen und küsste ihn. „Zeig's ihnen, Patrick Hurley."

Er grinste, und als sie angekündigt wurden, lief er nach einem letzten stürmischen Kuss hinaus.

Natalie liebte Livemusik und hatte ziemlich viele Konzerte besucht. Normalerweise hatte sie da voll den Durchblick, selbst wenn ihr Freund auf der Bühne stand.

Aber das hier? Das war so viel mehr, als sie auch nur ansatzweise in sich aufnehmen konnte. Die Menge spendete nicht nur Beifall, sie *grölte*. Der Sound hallte vom Fußboden, auf dem sie stand, wider und schüttelte ihr die Knochen.

Sie hätte das Lächeln auf ihrem Gesicht nicht abstellen können, selbst wenn sie es versucht hätte.

Der Paddy dort am Mikrofon gehörte ihr. Jawohl, groß und schlank mit breiten Schultern und schmalen Hüften. Dieser Hintern, den seine Jeans nur noch geiler aussehen ließ. Inzwischen wusste sie, dass er eine ganze Kollektion von Puma-Sneakern besaß, die er sich speziell für seine Touren zugelegt hatte. Heute Abend waren sie giftgrün mit einem violetten Streifen.

Er streichelte die Gitarre, die Natalie ihm geschenkt hatte, ungefähr so, wie er auch sie berührte.

„Hey, das bist du." Es klang wie ein sexy Anmachspruch, und so wie das Publikum darauf reagierte, schien es absolut gut anzukommen. „Dein Haarschnitt gefällt mir sehr." Er zwinkerte, und sie platzte fast vor Lachen.

Das Publikum rief Songtitel aus, und er hielt eine Hand an sein Ohr. „Was wollt ihr hören? Ich habe da gerade an etwas gedacht." Er machte eine Pause und drehte sich zu der Band um. Sie steckten die Köpfe zusammen, und Paddy warf ein paarmal einen Blick über die Schulter in ihre Richtung, dann zwinkerte er ihr zu und ging wieder zum Mikrofon.

„Entschuldigt bitte, aber ich musste mich vergewissern, dass sich alle noch an den Song erinnern. Es ist ‚Dive Bar', und er ist meiner wunderschönen blonden Freundin gewidmet."

Natalie hatte schon immer den Verdacht gehabt, dass dieser Song von ihr handelte, hatte jedoch nie danach gefragt. Er zählte das Stück ein, und sie fingen an.

In diesem Augenblick war es ihr schlicht unmöglich, nicht den Hintern zu schwingen, also gab sie auf und tanzte, die Hände in die Höhe geworfen, den Blick fest auf Paddy gerichtet, als er begann, von schäbigen Bars zu singen, von zu vielen Zigaretten, billigem Bier und Ficks in einer dunklen Gasse.

Es müsste ihr peinlich sein. Sie müsste sich Sorgen machen, weil jemand glauben könnte, dass sie so etwas tatsächlich tun würde.

Aber sie hatten es getan. Tatsächlich. Sie waren aus der Hintertür gestolpert, er hatte sie an die Wand gedrückt und gierig geküsst. Kurz darauf lag eine Hand unter ihrem Shirt auf ihrer Brust und kniff und drückte ihren Nippel, während die andere ihren Rock und das Höschen aus dem Weg schob, und dann hatte er sie gleich an Ort und Stelle gevögelt.

Sie hatte es genossen. Es war aufregend gewesen, mit einer derartigen Dringlichkeit begehrt zu werden. Dann dieser Nervenkitzel bei dem Gedanken, dabei ertappt werden zu können. Damals hatte sie darüber nachgedacht, wie ihr Leben einmal aussehen würde. Sie hatte kaum über die nächsten paar Monate hinaus gedacht, wenn überhaupt.

Aber sie schämte sich nicht für diese wilden Wochen mit Paddy. Alles, was sie getan hatten, hatte sie so gewollt. Und jeden Augenblick genossen. Es war ein Wendepunkt in ihrem Leben gewesen, ein Dreh- und Angelpunkt.

„Dive Bar“ ging zu Ende, und „Chemicals“ setzte ein. Sie tanzte weiter. Damien war ein Monster, so heftig schlug er, ein albernes Grinsen im Gesicht, die ganze Zeit auf sein Schlagzeug ein. Hin und wieder beugte er sich vor und sang.

„Er ist umwerfend“, sagte Natalie zu Mary und wies mit dem Kinn auf Damien.

Mary nickte lachend. „Er ist wie eine Maschine. Aber mir gefällt, was das mit seinen Armen macht, und wenn er von der Bühne kommt, ist er immer scharf auf mich.“ Sie legte Natalie einen Arm um die Schultern. „Ich freue mich, dass du hier bist.“

Lange Zeit war Natalies Familie die 1022 gewesen. Und als sie jetzt neben Mary dort stand, ging ihr auf, dass diese abgefeimten Hurleys mit all ihrem Lärm und Chaos sich in ihrem Herzen der 1022 angeschlossen hatten. Auch sie gehörten jetzt zu ihr.

„Ich mich auch. Ich musste einfach kommen.“

24. KAPITEL

Nach der dritten Zugabe kam Paddy von der Bühne, reichte seinem Techniker die Gitarre und zog Natalie an sich, trunken vor Glück, ein einziges grinsendes Bündel männlicher Zufriedenheit.

Seine Frau war zu ihm gekommen, und verdammt, das hatte er mehr gebraucht, als ihm bewusst gewesen war, bis er beim Klang ihrer Stimme aufgeblickt hatte.

„Lass uns ins Hotel zurückfahren." Er hatte bereits dafür gesorgt, dass ein Wagen auf sie warten würde, wenn die Show vorüber war. Normalerweise fuhr er mit den anderen zurück, aber er wollte Natalie mit niemandem teilen. Jedenfalls eine ganze Weile nicht.

Er führte sie rasch durch die Menschenmenge, die sich nach jeder Show zu versammeln schien. Er musste jetzt ganz dringend ein paar Stunden mit ihr allein sein.

„Hast du vorher nicht noch irgendwelche Dinge zu erledigen?", fragte sie, als er ihren Hals küsste.

„Es gibt nur dich, meine Schöne. Für alles andere habe ich einen Tourmanager."

Ihr Tourmanager Renn würde sich in der Tat um alles Notwendige kümmern, deshalb holte Paddy nur rasch seine Tasche und Natalies Sachen aus der Garderobe. Dann fiel sein Blick auf einen der Typen vom Sicherheitstrupp.

„Hey, Paul." Natalie lächelte den Wachposten an.

Pauls Miene, die normalerweise rekordverdächtig finster war, hellte sich auf. „Hey. Wie ich sehe, hast du ihn gefunden."

Paddy hob eine Braue und zog Natalie etwas näher.

„Paul hat mir geholfen, dich zu finden, als ich vorhin ankam", erklärte sie ihm.

„Danke, Mann. Kannst du uns zum Parkplatz bringen?"

„Klar."

Am Eingang standen Fans, und Paddy fluchte leise.

„Ich bleibe zwei Tage bei dir und gehe nirgendwo anders hin.

Also gib ruhig ein paar Autogramme und sei Paddy Hurley", sagte sie ruhig.

Er ließ ihre Hand nicht los. „Entschuldige. Aber ich werde mich beeilen."

Sie küsste ihn, was sein Verlangen nach ihr nur steigerte. „Sag nichts. Mach einfach deine Arbeit."

„Du wirst den Orgasmus deines Lebens haben, dafür werde ich sorgen", flüsterte er an ihrem Ohr und leckte rasch darüber.

Sie versuchte, zur Seite zu treten, damit er seine Angelegenheiten regeln konnte, aber er wollte sie nicht loslassen. Sobald sie versuchte, sich davonzustehlen, verstärkte er seinen Griff und zog sie zurück.

Während sie auf den Wagen zugingen, der auf sie wartete, plauderte er mit den Leuten, gab Autogramme und beantwortete Fragen. Paul ging direkt hinter ihnen, um die Dinge unter Kontrolle zu halten, falls es Probleme geben sollte.

Das passierte so gut wie nie. Ihre Fans waren großartig, sie unterstützten sie und waren sehr engagiert.

Lächelnd stellte er fest, dass sie jetzt auch Natalies Namen riefen. Sie wurde rot und winkte ihnen zu, was die Fans nur noch mehr begeisterte.

„Ich danke euch allen, dass ihr heute Abend hier rausgekommen seid. Aber Nats ist nur zwei Tage hier, und ich habe Hunger. Ich bin jetzt mal weg." Er wandte sich zur Seite, als viele ihm noch nachriefen, dass sie auch am nächsten Abend wieder da sein würden.

Also drehte er sich noch einmal um. „Was wollt ihr denn morgen hören?"

Die Leute riefen mehrere Titel von dem neuen Album, die ohnehin bereits auf der Setlist standen. Aber die Band mischte hier und da immer noch gern ein paar Raritäten ein, Sachen, die sie nur ein- oder zweimal während einer Tour spielten, wenn überhaupt.

Schließlich hörte er „Broken Open", und er nickte. „Okay. Eins davon werde ich morgen noch auf die Setlist setzen. Morgen werdet ihr wissen, welches." Er winkte noch ein letztes Mal, dann stiegen sie ein und fuhren los.

Ohne auch nur daran zu denken, dass er in Schweiß gebadet war, zog er Natalie an sich. Er musste sie einfach berühren und vergrub sein Gesicht in ihren Haaren. Dann küsste er sie auf den Kopf. „Verdammt, du bist das beste Überraschungsgeschenk, das ich je erhalten habe. Ich kann nicht fassen, dass du hier bist."

Sie schmiegte sich noch enger an ihn. „Geht mir genauso. Übrigens, ihr wart heute unglaublich. Ein Konzert in einer Arena zu erleben, ist schon ziemlich fantastisch, wenn man im Publikum steht, aber backstage? Ich bin wirklich stolz auf dich, Paddy. Was ihr geleistet habt, ist kaum zu fassen. Das Publikum liebt euch."

Weil sie es sagte, bedeutete es ihm die Welt.

„Danke, Baby." Er küsste ihre Schläfe. „Wann bist du angekommen? Warum hast du beschlossen, gerade jetzt zu kommen? Ich kann nicht fassen, dass du gestern nichts davon erwähnt hast, als wir miteinander gesprochen haben."

„Mit Sicherheit wusste ich es tatsächlich selbst erst gestern. Es hat mit dem Terminplan der Bibliothek zu tun und irgendwelchen Urlaubsstunden, die etatmäßig unbedingt genommen werden müssen, also dachte ich mir, dass es ein guter Zeitpunkt ist, schnell mal rüberzuflitzen und dich zu besuchen. Angekommen bin ich erst vor ein paar Stunden. Mary hat hier alles für mich organisiert. Meine Sachen sind in deinem Zimmer, ich hoffe, das ist okay."

„Mehr als okay. Es ist perfekt. Ich habe total beschissen geschlafen, seit ich von dir weg bin."

Sie war gekommen. Paddy wusste, wie sie zu seinem wilden Leben stand, wenn er auf Tour war, und so hatte er ihr zwar vorsichtig zu verstehen gegeben, dass er sie gern bei sich hätte, aber ohne sie zu drängen. Es bedeutete eine Menge, dass sie trotz allem die Reise zu ihm auf sich genommen hatte, jetzt entspannt an ihm lehnte und eindeutig nicht ausgeflippt war.

Durch einen Hintereingang betraten sie das Hotel und gingen direkt auf sein Zimmer.

Nachdem er die Tür hinter ihnen abgeschlossen hatte, sah er sie lange an. „Ich brauche dich nackt, und ich brauche eine Dusche, um die Show abzuwaschen, da könnten wir doch beides super verbinden."

Aber offenbar hatte sie andere Pläne. Sie zog ihre Jacke aus, warf sie beiseite, marschierte auf ihn zu, legte eine Hand an seine Brust und drückte ihn an die Tür. Dann kniete sie sich vor ihn hin.

„Heilige Scheiße."

Sie schaute lächelnd zu ihm hoch und lächelte ihn weiter an, während sie den Reißverschluss seiner Hose öffnete und seinen Schwanz hervorholte.

„Ich bin schmutzig und verschwitzt."

„Ich weiß." Sie leckte seinen Stab von der Wurzel bis zur Spitze. Er sah ihr zu und stöhnte, als sie die Zunge um seine Eichel tanzen ließ, während sie ihm unverwandt in die Augen sah.

Völlig gebannt von ihrem schmerzlich vermissten Anblick und auch, weil er nach einem Auftritt immer so monstergeil war, lehnte er sich an die Tür und genoss sein Wahnsinnsglück.

„Du bist das Schärfste, was ich je gesehen habe. Gott, wie habe ich das vermisst." Er schob seine Hände in ihre Haare.

Sie kannte ihn so gut, wusste, wo sie die Zungenspitze spielen lassen musste, wo sie lecken und wie fest sie saugen musste, um ihn schön hart und feucht zu halten. Es dauerte nicht lange, bis er den heranbrausenden Orgasmus bis in die Zehenspitzen spürte.

Kein Wunder, er war die ganze Zeit schon kurz davor gewesen. Er hatte sie begehrt, bevor sie überhaupt aufgetaucht war. Hatte sich in der Dusche selbst befriedigt, bevor er zur Arena gefahren war. Dabei hatte er an das letzte Mal gedacht, als sie zusammen gewesen waren. Damals hatte er sie von hinten genommen, was er besonders mochte, denn so konnte er ihre Tattoos sehen und sie nach Belieben überall berühren. Er war gekommen, als er sich an ihr Stöhnen erinnerte und wie sie sich um ihn herum angefühlt hatte.

Trotzdem hatte er sie wieder begehrt, während er gesungen hatte und wusste, dass sie direkt links neben ihm stand und wartete. Er hatte sie begehrt, als sie geduldig seine Hand gehalten hatte, während sie sich hinter der Bühne durch die Menge auf dem Flur schlängelten. Und er hatte sie begehrt, als er sie auf der Fahrt hierher auf dem Rücksitz des Wagens wie Sauerstoff eingeatmet hatte.

Und die Realität, dieser heiße feuchte Mund, der Kontrast zwischen der abgeklärten Natalie, die sie in der Öffentlichkeit war, und dieser sündigen Sirene, die seinen Schwanz lutschte und jede Sekunde davon genoss, war mehr, als er verkraften konnte.

Er fluchte unterdrückt, ließ es spritzen, und sie scheute nicht zurück. Stattdessen machte sie einfach weiter, während ihn Welle um Welle der Ekstase überrollte. Schließlich zog er Natalie auf die Beine und küsste sie. Mit einer Hand zerrte er seine Hose hoch, während er sie auch schon in das riesige marmorverkleidete Badezimmer drängte.

„Menschenskind." Er schluckte schwer, als er sie aufhob und auf den Tresen setzte.

„Ich hatte es dir doch gesagt, Paddy, ich mag es, wenn du schmutzig bist." Sie beugte sich vor und küsste ihn, saugte ein wenig an seiner Unterlippe, bevor sie sich zurücklehnte.

„Du bist noch mal mein Tod." Er küsste sie wieder, dann ließ er sie los, um die Doppeldusche anzustellen.

Als er sich wieder umdrehte, zog sie gerade ihr Shirt über den Kopf.

Ihr roter BH passte perfekt zu ihrer Haut. Die Trägerriemen verliefen seitlich an den Rundungen ihrer Brüste nach oben und betonten ihre Kurven, während die Schalen so tief ausgeschnitten waren, dass er das dunkle Rot ihrer Brustwarzen erkennen konnte.

„Ich habe mir ein paar neue Sachen zugelegt."

„Gute Idee. Lass mal sehen, ob dein Slip dazu passt."

Er half ihr vom Tresen herunter und kniete sich hin, um ihr die Stiefel auszuziehen. Schließlich befreite er sie vom Rest ihrer Kleidung.

Als er das stilisierte SHR sah, grinste er. Sweet Hollow Ranch war der Name des Orts, nach dem sich die Band benannt hatte, und nun waren die drei Buchstaben auf ihrer Gürtelschnalle eingraviert. Wie ein gar nicht mal besonders dezentes Brandzeichen. Dasselbe SHR zierte die großen Tore am Eingang zu ihrer Ranch, Damiens Schlagzeug und alle anderen maßgefertigten Teile ihres Equipments.

Es an ihr zu sehen, ließ ihn schlagartig wieder hart werden. *Sie gehört mir.*

Lächelnd sah sie zu ihm hinunter. „Du brauchst wirklich keine lange Pause. Ein weiterer Grund, dich in der Nähe zu halten."

„Ich bin ganz begeistert von diesem Höschen." Es war hellrot und schmiegte sich aufreizend um ihre Hüften. Hier und da lugte ein Detail ihrer Tattoos hervor, was diesen sexy Widerspruch von brav und sündig nur noch betonte.

„Tut mir leid, dass ich es dir ausziehen muss, aber ich will dich bei mir unter der Dusche, also …" Er hakte seine Finger ein, zog das Höschen nach unten, von ihren Füßen und warf es über die Schulter. Als er sich wieder aufrichtete, ließ er die Hände über ihre Oberschenkel gleiten und küsste die Rundung ihrer Hüften.

Sie öffnete ihren BH und schob die Träger lasziv von ihren Schultern. Er seufzte und presste, glücklich wie seit Antritt der Tour nicht mehr, auf jede Brustspitze einen Kuss. Unter seiner Zunge formten sich ihre Nippel zu harten Perlen.

Sie fuhr mit den Fingern durch seine Haare, drückte ihn an sich und hielt ihn ganz fest.

Irgendwann riss er sich los, befreite sich schnell von seinen Klamotten und zog sie mit sich in die Dusche. Die Bank dort hatte er schon vorher im Auge gehabt, aber jetzt wusste er, was genau er damit anfangen wollte.

„Lass mich nur machen." Sie küsste ihn auf die Brust, direkt über seinem Herzen, und griff zur Shampooflasche. „Hier, hilf mir mal rauf."

Sie stieg auf die Bank, und er stellte sich vor sie, mit dem Rücken zu ihr, damit sie ihm die Haare waschen konnte. Er legte den Kopf in den Nacken und lehnte sich an sie, damit sie eine Stütze hatte, während sie ihn umsorgte.

Ihre Finger fühlten sich so gut auf seiner Kopfhaut an, dass er stöhnte und sich ziemlich lange von ihr massieren ließ, bevor er sich umdrehte, sie in die Arme nahm und an seinem Körper heruntergleiten ließ.

Er spülte sich die Haare aus, während sie ihre wusch. Dann ließ er flüssige Seife auf ihre Brüste tropfen und ließ seine Hände in seifenglatten Kreisen über ihren Busen und Rücken gleiten.

Sie rieb sich an ihm, um die Seife zu verteilen, und nachdem sie ihm Hals, Arme und Brust gewaschen hatte, widmete sie seinem Schwanz eine Menge glitschiger Aufmerksamkeit. So viel, dass er sie unterbrechen musste.

„Hör auf damit, du Unersättliche." Er gab ihr einen Kuss auf die Nase, dann auf den Mund, während er mit den Fingerspitzen an ihren Nippeln zupfte und zwirbelte, bis sie keuchte.

„Was ist los?" Er verteilte neckische Küsse auf ihrem Gesicht.

„Du bringst mich um, Paddy. Ich will dich in mir fühlen. Bitte."

Vor seiner Abreise hatten sie sich beide testen lassen, und die Ergebnisse waren in Ordnung. Außer ihr war er noch nie ohne Schutz in einer Frau gewesen, obwohl die Versuchung in den Jahren, bevor sie wieder in seinem Leben aufgetaucht war, ziemlich groß gewesen war. Aber er hatte genügend Leute mit Geschlechtskrankheiten gekannt, um widerstehen zu können.

Das Verlangen überrollte ihn in heißen, wilden Wogen, so schwindelerregend, dass er sein Gesicht an ihrem Hals bergen und abwarten musste, bis es vorbei war.

„Im Wohnzimmer ist ein großer Spiegel. Gegenüber der Couch. Ich will in dir sein und dich dabei beobachten."

Sie zitterte, und das nicht etwa, weil ihr kalt war. Hastig spülten sie sich die Seife ab und stiegen aus der Dusche. Er küsste sie schon, während er sie noch abtrocknete, und als er sie schließlich aufhob, um sie aus dem Bad zu tragen, und sie ihn mit ihren Beinen umschlang, war er mehr als bereit.

Vor der Couch setzte er sie ab. „Erst einmal müssen wir dafür sorgen, dass du so weit bist."

„Ich bin total so weit. Versprochen." Sie nahm seine Hand und ließ ihn fühlen. „Siehst du?"

Mit einer Fingerspitze reizte er ihre Klit so lange, bis Natalie diesen glasigen Blick bekam.

„Jetzt möchte ich, dass du dich hinkniest, mit dem Gesicht zur Rückenlehne der Couch. So, und jetzt die Hände auf die Couch legen, den Hintern rausstrecken und die Beine spreizen. Ich bin so unglaublich scharf auf dich."

Sie schnappte keuchend nach Luft, und sein Blick ließ sie wissen, wie sehr ihn ihre Reaktion antörnte.

Sie folgte seinen Anweisungen, und er kniete sich hinter ihr auf den Boden. Die Couch war niedrig, und er war groß, daher hatte er den Teil von ihr, auf den er seinen Mund legen wollte, auf Augenhöhe vor sich. Er beugte sich vor und spreizte sie, bevor er sie in langen Zügen leckte. Er seufzte vor Vergnügen, während er ihren Geschmack in sich aufnahm – und auch, weil es so unendlich wunderbar war, auf diese Weise mit ihr zusammen zu sein.

Ihr Geschmack durchströmte ihn, ergriff Besitz von ihm und blendete alles andere aus. Sie war alles, was er sah und schmeckte und fühlte. Ihr Duft wurde Teil von ihm, und als sie seufzend seinen Namen ausstieß und kam, sprang er blitzschnell auf und setzte sich auf das Sofa.

„Komm auf meinen Schoß, Nat. Ich will dein Gesicht im Spiegel sehen und beobachten, wie ich in dich hineinstoße und wieder aus dir herauskomme."

Er half ihr, sich rittlings auf ihn zu setzen, so, dass sie ihm den Rücken zuwandte, und legte den Arm um ihre Taille, um sie abzustützen.

„Schau hin", murmelte sie, und er tat es. Ihr Anblick, wie sie sich auf seinen Schwanz sinken ließ, war fast so gut wie die Hitze, mit der sie ihn nun umschloss.

Ein hübscher rosiger Schimmer breitete sich auf ihrer Haut aus, und ihre Lider waren halb geschlossen.

Und er sah weiter zu, nahm ihre Brüste in die Hände und ließ sich langsam von ihr reiten.

Er war wieder zu Hause.

Als er sich in die Umarmung ihres Körpers fallen ließ, hatte er ein ähnliches Gefühl, wie wenn er den Berg zur Ranch hinauffuhr. Sie war auf eine Weise zu seinem Heim geworden, wie er bei einem anderen menschlichen Wesen niemals für möglich gehalten hätte.

Sie war so schön im Spiegel, seine Hände auf ihr, ihre Augen halb geschlossen, die Muskeln angespannt, wenn sie sich bewegte. Obwohl er eben erst einen Orgasmus gehabt hatte, stand er es schon wieder kurz davor.

Dann beugte sie sich vor und stützte sich mit den Händen auf seinen Oberschenkeln ab, wobei sich ihre Blicke im Spiegel trafen. Freimütig. Voller Verlangen. Ganz ohne Scham, während sie sich nahm, was sie wollte.

„Ja, meine Schöne, hol dir alles, was du brauchst."

Er hielt ihre Hüften, lenkte sie.

„Ich liebe es, nackt in dir zu sein. Es fühlt sich so gut an", murmelte er, und keuchend stimmte sie ihm zu.

„Das habe ich vermisst. Jede verdammte Nacht habe ich davon geträumt. So viele Male habe ich es selbst gemacht, während ich mir dich vorgestellt habe, und es war nie genug. Nichts ist genug. Nur du."

Sie bebte um ihn herum.

Als er seine Hand zwischen ihre Schenkel führte, stellte er fest, dass sie wieder geschwollen und bereit für ihn war. Da er wusste, wie empfindlich sie nach ihrem Orgasmus eben noch sein musste, berührte er sie nur ganz zart, ließ seine Fingerspitze in langsamen, ruhigen Bewegungen kreisen.

Ihr erregtes, lustvolles Seufzen schien durch sie hindurch direkt bis in seinen Schwanz zu vibrieren.

Stöhnend warf sie den Kopf zurück und explodierte um ihn herum. Eine Hand an ihre Hüfte gelegt, hielt er sich tief in ihr, während sie das Becken kreisen ließ, und es war höllisch heiß und feucht um ihn herum, sodass er schließlich gar nicht anders konnte, als mit ihr zusammen zu kommen … so heftig, so lange, dass er nicht mehr sicher war, ob er in Wirklichkeit nicht zwei Höhepunkte gehabt hatte.

Irgendwann hob er sie hoch und liebkoste sie, während sie beide wieder zu Atem kamen.

25. KAPITEL

Sie streckte sich, nachdem sie wieder mal aus der Dusche gekommen war, und musste lächeln, als sie ihn im anderen Zimmer singen hörte.

Er würde nackt sein, das wusste sie. In Hotelzimmern zog er sich so gut wie nie etwas an, zumal es ihm ohnehin bald wieder zu heiß sein würde. Sie hingegen zog sich einen anderen Slip an, den sie, in Gedanken an ihn, vor ein paar Wochen gekauft hatte – smaragdgrün und mit diesem Schnüreinsatz, der ihm so gut zu gefallen schien.

Sie schlüpfte in ihre Pyjamahose und ging ins Schlafzimmer, wo sie einen Stapel sauberer T-Shirts von ihm fand. Lächelnd nahm sie sich eins und zog es an, dann ging sie zu ihm in den Wohnbereich der Suite.

„Ich habe etwas zu essen bestellt", sagte er. „Ich weiß, du musst müde sein, aber ich habe tierischen Hunger, und ich fände es toll, wenn du noch ein bisschen mit mir abhängen würdest."

„Ich kann schlafen, wenn ich wieder zu Hause bin."

Als er sah, dass sie eins seiner Shirts trug, wurde sein Lächeln noch breiter. Er kam zu ihr und umarmte sie. „Ich finde es toll, dass du meine Shirts klaust. Aber du musst unbedingt ein paar von denen hierlassen, die du getragen hast, damit ich dich darin riechen kann. Wenn sie einmal gewaschen sind, werde ich diesen Duft deiner Haut nicht mehr haben."

Sie lächelte und war unglaublich glücklich. „Gott, ich habe dich so vermisst."

Schnell gab er ihr einen kleinen Kuss. „Gut so. Es wäre schrecklich, wenn ich der Einzige wäre, der den anderen vermisst."

Sie machten es sich auf der Couch bequem, während sie auf den Zimmerservice warteten, und sie legte den Kopf an seine Schulter.

„Jede einzelne Show ist ausverkauft. Sie wollen, dass wir mehr machen, aber Damien will Mary nicht allein lassen, und er will nicht mit ihr unterwegs sein, wenn sie kurz vor den Wehen steht."

„Guter Junge."

Er grinste und drückte ihr einen Kuss auf den Scheitel. „Ja, hinter seinem Rücken haben sie mich angesprochen und mich angefleht, ihn zu weiteren Auftritten zu bewegen. Als ob ich meinem Bruder ausreden würde, da zu sein, wo er hingehört. Nämlich an die Seite seiner Frau, wenn sein Baby bereit ist, zur Welt zu kommen. Was sind das bloß für Menschen? Ganz ehrlich, manchmal würde ich am liebsten einfach alles hinschmeißen, auf der Ranch leben, Alben aufnehmen und kleine Konzerte geben, ohne dieses ganze Theater mit dem Label."

Klugerweise hielt sie den Mund. Sie wusste, dass es manchmal ein harter Kampf für die Brüder war, denn ihre Familie hatte für sie Vorrang, und damit stießen sie manchmal bei den Managern des Labels auf Gegenwind.

„Sie wollen Geld verdienen. Das verstehe ich. Das will ich schließlich auch. Aber sie denken nur in Gewinnzahlen, und es interessiert sie einen feuchten Dreck, dass Mary schwanger ist und Damien ihre Gesundheit nicht aufs Spiel setzen will, indem er mit ihr tourt, wenn sie im achten Monat schwanger ist, und das bei dem wahnsinnigen Reiseplan."

„Aber du verstehst es."

„Selbstverständlich! Wir haben eine dreimonatige Tour vereinbart. Das reicht uns fürs Erste. Später, wenn das Baby da ist, können wir vielleicht über Europa und Südamerika nachdenken. Aber momentan reicht es, und sie sollen sich gefälligst zurückhalten."

Natalie tätschelte seinen Oberschenkel. „Nur um das klarzustellen, ich weiß natürlich, dass du das verstehst. Soll ich mich um den Zimmerservice kümmern, wenn sie kommen?"

„Du?" Er schnalzte missbilligend mit der Zunge. „Du ruhst dich aus. Das übernehme ich."

„Nun, dann wirst du aber eine Hose brauchen."

Er lachte. „Oh ja. Das." Er stand auf. „Bin gleich wieder da. Rühr dich nicht von der Stelle."

Als würde sie irgendwo hingehen. Es war warm hier, wo sie sich zusammengerollt hatte. Ein schwacher Duft von Sex lag in der Luft. Sie lächelte.

Kurz darauf traf das Essen ein, und beide ließen es sich schmecken.

Sein Handy gab einen Ton von sich, und er warf einen Blick darauf. „Jeremy hat mir eine E-Mail geschickt. Es hat mit dir zu tun."

Mist. Sie streckte den Arm aus und nahm ihm das Telefon weg. „Ich wollte dir eigentlich erst morgen davon erzählen. Ezra meinte, Jeremy würde noch warten, aber nicht ewig."

„Was ist los?" Paddy runzelte zwar die Stirn, schob sich aber trotzdem das halbe Brötchen, das er gerade mit Butter bestrichen hatte, in den Mund, und in diesem Moment liebte sie ihn so sehr, dass sie ihm ohne zu zögern alles sagte. Es fühlte sich so wundervoll und real an, ihm ihr Herz ausschütten zu können, ganz so, als würde es völlig normal zu ihrer Beziehung gehören. Vielleicht war sie am Ende ja doch nicht ganz so verkorkst.

„Mein Vater hat mit einem dieser schmierigen Boulevardblätter gesprochen. Und es kam so rüber, als wäre er derjenige, der damals verletzt worden war, und ich sei eine drogensüchtige verhurte Schlampe, die sich einen Rockstar geangelt hat und seine Versuche, sich mit ihr in Verbindung zu setzen, ignoriert. Dieser arme alleinerziehende Vater, der sein ganzes Leben alles dafür getan hat, mich gut zu erziehen."

Paddy legte sehr ruhig seine Gabel aus der Hand. „Er hat was gesagt?"

Sie stand auf, um die gedruckte Version dieses „Interviews" zu holen, und reichte es Paddy.

Er überflog es, und seine übliche entspannte Laune verwandelte sich in kalte Wut.

Natalie fühlte sich schrecklich, weil sie ihnen mit ihrem Drama den Abend verdorben hatte.

„Es tut mir leid."

„Was zum Teufel sollte dir daran leidtun?" Es klang fast so, als würde er sie anschnauzen, und sie erschrak. „Er ist derjenige, dem es leidtun sollte, Natalie. Und es *wird* ihm leidtun, wenn ich erst einmal mit ihm fertig bin. Wage es nicht, ihn und seinen Mist zu entschuldigen."

Paddy sprang auf und begann hin und her zu laufen. „Man kann ihm doch nicht erlauben, dich weiterhin auf diese Art und Weise zu verletzen und zu manipulieren." Er schüttelte den Ausdruck. „Darin ist auch deine Mutter erwähnt. Wieder setzt er sie ein, um dir wehzutun. Und warum hast du mir nicht schon gestern davon erzählt? Dann hast du auch erwähnt, dass *Ezra* dir gesagt hat, Jeremy würde nicht warten? Was hat Ezra damit zu tun?"

„Wir hatten uns gestern zum Lunch getroffen, und er hat es mir gezeigt, bevor ich es woanders sehe und mich jemand fragt, was ich dazu zu sagen habe. Er wollte nicht, dass ich aus heiterem Himmel damit konfrontiert werde."

Paddy blieb stehen und starrte sie an. „Du hast also zugelassen, dass Ezra sich darum kümmert, wenn ich das hätte tun sollen?"

„Was?"

„Wie lange hat es gedauert, bis du mir Vertrauen geschenkt hast? Wie sehr musste ich mich anstrengen, um es zu verdienen? Und Ezra bekommt es einfach so?"

Sie schnappte verblüfft nach Luft; damit hatte sie nun wirklich nicht gerechnet. „Ich habe nicht einfach irgendjemandem vertraut. Ezra hat mich informiert. Und dann bin ich hierhergekommen. Zu dir."

„Das hätte meine Aufgabe sein müssen. Ich habe mir diesen Platz in deinem Leben *verdient*." Natalie atmete tief durch. Offenbar hatte sie da einen wunden Punkt getroffen, und das musste sie klären.

Sie überlegte sich gut, was sie als Nächstes sagen sollte. „Ich weiß nicht, warum du dich so aufregst. Ich meine, ich höre zwar, was du sagst, aber deine Worte ergeben keinen Sinn für mich. Du musst mir helfen, das zu verstehen."

„Ezra hat *meinen* Job übernommen. Ich hätte dir dieses Interview zeigen müssen. Vergiss das, denn ich hätte es dir *nicht* gezeigt. Ezra hatte kein Recht, diese Entscheidung an meiner Stelle zu treffen. Er hätte sich mit mir in Verbindung setzen müssen, bevor er es dir gezeigt hat. Ich bin dein Freund, nicht er. Aber es geht nicht nur darum, dass Ezra kein Recht dazu hatte, du brauchst diesen emotionalen Mist von deinem Vater nicht. Es ist nicht nötig, dass du dich mit solch einem Schwachsinn auseinandersetzen musst. Du wärest besser dran, wenn du nichts davon wüsstest. Und was Bob angeht? Dem fehlt einfach eins in die Fresse."

„Was?" Natalie war jetzt nicht mehr nur verwirrt, allmählich wurde sie wütend. „Mir gefällt dein Gerede nach dem Motto *zu deinem Besten* nicht. Ich treffe meine eigenen Entscheidungen, denn ich bin eine erwachsene Frau. Mein ganzes Leben lang habe ich mich mit Bob auseinandergesetzt. Ich entscheide, ob oder wann ich mich mit Bob abgebe. Diese Entscheidung wird niemand anders für mich treffen."

„Vielleicht lässt du einmal in deinem Leben zu, dass sich jemand um dich kümmert, Natalie. Ezra hat mir das genommen. Und du hast es ihm erlaubt. Als es darauf ankam, hast du ihm vertraut und nicht mir." Er starrte auf sein Handy und wählte dann eine Nummer.

„Was tust du?"

„Ich rufe Ezra an."

„Was? Nein!" Sie wollte aufstehen, aber er drehte ihr den Rücken zu und schloss sie damit aus.

Das hatte er noch bei keinem Streit gemacht, und ihre Welt geriet leicht ins Wanken.

Ezra musste sich gemeldet haben, denn Paddy fing an zu reden. „Jawohl. Ich würde ja sagen, tut mir leid, dass ich dich geweckt habe, aber das wäre gelogen. Was zum Teufel, Ez? Du hast mir nichts von der Sache mit Natalie und ihrem Vater erzählt? Wie kommst du dazu?"

Natalie ging um ihn herum, um ihm in die Augen sehen zu können. „Paddy, du musst jetzt damit aufhören. Das ist mein Ernst. Das gerät langsam außer Kontrolle, und wir müssen das klären, aber nicht, indem du deinen Bruder anbrüllst."

„Sie stellt sich noch immer auf deine Seite. Hörst du das?" Paddy sah sie einfach nicht an, sondern schaltete sie weiterhin aus.

Sie berührte seinen Arm. „Welche Seite? Hier gibt es keine Seiten. Das ist mir passiert. Mir. Wenn hier jemand entscheidet, wie damit umzugehen ist oder was davon zu halten ist, dann bin ich es."

Paddy fokussierte sich auf sie. „Das hat er mir genommen, Natalie. Ich hätte derjenige sein sollen, der dir dabei hilft."

Er wollte, dass sie ihm vertraute, indem er mit ihr stritt? Also gut. „Was du da von dir gibst, ist gequirlte Kacke. Mir ist etwas Schlimmes passiert, und was habe ich gemacht? Ich bin hierhergekommen! *Zu dir.* Meine Güte, im Augenblick bist du so ein ichbezogenes Arschloch. Du verhältst dich, als würde es um dich gehen, obwohl das absolut nichts mit dir zu tun hat. Und du weckst deinen Bruder, um ihn anzubrüllen. Weshalb? Weil er freundlich war? Weil er Kontakt zu mir aufgenommen hat, um mir etwas Furchtbares mitzuteilen? Etwas, womit mich ein Reporter hätte überrumpeln können? Du redest immer gern davon, wie normal es ist, wenn Paare streiten, und ich versuche es ja, aber jetzt ziehst du Ezra mit rein, und das muss nicht sein."

„Aber es *geht* um mich. Wenn sich das verbreitet, ist es meine Freundin, die wie eine drogensüchtige Schlampe dasteht. Irgendwie doch wohl das Gegenteil von dem, worum es bei dem Vorstoß mit dem Imagewechsel gehen sollte, meinst du nicht? Dein Vater benutzt mich, um auf sich aufmerksam zu machen. Einmal kurz im Rampenlicht stehen. Du hast mir nicht zugetraut, das klären zu können, und jetzt ist es im Arsch. Dein Bedürfnis, immer alles unter Kontrolle zu halten, hat alles verdorben."

Bei diesen Worten wurde es völlig still in ihr. Das, was er vorher gesagt hatte, war nicht so schlimm, sie wusste, dass sie darüber hinwegkommen und eine Lösung finden konnten. Aber diese letzten Sätze verletzten das Herz, das sie ihm doch gerade anvertraut hatte. Wie oft in ihrem Leben waren ihr schon Sachen vorgeworfen worden, die jemand anders verbockt hatte? Diese ganzen vorwurfsvollen Stimmen drohten sie zu überwältigen.

Sie hörte, wie Ezra brüllte, Paddy solle sein Maul halten, aber die Worte waren heraus und standen zwischen ihnen und ließen sie bluten.

Es gelang ihr, die Qual herunterzuschlucken und ruhig mit ihm zu sprechen. „Ich bedaure, dass du das so siehst."

Paddy und sein Bruder setzten ihre Auseinandersetzung fort, während sie ins Schlafzimmer ging, sich anzog und das T-Shirt auf dem Bett zurückließ. Sie musste das ausgrenzen, musste einen breiten Graben darum herumziehen und nichts fühlen. Sie durfte sich nicht länger damit beschäftigen, denn es schmerzte so sehr, dass sie zusammenbrechen würde, wenn sie auch nur eine Sekunde hierbliebe.

Als sie die Tür erreichte, blieb sie stehen und stellte ihre Tasche ab. Verdammt, sie lief weg, und sie hatte ihm doch versprochen, es nicht zu tun. Es ging um zu viel, als dass sie es einfach hinter sich lassen konnte. Er hatte sie verletzt, aber sie konnten darüber hinwegkommen.

„Patrick!", schrie sie so laut, wie sie konnte, packte ihn an der Schulter und drehte ihn um, damit er sie ansah.

Er war so überrascht, dass er sie nicht davon abhielt, ihm das Handy abzunehmen und aufzulegen.

Sie reichte es ihm zurück. „Jetzt, wo ich deine Aufmerksamkeit habe."

„Was zum Teufel …?"

„Ich wäre gerade beinahe gegangen." Sie wies mit dem Kinn zur Tür, wo ihre Lederjacke auf der Tasche lag.

„Oh, du läufst also davon, wie du es immer tust."

Sie schüttelte den Kopf. „Nichts da. Ich wollte es tun, aber als ich an der Tür war, wurde mir klar, dass ich damit nur Distanz zwischen uns bringen wollte." Sie würde das Heft jetzt wieder in die Hand nehmen. „Also habe ich es gelassen. Ich bin nicht davongelaufen. Ich bin hier und vertraue darauf, dass wir das gemeinsam klären."

„Ich will mich im Augenblick nicht mit dir auseinandersetzen. Ich bin stinksauer."

„Du willst also lieber deinen Bruder am Telefon anbrüllen, anstatt das hier mit mir zu klären?"

„Du kannst nicht einfach so tun, als wäre ich ein Mann, auf den du dich verlassen kannst, jemand, dem du zutraust, dass er dich beschützt und für dich sorgt, und dann alles jemand anders überlassen."

„Das habe ich nicht getan." Gott, ihre Brust schmerzte. Sie wollte heulen. Wollte ihn schütteln, damit er zur Vernunft kam. „Bitte, hör mir zu. Ich bin zu dir hierhergekommen. Ich *verlasse* mich auf dich. Jetzt, in diesem Moment, und die ganze Zeit, seit Ezra mir davon erzählt hat."

„Ich glaube, du solltest jetzt gehen. Mal ein bisschen runterkommen. In einem Monat bin ich wieder zu Hause." Seine Stimme war tonlos. „Lass dir ein anderes Zimmer geben. Auf unsere Rechnung. Ich werde dafür sorgen, dass deine Reise organisiert wird."

Jetzt gefror ihr vor Angst wirklich das Blut. Alles flog ihr um die Ohren und brach zusammen. Sie wusste nicht, was sie tun sollte. Wusste nicht, wie sie das kitten konnte. Sie war sich nicht einmal sicher, ob sie es überhaupt wollte.

„Du bittest mich im Ernst, jetzt zu gehen? Du trennst dich von mir?"

„Nein. Ich trenne mich nicht von dir. In ein paar Tagen, wenn ich das alles verarbeitet habe, rufe ich dich an. Im Augenblick will ich mich einfach nicht damit auseinandersetzen. Ich bin auf Tour. Dazu muss ich mir den Kopf frei halten."

Sie holte tief Luft und leckte sich über die Lippen. Sie würde nicht weinen. Nicht vor ihm. „Der Schaden, der dadurch entsteht, wird größer sein, als wenn ich bliebe. Das solltest du wissen."

„Wenn du bleibst, werde ich etwas sagen, was ich nicht mehr zurücknehmen kann." Er wandte sich von ihr ab, schloss sie damit komplett aus, sodass sie draußen stand. Allein.

„Das hast du bereits getan, Paddy." Sie trat einen Schritt zurück. „Ich werde mich selbst um alles kümmern, also spar dir die Mühe. Eine schöne restliche Tour wünsch ich dann noch." Damit drehte sie sich um, wobei sie so sehr hoffte, er würde sie zurückhalten, aber er tat es nicht. Also nahm sie ihre Jacke und öffnete die Tür, schnappte sich ihre Tasche und ging.

Paddy hörte, wie sie sich abwandte, drehte sich aber nicht um. Er war zu zornig, zu verletzt, in diesem Augenblick wollte er sie nicht sehen. Er konnte es nicht.

Er hörte, wie die Tür auf- und wieder zuging, und dann war sie nicht mehr da.

Als er Ezra noch einmal anrief, fing der an loszubrüllen, bevor Paddy auch nur ein Wort sagen konnte. „Patrick! Zieh sofort deinen Kopf aus deinem selbstsüchtigen Arsch. Reiß dich zusammen! Ich kann den Mist von hier aus nicht aus dir herausprügeln, um dich zur Vernunft zu bringen, aber vielleicht kann ich dich ja darauf aufmerksam machen, dass du das alles eben vor Natalie gesagt hast, und um Pearl Jam zu zitieren: ‚Some words when spoken can't be taken back'. Volltrottel! Letzteres war übrigens von mir." Ezra sprach in diesem peitschenden Ton, den er anschlug, wenn er sie im Studio zur Ordnung rief.

Aber Paddy wollte von alledem nichts wissen.

Wie lange hatte er daran gearbeitet, sich wirklich reingekniet und dafür gearbeitet, ihr Vertrauen zu gewinnen? Bei ihr war er der Mann gewesen, der er schon immer hatte sein wollen. Die Art von Mann, an den eine Frau sich wenden würde, wenn sie Hilfe und Unterstützung brauchte.

Und am Ende hatte sie Ezra vertraut, und er selbst war nur zweite Wahl gewesen.

„Such dir deine eigene Freundin. Oder noch besser, löse mal deine eigenen Probleme, anstatt zu versuchen, die aller anderen zu lösen. Leck mich, und halt dich von Natalie fern."

Er legte auf, ging zur Minibar und nahm ein Bier heraus. Kurz darauf holte er sich zwei weitere sowie eine Flasche Tequila, die er bereits geöffnet hatte.

Er trank und suhlte sich in seinem Elend. Wie konnte sie das alles durchmachen und ihn nicht sofort anrufen? Verfluchter Ezra, wieso hatte er sich nicht erst mit ihm in Verbindung gesetzt und ihm die Entscheidung überlassen, wie man es Natalie beibringen sollte? Sie hätte gar nichts davon erfahren müssen. Es machte sie nur unglücklich, und Paddy hätte das gewusst. Ezra nicht.

Den größten Teil dieses ganzen *Jahres* mit ihr hatte er versucht, sich zu beweisen, und am Ende hatte es nicht gereicht.

Ezra und Bob Clayton – Paddy verspürte das dringende Verlangen, jemandem auf die Nase zu hauen, und da Ezra seine Anrufe vermutlich nicht annehmen würde und er seine Wut ohnehin bereits an ihm ausgelassen hatte, beschloss er, sich Bob Clayton vorzuknöpfen.

Und ehe er noch betrunkener werden konnte, tat er genau das. Er wählte die Telefonnummer, die Jeremy ihm vor ein paar Monaten gegeben hatte, nachdem Paddy ihn gebeten hatte, rein vorsorglich mal ein Auge auf den Mann zu halten.

„Bob“, begann Paddy, als er sich meldete, „hier ist Paddy Hurley. Für wen, zum Teufel, halten Sie sich?“

„Na, hör sich einer das an! Ein lallender Anruf nach Mitternacht.“

„Sagte der Mann mit von Opiaten schwerer Zunge, der nach Mitternacht noch hellwach ist. Ich bin verwirrt. Ist es nicht anstrengend, so ein Arsch zu sein, oder liegt das in Ihrer Natur?“

„Ich versuche, meine Tochter vor Leuten wie Ihnen zu schützen.“

Darüber konnte Paddy nur lachen. „Vor mir? Es ist ja wohl eher Ihr Stil als meiner, alter Mann, der Boulevardpresse Lügen zu verkaufen, um an Geld für Drogen zu kommen.“

„Meine Tochter ist für mich der wichtigste Mensch auf der ganzen Welt. Sie hat eine Therapie gemacht, und das hat sie davon überzeugt, dass ich der Böse bin. Ich war ein Junkie. Ich war ein anderer Mensch, als ich drauf war, aber daran war die Droge schuld. Nicht ich. Das sollten Sie doch wissen. Schließlich war Ihr eigener Bruder abhängig, und dann auch noch ausgerechnet von Heroin.“

„Sie reden ständig in der Vergangenheitsform, aber Sie sind doch *jetzt* drauf. Versuchen Sie diesen Müll bei jemand anderem. Ich habe genug Junkies erlebt, um den Unterschied zwischen clean und high zu erkennen. Mit Ezra sind Sie überhaupt nicht zu vergleichen. Er hat die Verantwortung für das übernommen, was er getan hat. Er ist wirklich clean, und er macht niemand anders für seinen Mist verantwortlich. Und nie und nimmer würde er seine Familie so verletzen, wie Sie es sich bei Ihrer zum Hobby gemacht haben. Ich weiß, Sie sind reich. Warum verkaufen Sie also so einen Dreck an die Boulevardpresse? Haben Sie Ihren monatlichen Fonds-Scheck verbraten oder was? Oder ist das einfach nur der Versuch, Geld zu erpressen, damit Sie die Schnauze halten?"

„Es ist schwer, clean zu werden, wenn niemand an einen glaubt. Meine Tochter hat mich für Sie im Stich gelassen. Für Sie und Ihr leichtes Leben und die Versprechungen, die Sie ihr gemacht haben. Wenn ich einen Ansporn hätte, clean zu bleiben, würde ich meine Geschichte nicht erzählen müssen. Und natürlich, also ja, ich hätte Natalie gern wieder in meinem Leben."

Paddy schnaubte verächtlich. „Von mir bekommen Sie keinen grünen Heller. Ich arbeite für mein Geld."

„Meine Tochter nicht. Sie hat einen Trust von vierzehn Millionen Dollar, und dann sitzt sie auf dem hohen Ross und verurteilt mein Leben?"

Heilige Scheiße! Ihr Trust waren vierzehn Millionen Dollar?

„Ihre Tochter arbeitet *voll* für ihren Unterhalt. Sie arbeitet ehrenamtlich. Sie hilft anderen Menschen. Was ich über Sie nicht sagen kann. Lassen Sie sie in Frieden. Wenn Sie sie wirklich so lieben, wie Sie behaupten, dann hören Sie auf, sie diesen Wölfen zum Fraß vorzuwerfen, die für ein paar mehr Klicks auf ihrer Seite alles tun würden. Sie führt ein stilles, zurückgezogenes Leben. Sie will ihre Ruhe haben, und Sie sind ihr da keine Hilfe."

„Aber es scheint ihr nichts auszumachen, dass ihr Foto mit Ihnen überall zu sehen ist."

In diesem Moment fiel bei Paddy der Groschen. Ihr Vater, dieses Stück Scheiße, war tatsächlich *neidisch*, weil die Medien sich für Nat interessierten, obwohl sie nichts dafür unternommen hatte und es ihr unangenehm war.

„Das ist also das eigentliche Problem, nicht wahr? Oh, Bob." Paddy lehnte sich zurück. Er wollte Blut sehen. Er war so wahnsinnig wütend, und nachdem er seinen Bruder am Telefon bereits abgewürgt und Nat verjagt hatte, hatte er nun endlich ein würdigeres Ziel für seinen Zorn.

„Sie können es nicht einfach nicht ertragen, dass sie ein eigenes Leben hat und glücklich ist."

„Ich werde für Sie beten. Sie führen meine Tochter auf den falschen Weg."

Paddy lachte und trank noch einen Schluck. „Sparen Sie sich Ihre Gebete und nutzen Sie sie für sich selbst. Sie behaupten ernsthaft, Natalie ließe sich führen, wohin auch immer? Wenn das nicht der deutlichste Beweis dafür ist, dass sie Ihre Tochter überhaupt nicht kennen, weiß ich nicht was noch. Ich sage es Ihnen jetzt zum letzten Mal. Lassen Sie sie in Frieden. Erwähnen Sie sie nicht einmal. Hängen Sie ihr nicht Ihre eigenen Sünden an, damit Sie aussehen wie das Opfer. Benutzen Sie ihr Kind ein einziges Mal in Ihrem elenden Leben nicht zu Ihrem eigenen Vorteil."

„Oder was? Soll das jetzt eine Art Drohung sein?"

„Das ist keine Drohung, Bob. Das ist ein Versprechen. Lassen Sie Natalie in Ruhe."

Er legte auf.

26. KAPITEL

Bis auf die Knochen erschöpft und emotional völlig ausgelaugt schloss Natalie die Haustür auf. Überrascht, sie so bald wiederzusehen, schaute Tuesday von ihrem Arbeitstisch auf.

Sie legte die Zange und das Teil, an dem sie gerade arbeitete, aus der Hand. „Was ist passiert?" Besorgt sah sie Natalie an und stand auf. „Vor morgen Abend hatte ich nicht mit dir gerechnet?"

„Ich ... Er ..." Natalie brach in Tränen aus. Jetzt, nachdem sie die Tür hinter sich geschlossen hatte und wieder zu Hause bei Tuesday war, stürzte alles, was in dieser Hotelsuite in Chicago passiert war und was sie wo mühsam weggesperrt hatte, wieder auf sie ein.

Tuesday nahm sie in die Arme und führte sie zur Couch, wo sie sich neben Natalie setzte. „Oh, Liebes, was ist geschehen? Hast du ihn mit einer anderen überrascht? Hat er dich betrogen? Ich werde ihm den Arsch mit meinem Auto plätten!"

Natalie schüttelte den Kopf und riss sich zusammen. „Nein. Er hat mich nicht betrogen." Sie erzählte kurz, worum es bei dem Streit ging. „Weißt du, es war so schön, als ich dort ankam. Es war ... Ich hatte das Gefühl, das könnte es sein, diese Beziehung, für immer. Selbst als wir uns gestritten haben, dachte ich zwar, dass er sich wie ein Idiot verhielt, aber es war egal, du weißt ja, wie Männer manchmal sind. Und wer bin ich, dazu etwas zu sagen? Ich habe einfach einen wunden Punkt bei ihm getroffen, von dem ich nichts wusste. Da dachte ich noch, er würde sich schon wieder einkriegen, und wir könnten uns dem zuwenden, worum es wirklich geht, und dann fantastischen Versöhnungssex haben."

Tuesday stieß scharf die Luft aus. „Und was war dann?"

„Einiges. Vor allem hat er mich ausgeschlossen. Bei allem, was gerade zwischen uns abging, hat er Ezra angerufen. Er war so kalt. Seine Stimme war völlig tonlos. Er hat mir sogar den Rücken zugekehrt. Am Ende hat er mir gesagt, ich soll gehen. Das war, nachdem er vor Ezra gesagt hatte, dass mein Kontrollbedürfnis alles ruiniert hätte.“ Sie hatte ihm ihre Verwundbarkeit gezeigt, und er hatte das ausgenutzt und sie verletzt.

Und zwar deshalb, weil sie ihn vorher so tief verletzt hatte. Das war zwar nicht ihre Absicht gewesen, aber trotzdem war es passiert. Und er hatte darauf mit so viel Wut reagiert.

Tuesday lehnte sich zurück. „Einfach so?“

„Ja. Er hat mir vorgeworfen, ich würde immer davonlaufen. Also bin ich geblieben. Er hat mir vorgeworfen, Dinge zurückzuhalten, um nur ja nicht die Kontrolle aufzugeben, also bin ich zu ihm gekommen und habe ihm alles erzählt. Und letztendlich ist er ausgeflippt, nachdem ich mich ihm anvertraut habe, weil es nicht genauso lief, wie er es sich gewünscht hätte. Und dann hat er mich von sich gestoßen.“

„Und du bist gegangen.“

„Ich habe ja versucht zu bleiben. Er hat mir gesagt, ich soll gehen. Er meinte, ich sollte mir ein eigenes Zimmer im Hotel nehmen und die Rechnung auf die Band ausstellen lassen. Er würde mich dann sehen, wenn er die Tour hinter sich hätte. Angeblich wollte er nicht mit mir Schluss machen. Tatsächlich habe ich daran gedacht, mir ein Zimmer zu nehmen und heute noch mal zu versuchen, die Sache mit ihm zu klären. Aber als ich dann in die Lobby kam, fühlte ich mich so gedemütigt. Ich musste einfach nach Hause kommen. Dieser echt nette Mann, der mich am Anfang zur Arena gefahren hatte, war in der Nähe, als ich ihn anrief, und er hat mich zum Flughafen gebracht. Er hat sogar unterwegs angehalten, um mir einen Kaffee zu holen.“

„Du siehst fürchterlich aus. Hast du im Flugzeug überhaupt schlafen können?“

„Ich hab’s versucht.“

„Los jetzt! Nimm eine heiße Dusche und geh ins Bett. Ich werde die Heizung aufdrehen, und wenn du aus der Dusche kommst, bringe ich dir Tee. Du schläfst jetzt erst mal, und dann werden wir uns deine nächsten Schritte überlegen. Es wird ihm bald genug leidtun, und dann wird er dich anrufen.“

„Ich will nicht mit ihm sprechen. Ich weiß nicht, ob ich das überhaupt noch jemals will."

Tuesday wollte noch etwas sagen, hielt jedoch den Mund und wies zur Treppe. „Ab mit dir."

Das Klopfen an der Tür weckte Paddy auf der Couch, wo er irgendwann nach Sonnenaufgang eingeschlafen war. Er warf einen Blick auf sein Telefon und stellte fest, dass es schon fast drei war.

Was bedeutete, dass er beinahe den Soundcheck verpasst hätte.

„Ich komme!"

Er rechnete damit, Renns Gesicht zu sehen, und hatte schon eine Entschuldigung auf der Zunge, die er noch rasch loswerden wollte, bevor er schnell unter die Dusche sprang. Aber vor der Tür standen eine sehr wütende, sehr schwangere Schwägerin und ein genauso wütender Damien, der hinter ihr Position bezogen hatte.

„Was hast du gemacht, Paddy?" Sie schob ihn zurück.

„Tut mir leid! Ich habe verschlafen. Ich dusche ganz schnell, dauert höchstens fünf Minuten." Schließlich war es nicht so, als wäre er noch nie verkatert gewesen.

Er ging ins Schlafzimmer, und das war der Moment, in dem Nats Duft ihn traf und er sich erinnerte. „Hat Nat bei euch übernachtet? Es tut mir leid. Ich hatte ihr gesagt, sie soll sich ein eigenes Zimmer nehmen."

„Willst du mich tatsächlich auf den Arm nehmen? Denn ich bin im Augenblick absolut nicht in der Stimmung für Scherze, Patrick. Die Sache ist ernst."

„Warum ist sie übrigens nicht selbst hier, um persönlich wütend auf mich zu sein? Sie schickt ihre schwangere Freundin, um ihr die schmutzige Arbeit abzunehmen? Ein ganz schwaches Bild."

„Du weißt es nicht einmal, was?" Damien fuhr sich mit der Hand durch die Haare. „Himmel, wie betrunken warst du denn letzte Nacht?"

Plötzlich fiel es ihm wieder ein. Er hatte ihr gesagt, sie solle verschwinden.

„Es tut mir leid, dass ihr in diesen Streit mit hineingezogen wurdet. Wir beide werden das klären. Ich sollte sie heute Morgen vielleicht wenigstens anrufen, nachdem ich ihr gesagt habe, sie soll gehen."

Mary schüttelte den Kopf. „Ich verschwinde. Sag ihm nichts, Damien. Er hat es nicht verdient, das zu erfahren."

Damien stöhnte und folgte seiner Frau, die er an der Tür einholte. „Löckchen, ich hatte dich fast verloren. Damals hat er mich gedrängt, es wiedergutzumachen. Jetzt hat er einen Fehler begangen. Aber jeder macht Fehler. Geh wieder in unser Zimmer und leg die Beine hoch. Ich bin gleich zurück. Du bleibst heute Abend hier. Es ist nicht nötig, dass du in die Arena kommst."

„Ich werde kommen. Schließlich habe ich ein Menü geplant. Ich hatte euch Jungs versprochen, das bei jeder Show zu machen. Drei Wochen sind noch übrig, und ich mache so lange weiter, bis die Tour vorbei ist." Wütend funkelte sie Paddy über die Schulter an und verließ das Zimmer.

„Verdammt noch mal. Was zum Teufel ist los? Ist alles in Ordnung mit Natalie?"

„Wenn du damit meinst, ob sie gut in Hood River angekommen ist, ja."

„Sie sollte doch nicht … Oh. Ich hatte ihr gesagt, sie soll nach Hause fahren. Und verflucht, das hat sie tatsächlich getan? Und vorher war sie bei euch, um euch alles zu erzählen?"

„Herrgott, Paddy. Wie betrunken warst du?"

„Als ich mit Natalie gestritten habe, war ich nicht betrunken. Erst als sie weg war und ich das Gespräch mit Ezra abgebrochen hatte, habe ich damit angefangen. Dann … habe ich ihren Dad angerufen. Danach habe ich noch etwas mehr getrunken, mir ‚Matrix' angesehen und bin eingeschlafen."

„Ezra hat uns vor einer Dreiviertelstunde angerufen."

„Gott, ich habe ihn angebrüllt. Ich war so sauer. Aber das war voll daneben." Paddy wusste, dass er einige Entschuldigungen loswerden musste, nachdem er am Abend zuvor die Beherrschung verloren hatte. Aber trotzdem, sie hatten diesen Ehrenkodex unter Brüdern. „Ich kann nicht fassen, dass er euch anruft, um zu petzen."

„Erstens, Natalie ist gestern Abend nicht zu uns gekommen. Sie ist zum Flughafen gefahren. Sie hat Mary eine Karte hinterlassen, um sich zu bedanken, weil sie ihre Ankunft organisiert hatte. Die Rezeption hat notiert, dass das kurz vor drei Uhr morgens war. Ezra hat Mary angerufen und ihr gesagt, dass Tuesday ihn auf der Ranch angerufen hat, um ihm mitzuteilen, dass Natalie gerade nach Hood River zurückgekehrt war. Er dachte, du würdest vielleicht wissen wollen, dass sie in Sicherheit ist, aber Tuesday sagt, sie ist ein totales Wrack. Was hast du ihr gesagt, Paddy? Hast du sie geschlagen?"

Diese Frage ließ Paddy physisch zurückschrecken. „Ich würde sie *niemals* schlagen. Wie kannst du mich so etwas überhaupt fragen, Damien. *Ich liebe sie.* Warum fragst du mich nicht, was sie mir angetan hat?"

„Wirklich? Paddy, ist das dein Ernst?"

„In meinem ganzen Leben habe ich mich noch nie so darum bemüht, das Vertrauen von jemandem zu verdienen wie bei ihr. Ich war geduldig und habe ihre Bedürfnisse an die erste Stelle gesetzt. Immer. Und sie kommt zu mir und zeigt mir dieses schwachsinnige Interview, das ihr Dad an dieses Schmierblatt verkauft hat. Dabei wusste sie es schon einen ganzen Tag, bevor sie mir davon erzählt hat. Zuerst hat sie mit Ezra darüber geredet, und als ich Ezra dann deswegen angebrüllt habe, stellte sie sich auf seine Seite."

„Dann ist es also aus mit euch? Ich bin verwirrt, denn ich habe doch gesehen, wie du gestern Abend auf sie reagiert hast. Du hast regelrecht gestrahlt, als sie hereinkam. Ich habe gesehen, wie du sie angefasst hast, wie du mit ihr gesprochen hast. Dein ganzes Wesen verändert sich, wenn du von ihr sprichst, wenn du mit ihr zusammen bist. Ich habe mitbekommen, wie du dutzendweise Frauen gevögelt hast, von denen du am nächsten Tag nicht einmal den Namen wusstest. Natalie ist etwas anderes."

„Ich leugne ja gar nicht, dass sie anders ist, und wer sagt denn, dass es aus ist? Wir hatten einen Streit. Ich habe ihr gesagt, dass wir uns damit auseinandersetzen werden, wenn ich die Tour hinter mir habe. Das sind jetzt nur noch drei Wochen. Ich war schroffer zu ihr, als ich hätte sein sollen, aber ich habe ihr gesagt, dass wir uns nicht trennen. Ich dachte, sie schläft mal drüber, und dass wir uns heute wahrscheinlich wieder versöhnen. Ich hatte nicht wirklich damit gerechnet, dass sie zurückfliegt. Wenn ich wieder zu Hause bin, werden wir das klären. Ich brauche etwas Zeit. Jetzt werde ich duschen. Wir können gleich los."

„Ich hoffe nur, dass es dann nicht zu spät ist."

Warum machten nur alle so einen Wirbel um einen blöden Streit? Ja, er hatte sich wie ein Idiot benommen, aber durfte er nicht auch den einen oder anderen wunden Punkt haben? „Was zum Teufel, D? Zu spät? Warum machst du aus einer Mücke einen Elefanten? Es war ein Streit. Sie und ich haben uns auch vorher schon gestritten. Ihr streitet euch auch, du und Mary. Das bedeutet doch nicht, dass alles aus ist. Menschen streiten. Verdammt, wenn Mom und Dad sich streiten, fliegen die Fetzen meilenweit!"

„Ezra ist verletzt. Du hast ihm irgendwelchen Mist an den Kopf geworfen. Aber er ist dein Bruder. Ihr beide habt nun mal diese Art von Beziehung. Aber was auch immer du ihr gesagt haben magst, er hat es gehört. Er hat sich geweigert, zu sagen, was es war, aber er meint, dass du damit Schaden angerichtet hast. Was diese Dinge angeht, ist er klug. Lass deinen gesunden Menschenverstand nicht von deinem Ego beherrschen." Damien ging zur Tür. „Schick mir eine Nachricht, wenn du fertig bist. Ich geh mal, um meine Frau zu überreden, dich nicht zum Krüppel zu machen. Sie hat Natalie ziemlich gern."

„Verdammt, *ich* habe Natalie ziemlich gern. Mein Gott! Ihr tut wirklich alle so, als hätte ich etwas Schreckliches verbrochen. Es war ein Streit. Sie wird darüber hinwegkommen. Lass sie ihre Wunden lecken, und ich lecke meine. Alles wird gut."

Noch während er sprach, setzte die Sehnsucht ein. Es war so wunderbar gewesen, sie gestern bei sich zu haben. Es hatte sich so richtig angefühlt.

Bis diese alte Befürchtung, nicht der Mann zu sein, auf den man sich verlassen konnte, ihn wie ein Schlag ins Gesicht getroffen hatte. Was dumm war, das wusste er. Sie hatte es nicht so gemeint. Aber trotzdem tat es weh. Er musste tatsächlich seine Wunden lecken, und wenn er damit fertig war, würde er tun, was er die ganze Zeit vorgehabt hatte, und sich mit ihr versöhnen.

Als er sie weder an diesem noch am nächsten und auch nicht am übernächsten Tag anrief, war Natalie klar, dass sie die richtige Entscheidung getroffen hatte, als sie abgereist war. Auch wenn sie es noch so sehr hasste.

Sie hatte sich an seine Anwesenheit in ihrem Leben gewöhnt, und er hatte Räume darin gefüllt, von denen sie gar nicht gewusst hatte, dass sie leer waren.

Aber jetzt wusste sie es. Und sie spürte die Leere an jedem Platz, den Paddy besetzt hatte. Sie hatte sich so daran gewöhnt, ihm Nachrichten zu schicken, in denen sie ihm kleine Geschichten über ihren Tag erzählte, dass sie ihr Handy zu Hause lassen musste, weil sie sonst immer wieder danach griff und einmal mehr erkennen musste, dass es aus war mit Paddy und ihr.

Tuesday legte ihr kleine Trostpflästerchen aufs Bett. Ein Paar Ohrringe, eine hübsche neue Teetasse, Schokolade und eine riesige Tüte Kaugummi.

Es half ihr. Ebenso die langen Einträge in ihr Tagebuch, und es half auch, die Musik von The National und PJ Harvey zu hören, wenn sie weinte.

Als Tuesday Samstag nach Hause kam, sah sie Natalie nur an und seufzte. „Du packst jetzt mal eine Tasche. Wir fahren übers Wochenende zu Zoe und Jenny."

„Lieber Gott, nein. Ihr werdet nur alle wieder rausgehen und irgendwelchen sportlichen Mist machen wollen. Und es ist kalt. Außerdem habe ich keine Lust, das ganze Wochenende in mitleidige Gesichter zu gucken."

„Pack eine Tasche, Nats. Du hast dich in deinem Leid gesuhlt, und ich habe es zugelassen, weil es das war, was du brauchtest. Jetzt ist deine Woche vorbei. Du musst unbedingt aus dem Haus raus, dir die Haare bürsten und etwas mit Leuten unternehmen, die dich lieb haben."

Tuesdays Blick ließ sie wissen, dass sie keine Ruhe geben würde, bis sie zustimmte.

„Und dusch dich erst mal."

Auf der Fahrt weigerte sich Tuesday, zuzulassen, dass sie irgendetwas Trauriges hörte. „Nein. Davon hast du genug gehabt. Hör zu, ich bin nicht unbedingt der Meinung, dass du davon ausgehen solltest, dass alles aus ist, aber du musst herausfinden, wie du weiterkommst. Vor sich hin leiden hilft nicht. Du bist festgefahren und deprimiert."

„Ich liebe ihn. Ich wünschte, ich könnte es einfach abstellen. Aber das kann ich nicht."

„Dann ruf ihn an. Du hast doch selbst gesagt, dass er nicht Schluss machen will."

„Ich weiß. Aber er hat sich nicht einmal nach mir erkundigt. Er hat mich ausgeschlossen, Tuesday. Er hat mich dafür bestraft, dass ich das mit ihm teilen wollte. Sein Schweigen spricht doch Bände. Er will nicht mehr."

„Ich habe mit Ezra gesprochen."

„Na endlich! Dann lass uns doch lieber darüber reden statt von mir."

Tuesday verdrehte die Augen. „Über *dich und Paddy,* um ehrlich zu sein. Damien sagt, Paddy bricht zusammen. Er trinkt viel. Jeden Abend fährt er ins Hotel und verkriecht sich in seinem Zimmer."

„Allein?" Noch während sie sprach, wusste Natalie, dass es eine dämliche Frage war.

„Was immer Paddys Sünden sein mögen – und ich bin ganz deiner Meinung, was er zu dir gesagt hat, war mies und verletzend, und er muss um Gnade winseln und winseln, um das wiedergutzumachen –, ich bin fest davon überzeugt, dass Fremdgehen nicht auf der Liste steht. Und du weißt das genauso gut, also hör auf damit. Ja, der Mann ist ein Idiot, aber er liebt dich. Wie auch immer, Damien hat Ezra erzählt, dass Paddy davon überzeugt ist, dass ihr beide nur einen Streit habt, der nicht das Ende bedeutet."

„Oh Mann, und jetzt mache ich mir Sorgen um ihn. Ich bin echt ein hoffnungsloser Fall. Der hoffnungsloseste überhaupt."

Tuesday tat das mit ihrem typischen Vergiss-es-Schnauben ab. „Echt? Mir fallen ohne nachzudenken mindestens zehn Leute ein, die viel hoffnungslosere Fälle sind. Dein Vater. Deine Großmutter. Deine Mutter. Der Typ auf dem Postamt, der mir letztes Jahr das N-Wort an den Kopf geworfen hat. Nur, um mal vier zu nennen. Warum willst ausgerechnet *du* der hoffnungsloseste Fall sein?"

„Bäh, dieser intolerante Arsch auf dem Postamt! Jetzt rege ich mich gleich wieder voll über ihn auf. Dieses Wichsgesicht!"

Tuesday lachte. „Du bist wie ein Kätzchen. So leicht abzulenken. Aber zurück zum Thema – warum glaubst du, dass du so schrecklich bist?"

„Ich sollte mir keine Sorgen um Paddy machen. Und dann denke ich, nun ja, vielleicht hätte ich doch dort übernachten und am nächsten Morgen versuchen sollen, die Dinge zu klären. Das hatte er mir ja gesagt, und ich bin einfach gegangen."

Tuesday seufzte tief. „Du hattest versucht zu bleiben. Du hattest dich bewusst entschieden, nicht zu gehen, sondern zu bleiben. Seinetwegen. Und was er so von sich gegeben hat … Manchmal sagt jemand Sachen, und sie tun zwar weh, aber man kann darüber hinwegkommen. Aber andere Sachen? Er hat den Finger in sämtliche wunde Punkte gebohrt, die du hast. Und das müsste er eigentlich wissen."

„Warum erfährt Ezra das alles überhaupt von Damien? Er und Paddy sind doch total eng."

„Sie reden nicht miteinander. Paddy hat auch Ezra einiges an den Kopf geworfen. In seinen Augen steht Ezra auf deiner Seite."

Dann hatte Paddy also nicht mal Ezra, an den er sich halten konnte? „Ezra ist für ihn so was wie eine leitende Hand. Selbst übers ganze Land hinweg. Paddy ist jetzt also ganz allein."

Paddy hatte niemanden, und verdammt, sie machte sich Sorgen um ihn. Wenn er mit Ezra stritt, würde Damien in der Mitte stehen, und von Mary wusste sie bereits, dass sie richtig wütend auf Paddy war.

Paddy würde es niemals zugeben, aber Natalie kannte ihn und wusste, dass er einsam war. Und sie wusste auch, wie wichtig ihm seine Familie war. Wenn er das nicht hatte, während er da draußen auf Tour war, musste er ganz auf sich selbst gestellt sein.

Sie zog ihr Handy heraus.

„Was machst du?"

„Paddy eine SMS schicken."

Hör auf, gegen Ezra zu wüten, und vertrag dich wieder mit ihm.

Er antwortete.

Wirklich, Nat? Eine verfluchte Woche Schweigen, und wenn du dann endlich etwas sagst, belehrst du mich? Da du ihm ja momentan offensichtlich so nahestehst, warum sagst du stattdessen ihm nicht, dass er sich mit mir vertragen soll?

Echt jetzt, Patrick? Was genau willst du damit sagen?

Nichts. Alles. Du bist gegangen.

Ich hatte versucht zu bleiben. Du hast mich weggeschickt, und ich bin gegangen, als du mir den Rücken zugekehrt hast. Du hast gesagt, ich hätte euren ganzen Marketingplan vermasselt. Wie auch immer, es ist passiert. Ezra liebt dich, und du liebst ihn, und du brauchst ihn. Ruf ihn an. Schick ihm eine Nachricht. Lass nicht noch einen Tag verstreichen, ohne dass ihr beiden miteinander geredet habt.

Was ist mit uns? Hast du deine Wunden jetzt lange genug geleckt?

Es macht mich traurig, dass du es so siehst.

Dann nimm deinen Mut zusammen, Natalie, und sage mir, was du empfindest! Wie kann ich es wissen, wenn du es mir nicht sagst? Eine ganze Woche höre ich nichts von dir, und dann soll ich hellsehen können?

Ich habe es versucht. Ich bin zu dir gekommen. Ich habe mir von der Arbeit freigenommen, bin in ein Flugzeug gestiegen und zu dir gekommen. Ich habe mich dir geöffnet, von meiner Vergangenheit erzählt, und ich habe dir dieses Interview gezeigt. Ich habe dir vertraut, und dann wirfst du mir vor, ich hätte euren Marketingplan versaut. Du wirfst mir vor, ich hätte dich betrogen, weil ich das von jemand anderem erfahren habe, als könnte ich das kontrollieren, selbst wenn es tatsächlich einen Unterschied machen würde. Was glaubst du, wie ich mich fühle?

Ich war wütend. Du hättest mir vertrauen sollen, die Situation mit deinem Dad zu regeln.

Das habe ich! Gerade habe ich dir gesagt, dass ich in ein Flugzeug gestiegen und zu dir gekommen bin. Ich habe mein Herz in deine Hände gelegt. Und du hast einen Wutanfall bekommen. Weshalb? Ich konnte das Raum-Zeit-Kontinuum nicht außer Kraft setzen, damit du es mir zuerst sagst und nicht Ezra. Und ich habe das, was du genau gesagt hast, wieder und wieder und wieder in meinem Kopf abgespult. Du solltest mal etwas Selbstbeobachtung praktizieren.

Muss weg. Showtime.

Sie ließ sich etwas Zeit, bevor sie antwortete.

Ich wünsche dir eine gute Show. Sprich mit deinem Bruder. Ihr braucht euch gegenseitig.

Als sie das Telefon wieder in ihre Tasche stecken wollte, erhielt sie noch eine letzte Nachricht.

Gib uns nicht auf.

27. KAPITEL

Nach der Show nahm er Mary beiseite. „Ich weiß, dass du wütend auf mich bist, aber ich mag dich trotzdem."

Sie verdrehte die Augen, ließ aber zu, dass er ihr einen Kuss auf die Wange gab. „Du hast eine Menge wiedergutzumachen. Dass ich wütend auf dich bin, ist dein geringstes Problem."

„Es sind jetzt keine zwei Wochen mehr. Ich muss das zu Ende bringen und nach Hause kommen, dann kann ich alles klären."

Gemeinsam machten sie einen Gassenlauf durch die Leute. Damien ging vor Mary, Vaughan hielt sich an ihrer Seite, und Paddy ging hinter ihr. Sie war müde, und das Letzte, was sie alle wollten, war, dass sie angerempelt wurde.

Vaughan flirtete im Vorbeigehen, aber es war mehr automatisch als echt. Paddy hatte zwar bemerkt, dass sein Bruder ein wenig melancholisch geworden war, aber er war so mit seinen eigenen Problemen beschäftigt, dass er ihn nicht darauf angesprochen hatte. Nachdem Natalie gegangen war, hatte das gähnende Schweigen, das sich aufgetan hatte, wo vorher diese intensive Verbindung gewesen war, ihn so absorbiert, dass er für nichts anderes zu gebrauchen war.

Und dann dieser SMS-Austausch zwischen ihnen, kurz bevor er auf die Bühne musste …

Wie jeden Abend, seit sie gegangen war, fuhr er direkt zurück ins Hotel. Aber anstatt nach einer Flasche zu greifen, duschte er und nahm anschließend sein Telefon zur Hand, um all die Sprachnachrichten von Ezra abzuhören, die er bislang ignoriert hatte.

Und dann rief er ihn an.

„Was?"

„Mensch, Ez, ist das alles, was du zu sagen hast?"

„Nach einer Woche und fünfmal ergebnislos auf die Mailbox quatschen, kannst du heilfroh sein, dass das alles ist, was ich sage. Ich wollte helfen. Sie ist zu dir gekommen. Es tut mir leid, dass du glaubst, ich hätte sie umgehen sollen, um dich darauf hinzuweisen, während du dich gerade auf der anderen Seite des verdammten Landes aufhältst."

„Entschuldige. Es tut ... verflucht! Es tut mir leid, Ezra. Dass sie mir vertraut und sich auf mich verlässt, habe ich mir wohl als dieses besondere Ehrenzeichen angerechnet, schätze ich. Etwas, wofür ich hart arbeiten musste, um es mir zu verdienen. Es hat mich stolz gemacht. Jetzt habe ich es verbockt." Sein ganzes Leben war es immer Ezra gewesen, auf den alle bauten. Selbst als sein Bruder den Entzug gemacht hatte, hieß es immer noch, dass Ezra so stark sei, dass man sich auf ihn verlassen könne. Endlich hatte Paddy sich einmal selbst verantwortungsvoll gefühlt. „Sie hat mir, auf eine Weise, wie ich es noch nie empfunden habe, das Gefühl gegeben, wichtig zu sein."

„Weil sie dich liebt. Du hast ordentlich Mist gebaut."

„Entschuldige, dass ich die ganze Zeit davon geschwafelt habe, du würdest versuchen, meinen Job bei ihr zu übernehmen."

„Du weißt, dass ich mich niemals zwischen dich und sie stellen würde. Arschloch. Hast du dich mit ihr ausgesprochen? Ich habe mit Tuesday geredet. Sie hat mir erzählt, dass Natalie sich jeden Abend in ihrem Zimmer verkriecht, sich wehmütige Musik anhört und in ihr Tagebuch schreibt."

Paddy bekam Magenschmerzen, wenn er nur daran dachte. „Sie hat mir heute eine SMS geschickt, in der stand, dass ich mich mit dir versöhnen soll. Dass ich dich brauche." Und damit hatte sie recht. In vielerlei Hinsicht war Ezra sein Kompass. „Sie hat mir vorgeworfen, dass ich ihr sagte, sie würde mir den Marketingplan vermasseln."

„Das hast du auch gesagt. Also genau genommen hast du ihr vorgeworfen, sie würde den Marketingplan dadurch vermasseln, dass die Boulevardblätter sie als drogenbenebelte Schlampe darstellen, und dass, wenn diese Story Beine bekäme, alles den Bach runterginge. Du hast weiterhin gesagt, mit ihrem Bedürfnis, immer alles zu kontrollieren, hätte sie die Sache verbockt."

„Das habe ich nicht."

„Hast du doch. Ich habe dich immer wieder angebrüllt, du sollst die Klappe halten, aber du wolltest nicht hören. Das war, als sie dann aufgelegt hat, um zu versuchen, dich dazu zu bewegen, ihr einmal zuzuhören. Dann hast du ihr noch vorgeworfen, sie würde sich auf meine Seite stellen. Ich weiß nicht, was über dich gekommen ist, Paddy, aber du hast da einiges Geschirr zerdeppert. Du hast Glück, dass sie dich liebt. Du kannst das wieder hinbiegen. Aber lass es nicht schleifen."

Und all das, was er ihr gesagt hatte, musste sie allein verarbeiten, weit weg von ihm. Ja, sie hatte ihn verletzt, aber er hatte sie auch verletzt. Für sie war es schlimmer, weil er es nur für einen blöden Streit gehalten hatte, nach dem sie sich wieder zusammenraufen würden, während sie dachte, er hätte Schluss gemacht.

Jetzt, wo er sich die Zeit nahm, darüber nachzudenken ... sie war geblieben. Selbst mitten in einer Auseinandersetzung – und er wusste, wie sehr sie es hasste, sich zu streiten – hatte sie auf die Möglichkeit verzichtet, das Heft in die Hand zu nehmen und einfach zu gehen. Sie war geblieben, um mit ihm zusammen eine Lösung zu finden, und er hatte sie weggestoßen.

Jemand klopfte an der Tür. „Warte eine Sekunde", sagte er zu Ezra, und als er die Tür öffnete, stand Vaughan mit seinem iPad davor.

„Paddy, was hast du gemacht?"

Er nahm Vaughan, der ihm ins Zimmer folgte, das Gerät aus der Hand.

Ezra fluchte leise. „Herrgott, Paddy, ich habe gerade eine E-Mail von Jeremy bekommen."

„Die lese ich gerade. Ich wollte nur helfen."

Bob Clayton hatte ein weiteres Interview gegeben, und das war schlimmer als das erste, denn es beinhaltete auch den Anruf von Paddy und die Tatsache, dass seine Aussprache verwaschen gewesen war. Das Machwerk enthielt Hinweise auf Natalies Job, der als Hobby eines törichten reichen Mädchens dargestellt wurde, und war zudem alles andere als schmeichelhaft im Hinblick auf ihre Freundinnen.

Kurz gesagt, Natalie würde am Boden zerstört sein.

„Du musst sie anrufen und es ihr sagen. Wenn du willst, kann ich rübergehen."

„Ich muss erst mal Jeremy anrufen. Er ist stinksauer. Dann werde ich mich um Natalie kümmern." Paddy zögerte. „Ist zwischen uns alles im Lot?"

Ezra seufzte. „Um mich zu verjagen, braucht es schon sehr viel mehr, als dass du dich verhältst wie ein Volltrottel. Wir alle machen Fehler, Paddy. Weiß Gott, ich mit Sicherheit. Ruf sie an. Mach es diesmal richtig."

„Ich laufe gerade den Endspurt der Tour. In zehn Tagen bin ich wieder in Portland für unsere letzten Termine. Hoffentlich kann ich sie dazu überreden, zu unserer Rose-Garden-Show zu kommen. Aber ich werde sie anrufen. Versprochen." Und er konnte nur hoffen, dass sie ihm vergeben würde.

Vaughan setzte sich und legte die Füße auf den Couchtisch. „Du steckst so was von in der Scheiße. Und ich dachte, *ich* wäre derjenige, der das Beste, was ihm je begegnet ist, vermasselt hat. Schätze, du wirst in der Cafeteria der Hölle an meinem Tisch sitzen können. Oder du schaffst, was ich nicht geschafft habe, und gestehst deine Fehler ein. Streng dich an. Sie ist es das wert."

Paddy fuhr sich mit der Hand durch die Haare. „Ja, ja. Nach Natalie bist du der Nächste in der Reihe. Wir werden uns mal darüber unterhalten, warum du herumläufst und Trübsal bläst. Lass mich erst mal diese anderen Feuer löschen. Rühr dich nicht von der Stelle."

Er rief Jeremy an.

„Ich gehe davon aus, dass du dieses Interview gesehen hast", sagte der statt einer Begrüßung. „Hast du den Kerl tatsächlich angerufen?"

„Ja, habe ich. Er hat Natalie unglücklich gemacht, und am liebsten wäre ich nach Kalifornien geflogen, um ihn zu vermöbeln. Echt, unterm Strich war da ein Anruf weit besser."

„Meine Güte. Okay, nun ja, es ist nicht das Ende der Welt. Die Tour ist fast vorbei. Das Album verkauft sich fantastisch. Er versucht, dich zu schütteln, um Geld herauszuholen, damit er die Klappe hält. Gib ihm nichts. Sonst wirst du den Typ nie los. Sein eigenes Geld hat er verprasst, und jetzt wohnt er bei seiner Mutter in Washington. Soll sie ihn doch durchschleppen." Jeremy machte eine Pause. „Ich habe gehört, du und Natalie habt euch verkracht. Etwa deswegen? Sie ist gut für dich, trotz diesem Schwachsinn."

„*Sie* glaubt, dass wir uns getrennt haben. Ich werde mich gleich darum kümmern. Mal schauen, ob ich ihre Realität meiner Wirklichkeit nicht doch ein bisschen näher bringen kann."

„Viel Glück dabei. Falls du Bob Clayton noch irgendwas zu sagen haben solltest, schick's erst mal mir. Dann kann ich entscheiden, ob es sich lohnt, das durch einen Anwalt mitteilen zu lassen. Hast du mich verstanden?"

„Ja, ja." Paddy legte auf und holte tief Luft.

Als er Anstalten machte, zur Minibar zu gehen, stand Vaughan auf und verstellte ihm den Weg. „Damit hast du dich überhaupt erst in Schwierigkeiten gebracht. Man hat zwar das Gefühl, so ließe sich alles leichter regeln, aber du brauchst jetzt deinen gesamten Grips, wenn du das klären willst, und davon hast du eh nicht allzu viel. Liebst du dieses Mädchen? Liebst du sie wirklich?"

Paddy nickte. Ohne zu zögern.

„Dann solltest du deinen Stolz und dein Ego jetzt mal beiseiterücken. Du hast ihr einiges brutal an den Kopf geworfen, und nach dem, was du mir erzählt hast und was ich von ihr weiß, muss das, was du ihr gesagt hast, echt einiges zerstört haben. Du hast ihre wunden Punkte getroffen. Du musst vorsichtig sein. Wenn erst einmal etwas richtig zerbrochen ist, kannst du es nicht wieder kitten. Nicht mal mit einem zweiten Baby, wie Kelly und ich es vergeblich versucht haben, auch nicht mit Diamanten oder dem Versprechen, ruhiger zu werden oder zusammen Urlaub zu machen. Du musst wirklich bereit sein, deine Fehler einzugestehen und sie auf Knien darum bitten, dir zu verzeihen, und es auch so meinen. Denn man kann sich einbilden, darüber hinweg zu sein. Und du kannst viele hübsche Schenkel finden, zwischen denen du dich eingraben kannst, und du denkst, du hättest es vergessen. Aber in ein paar Jahren wirst du aufschauen, und dann wird eine leere Stelle in deinem Leben sein, die nur sie füllen kann. Und dann ist es zu spät."

„Ach, Mann." Paddy beeilte sich, seinen Bruder in die Arme zu nehmen. „Du hast noch Zeit, das zu regeln. Ich weiß, dass Kelly noch Gefühle für dich hat."

Vor sechs Jahren waren Vaughan und seine Frau in eine Krise geraten, die letztendlich zur Scheidung geführt hatte. Sie waren so jung gewesen. Zu jung, um zu heiraten. Definitiv zu jung, um Kinder zu bekommen, und Vaughan hatte schwere Fehler gemacht, während Kelly zu lange geblieben war, nachdem sie hätte gehen sollen, sodass alles ein bitteres Ende fand.

„Sie ist verlobt. Sie hat es mir gesagt, als ich die Kinder zurückgebracht habe, bevor wir auf Tour gingen."

„Dann unternimm etwas dagegen!"

„Das sagt ja der Richtige. Du zuerst. Wir reden darüber, wenn du deinen Anruf gemacht hast. Geh aber ins andere Zimmer, damit ich nicht hören muss, wie du dich erniedrigst und um Gnade bittest."

Zoe öffnete die Tür, und sie verteilten sich gerade alle auf die Sofas, als Natalies Handy klingelte.

Sie warf einen kurzen Blick darauf, und als Paddys Gesicht auf dem Display erschien, hievte sie sich wieder hoch. „Den muss ich annehmen." Sie meldete sich, während sie auf die überdachte Veranda ging und die Tür hinter sich schloss. „Hallo."

Am anderen Ende schnappte Paddy nach Luft. „Ich habe deine Stimme so sehr vermisst."

Sie versuchte, nicht zu heulen, denn sie hatte ihn ebenfalls so schrecklich vermisst, und nun war er da. Aber sie war nicht sicher, ob das allein ausreichte.

„Ich rufe dich aus mehreren Gründen an, wobei ich mir nicht einmal sicher bin, was besser oder schlechter ist, und womit ich anfangen soll. Aber es tut mir leid. Fangen wir damit an. Es tut mir so leid, dass ich das alles gesagt habe und so reagiert habe. Ich … Vergiss es, ich will nicht, dass es so klingt, als würde ich mich herausreden wollen. Es tut mir leid. Es tut mir leid, dass du versucht hast zu bleiben und ich dich wie ein Idiot vertrieben habe. Ich weiß, dass ich dich verletzt habe. Es tut mir so leid. Bist du noch dran?“

„Ja.“ Sie hörte die Tränen in ihrer Stimme, war aber viel zu aufgewühlt, um deswegen verlegen zu sein. „Mir tut es leid, dass es dich verletzt hat, wie ich auf die Sache mit Bob reagiert habe. Nachdem du diese ganzen anderen Sachen gesagt hattest, habe ich darauf vertraut, das alles Auge in Auge mit dir klären zu können.“ Sie atmete lange aus. „Sogar vorher schon habe ich dir so sehr vertraut, dass ich mich dir gegenüber verwundbar gemacht habe. Ich habe dir vertraut, um offen und frei sein zu können. Um zulassen zu können, dass du mich festhältst und mir beim Sex alle möglichen Sachen befielst. Und es war *gut*, weil ich nicht immer die Führung übernehmen muss, und du … du hast das geschätzt. Du hast es angenommen. Du hast zwar kein Riesending daraus gemacht, aber auf jeden Fall hast du darin eine Verantwortung gesehen. Du hast mir das Gefühl gegeben, schön zu sein. Du hast mir ein Gefühl von Sicherheit gegeben, denn mit dir konnte ich so sündig sein, wie ich wollte, und du hast mich deshalb nicht für eine Schlampe gehalten oder eine Hure oder vermutet, dass ich dir deswegen irgendwas verdarb.“

An diesem Punkt flossen ihre Tränen ungehemmt. Sie liefen über ihre Wangen, während sie in den Garten blickte.

„Ich habe Jahre damit verbracht, mich zusammenzureißen, und nachdem wir uns damals zum ersten Mal getrennt hatten, habe ich eine erwachsene Frau aus mir gemacht. Eine Frau mit einer Ausbildung, was für mich bedeutete, Kontrolle über mein Leben und meine Zukunft zu haben. Ich hatte eine Arbeit, die ich liebte. Mein Haus. Meine Freundinnen. Ich habe dieses ganze Geld und kann es verwenden, um anderen Leuten damit zu helfen. Was ich bei dir hatte, war ein sicherer Ort. So ähnlich wie damals die Bibliothek, als ich noch ein Kind war. Und später das College. Das hast du mir genommen, dadurch, dass du plötzlich genau da, wo du sonst freundlich und respektvoll warst, respektlos und verletzend geworden bist. Es ist einfach … Ich hatte versucht zu bleiben, aber als du mir gesagt hast, ich sollte gehen, und mir den Rücken zugewandt hast, da konnte ich einfach nicht mehr bleiben. Ich hätte trotzdem bleiben sollen. Auch das tut mir leid."

„Ich habe dir mangelndes Vertrauen vorgeworfen, und dabei bin ich derjenige gewesen, der dir nicht genug vertraut hat, um sorgsamer mit dir umzugehen." Die Stimme versagte ihm, und er räusperte sich. „Können wir das klären? Ich liebe dich, Nat. Ich will mit dir zusammen sein. Ich will, dass wir zusammen sind. Bitte, gib mir eine Chance, mich zu beweisen."

Ehe sie etwas sagen konnte, unterbrach er sie. „Warte. Bevor du antwortest, lass mich dir noch den anderen Grund sagen, weshalb ich anrufe. Es geht um deinen Dad. Ich war so wütend auf ihn, weil er dich verletzt hat, dass ich, nachdem du gegangen warst … Ich dachte, du würdest im Hotel übernachten. Ich bin so ein Arsch, weil ich dich auf diese Art in die Nacht rausgetrieben habe. Jedenfalls habe ich ihn angerufen."

Sie legte eine Hand über die Augen. Einerseits ließ sich nicht leugnen, dass sie gerührt war, weil er das getan hatte, andererseits war sie entsetzt, denn sie wusste, dass das, was er als Nächstes sagen würde, nichts Gutes sein konnte.

„Ich habe ihn angerufen, und er war so ein schmieriger Bastard. Ihm liegt nicht das Geringste an dir. Zum Teufel, ihm liegt an niemandem etwas. Und er hat angedeutet, ich könnte ihn loswerden, wenn ich zahle."

„Oh mein Gott, bitte sag mir, dass du ihm kein Geld gegeben hast."

„Hölle, nein. Aber er hat noch ein zweites Interview gegeben."

Sie musste sich setzen, denn ihre Beine trugen sie nicht mehr. Ihr Gesicht brannte vor Scham, und sie verfluchte Bob, weil er ihr das antat. Sie hatte sich geschworen, es nie wieder so weit kommen zu lassen, aber da saß sie nun. „Erzähl's mir."

Und das tat er. Er las es ihr laut vor, und sie hörte, wie ihr Vater ihr Leben auseinandernahm. Nachdem er mehrfach auf seine

Frömmigkeit und seine Abstinenz hingewiesen hatte, sprach er voller Hass von Zoe und Jenny. Er deutete an, dass Tuesday die Geliebte seiner Tochter und nur hinter ihrem Geld her sei. Auch behauptete er, Natalie wäre auf dem College ein wilder Drogenjunkie gewesen, und jetzt sei sie eine faule, verdorbene Trustfond-Göre, die die Bibliothekarin spiele, um sich besser zu fühlen.

„Mein Gott." Ihr Vater hatte sich genau auf das eingeschossen, was ihr Leben so wertvoll machte, und benutzte es, um sie zu zermürben. Und das vor aller Welt.

„Es tut mir leid. Mit meinem Anruf habe ich alles schlimmer gemacht, aber ich konnte es einfach nicht ertragen, dass er dich verletzt hat, und dass das für ihn offenbar so selbstverständlich ist wie atmen. Ich war so dumm, zu glauben, ihn damit aufhalten zu können oder zumindest an sein Schamgefühl zu appellieren. Oder ihm Angst einzujagen, wenn er merkt, dass ihn jemand durchschaut hat. Dieses Interview ist seine Rache dafür. Was für ein selbstgerechtes Arschloch! Dass du trotzdem so großartig bist, ist ein Beweis für deine Stärke."

Sie wollte ihn fragen, ob er irgendetwas von dem glaubte, was ihr Vater gesagt hatte, verkniff es sich aber, denn diese ganz spezielle Blöße wollte sie sich nicht geben. „Wie kann dir das schaden? Soll ich irgendeine Stellungnahme dazu abgeben?"

„Ich war ein Arschloch, weil ich das zu dir gesagt habe. Es *schadet* mir nicht. Ich bin ein verdammter Gitarrist in einer Rockband. Von mir wird erwartet, dass ich wild bin. Kein Mensch interessiert sich dafür, ob deine besten Freundinnen Lesben sind oder ob du am College etwas über die Stränge geschlagen hast. Das ist kein Problem. Nicht für mich. Diese Marketinggeschichte war etwas, was du für mich getan hast. Dass du, als ich dich darauf angesprochen habe, aus deiner Komfortzone gekommen bist, um meine Karriere zu fördern, hat mir ein Gefühl von Würde gegeben. Ich fand es toll, dass du bereit warst, so etwas für mich zu tun, und ich finde es noch immer toll. Aber die Sache mit Bob spielt nur deshalb eine Rolle, weil es dich verletzt."

„Es tut mir leid, Paddy. Es tut mir leid, dass er das getan hat. Und es tut mir leid, dass wir gestritten haben.“

„Ich wollte nur dein Held sein“, sagte er leise, und sie musste ihre Gefühle im Zaum halten.

Sie verstand wirklich, warum er in diesem Hotelzimmer so aufgebracht war. Auch sie musste ihn schützen, und sie hatte ihn verletzt, selbst wenn sie es nicht beabsichtigt hatte. „Paddy, du *bist* mein Held. Und ich habe diesen wunden Punkt bei dir getroffen, auch wenn ich gar nicht wusste, dass es ihn gibt. Das bedaure ich sehr. Es tut mir leid, dass ich dich traurig gemacht habe.“

Natalie atmete tief durch.

„Ich muss wieder reingehen und den anderen sagen, was los ist. Ich bin hier bei Zoe und Jenny.“

„Okay. Werden wir … werden wir uns wieder vertragen?“

„Ich will dir nichts vormachen. Diese ganze Geschichte hat mich völlig durcheinandergebracht, aber ich möchte die Flinte auch nicht so einfach ins Korn werfen. Ruf mich an, wenn du wieder in Hood River bist. Meine Nummer hast du. Dann sehen wir weiter.“

„Das werde ich. Und ich werde dir Backstagepässe für die Rose-Garden-Show hinterlegen, falls du kommen möchtest. Wenn nicht, rufe ich dich in zehn Tagen an, wenn ich wieder zurück bin. Ich liebe dich, Nat.“

„Ich liebe dich auch.“ Aber Liebe allein reichte nicht immer.

Vaughan schaute von seinem Tablet auf, als Paddy ins Zimmer zurückkam. „Und?“

„Sie hat geweint.“ Er ließ sich in einen Sessel fallen und warf sein Telefon auf den Tisch. „Das kannst du nicht wissen, aber sie weint normalerweise nicht so schnell.“

„Wegen ihrem Dad?“

„Also, ursprünglich kommt es von ihm. Er hat ihr übel mitgespielt. Von ihm hat sie alle diese wunden Punkte. Aber diese Tränen gehen auf mich. Ich war ihr gegenüber so verdammt rücksichtslos. Die Sachen, die ich gesagt habe, haben sie verletzt.“

„Du hast es aber nicht absichtlich gesagt, um sie zu verletzen."

„Natürlich habe ich das. Ich wollte sie verletzen, wie man das bei einem normalen Streit so macht. Ich habe einfach nicht nachgedacht." Er schlug sich eine Hand vor die Stirn. „Verflucht, ich habe nicht eine Sekunde daran gedacht, was sie dabei empfinden könnte. Sie sollte nur wissen, dass ich mich darüber aufrege, weil sie Ezra und nicht mir erlaubt hatte, die Sache zu regeln. Also ist sie gegangen, und ich habe mir einfach eingebildet, dass wir beide unsere Wunden lecken und wieder aufeinander zugehen würden. Und nun kann es sein, dass ich sie deswegen verloren habe."

„Dann verliere sie nicht. Hör zu, Paddy, ich kenne dich mein ganzes Leben, okay? Ich habe noch nie erlebt, dass du irgendetwas nicht geschafft hättest. Tatsächlich ist es das erste Mal, das ich je erlebt habe, wie du um irgendetwas kämpfen musst, das nichts mit Musik zu tun hat. Gib nicht auf, weil es schwer ist. Das sage ich dir, nachdem ich diesen Fehler selbst gemacht habe."

Vaughan hatte recht. Paddy war daran gewöhnt, dass ihm alles in den Schoß fiel. Er wusste, dass er charmant war, und er nutzte diesen Charme, um sich seinen Weg durchs Leben zu erleichtern. Seine Mom zog ihn oft damit auf, dass Charme seine Superkraft wäre.

Aber manchmal machte es ihn auch faul. Mittlerweile war Charme eine Art Abkürzung für ihn geworden. Und das hatte ihn blind gemacht, als die Frau, die er liebte, litt. Er hatte sich so in sein Gefühl von Verletztheit hineingesteigert, weil es Ezra gewesen war, der ihr an seiner Stelle als Erster geholfen hatte. Wo er doch so stolz darauf war, dass sie sich ihm mehr und mehr geöffnet hatte. Das war für ihn der Beweis gewesen, dass es endlich nicht mehr nur immer Ezra war, auf den man sich verlassen konnte. Deshalb hatte er sich in die Brust geworfen und zugelassen, dass es ihn blind gemacht hatte für ihre Gefühle.

Aber ihre Entschuldigung eben, die Tatsache, dass sie so ohne Weiteres eingeräumt hatte, ihn ebenfalls verletzt zu haben, ihr

Zugeständnis, dass sie bereit war, die Dinge mit ihm zu klären … das bedeutete für ihn nichts anderes, als dass er seinen Einsatz erhöhen und ihr Vertrauen wiedergewinnen musste.

Paddy schob diese Gedanken fürs Erste beiseite, um sich den Problemen seines Bruders widmen zu können. „Also erzähl mir von der Sache mit Kelly. Hast du vor, sie gehen zu lassen? Für immer und im Ernst?"

„Ich muss herausfinden, ob ich sie wirklich noch liebe, oder ob ich nur nicht will, dass ein anderer sie bekommt. Das hat Mary gesagt."

„Wer ist der Kerl?"

„Seine Tochter geht mit den Mädchen zur Schule. Kelly ist mit ihm zusammen in der Elternvertretung."

Verdammt.

„Mann. Also ein netter Kerl. Wie lange sind sie jetzt schon zusammen?"

„Ja. Ich habe ihn sogar schon kennengelernt. Letztes Jahr haben sie angefangen, miteinander auszugehen. Ich versuche, es zu verstehen."

„Was sind wir doch für ein Haufen Idioten."

Vaughan lachte. „Nun ja, du auf jeden Fall. Damien hat eine hinreißende schwangere Frau, die uns alle jeden Tag füttert. Er hat es geschafft, die Dinge auf die Reihe zu bekommen. Ich denke, wir könnten das vielleicht auch hinkriegen."

„Der Countdown läuft. In neun Tagen sind wir in Portland. In zwölf haben wir es geschafft. Nutze die Zeit, um dir über ein paar Dinge klar zu werden. Willst du zulassen, dass die Fehler in deiner Vergangenheit deine Zukunft bestimmen? Willst du einfach aufgeben und neue Wege beschreiten? Eine andere Frau finden, die du lieben kannst?"

Wie Paddy es erwartet hatte, machte Vaughan ein langes Gesicht.

„Oder kannst du die Fehler, die ihr beide mit Anfang zwanzig gemacht habt, akzeptieren und mit einer besseren Zukunft wettmachen, weil du die Frau liebst, die die Mutter deiner Kinder ist."

„Da gibt es eine Menge wettzumachen. Eine Menge Verletzungen."

„Vermassele ihr nicht die Zukunft, wenn du nicht wirklich der Mann bist, den sie braucht. Das haben deine Mädchen nicht verdient, und Kelly genauso wenig."

„Ich weiß. Aber, Junge, ich hasse die Vorstellung, dass meine Kleinen von jemand anders erzogen werden. Er ist ein guter Kerl, das kann ich nicht leugnen. Aber ich bin ihr Dad."

Wenigstens relativierte das Paddys eigene Situation. Auch er wollte nicht, dass sich ein anderer Mann um das kümmerte, was seine Aufgabe war.

„Aber ist es denn okay für dich, dass ein anderer Mann der Mann deiner Frau wird? Du kannst es nicht nur für die Kinder tun."

„Keine Ahnung. Genau darüber muss ich ja nachdenken."

„Ich schätze, nach den Shows könnten wir uns, anstatt uns zu betrinken, auch überlegen, wie wir unsere Frauen zurückgewinnen." Paddy grinste.

„Vielleicht geht ja auch beides, denken und trinken. Lass es uns nicht übertreiben." Vaughan zwinkerte ihm zu.

28. KAPITEL

Da bist du ja!"

Als Natalie sich umdrehte, sah sie Sharon Hurley durch die Bibliothek auf sich zukommen. „Hi, Sharon. Ich habe ein paar neue Bücher, die was für dich sein könnten."

Sharon hakte sich bei Natalie unter. „Ich habe dich vermisst. Du bist jetzt seit ein paar Wochen nicht mehr auf der Ranch gewesen."

„Ich hatte viel zu tun."

„Mir ist bekannt, dass du und Paddy momentan Schwierigkeiten habt."

Natalie blinzelte die Tränen zurück. „Sharon, ich kann nicht. Nicht hier."

„Komm doch heute Abend vorbei. Lass mich etwas für dich kochen. Tuesday sollte auch kommen."

„Oh, ich glaube nicht, dass das eine so gute Idee ist."

Sharon antwortete nicht gleich, sondern stellte sich vor Natalie, um sie ansehen zu können, legte ihr beide Hände auf die Schultern und drückte sie leicht. „Die Sache ist die, dass du für mich jetzt zur Familie gehörst. Wahrscheinlich hätte Paddy dich deshalb warnen sollen, aber ich will ihm mal zugestehen, dass er das nicht wissen konnte, denn er hat vorher tatsächlich noch nie eine Frau mit nach Hause gebracht. Also, ich habe einen Schinken, dazu gibt's Bratkartoffeln und Maisbrot. Dann sehe ich dich und Tuesday also um sechs. Du hast doch um fünf Feierabend, nicht wahr? Die Bücher, die du für mich zur Seite gelegt hast, kannst du mir dann auch mitbringen." Sharon umarmte sie kurz und war wie der Blitz verschwunden, bevor Natalie etwas einwenden konnte.

Sharon hatte in ihrem Leben viele Menschen kennengelernt. Sie kam aus einer großen Familie und hatte später auch selbst eine. Durch das Leben, das ihre Söhne führten, war sie auch zahlreichen Leuten begegnet, die nicht zu ihrem normalen Kreis gehörten. Die meisten davon waren eine angenehme Überraschung gewesen.

Allerdings hatten ein paar von ihnen, wie zum Beispiel die Typen, die sich um Ezra geschart hatten, als er krank war, einen Hass und eine Wut in ihr entfacht, die bis auf die Knochen ging. Es war zu einem Kampf um das Leben ihres Sohnes gekommen, und sie hatte nicht die Absicht gehabt, zu verlieren.

Also hatte sie sie mit Michaels Hilfe alle verjagt. In allem, was ihre Kinder anging, waren sie und ihr Mann sich einig. Aber in all den Jahren, an guten wie an schlechten Tagen, war ihr noch niemand begegnet, der es so sehr gebraucht hatte, bemuttert zu werden, wie Natalie Clayton.

Zu Hause angekommen, wählte sie Paddys Nummer. „Patrick Michael Hurley, ich werde dir den Arsch retten, also pass gut auf."

„Hey, Momma. Lass mich raten, du sprichst von Natalie. Ich habe Mist gebaut, aber ich arbeite dran."

„Das weiß ich. Ich habe allerdings nur in groben Zügen von der Geschichte gehört, weil deine Brüder glauben, sie könnten Dinge vor mir geheim halten, um dich zu schützen. Aber ich kann dir nicht helfen, wenn ich nicht die ganze Geschichte kenne."

Paddy erzählte ihr alles, und ihr Herz litt mit beiden. „Oh, Schätzchen. Du hast wirklich Mist gebaut. Aber weißt du, was? Menschen bauen Mist. So etwas kommt vor. Du bist natürlich etwas Besonderes, aber du bist nicht perfekt."

„Ich fürchte, es war ein zu großer Fehler, als dass sie darüber hinwegkommen könnte."

„Wir haben alle unsere wunden Punkte. Du hast deine, die hat sie unabsichtlich getroffen, und du hast darauf reagiert, indem du in ihren gebohrt hast. Aber da ist Liebe zwischen euch. Du bist ein hübscher Junge, der mehr Charme besitzt, als jemand für sich beanspruchen kann. Du liebst sie, und du bist klug. Nutze beides, um das wieder hinzubiegen. Und obendrein hast du ja auch noch mich."

„Ich weiß gar nicht, was ich sagen soll."

„Ich habe vier der ungezogensten, widerborstigsten, unvernünftigsten, wildesten Kinder, die man sich vorstellen kann, zu erfolgreichen Männern erzogen. Wenn ich es durch die Hölle, durch die ihr Jungs uns gejagt habt, schaffen konnte, dann kann ich dir auch in dieser verfahrenen Situation helfen."

Sharon machte eine Pause. „Liebling, sie braucht dringend eine Momma. Ihre Großmutter taugt nicht dazu, und ihr Vater schon gar nicht. Ich kann dir sagen, wenn ich die Chance kriege, mir diesen Kerl vorzunehmen, wird er mich nicht mal kommen sehen. Aber Natalie muss geliebt werden, wie nur eine Mutter sie lieben kann."

„Und das tust du für mich?"

Sharon lachte. „Paddy, ich würde für dich durch die Hölle gehen. Aber das ist kein Opfer. Ich habe dieses Mädchen wirklich gern. Sie hat ein großes Herz. Und sie liebt meinen Sohn. So sehr, dass sie sich von ihm schinden lässt und mir trotzdem nicht sagt, ich soll in den Fluss springen, anstatt heute Abend zum Essen zu kommen."

„Ich danke dir. Jetzt geht es mir besser."

„Gut. Ihr seid jetzt auf der Zielgeraden. Bring die Tour zu Ende und komm nach Hause zu ihr."

Sie versicherten sich noch rasch gegenseitig ihre Liebe und legten dann auf.

Tuesday lachte nur, schob Natalie durch die Tür nach draußen und fuhr dann den Berg hinauf zum Haus von Sharon und Mike.

Natürlich fand Tuesday es dann nicht mehr ganz so lustig, als Ezra auftauchte, obwohl der ganz offensichtlich auch keine Ahnung hatte, dass sie mit am Tisch sitzen würden. Als er reinkam, waren seine Haare noch feucht von der Dusche, und für seine Mutter hatte er ein warmes offenes Lächeln.

Dann drehte er sich um, sah die beiden Frauen und warf seiner Mutter aus schmalen Augen einen argwöhnischen Blick zu. Aber Sharon tat so, als würde sie es nicht bemerken.

Sharon Hurley war die hinterlistigste Person, der Natalie je begegnet war. Und mit einem herausfordernden Lächeln, das einen davor warnte, sie nicht zu mögen, gelang es ihr, einen genau dahin zu bringen, wo sie einen haben wollte. Es war meisterhaft. Sharon war dreist und unverfroren, aber sie liebte ihre Familie über alles. Genau die Frau, die Natalie unbedingt eines Tages sein wollte. Allerdings bezweifelte sie, dass es ihr jemals gelingen würde, ganz so Furcht einflößend zu sein.

Michael sah seiner Frau nur lächelnd zu. Er wusste, was sie im Schilde führte, aber er fand es hinreißend. Wie es wohl gewesen wäre, mit den beiden als Eltern aufzuwachsen?

„Danke, dass du mir diese ganzen Bücher mitgebracht hast."

Natalie wusste, dass Sharon gern historische Romane las und vor Kurzem einmal die Nase in eine historische Romanze gesteckt hatte. Ihr gefiel die große Auswahl. Also hatte Natalie ihr einige Bücher von Lisa Kleypas und Tessa Dare zum Reinschnuppern mitgebracht.

„Danke, dass du für uns gebacken hast."

Sharon lachte. „Dieser Schokoladenkuchen mit saurer Sahne ist Michaels Lieblingskuchen."

„Das ist der Lieblingskuchen von allen, Mom." Ezra nahm sich noch ein Stück.

„Mit Kuchen kann nichts schiefgehen", bestätigte Natalie.

„Das gehört auf ein T-Shirt. Ich würde es jeden Tag tragen." Tuesday zwinkerte Sharon zu, die rot wurde und lachte.

„Meine Schwestern und ein paar meiner Cousinen wollen eine Lesegruppe starten. Wir wohnen alle in verschiedenen Orten, aber wir werden uns über Skype verbinden. Das wird ein guter Weg sein, in Kontakt zu bleiben, und wir lesen alle sehr gern. Es wäre schön, wenn du uns ein paar Bücher empfehlen könntest."

„Die Bibliothek bietet verschiedene Orientierungshilfen für Buchclubs aller Art."

„Die Natalie geschrieben hat", ergänzte Tuesday. „Was denn?", fragte sie, als sie Natalies Blick sah. „Du hättest es nicht gesagt, und ich bin stolz auf dich." Sie wandte sich an Sharon. „Es sind sehr gute Orientierungshilfen."

Sharon grinste Tuesday an. „Ich kann dich wirklich gut leiden, meine Liebe. Wir brauchen alle eine Freundin, die sich weigert, zuzulassen, dass wir unser Licht unter den Scheffel stellen."

Nun war Tuesday an der Reihe, den Kopf zu senken.

Sie unterhielten sich darüber, was die Frauen in Sharons Gruppe gern lasen, und ohne lange nachzudenken nannte Natalie ein paar Titel, von denen sie glaubte, dass sie funktionieren könnten, unter anderem auch ein paar Bücher, die sie im letzten Jahr in ihrem eigenen Buchclub gelesen hatten.

Die ganze Zeit wartete sie darauf, dass Sharon auf Paddy zu sprechen kam, aber sie tat es nicht. Stattdessen packte sie nach dem Essen die Reste weg und begleitete sie zu ihrem Wagen. Ezra umarmte Natalie und klopfte Tuesday ungelenk auf die Schulter. Dann murmelte er etwas davon, dass er irgendwohin müsse, und trollte sich.

„Ich arbeite an einer Steppdecke für das Baby", sagte Sharon. „Übermorgen will ich in die Stadt fahren, um weiteres Material zu besorgen. Sollen wir uns auf einen Kaffee treffen?"

Natalie nickte. Obwohl sie ahnte, dass es irgendwie um Paddy ging, wusste sie doch auch, dass Sharon das alles nicht machen würde, wenn sie es nicht gewollt hätte.

Sie verabredeten sich, und Natalie und Tuesday fuhren los.

„Ich mag sie", stellte Tuesday fest.

„Sie ist zum Schreien komisch. Ich finde es klasse, wie sie jeden herumschubst, und alle sind völlig begeistert von ihr, haben aber auch ein wenig Angst vor ihr." Wenn Natalie jemals Kinder haben sollte, konnte sie nur hoffen, dass die sie mit ähnlichen Augen sehen würden, wenn sie einmal erwachsen waren.

„Oh, ich habe nicht den geringsten Zweifel, dass Sharon jedem, der ihrer Familie Schaden zufügt, die Kehle durchschneiden würde. Davor kann ich nur den Hut ziehen. Und sie macht einen echt guten Kuchen."

Und knackige Söhne.

„Du weißt aber schon, dass sie uns eingeladen hat, um Paddy zu helfen, mich zurückzubekommen?"

„Ja. Und ich weiß auch, dass du absolut in der Lage bist, Nein zu sagen, wenn du nicht willst. Deshalb solltest du dir vielleicht einmal Gedanken darüber machen, was Paddy tun könnte, damit es für dich in Ordnung wäre, ihm noch eine zweite Chance zu geben. Denn du liebst ihn. Ohne ihn fühlst du dich elend. Dein Vater hat eine widerliche Nummer abgezogen, und doch war es weniger das, was dich so aufgeregt hat. Du hast dir Sorgen um *unsere* Gefühle gemacht. Paddy mit eingeschlossen. Du gehörst zu ihm."

„Ich liebe ihn wirklich. Noch nie habe ich so etwas für irgendjemanden empfunden."

„Aber?"

„Aber Liebe allein reicht nicht. Ich weiß, dass ich ihn liebe, und ich weiß, dass er mich liebt. Jetzt muss ich mir nur noch über alles andere klar werden. Ich will wirklich, dass es funktioniert."

Bis sie Tuesday und ihren anderen Freundinnen begegnet war, hatte Natalie sich nie auf jemanden verlassen können. Nie wirklich. Selbst wenn ihr Vater in einer relativ guten Verfassung war und es nur um etwas Simples ging wie etwa, dass sie irgendwohin gebracht werden musste, hatte sie aus Erfahrung gelernt, dass es besser war, niemals an Versprechungen zu glauben. In ihrem Leben war es eine unumstößliche Tatsache gewesen, dass andere einen enttäuschten.

Dann hatte sie immer wieder mitbekommen, wie ihre Freundinnen etwas versprachen und sich dann auch tatsächlich daran hielten. Und plötzlich war es eher die Regel als die Ausnahme, dass Menschen sich erstens an ihre Versprechen erinnerten und zweitens auch danach handelten.

Sie hatte daran arbeiten müssen, Paddy das zuzugestehen, und er hatte es verdient. Sie hatte sich niemals von ihm verurteilt gefühlt, und er schien ihre verrückten Ängste und Triggerpunkte akzeptiert zu haben. Bis zu jener Nacht, als er ihr seinen ganzen Groll übergestülpt hatte. Allerdings hatte sie etwas Ähnliches gemacht, zwar nicht absichtlich, aber sie hatte ihn dennoch verletzt.

„Paddy hat sich entschuldigt, und ich *glaube* ihm, dass es ihm leidtut. Bei allem, was er mir sonst noch hätte antun können, ist es unvernünftig von mir, nicht einfach zu sagen, hey, ja, alles in Ordnung. Aber ich habe Angst. Angst, weil diese Sache mich daran erinnert hat, wie es ist, wenn es einem richtig dreckig geht, und ich dachte, darüber wäre ich hinweg. Ich weiß, dass er nicht der Typ dazu ist, und deshalb versuche ich auch, nicht überzureagieren."

„Weißt du was, Nats? Hör auf, dich für deine Gefühle zu entschuldigen, und für die Erfahrungen in deinem Leben, die dich jetzt an diesen Punkt gebracht haben. Ich will nie wieder hören, dass du so etwas sagst, denn es ist Bullshit. Du bist, wie du bist. Alles, was du bis zu diesem Punkt in deinem Leben erfahren hast, macht dich zu der, die du bist."

Na dann.

„Danke, dass du mir das alles gesagt hast. Ich liebe ihn. Es macht mich glücklich, mit ihm zusammen zu sein. Ich will daran arbeiten, dass alles gut wird. Aber da ist dieser kleiner Teil von mir, der panische Angst davor hat, dass er mich eines Tages verarschen könnte und ich dann direkt ins offene Messer laufe."

„Eric hat mich einmal betrogen."

Natalie drehte sich auf ihrem Sitz zur Seite und starrte ihre Freundin mit offenem Mund an. „Davon hatte ich keine Ahnung. Wann denn?"

„Wir waren noch am College. Unser drittes Jahr. Damals ging er für ein Vierteljahr nach Mittelamerika. Es war eine der Frauen, die mit ihm in diesem Austauschprogramm waren."

„Oh mein Gott. Warum hast du mir nichts davon erzählt?"

„Es war mir peinlich. Tatsächlich habe ich erst etwa eine Woche nach unserem Examen davon erfahren."

Als sie die Hochzeit schon geplant hatte.

„Das tut mir so leid. Willst du darüber reden?"

„Nun ja, es ist ein Trennungsargument, das will ich gar nicht leugnen." Tuesday schnaubte, halb belustigt, halb abfällig. „Ich hatte mir immer gesagt, dass ich niemals bei einem Mann bleiben würde, der mich schlägt oder der fremdgeht. Geschlagen hätte er mich niemals, nie. Dazu war er einfach nicht der Typ. Aber wir wohnten bei seinen Eltern, bis unser Haus fertig wurde, und beim Kistenpacken fand ich dann einen Brief, den sie ihm geschrieben hatte. Ich habe ihn verlassen und bin zu meinen Eltern gezogen. Er fuhr mir nach und hat alles gestanden. Es war so eine dumme Sache, wegen der er mich hintergangen hatte. Aber er war fix und fertig. Irgendwann haben wir es dann geklärt. Ich habe wirklich lange gebraucht, um darüber hinwegzukommen, wobei es nicht so sehr darum ging, dass er mit einer anderen geschlafen hatte, als dass ich ihm vertraute, und er das missbraucht hat. Er hatte ihr etwas gegeben, was mir gehört. Wie auch immer, ich habe nie bereut, ihm noch eine Chance gegeben zu haben. Aber es hat ein paar Jahre gedauert, bis ich ihm wieder voll vertrauen konnte."

Tuesday bog in ihre Einfahrt, und nachdem sie den Motor abgestellt hatte, wandte sie sich Natalie zu. „Deswegen habe ich jetzt diese Wunde. Aber ich habe ihn geliebt, und er hat mich geliebt, und er hat einen Fehler gemacht. Ich musste herausfinden, ob ich mit dieser Demütigung leben und meine Selbstachtung bewahren konnte. Jemanden zu lieben, bedeutet, dass man Narben davontragen wird. Das ist einfach so. Aber ich sage dir, worauf du dich meiner Meinung nach konzentrieren solltest. Er war dir gegenüber rücksichtslos, und es wird weitere Auseinandersetzungen geben. Ihr werdet beide Fehler machen. Aber du musst herausfinden, ob du ihm genug vertrauen kannst, um ihn wieder so nah an dich heranzulassen.

In der Woche darauf, traf Natalie sich zum Kaffee mit Sharon und verbrachte ansonsten viel Zeit mit Tuesday.

Und Paddy meldete sich jeden Tag per SMS. Die erste Nachricht war einfach.

Heute habe ich an dich gedacht. Der Sonnenuntergang war fantastisch. San Diego gehört zu meinen Lieblingsstädten. Ich wünschte, du wärst hier.

Zuerst wusste sie gar nicht, was sie antworten sollte. Herauszufinden, was sie sagen sollte, oder ob sie überhaupt etwas sagen sollte, war eine Qual. Also beließ sie es bei:

Ich liebe San Diego. Hoffentlich habt ihr eine tolle Show.

Diese Anspannung war furchtbar, vor allem, nachdem sie sonst diese Leichtigkeit miteinander hatten.

Am nächsten Tag schickte er ihr ein Foto vom Meer.

Vaughan hat mich hierher geschleift, damit er surfen konnte. Ich hab's dann auch gemacht und mir wie ein Anfänger einen Tritt in den Arsch eingehandelt.

Sie zwang sich zu antworten, denn sie wollte nicht aufgeben. Und jedes Mal fiel es ihr ein wenig leichter.

Dann kannst du ja an meiner Stelle mit Tuesday windsurfen gehen.

Wirst du vom Strand aus zuschauen?

Vielleicht.

Und weitere Nachrichten folgten. Nur ein paar jeden Tag, aber jedes Mal antwortete sie, und die Situation zwischen ihnen wurde etwas besser.

„Also fahren wir nun zu den Rose-Garden-Shows?“, fragte Tuesday ein paar Tage später beim Abendessen.

Der erste Auftritt war am folgenden Abend, und auch wenn sie wusste, dass Paddy sich wünschte, dass sie kam, hatte er sich bemüht, sie nicht zu drängen.

Ezra würde bei beiden Shows spielen, und Natalie wusste, dass er sich wahnsinnig darauf freute. Und sie wusste auch, dass er und Tuesday einander wieder umkreisten, auch wenn keiner der beiden viel dazu gesagt hatte. Natalie hatte das Gefühl, dass sie einfach abwarteten, wie die Sache zwischen Paddy und ihr ausgehen würde, bevor sie letztendlich doch übereinander herfallen würden.

Die Entscheidung hatte ihr wahnsinnig zu schaffen gemacht. Anfangs war es ein absolutes Nein. Sie wollte sich erst mit ihm treffen, wenn er wieder zu Hause war. Und dann dachte sie, dass sie nur am zweiten Abend gehen und sich ins Publikum setzen würde. Aber die Shows waren ausverkauft, weshalb sie dann doch in Erwägung zog, hinter die Bühne zu gehen, aber nur am letzten Abend.

„Ezra wäre begeistert, wenn wir kämen."

Natalie zog eine Augenbraue hoch. „Ist es uns erlaubt, über die Ezra/Tuesday-Sache zu sprechen? Gibt es da überhaupt etwas zu diskutieren?"

Tuesday seufzte. „Ich weiß nicht, was es da gibt. Aber wie es scheint, kann ich nicht aufhören, an ihn zu denken. Und bevor du fragst – nein, wir haben den Sextest noch nicht gemacht. *Bisher.* Es fühlt sich an, als müsste es *bisher* heißen. Aber egal, ich finde, wir sollten hingehen. Zu beiden Shows. Dann kann ich mir Ezra wieder einmal anschauen, wenn er ein Rockstar ist, denn wie du weißt, ist das richtig scharf. Und auch, weil ich denke, dass Paddy es versucht, und du willst, dass er Erfolg damit hat."

„Okay. Wir fahren."

„Gut, denn nach dem Essen werde ich dir eine Maniküre machen. Selbstverständlich keine Pediküre, denn wir wissen beide, dass du da komisch bist. Aber deine Nägel sollten hübsch aussehen."

„Ja, ich bin sicher, Paddy wäre empört, wenn mein Nagellack anfinge abzublättern."

„Halt die Klappe."

„Halt *du* die Klappe."

„Sehr erwachsen." Tuesday rümpfte die Nase, aber um ihren Mund spielte ein Lächeln.

„Das musst du gerade sagen, fehlt gerade noch, dass du mir zuflüsterst: *Hey, frag Ezra doch mal, ob er mich mag, aber sag ihm nicht, dass ich dich darum gebeten habe.*"

„Ich weiß, dass Ezra mich mag, Natalie." Tuesdays spitzbübischer Blick brachte Natalie zum Lachen.

„Er will dir an die Titten. Sieh dich vor. Diese Hurley-Jungs … du kommst auf den Geschmack, und dann hast du nichts als Ärger. Sharon hatte recht, als sie sagte, sie setzen sich fest wie die Zecken, und dann ist es zu spät."

„Aber es ist die beste Art von Ärger. Ich meine, wenn Ezra auch nur annähernd so gut vögelt, wie er küsst, bin ich dabei."

„Zu Ezras sexueller Leistungsfähigkeit kann ich nichts sagen, aber natürlich kann ich die von Paddy bezeugen. Er bekommt eine Eins. Und dann ist er auch noch …" Natalie zitterte, als sie daran dachte. „Sooo schmutzig."

Tuesday lachte. „Wahnsinn!"

„Nicht abstoßend schmutzig. Ich weiß nicht, wie er es schafft, so schmuddelig zu sein, und trotzdem nicht eklig oder rücksichtslos."

„Keine Ahnung. Ezra entspricht nicht meiner normalen Erfahrung mit Männern. Genau wie Paddy. Sie versprühen einfach irgendetwas Unwiderstehliches."

Und wenn das alles auf sie konzentriert war … Paddy hatte so außerordentliche Gefühle in ihr wachgerufen, wie es noch nie jemand anders getan hatte.

Natalie holte tief Luft. „Also gut, du entscheidest, was ich tragen soll, damit der Nagellack dazu passt."

„Ich liebe es, wenn du dich dem Unausweichlichen so schnell beugst. Das macht es wirklich leichter."

„Ich bin absolut in der Lage, mich selbst anzuziehen und gut auszusehen."

„Das bist du, unbedingt. Du bist pfiffig. Damit bringst du es fertig, dein Outfit gleichzeitig klassisch und hübsch zu halten. Aber nur ich kann dafür sorgen, dass du fabelhaft und sexy aussiehst, ohne dass es übertrieben wirkt. Das ist eine Begabung, Nats."

„Ich fühle mich ganz schlecht, weil du solche Minderwertigkeitskomplexe hast. Du solltest deine Selbstbestätigungen vor dem Spiegel üben."

Tuesday zog sie hoch. „Los, lass uns mal einen Blick in deinen Schrank werfen."

29. KAPITEL

„Hey, Bobbi, was hast du heute für mich?" Natalie wollte vormittags noch ein wenig arbeiten, ehe sie später mit Tuesday nach Portland fuhr. Es sollte sie davon ablenken, ständig an das bevorstehende Wiedersehen mit Paddy zu denken und wie es laufen würde.

Bobbi wackelte verführerisch mit den Augenbrauen. „Gewürz-Donuts."

„Hör auf! Ehrlich? Du bist die Größte. Dafür könnte ich dich küssen. Ich will sie alle und dazu einen Mokka."

„Wenn du schon Küsse verteilst, dann will ich, dass die alle für mich sind."

Das Herz schlug ihr bis zum Hals. Sie drehte sich um und sah Paddy dort stehen.

„Was machst du denn hier?"

Er kam drei Schritte auf sie zu und blieb dann stehen, kurz bevor er sie berührte. „Ich habe dich so sehr vermisst, dass mir das Herz wehtut."

Langsam legte er eine Hand an ihre Wange. „Natalie Clayton, nicht wahr? Wir sind uns schon einmal begegnet. Damals hast du in dieser Kellerbar gearbeitet."

„Ich muss zur Arbeit."

Er lächelte schief. „Willst du damit sagen, dass du dich nicht an mich erinnerst?"

„Keine Ahnung. Ich meine, ich dachte, dass ich dich kenne."

Einen Augenblick runzelte er die Stirn und kam noch etwas näher, sodass sie Brust an Brust standen. „Ich bin Paddy Hurley, und ich bin der Mann, der dich liebt."

Natalie machte es nichts aus, dass sie sich an einem öffentlichen Ort befanden. Er war bei ihr.

„Wenn du es mir erlaubst, Nat, werde ich für den Rest unseres Lebens jeden Tag der Mann sein, den du brauchst. Es tut mir leid. Es tut mir leid, dass ich dich verletzt habe. Ich hatte versprochen, mit dem Vertrauen, das du mir geschenkt hast, sorgsam umzugehen, und das habe ich nicht getan. Ich war dumm und rücksichtslos, und ich habe dich verletzt. Bitte, gib mir noch eine Chance."

Drei Wochen hatte sie ihn nicht mehr gesehen. Drei Wochen, in denen sie geglaubt hatte, dass es aus sein könnte. Aber als sie jetzt seine Hand an ihrer Wange spürte und seinen Körper an ihrem, als sein Blick sie geradewegs zu durchschauen schien, da war ihr klar, dass es eine Lüge war, so zu tun, als würde sie nicht mit ihm zusammen sein wollen.

„Okay."

Sein Lächeln wurde breiter. „Okay? Ich werde dich jetzt küssen. Gleich hier, vor Bobbi und Gott und allen, die vorbeilaufen."

„Fang schon an, Patrick."

Als sein Mund auf ihren traf, atmete sie ihn ein. Sie schob die Hände unter seinen Mantel, legte sie um seine Taille und hielt ihn fest.

Es war kein langsamer, sanfter Kuss. Seine Wärme überwältigte ihr Nervensystem und übernahm die Kontrolle. Erst strich er mit der Zunge über ihre Unterlippe, dann nahm er sie zwischen die Zähne und zog daran.

Nur weil sie sich an einem öffentlichen Ort befanden, gab sie dem Stöhnen nicht nach, das sich mit aller Macht ihrer Brust entringen wollte. Er küsste sich direkt wieder in ihr Leben hinein, und nachdem er sich endlich von ihr losriss, legte er seine Stirn an ihre.

„Ich habe dich so sehr vermisst. Es fühlt sich so gut an, dich hier in meinen Armen zu halten, wo du hingehörst."

In der Tat, es fühlte sich gut an. Und richtig.

„Ich habe dich auch vermisst. Was machst du denn hier?"

„Um Gnade winseln. Wir sind letzte Nacht spät hier angekommen. Ich wollte gleich zu dir, aber als ich vorbeifuhr, war überall das Licht aus. Ich wusste ja, dass du vor der Arbeit hierherkommst, um deinen Kaffee zu holen, also dachte ich mir, dass ich hier warte und über dich herfalle, wenn du ganz verträumte Augen wegen der Donuts hast."

„Du bist ein richtiger Teufel."

Er nahm ihr Gesicht in die Hände und sah sie so eindringlich an, als würde er sie bis ins kleinste Detail in seinem Gedächtnis speichern wollen. „Ich werde alles tun, was ich tun muss, um dich zurückzubekommen."

Jemand räusperte sich, und als Natalie sich umschaute, sah sie, dass Kunden warteten und sie den Tresen versperrten. Bobbi grinste sie an.

„Entschuldigung." Sie trat zur Seite, zahlte und nahm ihre Sachen. Paddy blieb die ganze Zeit direkt neben ihr.

Die Frau, die als Nächste an der Reihe war, zuckte mit den Schultern. „Kein Grund, sich zu entschuldigen. Wenn ich hier rauskomme, werde ich meinen Mann anrufen, nur um ihm zu sagen, dass ich ihn liebe. Werden Sie diesem hübschen Teufel denn eine zweite Chance geben, nachdem er was auch immer getan hat?"

„Glauben Sie, ich sollte?"

Paddy schnaubte.

„Er sieht Sie auf eine Weise an, von der ich nur hoffen kann, dass mich irgendwann auch einmal jemand so anschauen wird. Plus, er ist hinreißend, und er ist reich", meldete sich jemand anders aus der Schlange zu Wort. „Es sei denn, er hätte Sie betrogen. In diesem Fall schlagen Sie ihm richtig fest auf den Adamsapfel und lassen Sie ihn sausen."

Paddy fasste sich unwillkürlich an die Kehle. „Ich habe doch sie. Wozu sollte ich eine andere brauchen?"

„Gute Antwort." Bobbi zwinkerte.

„Kann ich dich zur Arbeit begleiten?"

„Ja. Komm mit." Sie trank einen Schluck Kaffee, und als er die Tür aufhielt, zog sie einen Donut aus der Tüte und biss hinein. Als er sich zu ihr umdrehte, bot sie ihm auch einen an.

„Du musst mich lieben, wenn du deine Donuts mit mir teilst."

„Für einen reichen, umwerfenden Rockstar bist du ganz okay."

„Es war unverantwortlich von mir, wie ich mit deinem Herzen und deinem Vertrauen umgegangen bin."

Sie gingen weiter. Er hatte seinen Arm um ihre Schultern gelegt, und sie schmiegte sich an ihn.

„Allerdings. Ich brauche nicht jede Minute deiner Zeit oder Aufmerksamkeit, und ich erwarte auch nicht, dass wir nie wieder streiten, denn du bist schwierig und glaubst, dass du dir mit deinem Charme alles erlauben kannst."

Sie unterbrach sich und deutete mit dem Kopf auf eine Bank in der Nähe. Sie setzten sich, und Natalie trank noch etwas Kaffee, bevor sie fortfuhr. „Ich bin auch schwierig. Dass ich ein Kontrollfreak bin, hast du von Anfang an gewusst, also kann ich mich nicht dafür entschuldigen. Ich erwarte nicht von dir, dass du anderen Frauen gegenüber nicht charmant bist oder nicht mit ihnen flirtest, denn das gehört zu Paddy Hurley. Ich weiß, du führst ein wildes Leben, vor allem auf Tour. Und ich akzeptiere es, auch wenn mir dabei nicht ganz wohl ist. Ich gebe mein Bestes, um damit fertigzuwerden. Aber ich habe diese – keine Ahnung – wunden Punkte oder wie immer man das nennen soll. Trigger? Egal, wie sie heißen, ich habe sie, und manchmal weiß ich vielleicht selbst nichts davon, bis sie gedrückt werden. Und das hast du *immer* akzeptiert. Also, was ich sagen will, ich stehe dazu, wenn ich Mist gebaut habe. Die Art, wie ich dir die Sache mit dem Interview beigebracht habe, hat deine Trigger gedrückt. Ich habe dir das Gefühl gegeben, als würde ich dir nicht zutrauen, mir dabei helfen zu können."

Paddy seufzte. „Wir sind schon ein Pärchen, meine Güte. Hör zu, es war dumm von mir. Ich hatte nur … Ich hatte mich so darum bemüht, dein Vertrauen zu gewinnen, und ich war so glücklich, dass du mich besucht hattest, und wir hatten gerade ernsthaft kometenhaften Sex. Ich hab's einfach in den falschen Hals gekriegt, und dann habe ich aufgehört zu denken. Ich habe um mich geschlagen und dir wehgetan. Ich wollte, dass du dich auf mich verlässt und zu mir kommst, wenn du etwas brauchst."

„Und das habe ich getan. Deine Reaktion hat mir das Gefühl gegeben, dass ich es besser gelassen hätte. So als könnte ich genau das eben nicht." Sie kaute auf ihrer Lippe.

„Ich weiß. Es tut mir leid. Ich wünschte, ich könnte alles zurücknehmen, aber das geht nicht. Alles, was ich tun kann, ist, dir zu versprechen, dass ich in Zukunft mein Bestes geben werde."

„Ich muss mich auf dich verlassen können. Streich das. Ich habe mich total auf dich verlassen können. Ich liebe dich. So sehr, dass es eine Qual war, nicht mit dir zusammen zu sein. Aber das könnte ich eher ertragen als das Gefühl, mich nicht auf dich verlassen zu können. Und ich weiß, es ist unfair, so viel zu erwarten. Aber ich bin nun mal nicht pflegeleicht und manchmal eben auch eine Idiotin. Aber nur so schaffe ich es, dass meine ganzen Bruchstücke zusammenhalten. Im Gegenzug muss ich dann natürlich auch zu meinen Fehlern stehen. Und bleiben."

„Du bist alles andere als eine Idiotin. Du bist genau richtig. So, wie ich dich will. Du und deine Bruchstücke, ihr müsst bei mir bleiben. Es sind die schönsten Bruchstücke, die ich je gesehen habe."

Sie schaute in sein Gesicht und sah die Liebe darin. „In Ordnung."

Wieder küsste er sie, und diesmal war es lang und langsam. Als er sich von ihr löste, schienen sich ihre Knochen verflüchtigt zu haben. „Kommst du heute Abend zu der Show?"

„Hast du mich gerade geküsst, um sicherzustellen, dass ich Ja sage?"

„Hat es funktioniert?"

„Gestern Abend habe ich bereits meine endgültige Entscheidung getroffen. Ich wollte heute Morgen nur ein paar Stunden arbeiten, vor allem, um nicht ständig an dich denken zu müssen. Am Nachmittag fahren Tuesday und ich nach Portland."

Er grinste, und sie nahm seine Hand, um ihre Finger mit seinen zu verschränken. „Du bist total unmöglich, wenn du deinen Willen bekommst."

„Ich werde dafür sorgen, dass es sich für dich lohnt. Bleibst du heute Nacht bei mir? Und kommst dann auch morgen zum Konzert?"

„Bleibst du in Portland?"

„Nein. Das ist nur eine Stunde entfernt. Ich wollte nach Hause kommen. Zu dir. Aber ich habe beschissen geschlafen in meinem Bett. Denn in meinem Badezimmer stehen deine Sachen. Deine Sachen sind in meinem Haus, aber du warst nicht da, und ich wusste nicht, ob du je wieder da sein würdest, außer, um alles wieder abzuholen."

„Genug davon, okay? Ich habe das Gefühl, dass wir nicht immer wieder davon anfangen sollten, wenn wir weiterkommen wollen. Meinetwegen musst du kein Büßerhemd tragen. Dir tut es leid. Mir tut es leid. Wir sind zusammen."

„Dann kommst du also zu mir?"

„Du bist unverbesserlich."

„Und nicht zu bändigen. Aber verdammt, ich liebe dich."

30. KAPITEL

Paddy sprang die Treppe zur Bühne hinauf. Mit einer Hand griff er nach seiner Gitarre, während Nat seine andere hielt. Bevor er hinaustrat, blieb er stehen, gab ihr einen Kuss, um sie zu schmecken. Um sich zu vergewissern, dass sie wirklich da war.

Und da war sie. Bei ihm. Sie waren wieder in der Spur. Alles war wirklich richtig gut.

„Habt eine tolle Show. Ich liebe dich."

Er grinste. „Ich liebe dich auch." Er ging hinaus und ließ sich vom Jubel eines Publikums seiner Heimatstadt überspülen. Sie hatten ein paar Programmänderungen für diesen Abend vorgenommen. Einige, weil Ezra bei ihnen war, und ein paar aus anderen Gründen.

„Schön, wieder zu Hause zu sein, Portland."

Weiterer Beifall, während er lächelnd in die Menge blickte. Im Scheinwerferlicht konnte er längst nicht alles sehen, aber er spürte die Zuwendung der Zuschauer, und das hob seine Stimmung noch mehr.

„Ich glaube, das wird eine richtig gute Show. Was meint ihr?"

Die Leute klatschten, johlten und riefen Songtitel aus.

Paddy blickte zur Seite. „Ez, was meinst du? Wird das eine gute Show?"

Ezra kam heraus und hängte sich seine Gitarre um. Die Menge drehte durch. Paddy grinste seinen großen Bruder an.

„Jetzt wird es das auf jeden Fall."

Er zählte „Ground Down" ein. Es war ein Song von ihrem neuen Album, und sie legten los.

Paddy hatte sich nicht mehr so gut gefühlt, seit Natalie vor drei Wochen sein Hotelzimmer verlassen hatte. Jetzt stand er am Ende einer supererfolgreichen Tour auf der Bühne, das neue Album ging ab wie Schmidts Katze, und *alle* seine Brüder waren mit ihm hier oben auf der Bühne.

Und Natalie war da. Wenn er nach rechts blickte, konnte er

den mondblassen Schimmer ihrer Haare sehen. Er wusste, dass sie tanzte, wusste, dass sie lächelte.

Sie segelten durch „Chemicals" und „Boots", bevor er seine Gitarre abgab und zum Klavier ging. Das Publikum wusste, dass es „Silent No More" war, und spendete dröhnenden Beifall.

„Das Stück ist für Natalie, die mich zu einem sehr glücklichen Mann macht, einfach weil sie existiert."

Er fing an zu spielen, und als er sang, stimmten alle mit ein. Seine Worte erreichten nicht nur Nat, sie klangen auch in diesem besonderen Publikum wider. Ehrfurcht erfüllte ihn bei dem Gedanken, dass etwas, was er für sie geschrieben hatte, zugleich auch etwas sein würde, was diese Leute sich gegenseitig vorsangen und bei Hochzeiten und Abschlussbällen spielen würden. Es war so verdammt außerordentlich.

Er gab sich dem Text hin. Sprach zu ihr von seiner Liebe und dem, was sie für ihn getan hatte. Diesmal war es anders. Diesmal verstand er, was es bedeutete, wenn sie nicht da war. Und diesmal wusste er besser, was es bedeutete, sie an seiner Seite zu haben. Was es bedeutete, dafür zu kämpfen, jemanden zu halten, den man achtlos behandelt hatte.

Er wusste, was er an ihr hatte. Zwar war er sich nicht sicher, ob er sie verdiente, aber todsicher würde er alles daransetzen, sich als ihrer würdig zu erweisen.

Sie spielten durch bis zur ersten Zugabe und verließen die Bühne. Da das Licht nicht anging, wussten alle, dass die Band zurückkehren würde. Paddy ging direkt zu Natalie und küsste sie, weil er nicht anders konnte.

„Hey."

„Hey, Paddy Hurley. Du verstehst es wirklich, ein Mädchen zurückzugewinnen."

„Freut mich, dass es funktioniert."

Er entschuldigte sich und lief nach hinten zur Toilette. Auf dem Rückweg kippte er einiges an Wasser in sich hinein und verschlang einen Proteinriegel. Als er Ezra kurz vor dem Eingang zur Bühne traf, warf er ihm ebenfalls einen zu.

Ezra nickte dankend.

„Wie läuft's, alter Mann?“

„Nicht schlecht. Ganz und gar nicht schlecht.“

Paddy beugte sich zu ihm. „Also, ich würde Nat wirklich gern nach Hause fahren. Kannst du Tuesday mit zurücknehmen?“

Ezra zog zwar fragend eine Braue hoch, zuckte aber nur mit den Schultern. „Wird erledigt. Du machst alles richtig. Sie sieht glücklich aus.“

„Ich arbeite dran. Bist du bereit?“ Er sah sich um, um Vaughans und Damiens Aufmerksamkeit auf sich zu lenken. Alle hielten den Daumen hoch, und sie gingen wieder raus.

Nach einer mitreißenden Version von „Dive Bar“ und „Revolutionary“, ein Song, den Damien für Mary geschrieben hatte, legte Paddy eine Pause ein. „Verzeiht uns, wenn wir dieses Cover verpfuschen. Aber vor einer Woche saß ich nach einer weiteren Show im Flugzeug, unterwegs zu einer weiteren Stadt, und hörte dieses Stück. Es hat mich an den wichtigsten Menschen in meinem Leben erinnert.“

Die Jungs und er hatten nur ein paarmal Gelegenheit gehabt, „Titanium“ zu proben, aber Paddy glaubte, dass sie eine ganz gute Rockversion hinbekommen hatten. Natalie war furchtlos auf eine Weise, die er zwar nie ganz begreifen würde, aber dennoch zu würdigen wusste.

Sie war stark und leidenschaftlich, und sie war das Beste in seiner Welt. Sie machte einen besseren Menschen aus ihm.

Und als er von der Bühne kam, waren die Tränen in ihren Augen gute Tränen.

Paddy fuhr in seine Garage, und die Tür glitt hinter ihnen zu.

„Endlich bin ich einmal allein mit dir in der Nähe einer Dusche und meines Bettes. Das ist wie Weihnachten.“

Sie verdrehte die Augen und folgte ihm ins Haus. Er hielt nur inne, um die Alarmanlage wieder einzuschalten, dann zog er sie die Treppe hinauf, während er sich mit einer Hand die Kleider vom Leib riss und seine Sachen über den Flur verstreute.

„Ich bin ein verschwitztes Monster.“

„Stimmt. Steht dir aber gut."

Er lächelte. „Verdammt, Nat, du bist hier bei mir. Im Augenblick bin ich so glücklich."

Sie griff nach seinem Schwanz. „Willst du noch glücklicher sein?"

„Du zuerst."

Anstatt mit ihrem üblichen Duschsex etwas Dampf abzulassen, wuschen sie sich beide schnell und trockneten sich noch ab, während sie schon ins Schlafzimmer eilten.

„Du aufs Bett."

Per Fernsteuerung warf er den Kamin an, suchte Musik aus und stellte sich dann ans Fußende des Betts, um Natalie zu betrachten, wie sie dort lag, ihre Haut leicht gerötet von der heißen Dusche.

„Es gibt so vieles, was ich mit dir tun möchte …, dass ich gar nicht weiß, wo ich anfangen soll. Es ist, als ob man versucht, die Speisekarte zu lesen, wenn man richtig Hunger hat. Ich fürchte, wenn ich mich für eins entscheide, werde ich hinterher unbedingt etwas anderes wollen."

Sie spreizte die Beine, stellte die Füße flach auf die Matratze und richtete die Knie auf.

Ihm blieb die Spucke weg.

„Wir haben reichlich Zeit, um mehr zu essen als nur eine Mahlzeit."

Er fluchte in sich hinein, kam auf sie zu, beugte sich über sie und ließ seinen Körper an ihrem entlanggleiten, bis sein Schwanz die richtige Stelle fand.

„Das riecht nach Ärger."

Lachend streckte sie die Arme nach ihm aus und zog sich hoch, um einen Kuss zu stehlen. „Aber die beste Art."

Nun drehte sie sich, indem sie ihn als Gegengewicht nutzte, und setzte sich rittlings auf seinen Körper. Er versuchte sich aufzusetzen, aber sie drückte ihn wieder auf die Matratze. „Oh nein, im Augenblick habe ich das Sagen."

„Undress Your Name" von Trixie Whitley setzte ein, und sie lächelte ihn an. „Ich liebe dieses Stück."

Er wollte etwas dazu sagen, aber sie ließ sich so heftig und schnell auf seinen Schwanz sinken, dass jeder Gedanke von scharfer, animalischer Lust vertrieben wurde.

Dann begann sie, sich langsam auf und ab zu bewegen und dabei die Hüften kreisen zu lassen.

„Es war schrecklich ohne dich. Ich hatte nie damit gerechnet, dass ich mich tatsächlich daran gewöhnen könnte, jemanden in meinem Leben zu haben."

Das einzige Licht im Raum kam vom Kamin, und der warme orangefarbene Schein auf ihrer Haut ließ sie aussehen, als würde sie glühen. Er ließ seine Hände über ihre Schenkel bis zur Taille gleiten.

„Ich bin ..."

Sie legte einen Finger auf seine Lippen. „Das sage ich nicht, um dich traurig oder betrübt zu machen. Ich sage es nur, damit du verstehst, was du mir bedeutest."

Er drehte sich unter ihr und warf sie auf den Rücken. „Jetzt übernehme ich die Kontrolle." Seine Stöße wurden fester und tiefer. „Und jetzt werde ich dir erzählen, wie ich jede Nacht in mein Hotelzimmer zurückgekehrt bin und versucht habe, mich davon zu überzeugen, dass alles gut wird. Dazwischen gab es Phasen, in denen ich zu viel trank und mir dann einen runterholte, während ich an dich dachte. Heute Morgen bin ich ins Café gegangen. Bobbi war begeistert, als ich ihr erzählte, dass ich dich überraschen wollte. Also gab ich ihr die Donuts."

Natalie lachte, schlang die Beine um seine Taille, legte die Fersen an seinen Hintern und spornte ihn weiter an, indem sie ihn noch tiefer in sich hineinschob. „Das waren deine Donuts? Du bist so hinterlistig."

„Es ist nur ein Hinweis darauf, was ich zu tun bereit bin, um dich wiederzubekommen. Wie auch immer." Verdammt, sie fühlte sich so gut an um ihn herum. Immer wieder gingen ihm für längere Zeit die Worte aus, wenn er sich einfach in ihre sinnliche Hitze fallen ließ.

„Das ist so schön." Er küsste sie, dann erhob er sich auf die Knie, wobei er weiter in ihr blieb.

Sie lag auf dem Rücken, die Beine um ihn gespreizt, und sah mit diesen großen blauen Augen zu ihm hoch, Augen, in denen ein Licht brannte, das nur für ihn gemacht war.

„Es gefällt mir, wie du jetzt ausgebreitet für mich daliegst." Er streichelte ihren Bauch und weiter hinauf zu ihren Brüsten. Ihm fiel ein, dass er seine Geschichte nicht zu Ende erzählt hatte. „Und dann bist du hereingekommen, die Wangen rosig von der Kälte. Seit Chicago hat in meinem Kopf das reinste Chaos geherrscht, und als ich dich sah, hörte das alles auf. Es wurde ganz still, bis ich nur noch dich sah und hörte. Du bist für mich die eine."

„Selbst nachdem du mit meinem Vater gesprochen hast?"

„Verdirb den Augenblick nicht mit diesem Arschloch. Über ihn reden wir später. Lass mich dir jetzt erst mal meine Liebeserklärung machen."

Sie lachte leise, und gleich darauf hätte er sich fast an seiner Zunge verschluckt, als sie mit einer Hand über ihren Bauch strich und anfing, sich langsam zu streicheln.

„Du bist wie ein Diamant", murmelte er. „So viele Facetten. An der Oberfläche bist du kühl und elegant, und hier, wenn wir unter uns sind, bist du hemmungslos und sinnlich. Es ist das schönste Geheimnis, das ich habe. Was wir hier miteinander haben, gehört uns allein."

Sie hielt ihre Unterlippe mit den Zähnen fest, und ihre inneren Muskeln spannten sich an. „Halt dich nicht zurück. Ich weiß, dass du nach diesem Orgasmus noch viel mehr Höhepunkte in dir hast. Ich werde einfach zuschauen."

Sie bog den Rücken durch, legte den Kopf in den Nacken, sodass er noch mehr von ihrem Hals zu sehen bekam, und das Wasser lief ihm im Mund zusammen. Aber er hielt sich zurück und küsste sie dort nicht, denn sonst hätte er nicht mitbekommen, wie sie aussah, wenn sie sich selbst zum Orgasmus brachte.

Sie hatte die Lider nicht geschlossen, sondern schaute ihm dabei zu, wie er seinen Blick über ihren ganzen Körper schweifen ließ – über ihre Nippel, die sich zusammengezogen hatten, ihren leicht geröteten Bauch, ihre Hand, die sich so ungezwungen bewegte, ihren Mund, als sie immer heftiger atmete, bis zu ihren Augen.

„Ich liebe dich, Nat."

Ihr Körper erhitzte sich noch mehr, und er stimmte in ihr Keuchen ein, als diese ganze heiße Feuchtigkeit sich wellenartig um ihn zusammenzog und ihn näher zu seinem Höhepunkt drängte.

Als sie ein wenig runtergekommen war, beugte er sich über sie, um ihren Hals zu lecken und ihre Haut zu schmecken. „Du bist das Schönste, was ich je gesehen habe."

„Ich muss dir doch etwas mitgeben, was du benutzen kannst, wenn du das nächste Mal ohne mich in einem Hotelzimmer bist."

Er lachte und veränderte seine Position, bis er so unglaublich tief in ihr war, dass sie beide nach Luft schnappten. „Genau so. Ich will alles von dir."

Sie hob eine Hand und legte sie an seine Wange. „Du hast alles von mir. Ich liebe dich."

Und er hatte vor, für den Rest seines Lebens jeden Tag damit zu verbringen, sich dieses Geschenk zu verdienen.

Natalie liebte es, wenn er sie so nahm. Wenn sich sein ganzes Verlangen in seinen Blick ergoss, in die Art, wie er sie berührte – besitzergreifend und stürmisch, aber zugleich auch zärtlich.

Dieser Mann würde sie wieder verletzen, das wusste sie. Auch sie würde ihn verletzen. Sie würden gegenseitig auf ihren Gefühlen herumtrampeln, manchmal absichtlich, die meiste Zeit jedoch aus Versehen. Aber sie würden darüber hinwegkommen.

Denn er sah sie auf eine Weise, wie es niemand sonst tat. Und das war ein Geschenk.

Er war jetzt kurz vor seinem Orgasmus, aber auch sie war wieder bereit, war schon halb dort, weil er sie so komplett entblößt hatte, und liebte, was er vorfand, mit allen Wunden und Narben und Triggern.

Paddy hob eins ihrer Beine an, drehte sie etwas zur Seite und glitt mit immer schnelleren, immer tieferen Stößen in sie.

Jedes Mal, wenn er in ihren Körper eintauchte, erweckte er so viele Stellen zum Leben, dass sie nur noch stoßweise nach Luft schnappen konnte. Und das war noch, bevor er seine Fingerspitzen im Mund anfeuchtete und sich dann ihre Klit vornahm.

„Ich mach das nicht allein. Du kommst mit."

Sie konnte es ihm nicht abschlagen; sie zog sich um ihn zusammen, konzentrierte sich auf ihre Lust, die in einer Flutwelle der Empfindungen, die in ihren Zehen einsetzte und sie bis auf die Knochen erschütterte, über ihr einschlug.

In diesem Augenblick hörte sie ihn leise fluchen. „Das ist so verdammt gut. Es soll nie aufhören."

Seine Stöße wurden noch fester und schneller, dann hielt er sie ganz fest und blieb tief in ihr, während er sich seinem eigenen Höhepunkt hingab.

Eine ganze Weile später ließ er sich neben ihr aufs Bett fallen und zog sie eng an sich. „Versöhnungssex ist definitiv nicht überbewertet."

Natalie lächelte und erlaubte sich die Gewissheit, dass sie geliebt wurde, und dass es gut war.

– ENDE –

Christina Lauren
Sweet Filthy Boy –
Weil du mir gehörst

Band-Nr. 25889
9,99 € (D)
ISBN: 978-3-95649-252-5
eBook: 978-3-95649-503-8
352 Seiten

Sexy, süß, verführerisch: Der erste Band von Christina Laurens neuer Erfolgsreihe.

Eine brave College-Absolventin. Ein verführerischer Franzose. Eine schicksalhafte Nacht in Las Vegas …

Mia Holland will noch ein bisschen Spaß haben, bevor mit dem Studium endgültig der Ernst des Lebens beginnt. Alles ist vorbestimmt – bis sie in Las Vegas diesen supersexy Franzosen trifft, dessen heiße Küsse sie all ihre Zukunftspläne vergessen lassen. Ist sie nicht schon viel zu lange viel zu brav gewesen?

„Witzig. Sexy. Fesselnd. Sweet Filthy Boy ist genauso, wie man es sich von Christina Lauren verspricht.“
The Autumn Review